勝山貴之

シェイクスピアと異教国への旅

英宝社

目次

シェイクスピアと異教国への旅

序章　一六・一七世紀の地政学と地理経済学

I　一六・一七世紀における地中海を取り巻く世界

エリザベス女王の大使

一五九三年三月二一日、サー・エドワード・バートン(Sir Edward Barton)は、エリザベス一世(Elizabeth I)の外交大使としてコンスタンチノープルに向けて旅立った。旅の目的は、オスマン・トルコ皇帝ムラド三世(Murad III)に拝謁し、英国商人の交易に一層の便宜をはかってもらうことにあった。彼らのために、テムズ川下流の河口都市グレーブゼンドに用意された船舶アセンション号は、隅々まで装備の行き届いた、二六〇トンの新造船である。バートンたちを乗せたアセンション号は四月八日にジブラルタル海峡を抜け、折からの西風に乗って地中海を東へ航海し、四月二四日にはギリシャ西海岸のザキントス島へと寄港。ヴェニスの支配下にあったこの島にしばし滞在した後、五月二一日に地中海の東南端アレキサンドリアの港へと到着した。(図1) ここから一行は、船の針路を北に取り、ニカリア島(現在のIcaria)、パロス島、デロス島、アンドロス島などを巡りながら、八月二四日にヘレスポント(現在のDardanelles海峡)へと入っている。数日後、海峡の北端に位置するガリポリの港で、彼らは

小舟に乗り換え、マルマラ海に入り、いよいよコンスタンチノープルを目指した。（図2）

バートンの日誌によれば、コンスタンチノープルへの到着は九月一日とされ、英国を後にして実に五ヶ月を超える長旅であった。当時、キリスト教国からの外交使節たちは、ボスポラス海峡のヨーロッパ側に位置するペラ（現在のBeyoğlu）に滞在することが定められていた。（図3）ペラとコンスタンチノープルは四～五マイルの距離とはいえ海峡で隔てられているため、陸路での往来はできず、船で渡ることとなる。（図4）バートンたちもこのペラの地に腰を落ち着け、皇帝との拝謁が許可される日を待った。

一五九三年十月七日、いよいよ皇帝との拝謁が許され、大使一行を船が迎えに来た。一行はこの日の為に、特別の衣装を準備してきていた。大使バートンは、銀の衣服に金の上着という出立ち、彼に同行する七名の紳士は高価なサテンの衣装、更に彼らに付き従う四十名の配下の者たちも揃いの衣である。迎えの船に乗り込んだ彼らを対岸で出迎えるのは、二人の武官と五十名の召使いたちであった。みな豪華な衣装を身につけ、大使たち一行の到着を待ち構えており、大使と紳士たちのために馬も用意されていた。宮廷は港から一マイルほど離れた場所にあるため、そこからは行列をなして、宮廷に向かうこととなる。先頭には皇帝の差し向けた召使い、続いて英国大使の従者、その後を馬に乗った紳士という順で隊列を成し、最後にバートンと召使い、それに通訳、そして四人の兵士が大使の警護についた。

大使一行を迎えた宮廷は、目を見張るような壮麗な建物であった。宮廷の大門が開き、一行が中へと導き入れられると、そこは英国のホワイトホール門前の広場にも匹敵するような広大な中庭である。一行はここで馬から降りるよう指示され、ここからは徒歩で第二の宮廷へと向かうこととなった。第二の宮廷には、様々な木が茂り、右手には、英国王室取引所を思わせるアーチ型の天井をした回廊が見える。

図1　地中海図

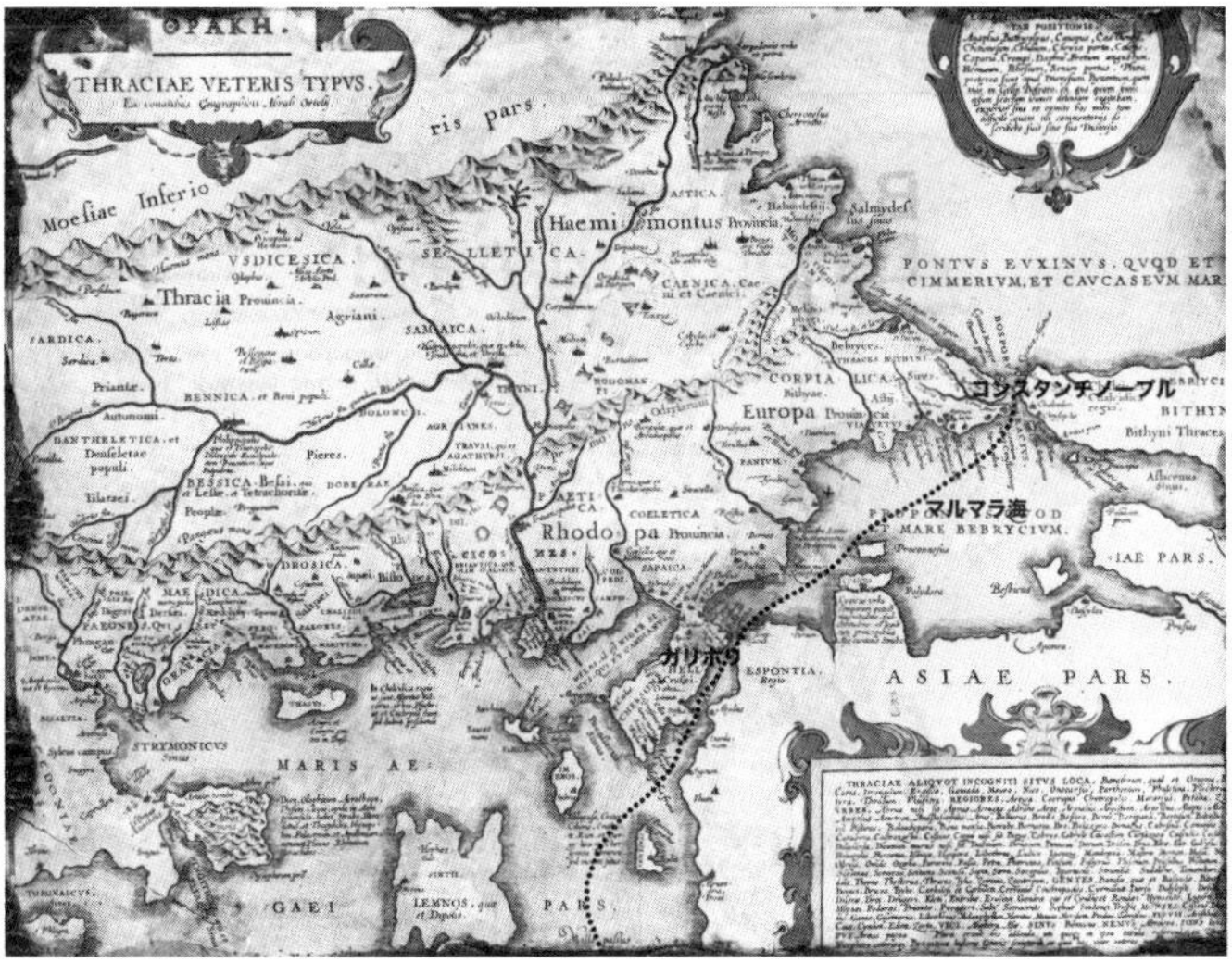

図2　ヘレスポント、マルマラ海、コンスタンチノープル

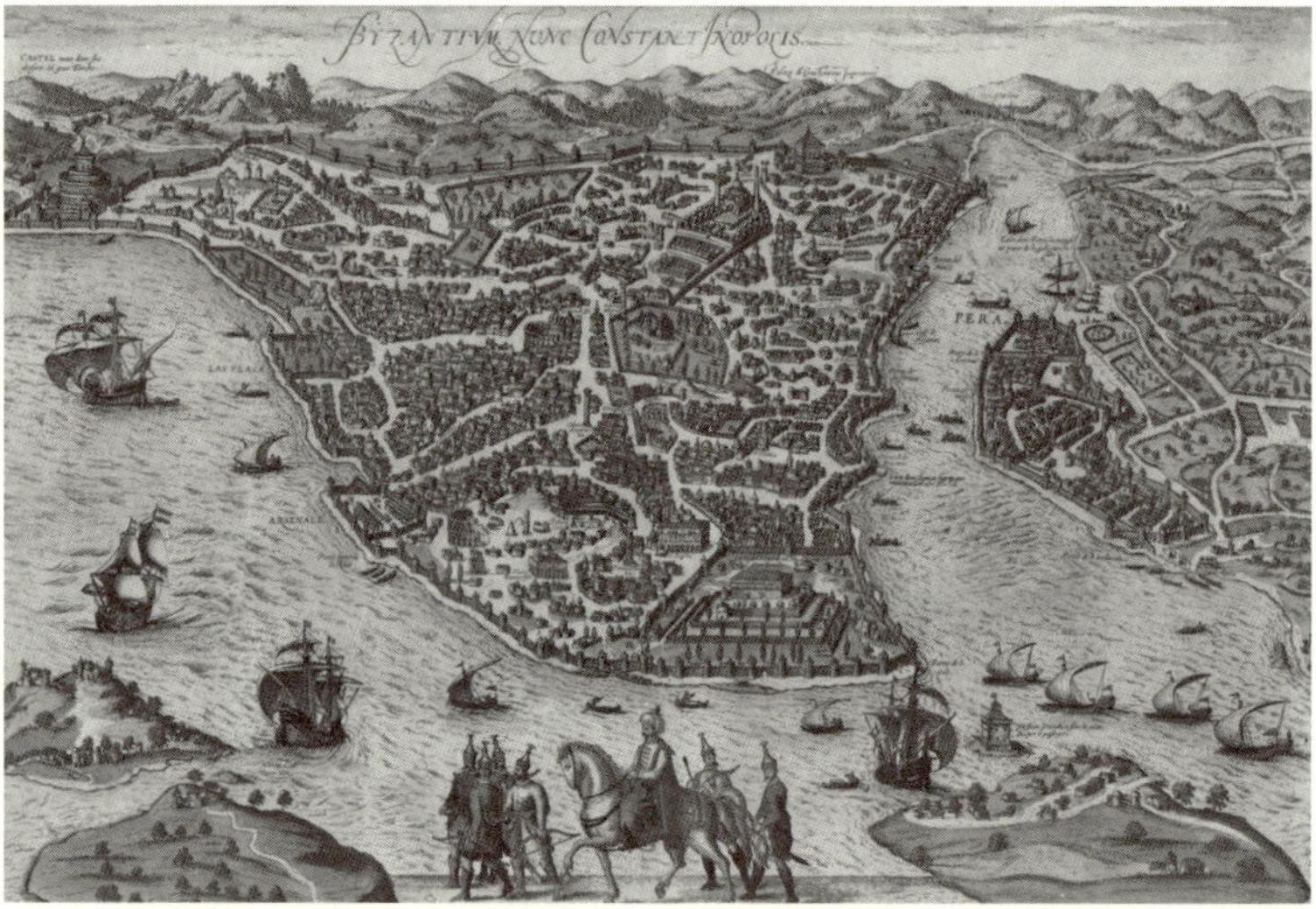

図3　コンスタンチノープルとペラ

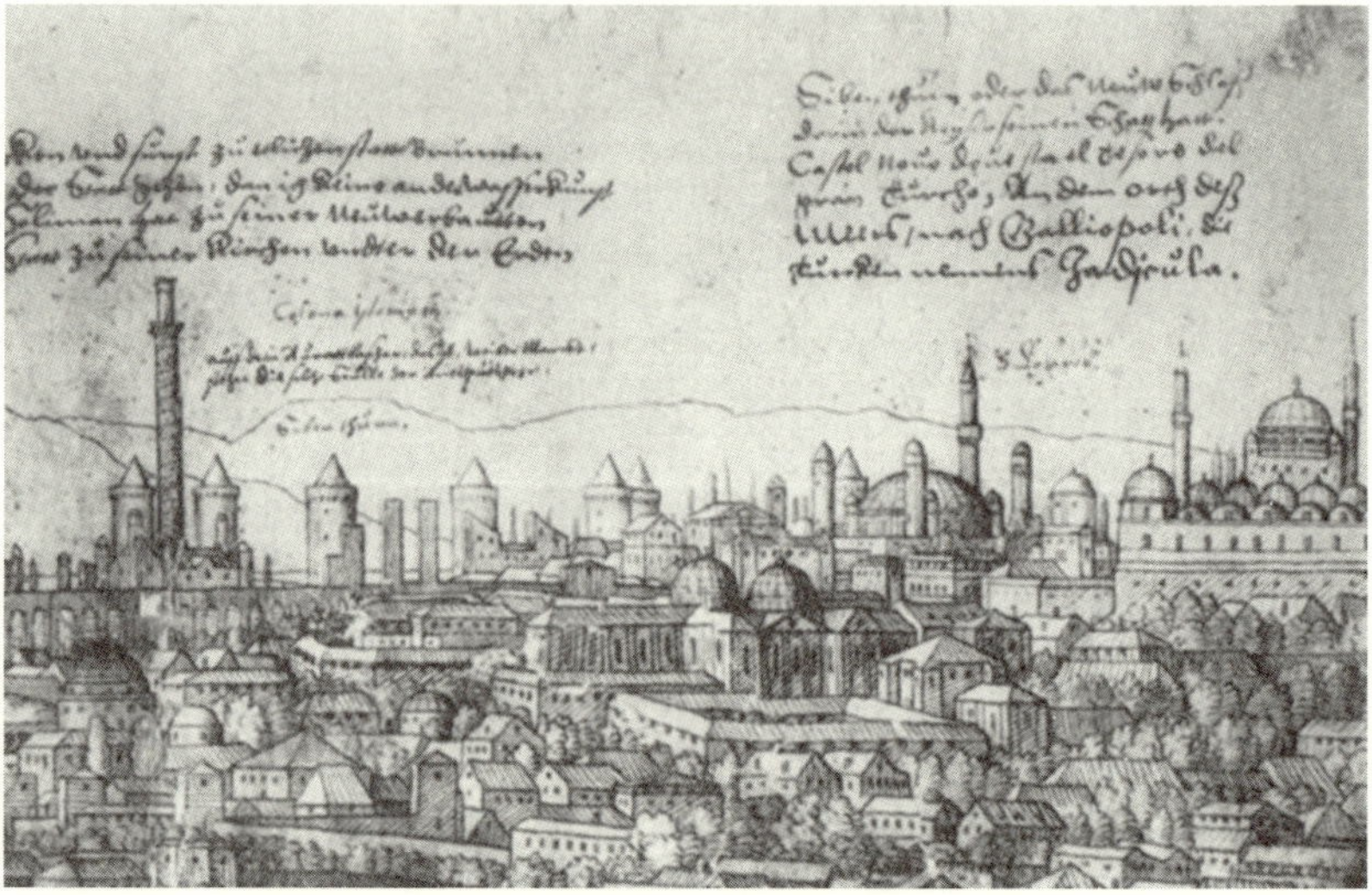

図4　コンスタンチノープル

宮廷の召使いたちは、金、銀、ベルベット、サテンなどの豪華な衣装を身につけ、頭にのせた金色に輝くかぶり物には一筋の羽飾りがなびいている。その数およそ二千人とも思われる大人数で、皆、大使の一行に歓迎の意を示すため、深々と頭をさげていた。続いて隣接する大広間に通されると、既に食事の準備が整えられており、数えきれない数の料理が供された。四、五十人とも思われる召使いが、しきたりどおり給仕をしてくれ、水が欲しいと思うと、山羊の皮で作られた水筒を背負った召使いがすぐさまやってきて、腕の下に取り付けられた注ぎ口からグラスに、砂糖を入れた薔薇の香りのする水を注いでくれるのだった。

食事が終わると、大広間を出てしばし石畳を歩き、第三の宮廷の大門へと案内された。門をくぐると、大理石造りの宮殿が見える。バートンたちは、ここで持参した数々の献上品を紐解いている。黄金の大皿十二枚、英国産の生地による様々な色あいの衣服三十六着、金糸で織られた衣服二十着など、百点を超える高価な品々を、一行はこの日の為に携えてきていた。宮殿の門には、二十人から三十人と思われる数の宦官たちが待ち構え、更に中庭には小人と思われる若者たちが控えていた。宮殿の入り口から付き従っていた護衛から別の護衛に引き継がれ、大使の一行は奥の部屋に通された。部屋には、金糸で刺繍をほどこした淡紅色のカーペットが敷かれていた。中央は、まわりから一フィートほど高い設えになっており、そこには銀糸や真珠で刺繍された緑のサテンのカーペットが敷き詰められている。その上に銀の布地で出来た椅子が置かれており、その椅子に皇帝ムラド三世が座していた。皇帝の従者に促され、バートンは皇帝の前に進み出て、その手に口づけすることを許された。従者の指示で、再び元の位置に戻ったところで、バートンははるばる英国より携えてきた嘆願を、皇帝に願い出た。我が女王陛下の便宜のために、皇帝陛下の領土内で我が国の商人たちの安全にご配慮願いたい、との申し出である。

皇帝ムラドはこれにひと言「ノロ（"Nolo"）」、すなわち英語の「よかろう（"it shall be done"）」を意味する言葉を発したという。

バートンは、感謝の意を込めて深々と皇帝にお辞儀をし、第三の宮殿を後にし、来たと時と同じように、第二の宮廷から第一の宮廷の大門へと向かった。第二の宮廷を出て、待たせてあった馬に乗った後、およそ二千人の騎馬兵が行進し、続いてその後五十人ほどの召使いが行進し、その後にようやく大使たちの一行の退場の番となった。その間、バートンたち一行は、ゆうに半時間以上の時間を、姿勢を崩すことなく馬上で待つこととなったという。

その驚くべき財力、恐るべき軍事力、そして臣下の者に対する一点の隙もない統率力など、あらゆる点でオスマン・トルコ帝国皇帝の権力は、キリスト教国の外交使節が目を見張るものであったに違いない。騎馬兵たちの行進を見守っていた馬上のバートンは、果たしてどのような気持ちで、先ほどの皇帝との謁見を想い起こしていたであろうか。彼はこの日の記録の中に、オスマン・トルコの皇帝は、キリスト教国の外交使節と親しく言葉を交わすことはないものだ、と記している。バートンが半ば弁解めいた記述を残していることからみて、彼にとってもあまりにもあっけない拝謁だったのであろう。しかし、東洋の大帝国であるオスマン・トルコの支配者ムラドにしてみれば、ヨーロッパの西のはずれの島国からの使者など、まさに取るに足らない存在であったに違いない。バートンは馬上で、長い旅路の疲れを感じながらも、この異教国との外交関係を強固なものとするため、次なる一手を思案していたのかもしれない。[1]

Ⅱ　世界貿易の発達

東洋との交易

エリザベス女王がオスマン帝国へ外交大使エドワード・バートンを遣わしたのは、カトリックであるスペインやイタリアの勢力を避けて、自国の交易を盛んにするための苦肉の策であった。英国ばかりでなく、多くのキリスト教国の商人たちは、オスマン帝国と盛んに交易を行なっていた。各国はオスマン帝国の侵略を危惧し、時に帝国と敵対関係にありながらも、商業的な交流が途絶えることはなかった。そこには、東西交易におけるオスマン帝国の地理的な位置が大きく関係している。

オスマン帝国は、西はキリスト教国と、北はロシアと、更に東はペルシャ帝国と接する、まさに西洋と東洋の中間に位置する大帝国であった。（図5）胡椒、絹、木綿、皮革、磁器、鉱産物、農産物など、当時の交易の主要品目は、オスマン帝国を経由し、陸路・海路を通って西洋諸国に流れた。オスマン帝国は、東洋から運ばれる品々を一手に牛耳ることによって、自国の経済的な繁栄を維持しようとしていた。したがって、バルカン半島や地中海におけるキリスト教勢力は、帝国にとって商業上の競争相手であり、時に自分たちの交易の前に立ちはだかる障害ですらあった。オスマン帝国の飽くなき政治的・軍事的領土拡大の背景には、このような交易上の理由も絡んでいたのである。他方、キリスト教国側にすれば、オスマン帝国は侵略戦争に明け暮れる「野蛮人」であり、彼らを真の信仰を知らぬ異教徒として軽蔑しながら、その侮蔑の根底には、自分たちの経済圏を侵害する邪魔者との意識があった。キリスト教連合を謳う各国の結束には、上辺は宗教上の理念を掲げながらも、その実態はそれぞれの国の商業的利益の確保と深

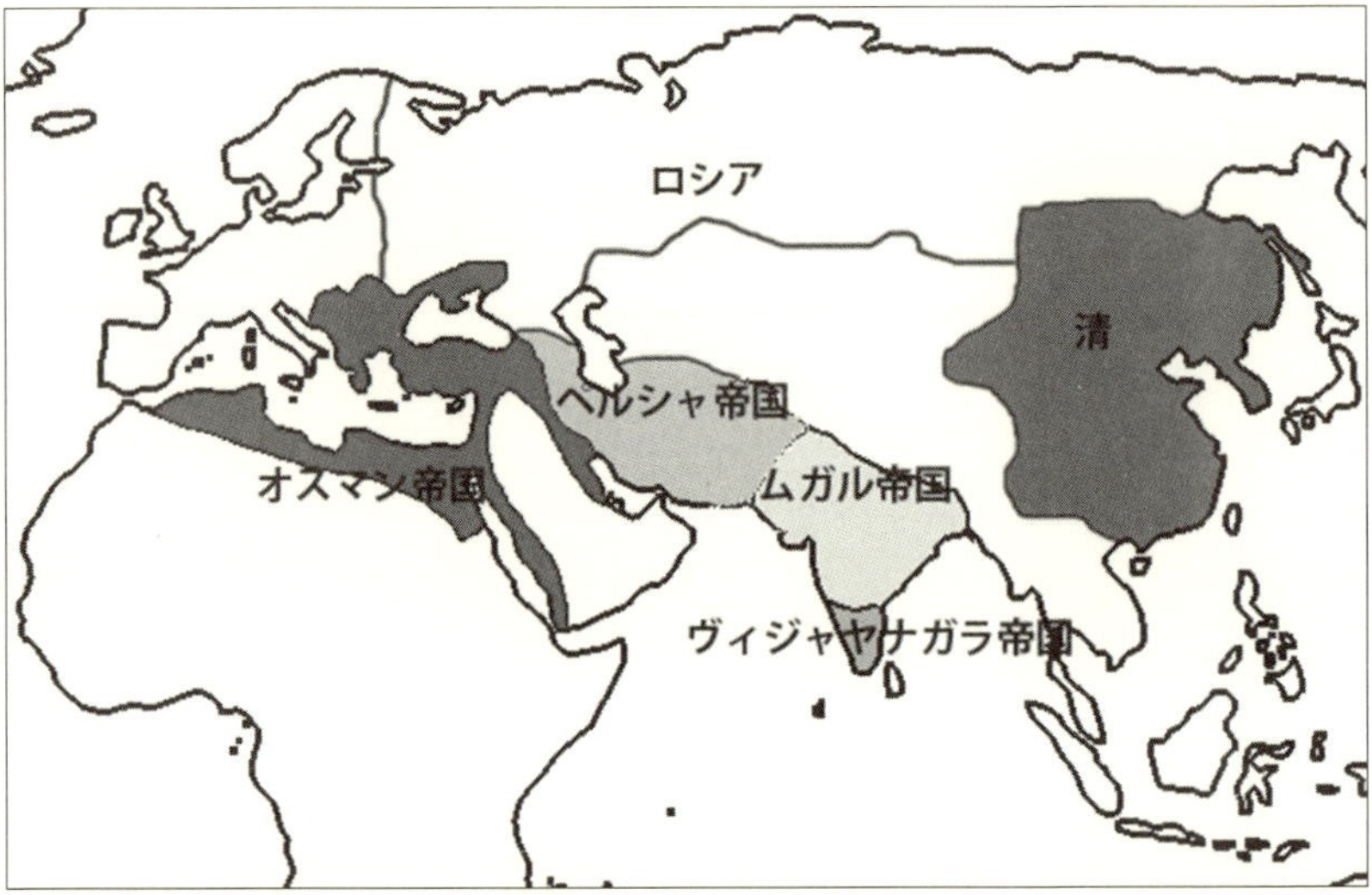

図5　オスマン帝国

く結びついていたのである。

帝国の侵略は、バルカン半島、東地中海、北アフリカへと及び、キリスト教国の主権を脅かすばかりか、莫大な富を抱え込み、その繁栄はキリスト教国の君主たちが目を見張るものとなっていた。はるばる英国から長旅をしてオスマン皇帝ムラド三世を訪れたバートンが、その宮廷の絢爛豪華さに驚嘆したのも当然のことである。当時のコンスタンチノープル（イスラム名イスタンブール）は、六十万人から七十五万人という人口を誇るヨーロッパ最大の都市であり、世界中で最も都市化の進んだ町だと考えられていた。[2]（ちなみに一七世紀初頭のロンドンの人口は約十五万人から二十万人とされている。）

しかしキリスト教国とオスマン帝国との交易を語る上で、帝国と接するペルシャ及び、更にその東方に位置する中国、そして南方のインドや東南アジア諸国との交易にも触れておかねばならない。そこには巨大なアジア貿易市場が存在していたからである。なかでも中国は、既に一五〇〇年において推定一億二千五百万人の人口を抱える巨大国家となっており、一七世紀初頭の南京は百万人、続く北京は六十万人という人口を誇る大都市であった。[3] 中国の輸出品は、絹、磁器、水銀、亜鉛、キュプロニッケル（銅とニッケルの合金）などであり、中でも絹と磁器の輸出量は他国の競争相手を遥かに凌ぐものであった。[4]

中国ほどではないにしろインドも、一七世紀におけるムガル帝国の主要都市アグラ(Agra)、デリー(Delhi)、そしてラホール(Lahore)などは、いずれも人口五十万人を数え、木綿や胡椒をはじめ、米、豆類、野菜油など食料品の輸出も盛んであった。特に中国とインドとの交易は盛んで、織物、藍、胡椒、砂糖、皮革などが中国に向けて輸出され、中国からは茶や金などが輸入された。品物は、その他、アフリカ、西アジア、ヨーロッパなどに向けても出荷されていた。[5] またインド南部のヴィジャヤナガラ帝国のゴア(Goa)やカリカット(Calicut)へは、喜望峰を経てインド洋へと入ったポルトガル船舶が訪れ、新たな交易路を開拓していた。更に、東南アジアは、胡椒と錫を主な輸出品とする他、インドから輸入したものを中国へと輸出するといった中継地の役割を果たした。[6] これら東洋の国々は既に、アジアに巨大な交易市場を形成していたのである。

東洋の国々から輸出される品がヨーロッパへ運ばれる際に通らねばならないのが、ペルシャ帝国であり、オスマン帝国であった。自国においても絹の生産と輸出を行なっていたペルシャ帝国は、自分たちの生産品を、オスマン帝国の中間搾取を被ることなく、ヨーロッパへ持ち込もうとかねがね考えており、これがオスマン帝国とペルシャ帝国の間に様々な軍事的緊張を引き起す火種ともなっていた。[7] ペルシャ皇帝シャー・アバス一世(Shah Abbas I)は、他国の商人たちを手厚く保護したため、ポルトガル商人やオランダ東インド会社などが、頻繁にペルシャに出入りしていた。

東洋の経済的発展は、当時の人口の推移からも裏付けられる。世界人口に占めるヨーロッパ人口の割合は、一四〇〇年当時推定一二％であったとされ、それが一六〇〇年には一八％に増加したと考えられている。しかしその後はほぼ横ばいとなり、一七五〇年の一九％と微増に過ぎない。他方、アジアが世界人口に占める割合は、一五〇〇年に五四％であったものが、一六〇〇年に推定六〇％へ、更に一七〇〇年には六六％へと増加したとされる。国別の人口を見ても、一六〇〇年の中国人口が一億四千万人であったのに対し、一七〇〇年には二億五百万人へと増加、インドでは同時期に六千八百万人であった人口が一億人へと増加している。こうした東洋の急激な人口増加は、それだけの人口を支えていく経済成長がその背景にあったことを物語るものである。[8]

たとえ東洋の国々が絹や磁器、更に木綿などの生産技術に秀でていようと、科学技術の面では西洋が遥かに進歩していたとの考えもあるかもしれない。しかし既によく知られているように、火薬、羅針盤、紙、印刷技術等は、ルネッサンス期の遥か以前に中国で発明され、ヨーロッパに伝えられた。そればかりか、鉄や鋼鉄の酸素添加技術、脱進機を用いた機械時計、回転運動を直線運動へと変えるベルトの発明、鎖で上下させる吊り橋の工夫、深堀り穿孔機、外輪船など、中国から西洋にもたらされた技術は数えきれない。また中国における、天文学、解剖学、免疫学、薬物学といった分野の知識も西洋の学問に大きな影響を与えた。しばしば中国は火薬を発明したものの、それを軍事的用途に応用する術を知らなかったとされるが、それはまったくの誤解で、既に一〇世紀頃から火薬は軍事的技術へと利用されていたことが判っている。また造船技術は、一六世紀のヨーロッパにおける最先端技術と考えられていたが、それ以前に、中国は遥かに巨大な船舶の製造に取り組んでおり、その船でヨーロッパの船舶よりも遠洋への航海が可能であった。[9]中国のみならず、インドもまた数学や天文学の分野では、ヨーロッパより進んでおり、多くの知識がインドから西洋に渡った。天然痘の接種はインドから伝えられた医学知識である。[10]ヨーロッパが、学問や科学技術において、東洋よりも遥かに進歩していたと考えることは、非常に偏った歴史観であると言えよう。

交易の流れ

明・清王朝の中国、インド南部のヴィジャヤナガラ帝国やインド北部のムガル帝国、サファビー朝ペルシャ帝国、そしてオスマン帝国など、東洋の経済大国は、様々な交易品によってヨーロッパ人を魅了した。胡椒、絹、藍、木綿、磁器、鉱物資源、穀物など、東洋の主な輸出品を買い付けるため、西洋諸国は、先を争って東洋との交易路を確保しようとしたのである。そしてそこに生じる恒常的な貿易収支の不均衡は、金や銀で支払われた。なかでも新大陸で発掘される銀は、世界を股にかけた交易の血流として重要な役割を果たすこととなった。新大陸で発掘された銀は、メキシコおよびカリブ諸島から、あるいはブラジルから、西ヨーロッパに持ち込まれ、そこから地中海を通って、更に陸路または紅海を経由し、アジアに流れた。

西ヨーロッパは、金や銀の輸入国であり、再輸出国であった。東洋との交易への支払いとしてヨーロッパが輸出する金と銀の量は、輸出量全体の実に三分の二を占めたと言われている。一例を挙げるなら、一六一五年にオランダ東インド会社が出荷した船荷の内、商品を積んだ船荷はわずか六%に過ぎず、残りの九四%が金や銀であった。一六六〇年から一七二〇年の間に、オランダ東インド会社が東洋に運んだ船荷の平均八七%は貴金属であったとされる。英国は、自国製品の輸出が増加しないことを憂いて、英国東インド会社に全輸出量の一〇%は英国産の品物を輸出するよう要請したが、東インド会社はこの

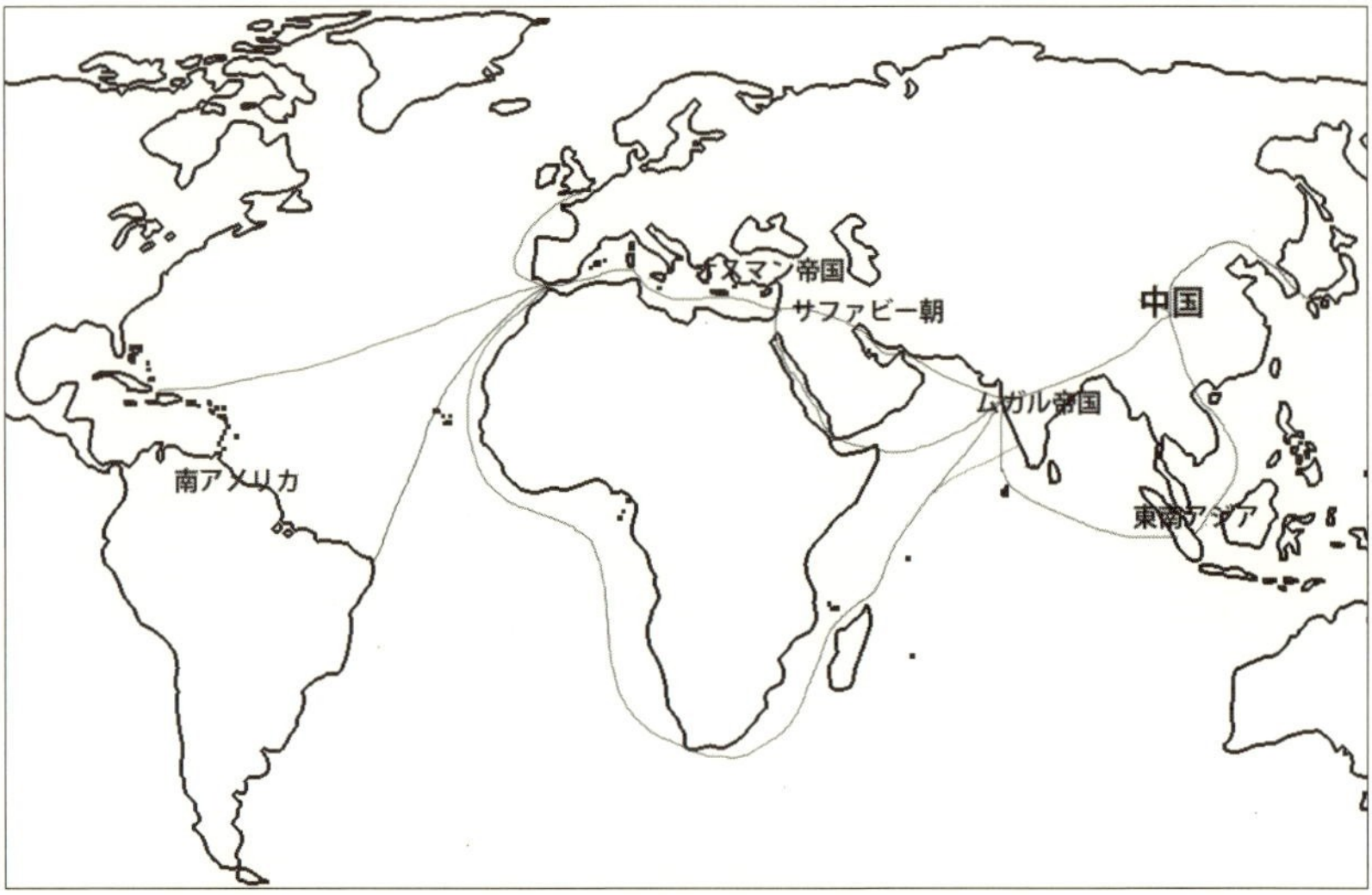

図6　近代初期の世界貿易ルート

割当を埋めるのに大いに苦慮したらしい。ようやく見つけた取引先のインドも、英国から輸入した羊毛織物を、もっぱら家庭用絨毯や軍隊用の鞍といった安価な製品の素材としか考えていなかった。[11] 一七世紀における新大陸の銀の産出量は年間四二〇トン、百年間におよそ四二〇〇〇トンを産出したと考えられている。このうち、ヨーロッパに運ばれた銀の量は三一〇〇〇トンであり、更にその四〇%にあたる約一二〇〇〇トンが交易により東洋に渡ったという。[12]（図6）

したがって、近代初期の世界貿易を俯瞰するなら、生産と輸出の中心はアジアであり、東洋の品物をヨーロッパは争うように買い求めたのである。一八〇〇年以前の世界貿易の実態について、従来の説への修正を唱えるアンドレ・グンター・フランク(Andre Gunter Frank)は、近代初期のヨーロッパが世界経済の中心ではなかったと主張する。

・・・一八〇〇年以前のヨーロッパは、疑いなく世界経済の中心ではなかった。ヨーロッパは、経済組織的にも、機能的にも、支配的ではなかった。また経済の重要度においても、あるいは製造、技術、生産力、一人当たりの消費量において、更に、より「進歩的な」「資本主義的」社会という意味においても、覇権を握ってはいなかった。一六世紀のポルトガルも、一七世紀のオランダも、一八世紀のブリテンも、世界経済という意味では覇権を手にしてはいなかったのである。・・・こうした意味では、アジアの経済のほうが遥かに進んでいた。中国の明王朝・清王朝、インドのムガル帝国はもちろん、ペルシャのサファビー王朝、オスマン・トルコ帝国は、ヨーロッパのどの国よりも政治的、軍事的に遥かに重要であった。[13]

フランクが指摘するように、世界貿易の生産と輸出の立役者は、中国をはじめとする東洋の諸国であり、そこから送り出される様々な産物の交易にヨーロッパが巻き込まれる形で展開したと考えられる。東洋から輸出される品々に、ヨーロッパ市場は魅了され、それらを買い付けるために、ヨーロッパ人たちはアジアへの通商路を、陸に海にと探し求めたのである。その意味においては、ヨーロッパは、世界経済の中心とは言い難く、むしろ東洋を中心とした交易の周辺国であったとも言える。[14]

ヨーロッパ中心という神話

キリスト教ヨーロッパは、一六世紀・一七世紀の交易を語る時、ともすれば自分たちを中心に世界貿易を捉えがちである。しかしそれは自分たちの発想から世界貿易を眺めたに過ぎず、本当の意味での世界貿易を語ったことにはならない。ヨーロッパ商人が東洋を訪れ、香辛料を買い付けることにより、東洋をヨーロッパ経済圏に巻き込んだのではなかった。一六世紀に東洋における胡椒の生産量は倍増しているが、そのほとんどが中国へ輸出され、中国国内で消費された。ヨーロッパに向けて輸出されたのはおそらく全生産量の三分の一にも満たなかったであろうと考えられている。そうしたヨーロッパ向けの香辛料も喜望峰を回ってポルトガル人に輸送された量の、およそ十六倍にも上る量が東洋人によって陸路で運ばれた。紅海を通過したものですら、喜望峰を経由した量の四倍に上るという。ポルトガルの船舶が税金を逃れるために、形式的にポルトガル船籍として登録されていても、その所有者が東洋人であることすら珍しいことではなかった。東洋の築いた巨大な経済圏に、ヨーロッパは参入したのである。仮に新大陸で金や銀が採掘されなかったとしたら、ヨーロッパは東洋の経済圏に参入することすら難しかったであろう[15]。

オスマン帝国の止まることのない侵略を目の当たりにした時に、キリスト教ヨーロッパはトルコ人を武力だけを頼りとする異教徒であると、誹らずにはおれなかったであろう。また、自分たちの文明の源流ともいえるギリシャを蹂躙する異邦人の存在を、「野蛮人」と蔑む背景には、東洋の文明への秘められた驚異と怖れがあったのかもしれない。更に、オスマン帝国をはじめとする東洋の国々の経済力を知った時に、そこには限りない誘惑と同時に、激しい嫉妬が芽生えたのかもしれない。ヨーロッパは、東洋の異教国に対して、脅威と焦燥にも似た複雑な感情を抱かずにはおれなかったに違いない。

Ⅲ　キリスト教世界とイスラム教世界

「野蛮人」とされる異教徒

こうした外交・通商状況において、エドワード・バートンも自らに与えられたイスラム教国皇帝訪問という使命の重要性を、深く認識していたことと思われる。エリザベスによって派遣された全権大使として、オスマン帝国皇帝のもとを訪れた彼の立場を考えるなら、帝国の国力に対する不信や警戒ではなく、驚異と畏敬の念のみが、彼の旅行記に記されているのも当然であろう。しかし一六・一七世紀を生きた多くのキリスト教徒にとって、オスマン帝国のイメージは、決して好ましいものではなかった。

オスマン帝国は一三世紀末、東ローマ帝国とセルジューク・トルコ帝国の間のアナトリアに暮らすトルクメン人の小君侯国に過ぎなかった。しかし周辺国を次々に併合し、一四世紀にはバルカン半島に進出、やがてコンスタンチノープルを包囲するまでに至る。異教徒の侵略を目前にして、キリスト教国は十字軍を組織しこれに対抗するも、オスマン帝国の侵略をくい止めることはできなかった。一四五三年、帝国は三度目の包囲によってついにコンスタンチノープルを陥落させ、東ローマ帝国を滅亡させた。やがて一六世紀に入ると帝国はその全盛期を迎え、西ヨーロッパのキリスト教国への侵略を繰り返す。ベルグラード侵略、ロードス島征服、ハンガリー征服、ウィーン包囲、そしてついに一五三八年にはスペイン、ローマ教皇とヴェニスの連合艦隊をプレヴェザの海戦に撃破し、キリスト教ヨーロッパ社会を震撼させた。

こうしたオスマン帝国の飽くなき領土拡大を目にしたキリスト教徒にとって、異教を信奉する侵略者たちは「野蛮人」に他ならなかった。イタリアの詩人トルクァート・タッソ(Torquato Tasso)は、十字軍の遠征を詠んだ叙事詩『エルサレム解放(*Gerusalemme Liberata*)』(一五七五)の中で、イスラム教徒に対して繰り返し「野蛮人("barbari")」という表現を使用している。[16] タッソと同時代を生きたミシェル・ドゥ・モンテーニュ(Michel de Montaigne)も、彼の『随想録(*Essais*)』において、武術の鍛錬が人間の心を頑にするのに対して、知識の追求が人の心を柔軟にすることを説きながら、武術のみを追求する極端な一例として、オスマン帝国の軍国主義を挙げる。「現在、世界中で最も屈強な国家は、トルコ人の国家であり、その国民は武術を尊び、学問を蔑むよう訓練されている」とモンテーニュは彼らを容赦なく批判する。[17] 日々、戦いに明け暮れ、学問・芸術を全く理解しない民族こそがトルコ人なのである。またフランスの詩人ピエール・ドゥ・ロンサール (Pierre de Ronsard) が、多くの英雄や詩人、そして哲学者を生み出したギリシャが、野蛮人であるトルコ人の手に落ちたことに深い詠嘆の意を表しているのも、こうした異教徒への偏見の現れであろう。[18]

ロンサールの抱く想いは、イングランド国民の胸中にも共有されている。旅行家ジョージ・サンディス (George Sandys) は、彼の旅行記『一六一〇年に始まった旅の物語 (*A Relation of a Iovrney Begvn Anno Dom. 1610*)』の「王侯へ」と題された献辞において、かつては栄光と勝利の象徴であったギリシャの地が、いまや雑草の生い茂る地と化し、荒廃してしまったことを嘆く。[19] そしてこのサンディスの感慨にマイケル・ドレイトン (Michael Drayton) もまた共鳴する。

> かつてホメロスが崇高なイリアッドを詠んだ彼の地において、
> 教養を持たぬトルコ人が、すなわち粗野な野蛮人が交易をなす[20]

オスマン帝国は、ヨーロッパ文明の誇る、古の都ギリシャへ土足で踏み込み、キリスト教ヨーロッパの文明の起源とも言えるヘレニズム文明を破壊した侵略者と見なされたのである。『トルコ人の歴史 (*The Generall Historie of the Turkes*)』(一六〇三) を著した英国の歴史家リチャード・ノールズ (Richard Knolles) は、オスマン帝国こそはまさに「世界の最も大いなる恐怖 ("the greatest terror of the world")」だとの警告を発する。[21] 同じく、フランシス・ベーコン(Francis Bacon)も、オスマン帝国の野蛮さを激しく糾弾している。

残酷な暴君たちは、帝位継承の度ごとに皇帝の血に手を染めてきた。山となす召使いや奴隷はいるものの、貴族も、紳士も、自由民もいない。土地の相続もなければ、血筋も家柄も存在しない。愛情を抱くということはなく、聖書が記しているように、女性の願いを省みようともせず、敬虔な信仰心や、子供への情といったものを感ずることもない民なのである。道徳心や、文芸、科学を知らない国家であり、一エーカーという土地の測量法や一時間という日の計り方すら知らない輩である。建物も、食べ物も、その他もろもろ、すべてがみすぼらしく卑しい。ひと言で言うなら、人間社会の恥辱である。しかしこの国は、この世の楽園を荒地に変えてしまったのである。[22]

ベーコンによれば、オスマン帝国とは、到底文明国と呼ぶに値しない野蛮な未開国に過ぎない。オスマン帝国の宗教であるイスラム教は、キリスト教徒からすれば、神聖な宗教と呼ぶに値せず、様々な宗教からの教義を繋ぎ合わせたような紛物に過ぎなかった。それはまさに偽善者によって、信仰を失った者たちのために造り上げられた偽の教義に他ならなかった。一五九七年に英国で出版された作者不明の書物『トルコ帝国の政策(*The Policy of the Turkish Empire*)』には、マホメットへの侮辱が堂々と記され、その出自は父がアラビア人で母はユダヤ人だと貶される。更に、イスラムの教義は、自分たちの都合の良いように旧約聖書と新約聖書から拾い集められ、組み合わされたものに過ぎず、ユダヤ教、キリスト教、さらにアリウス主義の折衷案だと決めつけられるのである。[23]

すなわち一六・一七世紀においてキリスト教国におけるオスマン帝国の人々のイメージは、無教養な野蛮人であり、他国を侵略し自国の拡大のみをはかる好戦的な軍国主義者である。そして彼らの信仰するイスラム教は、正統なる宗教であるキリスト教からすれば、まやかしの邪教に過ぎないとされたのである。

異教徒に対する別の見方

異教徒やその信仰に対するこうした偏見は、キリスト教信者の深い信仰心が生み出したものであり、その篤信の裏返しだと、好意的に片付けることはできない。というのも当時、多くのキリスト教徒がイスラム教へ改宗するという事態が起こっていたからである。キリスト教国の貧困層が、拡大を続けるオスマン帝国の財力に魅せられ、その地に自分たちの貧困からの脱出を求めるということもあったであろう。更に、オスマン帝国は他国を巻き込むことによって領土拡大をはかってきたことから、階級の上昇において自らの出自が問題とされることは少なかった。生まれ育った階級への隷属を余儀なくされるキリスト教社会を逃れ、すこしでも高い身分を手に入れることを夢見て、侵略者であるオスマン帝国の民となるために、改宗をも厭わない者は後を絶たなかった。記録によれば、帝国の支配下にあったアフリカ北部のバーバリー地方アルジェには、二十万人とも言われる元キリスト教徒が暮らしており、そのほとんどが改宗者または背教者であったという[24]。フランスの軍人フランソワ・ドゥ・ラ・ヌーヴ(François de La Noue)は、その書『政治と軍事に関する論文(*Discours politiques et militaires*)』(一五八七、同年に英訳も出版)の中で、帝国の軍事力の強大さを侮ることの危険性と、キリスト教徒が改宗し帝国側につくことへの不安を次のように指摘している。

我々はトルコが世界で最も巨大な帝国であるがゆえに、彼の国を非常に恐れている。多くの人々は、トルコ人が野蛮で、残酷であり、あらゆる善良さを欠いているとの誤った情報を聞かされている。その点について、皆、騙されているのである。世界の兵隊の中で、トルコ兵ほど冷静で、上官の命令に忠実で、そのうえ勤勉な兵はいない。永らく彼らにとって火縄銃の使用は限られたものであったが、すぐにその使用法を身につけるであろう。自分たちの騎馬兵のために身体の前面と頭を護る鎧や兜も使い始めるであろう。如何に多くのキリスト教徒の兵士が日々彼らのもとへ向かい、自らの信仰を否定しているかを考えるにつけ、その実態は実に驚くばかりである。トルコ兵が、現在では我々キリスト教徒のほうが勝っているといえる戦いの慣習を身につけるようになるのも、さほど遠い先のことではない。[25]

ドゥ・ラ・ヌーヴは、オスマン帝国軍の兵力を、単なる野蛮人として見くびることは危険であるという。オスマン帝国は、背教キリスト教徒たちをも味方につけることで、キリスト教徒に勝るとも劣らない戦闘能力を備えつつあることを彼は強調し、更なる警戒が必要であることを説いている。

オスマン帝国を野蛮人として侮るべきではないという声は、様々なところで囁かれ始めていた。それどころか、オスマン帝国を積極的に評価しようという動きも出始めていた。オランダの人文主義者で神学者であったデジデリウス・エラスムス (Desiderius Erasmus Roterodamus) は、既に一六世紀初頭において、十字軍の戦いを異教徒に対する聖戦と位置づける見方に反対を表明していた。異教徒を武力で弾圧しようとする行為は、神の御言葉に逆らうことであり、彼らを強制的にキリスト教に改宗させようとすることは、慈悲と慈愛を説くキリスト教精神とは相容れないものであることを、エラスムスは主張する。イスラム教徒とて「人間であり、彼らの心は鉄や鋼でできているわけではない」と異教徒に対する差別意識を彼は諫めている。[26] またイタリアの歴史家フランセスコ・グイチアルディーニ (Francesco Guicciardini) は、オスマン帝国の他国侵略に対して非難を浴びせながらも、その政治的・軍事的特質には肯定的な態度を示す。彼は、オスマン帝国の第八代サルタン・バヤズィト二世 (Bayezid II) の文学への嗜好やイスラム教典研究の敬虔さを高く評価する。[27] 帝国との敵対ばかりを唱えるのではなく、同盟を結ぶという選択肢も視野に入れるべきだというグイチアルディーニの議論は興味深い。イスラム教徒を一括りにして考えるのではなく、オスマン帝国の為政者それぞれの個性を論じることは、異教徒に対するキリスト教側の理解を一歩前進させたと考えることができるであろう。

他方、ニッコロ・マキャヴェッリ (Niccolò Machiavelli) は、いかにも政治思想家である彼らしく、バヤズィト二世を評価しようとはしない。『ディスコルシ (*Discourses*)』第一の書では、戦争よりも平和を愛したバヤズィト二世の治世が平穏であったのは、父メフメト (Mahomet) が打ち立てた強大な帝国を引き継いだからに過ぎず、もし仮に彼の息子セリム (Soliman) が、祖父メフメトではなく父バヤズィト二世と同じような政治姿勢を取ろうとすれば、帝国は崩壊したであろうと主張する。[28] しかしマキャヴェッリは、オスマン帝国の民を「野蛮人」と見なすようなことはしない。第二の書では、むしろ彼らのバルカン半島への侵攻とそこで繰り広げられた帝国の統治能力を高く評価する。そればかりか、かつてローマ人が兼ね備えていた「徳 (virtù)」は、その後、フランク族、ゲルマン族、サラセン人、そしてトルコ人に受け継がれているとし、巨大帝国を築くことに成功したオスマン帝国の政治的手腕を賞賛するのである。[29]

オスマン帝国に対する評価の動きは、一七世紀になるとようやく英国でも見受けられるようになる。英国の旅行家であったサー・ヘンリー・ブラント (Sir Henry Blount) は、自ら記した旅行記『レヴァントへの航海（*A Voyage into the Levant*）』（一六三六）の中で、トルコ人が紛れもない野蛮人であるのか、それとも我々に劣らない文明を持っているのかを検証することを旅の目的として掲げている。彼は、地中海東部への旅を通して見聞きした事柄から、オスマン帝国の軍備、法制度、宗教、風俗習慣などを英国の人々に紹介する。ブラントによれば、イスラム教徒は自らの信仰に厳格であるため、教義に反することを恐れて他の学問を排斥してきた。しかしそれ故に、彼らの文芸が劣っていると決めつけることはできないと彼は言う。イスラム教徒には、キリスト教世界に劣るどころか、それを凌駕するともいえる独自の哲学が存在するからである。ブラントは、イスラム世界の学問が優れていることを強調している。

自然な流れとして、万物に生命を与える太陽の如く、あらゆる学問は東から西へと伝搬したと言われてきた。ほとんどの文明や科学がインドのヒンドュー教に端を発し、エジプトに、更にギリシャに、そこからイタリアに、そしてアルプスを超えて、大陸の北西地域へと伝えられたのだと考えられている。異端審問に妨げられなければ、そこから更に西方の植民地へと伝わり、そこから再びレヴァント人のもとへと回帰したであろう。レヴァント人の知性が、より抽象的で思索に適しているのに対し、我々の思考は鋭敏で機転がきく。故に彼らの論考はより深遠で、我々の論考はともすれば表層的でもっともらしく聞こえる。[30]

ブラントの主張にはイスラム教徒を「野蛮人」とする発想は全く見受けられない。ブラントが旅を計画した背景には、オスマン帝国が世界を席捲し、他の国が成し得なかった帝国の確固たる礎を築き上げたという厳然たる事実があった。ブリテン帝国の成立を夢見る英国にとって、オスマン帝国がひとつの模範を示すという発想が、英国内にも芽生え始めていたのである。[31] ほぼ時期を同じくして英国の歴史家トマス・フラー(Thomas Fuller)は、『聖戦の歴史(*The Historie of the Holy Warr*)』(一六三九)を記し、十字軍の歴史を書き起こしている。その中で、フラーはオスマン帝国の存在を次のように記している。

[トルコ帝国は](最盛期にあるローマを加えても)かつて史上に存在した最も強大で統率力のある国家となっている。(人間の身体を造り上げる骨と肉にも喩えられる)海と陸の両方を考えてみても、西洋のブダペストから東洋のタウリス[イランのTabrizの古代名]まで、その領土は実に約三千マイルに及んでいる。南北の広がりもほぼそれを少し下回る程度であろう。帝国は世界の中心に君臨し、周辺国に大胆な挑戦を繰り返し、ヨーロッパ、アジア、そしてアフリカの実り豊かな国々の支配権を手中に収めている。彼の帝国の影響を免れるのは、おそらくアメリカのみであろう。[32]

歴史家のフラーに、十字軍の聖戦を書き記すことを決心させたのも、オスマン帝国の支配力がヨーロッパ、アジア、アフリカと、広大な地域に及んだことによるものであろう。[33] 英国をはじめヨーロッパのキリスト教国は、イスラム教徒を「野蛮人」と蔑むことは最早難しくなり、むしろオスマン帝国の繁栄と覇権を認めざるを得ない立場に追い込まれていたのである。

こうした観点から、一六・一七世紀に記された東洋への旅行記は興味深い。旅の記録は、異国の地の様子と共に、それを記した西洋人の心情についても多くのことを我々に教えてくれるからである。本書の主題である演劇と旅行記の関係を解明していくにあたって、旅行記というジャンルについてここで概観しておくこととする。

Ⅳ　異教国への旅行記

古代から中世、そしてルネッサンスへ

旅行記には長い歴史がある。人間は、常に自分たちの生活圏の外に存在する未知の世界に、怖れと興味を抱いてきた。古代メソポタミアで記された『ギルガメッシュ叙事詩』（紀元前二五〇〇―一〇〇〇年）、ホメロスの『オデュッセイア』（紀元前六〇〇年）、そして聖書の「創世記」や「出エジプト記」などは、古代より旅行記が人々と共にあったことを物語るものである。なかでもオデュッセウスが地中海の各地を遍歴する苦難と冒険の物語である『オデュッセイア』は、後の西洋文学全般に大きな影響を与えた。しばしば「歴史学の父」と称されるヘロドトスもまた、旅行記作家としての一面を持っている。ギリシャとペルシャの戦いの歴史を記した彼の『歴史』（紀元前四三一―四二五年）には、彼自身が旅したエジプト、リビア、シリア、バビロニア、トラキアなど、地中海や黒海周辺の様子と共に、地域の民族と文化が克明に紹介されているからである。また古代ギリシャの歴史家であり地理学者であったストラボンは、自らの旅で得た知見と他の旅行者から収集した知識を、全一七巻に及ぶ大著『地理学』（二三年）にまとめた。彼の書物は、イベリア、ガリア、イタリア、ドナウ川流域、黒海沿岸、ギリシャ、コーカサス、小アジア、インド、ペルシャ、メソポタミア、シリア、パレスチナ、紅海、アフリカの地中海岸およびマウレタニアなどを網羅し、その歴史・経済的発展の様子をはじめ、神話、風俗習慣、動植物の生態などを詳細に記している。更に、旅行記とは呼べないにしろ、プリニウスの編纂した百科全書『博物誌』全三七巻（七七年）の存在も無視することはできない。『博物誌』の第三巻から第六巻は、

地理と民俗学について記した書で、後の旅行記へ与えた影響は測り知れない。[34]

中世においても多くの旅行記が書かれている。ヨーロッパ人は、アジアやアフリカに対して大きな関心を寄せたが、実際に遥か彼方の地を訪れた者は多くはなかった。旅行記とは言うものの、ヘロドトスをはじめとする古代の知見に、様々な想像を重ねたに過ぎないようなものも見受けられ、中に描かれている荒唐無稽な怪物にも似た異国人の姿は、ヨーロッパ人の恐怖や幻想の投影に他ならなかった。

そうしたなかマルコ・ポーロの『東方見聞録』の登場は画期的である。ポーロは一二七一年、父と叔父と共に東方への旅に出発。一行は、ローマ教皇グレゴリウス十世から元朝皇帝に宛てた信任状を携えて、ペルシャから、タクラマカン砂漠の南を通る天山南路を経て、粛州に到着した。しばし粛州に滞在の後、再び元朝の宮廷を目指し、一二七四年（七五年？）に元朝皇帝フビライ・ハンに拝謁している。ポーロは皇帝に重用され、およそ一七年におよぶ長い歳月を元朝で過ごした後、一二九五年にようやくヴェニスに帰国した。ポーロは、その後ジェノバ軍との戦いに際して母国ヴェニス軍に加わるも、敵軍の捕虜となり、捕囚としての生活を送ることとなる。獄中で、東方における自らの経験を、ルスティケッロ・ダ・ピサに筆録させたものが『東方見聞録』のもととなった。しかしルスティケッロ・ダ・ピサが、ポーロの語った内容に自らの集めた挿話を勝手に加筆したことから、厳密な意味でのポーロの旅の経験の記録とは言い難い。更に、ダ・ピサの記したオリジナル原稿が早くに失われたことから、決定稿を確定することすら難しい。印刷術の発明以前で筆写に頼らねばならなかったことや、様々な言語に翻訳されたことも影響し、多くの異本が存在することも事実である。[35]

ポーロの書物は別格として、その他の中世の旅行記として注目されるのは、サー・ジョン・マンデヴィルなる人物によって記されたという『東方旅行記』（一三五六年頃）であろう。書物は、著者が、中東、インド、中国、ジャワ島、スマトラ島などを訪れた際の記録となっている。ジョン・マンデヴィルの素性については諸説があるうえ、現在では、書物の内容も他の旅行記から拾い集めたものに過ぎず、偽りの旅行記であることが知られている。東洋の風俗や習慣において、事実とはほど遠い内容が多く含まれているにも関わらず、マンデヴィルの旅行記は、後のルネッサンス時代の人々に多大なる影響を与えた[36]。

コロンブスもまた、ポーロやマンデヴィルの旅行記に触発されたひとりであった。一四九二年から一五〇四年にかけて、コロンブスは四度の航海を試みている。彼は、大西洋を横断することによって、黄金の都とされた極東へ辿り着こうとしたのであった。しかしジパングや中国を目指したはずの彼の船は、今までヨーロッパ人が知ることのなかった新大陸と遭遇することとなる。コロンブスは終生、自分が辿り着いたのはインドだとの主張を変えることはなく、新大陸であるという認識は、アメリゴ・ヴェスプッチの航海と、それに基づく彼の論文『新世界』(一五〇三年)の登場を待たねばならない。世界がヨーロッパ大陸、アフリカ大陸、アジア大陸から構成されているという伝統的世界観を信じていた当時の人々にとって、これは衝撃であった。コロンブスやヴェスプッチによってヨーロッパの人々は、自分たちが信頼を寄せていた古代や中世の旅行記が、必ずしも真実を伝えるものではないことを、改めて思い知らされたのである。彼らの航海記は、ヨーロッパ人に新しい時代への扉を開くこととなった[37]。

スペインの支援を受けたコロンブスが、西回り航路により大西洋を横断しインドに到達したという報せは、ポルトガルを動揺させた。自国の経済的繁栄のため、インドとの交易を目指すポルトガルにとって、コロンブスの到達した新航路は自国の発展の障害となる可能性があったからである。国王は、アフリカ南端を経てインドへ向かう新しい航路の発見に熱心に取り組み始めた。一四九七年、ポルトガル国王の親書を携えたヴァスコ・ダ・ガマはリスボンを船出し、翌年、喜望峰を周りインドへと至ることに成功する。ダ・ガマによるアフリカ南端を経てインドへ向かう航路の発見は、胡椒など莫大な交易の利益をポルトガルにもたらし、海上王国としての礎を築くこととなった。コロンブスやダ・ガマの新航路発見を耳にしたフェルナンド・マゼランは、スペイン国王の信任を得て、五隻のスペイン船を率い、世界一周の航海に出発。大西洋を横断した後、南アメリカ南端を周って太平洋に入り、一五二二年についに世界一周を成し遂げた。[38] 彼らの冒険は、大航海時代というヨーロッパ史の輝かしい一頁を記している。

コロンブスをはじめとする航海者たちの報告は、学問の知的追求において、経験主義の重要性を強調することとなった。過去の偉大な賢人たちに学ぼうとすることも大切であるが、それ以上に実際に自分の目で確かめるという経験主義の重要性を再認識させられるような事柄であった。フランシス・ベーコンが、科学の追究において、経験を積み重ね、それを基に帰納的に結論を導き出すという手法を重視したのも、こうした時代の発想として当然のことであったといえる。更に、大航海の時代にふさわしく、各地の旅行記を収録した旅行記集成が流行した。ヴェニス人であるジョバンニ・バチスタ・ラムジオ(Giovanni Batista Ramusio)による『航海と旅行(*Delle navigazioni et viaggi*)』(一五五〇—五九年)、リチャード・ハクルート(Richard Hakluyt)の『英国国民の主な航海、交易、発見(*Pricipall Navigations, Voyages, Traffics and Discoveries of the English Nation*)』(一五八九年、大幅な増補改訂版は一五九八—一六〇〇年)、更にサミュエル・パーチャス(Samuel Purchas)の『ハックルートの没後出版あるいは、パーチャスの巡礼(*Hakluytus Posthumus, or Purchas His Pilgrimes*)』(一六二五年)などは、その代表的なものである。[39]

しかし次々に地理上の新しい発見がなされるなか、中世以前の世界観が完全に書き変えられたわけではなかった。一六世紀後半から一七世紀前半にかけては、中世までの伝統的世界観と新たな世界観が混在した形で人々の意識を造り上げていた。人々は新たな冒険によって知らされた事実を頭では理解しながら、過去の旅行記によってもたらされた荒唐無稽な異教国の印象を決して忘れ去ることはなかった。ジョン・マンデヴィルの旅行記が、ハックルートの旅行記集に収められていることからもこのことは知れる。中世以前に描かれた異教国の文化・形象は、人々の心に深く刻み込まれていたのである。それは人々が、インドやエジプトをはじめ、アフリカ大陸における様々な異教国に想いを馳せる時、あるいはアマゾン族の女性戦士を想い起こす時に、繰り返し人々の心の中に蘇った。伝統的な世界観と大航海時代にもたらされた新たな世界観の対立と衝突は、異教国に対するルネッサンス人の心象風景に複雑な影響を与えている。

自らの文化の価値観をとおして

経験に裏打ちされたように思われる旅行記が、必ずしも異教国の真実を伝えているとは限らない。未知の物に遭遇した旅人は、初めて目にする物を常に自分自身の知識の範疇に取り込み、既存の知識に置き換えて理解しようと試みる。当然のこととして、そこに誇張や誤解が生ずることは否めない。ポーロは、彼の旅行記の中に、旅先のジャワで一角獣と遭遇したことを記している。現代において、一角獣の存在を信じる者はいないが、中世の物語にはしばしば一角獣が登場し、多くの人々がその存在を信じていた。ポーロは、摩訶不思議な異教国の様子を殊更強調するために、ありもしない一角獣の挿話を自らの旅行記に書き込んだわけではなかった。おそらく彼がジャワで見たのは、現代の動物学の奇蹄目サイ科に属するスマトラ・サイであったと考えられている。西洋には存在しないサイという動物を一度も見たことがなかったポーロは、角をもった四つ足の動物の姿を目にして、即座に一角獣であると思い込んだのであろう。[40] 西洋の旅人は、異教国の文化を客観的に観察し理解すると言うより、むしろそこに自分たちが既に知っているものを見出すのだともいえる。

ポーロによる一角獣を見たとの証言はたわいないものであるが、未知の文化を既知の文化に置き換えようとする傾向は、時に深刻な誤解や偏見を生み出すこともある。イタリアの旅行家ルドヴィコ・ディ・ヴァルセマ (Ludovico di Varthema) は、一六世紀初頭カリカットを訪れた際に、多神教であるヒンドゥー教の礼拝を目にし、それを自らのキリスト教信仰に照らし合わせて、偶像崇拝による悪魔信仰であると断言している。

・・・寺院の中央には、金属で鋳造された悪魔が、同じく金属で造られた玉座に座している。悪魔は三段の王冠から成るローマ法王のような王冠を冠っており、四つの角と四本の牙、それに大きな口と鼻、そして恐ろしい目をしていた。手は鉤のような形で、脚は鶏のような形をしており、見るもおぞましい姿であった。・・・毎日ヒンドゥー教の司祭が、香りのついた聖水で偶像を洗い清め、芳香を染み込ませた後に礼拝をする。週の内には、儀式に則っとり、生贄を捧げることもある。[41]

ヴァルセマは、ヒンドゥーの教義を全く理解することなく、インド人の宗教観を自分自身の慣れ親しんだキリスト教の宗教観に置き換えて、そこに悪魔像を見出したのである。ヴァルセマの記した『旅行記 (*Itinerario*)』は、一五一五年にドイツで翻訳版が出版されるが、その際にはドイツ人の版画作家による挿絵が用意された。(図7・8) 挿絵は、ヴァルセマのテキストを基にイメージを膨らませて創作されたために、インドにおける悪魔崇拝の様子を、ヨーロッパ人の心に一層強烈な形で焼き付けることとなった。[42]

図７　ヴァルセマの旅行記　ドイツ語版挿絵

図８　ヴァルセマの旅行記　ドイツ語版挿絵

またインドのヴィジャヤナガラ帝国では、兵士に王への絶対的忠誠を求めたことから、彼らが一般男性のように結婚し家庭を持つことは禁じられた。その代償として特定のカーストの女性が彼らの愛人となることが定められ、結婚という制度とは異なる愛人制度が公認のものとなっていた。制度内の女性たちにとっては、多くの兵士の愛人となることが名誉なこととされたため、複数の男性の庇護を受ける女性が存在した。一夫一婦制を重んずるキリスト教圏からヴィジャヤナガラを訪れた旅人たちは、こうした慣習を自分たちの婚姻制度と重ね合わせて理解しようとしたため、ここに複数の夫を持つ女性という誤解が生じることとなったのである。更に、女性たちは身籠った子供たちの父親が誰かを問うことはなく、自分たちだけで子供の養育をしようとしたことや、兵士の遺産が彼らの女兄弟の家系に相続されるという複雑な相続制度から、キリスト教世界における家父長制度を逆転させる女系家族の逸話が生まれた。[43]

同様の誤解や偏見は、イスラム教国の宦官に対するキリスト教徒の反応にも見受けられる。オスマン皇帝の後宮を警護し、そこで暮らす女性たちの世話をする宦官たちは、皇帝の私的空間と公的空間を繋ぐ仲介者として、皇帝の篤い信任を得た者たちであった。彼らの身分は高く、彼らの許可なくして、皇帝との謁見は適わなかった。しかしキリスト教徒たちからすれば、彼らは性器を切除することによって性を否定した怪物に過ぎず、男性性を喪失することによって女性化した人間で、その存在は嘲笑の対象に他ならなかった。[44] それればかりか割礼と去勢がしばしば混同されたことから、オスマン帝国の捕虜になれば、去勢を強いられ、もはやまともな男性でいることはできないとの、まことしやかな噂が流された。異文化における異なる価値観は、自国文化の保守的な価値基準に当てはめて判断される時、常に歪められ、自分たちに都合の良いように変容されて受け入れられたのである。

遥か彼方の異教国を旅する者たちは、そこで彼らが遭遇した出来事を、自らの知識で理解しようと努め、それに自らの生まれ育った文化の価値観によって判断を下そうとする。それは言い換えるなら、未知なる世界を、自分たちの知識の範疇に取り込むことであり、異教国の異文化世界を、自らの世界観に組み込み、再構成する作業であった。英国人ジョン・ポーリーの手になるレオ・アフリカヌスの『アフリカの天文学と地理学』の翻訳は、こうした組み込みと再構成の作業を如実に示す一例である。ムーア人レオ・アフリカヌスは、イタリアの地でアフリカの地誌を記した自らの書物『アフリカの天文学と地理学』をイタリア語に訳した。[45] この書物はやがて、ポーリーによって英訳されることとなるが、翻訳にあたってポーリーは単にイタリア語を英語に置き換えたのではなく、かつてアフリカの地理を記したヨーロッパの著述から必要箇所を書き加えることで、ヨーロッパの知の体系に『アフリカの天文学と地理学』を組み入れるという複雑な作業を行なっている。アフリカヌスというひとりのムーア人によってもたらされた知識は、ヨーロッパの先人たちが記した知識の中に吸収され序列化されて、ヨーロッパの世界観を築き上げる一資料としての位置を占めたといえる。ポーリーの翻訳を通して、異教徒アフリカニスの書物は、非キリスト教圏の人物によって初めて書かれたアフリカの大地の記録であったにも関わらず、キリスト教圏の知の系譜に組み込まれ、ヨーロッパを中心とする世界観に呑み込まれたのである。

旅行記とイデオロギー

旅行記は、しばしば旅人の母国の侵略主義やその宗教イデオロギーを色濃く反映するものである。一六世紀初頭、スペイン人たちは新大陸でインディオたちに、金銀の採掘や海底での真珠取りという過酷な労働を強制した。その結果、肉体の限界を超えた強制労働により、多くのインディオたちが命を落とし、原住民人口の激減をもたらすという暗黒の歴史が刻まれた。植民地の実態を目にした聖職者バルトロメー・ラス・カサス(Bartolomé de Las Casas)は、植民者たちによる原住民への蛮行を即座にやめさせるため、本国スペインにおいて植民地政策の見直しを求める運動を展開する。ラス・カサスの記した『インディアスの破壊についての簡潔な報告(*Brevíssima relación de la destrucción de las Indias*)』(1552)は、こうした運動から生まれたものであり、書の中ではスペイン植民者による原住民への残虐行為が激しく糾弾されている。

しかしこの書の出版は、ラス・カサスの思惑とはまったく異なる反応を諸外国から引き出すこととなる。植民者たちの蛮行を告発し、母国スペインに植民地政策の見直しを求めることを目的としていたはずの『インディアスの破壊についての簡潔な報告』は、スペインの政治的支配に苦しむ国やカトリック国スペインの軍事力および植民地拡大に脅威を感じる国々にとって、スペイン攻撃の格好の材料を提供することとなったのである。英訳『インディアスの破壊についての簡潔な報告』の出版は一五八三年のことで、その後、一六九九年までにロンドンで四版が刷られた。[46] 書物をとおしてスペイン人の蛮行を目の当たりにしたイングランド人たちが、自分たちの植民地政策がスペイン人の支配とは全く異なったものである必要を感じたことは、一五八四年に出版されたリチャード・ハクルートの『西方植民論(*A Discourse Concerning Western Planting*)』からも窺い知ることができる。ハクルートは、そのなかでイングランドが植民地政策を推し進めていくことにより、ヨーロッパにおけるイングランドの経済的地位を改善することができるとともに、国内の余剰人口対策にもなることを説いて、新大陸への植民を積極的に進めることを提言している。同時に彼は、ラス・カサスの書物に言及し、西インド諸島におけるスペイン人の蛮行を激しく非難しつつ、英国人の植民地政策はスペイン人たちの支配とは異なるものであることが前提とされる。一五八八年、ほぼ時期を同じくしてトマス・ハリオット(Thomas Harriot)の

『新たに発見された土地ヴァージニアに関する簡潔にて真実の報告(*A Briefe and True Report of the New Found Land of Virginia*)』が出版されている。この書物は、新大陸への植民を促進することを目的に書かれたものであり、同時に投資家たちに対しても植民地への経済投資が有効であることを訴えかけるものであった。書物を通して、植民計画を推し進めるうえで、新大陸の原住民は脅威の対象とはならず、従ってスペインが行ってきたような蛮行も不要であることが、繰り返し説かれている点は注目に値する。ハリオットの書物では、反カトリック・反スペインの立場から、プロテスタント・イングランドの植民地政策のあるべき姿が模索されているのである。[47]

旅行記が、ともすれば体制側のイデオロギーを描き出すことは、決して珍しいことではない。ニコラス・ニコライの旅行記もその一例を示すものであろう。ヨーロッパ全土を支配しようとの野望を抱くハプスブルグ家の勢力に対抗していくため、一五二五年、フランス国王フランシス一世は密かにオスマン皇帝に使者を送り、両国の同盟関係を求めている。フランシスにとって、ハンガリーとの同盟関係および、オスマン・トルコとの同盟関係を成立させることによって、ハプスブルグ家を牽制するための一大勢力を東地中海に築くことは、有効な外交戦略と思われたのである。同時に、フランスは永らくヴェニスやラグーサが、オスマン帝国との交易を通して享受してきた商業的特権を自らも手にすることにより、イスラム教国との交易による自国の経済的繁栄を目論んでいた。

フランスとオスマン帝国の同盟関係は、実際の戦争への参加・協力というよりも、両国が同盟関係にあるという事実そのものが、ハプスブルグへの牽制になると思われたことから、一六世紀半ばも継続され、次々にフランス大使が帝国に送られた。そうした大使のひとりとして、一五五一年にアンリ二世によって派遣されたガブリエル・ドゥ・ルエル(Gabriel de Luels, sieur d'Aramon)に随行したのがニコラス・ニコライである。ニコライは翌一五五二年に本国へ帰国しているものの、彼の旅行記が執筆・出版されたのは実に一五年の歳月を経た、一五六七年のことであった。この間に、フランスとスペインとの関係には大きな変化が生じている。一五五九年にヴァロア朝フランスとハプスブルグ家の間に結ばれたカトー＝カンブレジ条約は、一六世紀前半のイタリアを巡る両国の争いに終止符を打つものであり、フランスとスペインとの間に締結されたこの講和条約成立により、フランスとオスマン帝国の同盟の意義は希薄なものとならざるをえなかった。複雑な国際情勢の中で、キリスト教各国の思惑は、オスマン・トルコ帝国との外交に様々な形で反映され、各国の都合により異教国との同盟関係は時に重視され、また時には蔑ろにされたのである。それどころか、一五六五年のトルコ軍によるマルタ島包囲やキプロス島侵攻は、フランスと帝国の間にむしろ緊張関係を呼び起こすこととなる。一五七一年、異教徒の脅威に対抗して組織された最後の十字軍に、カサリン・ドゥ・メジチは不参加を表明したものの、一六世紀後半のフランスとオスマン帝国の関係は、世紀前半の両国関係とは大きく異なったものとなっていた。[48]フランスとオスマン帝国の蜜月時代にフランス大使に随行したニコライであるにも関わらず、彼がその旅行記の中で盛んにイスラム教国に対抗するキリスト教国の結集を呼びかけているのは、こうしたフランス外交の変化を物語るものであろう。一五年という歳月の流れの中で、フランスとオスマン帝国の外交関係にも変化が生じ、ニコライもそうした空気を素早く察知して、一五六七年に出版の運びとなった自らの旅行記に中に、異教国オスマン・トルコに対する警戒と敵意を書き込んだのであろう。

自己成型の手段

旅行記は、旅人たちが異国における自らの経験を書き記した記録ではあるものの、そこには自らを語る彼らの肉声が籠められている。旅人たちは、人が躊躇するような困難な旅にあえて立ち向かうことによって、自らの政治的立場を表明し、自分の存在を訴えようとしたのである。こうした観点から、サー・ウォルター・ローリー（Sir Walter Raleigh）の記した『広大で肥沃、そして美しき帝国ギアナの発見（*Discoverie of the Large, Rich and Beautiful Empyre of Guiana*）』（一五九六）の出版は興味深い。一五九五年ローリーは、南アメリカに存在するという伝説の黄金都市マノアを目指して旅に出た。黄金都市の発見はイングランドに財宝をもたらす可能性ばかりでなく、南アメリカへの植民計画を推し進めるスペインを牽制する意味もあった。更に、エリザベス女王の侍女との秘密結婚により、女王の不興を買ったローリーにとっては、汚名を挽回するための大きな賭けでもあった。残念ながら、ローリーの旅は失敗に終わる。ついに黄金郷を発見することはできず、旅行記には彼とその部下たちの遭遇した苦難の旅路の様子のみが記されている。もっとも旅行記に添えられた序文の手紙（"prefatory letter"）の中でローリーは、彼らの旅路を「苦難に満ちた巡礼の旅（"a paineful pilgrimage"）」と記している。彼にとって、黄金郷に到達するという目標は達せられなかったものの、苦労を重ねた旅の行程を詳らかにすることによって、エリザベスの同情と許しを請い求めようとしていたのかもしれない。まさに彼のギアナへの旅は、過去の罪を償うための巡礼の旅であり、ロマンスにしばしば描かれたように、ヒロインの愛を求めて苦難の旅を続ける騎士の物語を彷彿とさせる。その意味において、ローリーの旅行記は、女王の寵愛を求めて苦悩する自らの姿を描く、彼なりの自己成型の手段であったのかもしれない。[49]

イングランドとの交流が途絶えて久しいペルシャ帝国へ、はるばる旅をしたシャーリー兄弟（Sherley Brothers）の冒険もギアナ遠征を思い立ったローリーと似たような経緯を辿っている。サセックス州の庶民院議員の次男として生を受けたアンソニー（Anthony）は、エセックス伯爵ロバート・デヴロー

(Second Earl of Essex, Robert Devereux)の従兄妹にあたるフランシス・ヴァーノン(FrancisVernon)と結婚するも、この結婚が女王エリザベスの不興を買うこととなった。汚名返上のためにも、アンソニーは弟のロバート(Robert)と共にペルシャ皇帝シャー・アバスと単独で会見することを計画する。兄弟の目論みは、キリスト教圏を脅かすオスマン・トルコ勢力を抑えるためには、ペルシャとの同盟関係構築が有効な策であることを母国に訴え、自分たちがペルシャとイングランドはもとより、キリスト教国の代表たる外交使節となることであった。事の真偽についてはかなり疑わしいものの、彼らの旅の様子を記した旅行記には、彼らのペルシャでの活躍の様子が華々しく語られている。兄弟は自分たちの活動を正当化するために、自ら冒険談の出版を仕組んだように思われるふしもあり、キリスト教国と異教国との橋渡しをする英雄像を自ら造り出そうとしていたようである。[50] そしてこの旅行記を基として、ジョン・ディー、ウィリアム・ロウリー、ジョージ・ウィルキンズ合作による芝居『英国三兄弟の旅(*Travels of Three English Brothers*)』が執筆された。劇の中では、ペルシャを訪れた兄弟の大冒険が、一層の誇張をもって描かれ、彼らは祖国の英雄として讃えられている。こうした旅行記や旅行を題材にした芝居から、我々は主人公たちの自己成型の様子を垣間みることができるのである。

V 演劇と異教徒

シェイクスピア劇に登場する異教徒たち

交易の可能性を探るうえで重要な役割を果たした旅行記は、多くの国の人々の興味を惹き、様々な言語に翻訳され出版された。旅行記を繙く人々は、交易に関心を寄せる貴族たちや豪商など、上流階級や一部の富裕層の人々であったのではないかという考え方もあるかもしれない。しかし異国を旅する一般の商人や船乗りは、常に異国の奇聞に関心を寄せ、絶えず自分たちの見聞きしたことを情報交換し合ったはずである。船が寄港する港の酒場では、そうした不可思議な異文化の様子が、一端の異国通を自認する輩の口から得々と語られたに違いない。そしてそれを耳にし、その奇妙さに驚き呆れた民衆は、更にそうした口承伝説を様々な人々の間に広めたのであろう。文字として残された記録以上に、こうした口承伝説が人々の異文化への理解や偏見に大きな影響を与えたことは、充分考えられることである。ヴィジャヤナガラのような異文化における男女関係のありかたや、女兄弟の家系による財産相続権が、驚くべき逆転の価値観を有するインド社会の様子として、様々な旅行記や口承伝説を媒介に、英国社会に伝搬していた可能性を否定することはできない。またオスマン・トルコ宮廷の宦官の存在は、人々に男女の区別を超越した摩訶不思議な存在として受け止められると同時に、去勢による男性性喪失の恐怖を人々の心に呼び起こしたかもしれない。更に、レオ・アフリカヌスのように、イスラム教徒からキリスト教徒へと改宗した人物の物語に、人々は異教に対するキリスト教の勝利の証として、感動をもって耳を傾けたであろう。同時に、流浪の民であるジプシーの姿に古のエジプト人の面影を探し求め、そこに不思議な魔術や占いの神秘を読み取ったかもしれないのである。

庶民に人気のあった演劇は、こうした様々な言い伝えをあたかも現実であるかのように、生き生きとした姿で人々に示す絶好の場であった。舞台は、異国の風俗習慣を模倣するばかりか、時に誇張し、また時には歪曲することによって、観客の関心を惹こうとした。人々は風評の中に聞いた様々なエピソードが眼前に展開する様に心踊らされ、劇の展開に惹き込まれたのである。彼らは舞台上に登場する異教徒の姿に驚嘆と好奇心を抱くと同時に、その言動に憎悪や敵意を抱き、彼らの敗北する姿に興奮と歓喜を覚えた。しかしその興奮と歓喜の中で、自分たち自身の価値観を問いかけ、自分たち自身のアイデンティティーの再確認を迫られたに違いない。遥か彼方に暮らす異邦人である彼らと邂逅し、キリスト教世界とは決して相容れることのない異教文化との接触を通して、英国人は自分を相対化し客観視する契機を得たのである。そればかりか、舞台上の登場人物に自己投影し、普段の自分とは異なる自己成型のあり方を経験することによって、自分自身を見つめ直す切掛けを得たのかもしれない。演劇は、まさに彼らに他者との遭遇の場を提供し、彼ら自身の世界観とその存在を問いかける大きな役割を果したと言えるであろう。

各章の展開

まず本研究の第一章「地の果てからの来訪者―『ヴェニスの商人』とモロッコ」では、『ヴェニスの商人』の中で言及される都市名を再考することを手始めに、劇全体の地政学的な読み直しを試みている。ヴェニスは地中海交易の要衝であったが、アントーニオの船舶の寄港地を見る限り、ヴェニスの船舶が実際に訪れた土地とは到底考えられない。むしろそこに言及される港は、当時のイングランド人の関心を寄せる自国の交易地であった。すなわちシェイクスピアは、ヴェニスに名を借りながら、当時のイングランド貿易と外交の様子を描いているのである。そうした観点から、エリザベスがイスラム勢力であるにも拘らず、同盟関係を結ぼうとしたモロッコ王国との外交および交易史を辿り、作品の中にモロッコとの交流がいかなる形で反映されているかを解明しようとした。

続く第二章「インドの稚児―『真夏の夜の夢』とヒンドゥー教インド」においては、『真夏の夜の夢』の中で言及されるインドの稚児をもとに、当時の旅行記におけるインドの女系社会の伝説について検証した。インド南部のヒンドゥー教社会には、女系を重んずるカーストが存在し、西洋からの旅人を驚嘆させた。こうした女系社会の伝説を体現するインドの稚児の存在は、作品の主題への伏線となり、アテネの家父長社会と対立の構図を形成する一助となっている。更に、アテネの内部においても、シーシュースやイージーアスに代表される家父長社会と、それに対するアマゾン族女王ヒポリタやハーミアによる抵抗が、男女関係や親子関係に軋みを生じさせているのである。劇作家が如何にして、両者の対立を大団円における和解に持ち込んでいくかを辿りながら、当時の英国社会における女系相続問題という家父長社会に内在する矛盾を考察した。

「イリリアの宦官—『十二夜』とオスマン帝国」と題する第三章では、一六世紀の地図に描かれたイリリアの地理的位置を検証し、彼の地がイスラム教勢力とキリスト教勢力の衝突する紛争地域であったことを確認している。当時のイングランドは、イリリアの共和国ラグーサとの交易が盛んであったことから、多くのイングランド人に、イリリアの情勢は伝え知らされていたと思われる。シェイクスピアは、このイリリアの地を題材とすることで、イスラム教社会の「宦官」の役割をヴァイオラに与え、男女の性を自由に往来する魅力的な人物像シザーリオ／ヴァイオラを造形している。しかし多くの旅行記に記されているように、キリスト教徒たちにとって「宦官」の存在は、異教国の不思議であると共に、恐怖や嫌悪を催す忌まわしき存在でもあった。シザーリオ／ヴァイオラの活躍により男女両性具有の魅力を舞台上に描いたシェイクスピアであるが、「宦官」のイメージに付き纏う負のイメージによって生ずる不安と動揺を、観客の心の中から浄化させる作劇上の工夫が必要であることは心得ている。こうした難題を解決するため劇作家は、劇の後半、サー・アンドリューやマルヴォリオに「宦官」のイメージを転化し、彼らを嘲笑と懲らしめの対象として描き出すことによって、劇の大団円を創出するための浄化を舞台上に展開しているのである。

キリスト教勢力とイスラム教勢力の衝突する紛争地と言うことでは、東地中海に位置するキプロス島の存在も無視することはできない。一五世紀後半から一六世紀後半の約百年の間に、キリスト教勢力とイスラム教勢力は、島の覇権を巡って激しい衝突を繰り返した。オセロは花嫁デズデモーナと共に両勢力の対峙するこのキプロスへと向かい、この島が悲劇の舞台となることには、重要な意味が秘められていると思われる。第四章「キプロスの花嫁―『オセロ』とアフリカ」は、こうしたキプロスの地政学に注目することによって、東地中海におけるキリスト教勢力とイスラム教勢力の対立を説き起こし、イスラム教徒のキリスト教への改宗という問題を取り上げている。なかでも、イスラム教からの改宗者として、当時の人々の間で話題となったレオ・アフリカヌスの生涯を探ることにより、彼の著したアフリカの地誌をシェイクスピアが繙いていることを重視した。この書が英国人ジョン・ポーリーに翻訳される過程で、如何なる加筆・修正を施されたかは興味深い。更に、そうした加筆・修正の過程に見られる、異教文化のキリスト教文化への組み込みと回収の様子は、作品『オセロ』の中にも辿ることができることを証明し、主人公オセロの最後の台詞をいま一度読み直そうと試みた。

シェイクスピアがプルタルコスの『英雄伝』を材源として、エジプトを舞台に創作した『アントニーとクレオパトラ』も異教徒を語る上で重要である。劇中、女王クレオパトラは繰り返し「ジプシー」と揶揄されるが、オックスフォード英語辞典にも記されているように、一六世紀の英国社会においてジプシーは本来エジプトの民であると信じられていた。当時の英国におけるジプシーの生態を探りながら、女王クレオパトラにまつわる比喩の重層性を解明しようしたのが、第五章「ジプシーの女王―『アントニーとクレオパトラ』とエジプト」である。ジプシーたちは、英国の浮浪者たちを自らの集団の中に取り込みながら、古代エジプトより伝わる予言能力を備え、魔術を操る神秘的な集団として、また官憲の目をかいくぐり、英国各地を流浪する放浪の民として英国の社会史にその痕跡をとどめている。シェイクスピアは、こうした「ジプシー」の表象を自ら描いたクレオパトラ像に重ねることにより、他の詩人や劇作家が誰ひとりとして成し得ることのなかった、新たな女王像の創造に成功しているのである。近代初期の英国人たちの抱いたエジプトに対する心象風景を解き明かしながら、作品を通してシェイクスピアの狙った演劇的効果を探求した。

最終章となる第六章「ペルシャの道化―一六・一七世紀英国の見たペルシャ帝国」では趣向を変えて、シェイクスピアと同時代に活動した他の劇作家の作品に着目している。ジョン・ディー、ウィリアム・ロウリー、ジョージ・ウィルキンズ共作による『英国三兄弟の旅』は、当時の英国とペルシャ帝国の関係を取り上げている点で、異教国への旅を主題とする劇作品として興味深い。古典に登場するペルシャ帝国は、ギリシャやローマと敵対する強大国として描かれ、更に中世には豊穣の都と称えられた。しかし一六世紀のサファビー朝ペルシャは、むしろオスマン・トルコ帝国との軍事的緊張関係が取り沙汰され、一部の英国人にとっては、東洋のイスラム教国でありながら、トルコに反旗を翻す同胞として看做される友好国に他ならなかった。こうした大陸における政治・外交状況の中でシャーリー兄弟は、西洋キリスト教国とイスラム教国ペルシャの仲介者との立場を自ら進んで演じたのである。彼らの決行した異教国での冒険を舞台化した『英国三兄弟の旅』もまた、彼らの主張するイデオロギーを前面に押し出し、イスラム教国ペルシャがキリスト教国と同盟関係を結ぶなか、キリスト教文化によって、洗練・啓蒙される様子を描き出す。そのあまりにも単純明快な筋は、他の章で辿ってきたシェイクスピア劇の織りなす複雑さと多層性とは、好対照を成すとすら言える。最終章において、あえて他の劇作家の手になる、政治的イデオロギー色の鮮明な作品を取り上げることによって、シェイクスピアの作品の持つ重厚さを炙り出すことを目的とした。

本研究は、一六・一七世紀に試みられた、イスラム教国やヒンドゥー教国など異教国への旅の記録を繙くことによって、旅行記に描き出された時代の精神性とシェイクスピア演劇の相関関係を解明すると同時に、英国人がどのように自己成型を果たしたかを考察しようとしたものである。見慣れぬ異教の文化や習俗は、舞台を観守る観客の内に好奇心や誘惑を呼び起こしながらも、同時に激しい反発や敵対感情を引き起こす。そうした観客の内面に沸き起こる怖れや不安を、劇作家がそれぞれの作品の結末に至る過程で、いかに巧みに回収・浄化しようとしたのか、という劇作家の作劇上のテクニックを探ることにより、英国人の自己成型の軌跡を辿ることを目標とした。

注

1　バートンは、次なる方策として、ムラド三世の皇太后に英国から持参した数々の贈り物を送り届けている。皇太后はこの贈り物をたいそう気に入り、返礼として英国女王へ贈るにふわしいものを問い合わせてきた。バートンがトルコ風の衣装がお気に召すでしょうと回答したところ、すぐさま金糸銀糸で織った豪華なトルコ装束が送り届けられたという。この噂は、たちまちオスマン宮廷の有力者の間に広まり、西方の島国よりやってきた大使の存在は人々の注目を浴びるようになった。バートンの大胆な作戦が功を奏し、英国大使はこれを機に、オスマン帝国宮廷に広い人脈を築くことに成功したと伝えられている。H. G. Rosedale, *Queen Elizabeth and the Levant Company; a diplomatic and literary episode of the establishment of our trade with Turkey* (London:

Oxford UP, 1904)7-16．この記録は、Hakluyt の旅行記集にも収録されている。

2 Andre Gunder Frank, *ReOrient: Global Economy in the Asian Age* (Berkeley: U of California P, 1998) 78-79.

3 Frank 109.

4 Frank 112.

5 Frank 88.

6 Frank 103.

7 Frank 83.

8 Frank 169.

9 Frank 193. Kenneth Pomeranz, *The Great Divergence: China, Europe, and the Making of the Modern Economy* (Princeton: Princeton UP, 2000) 45-48.

10 Frank 193-97. Joseph Needham, *Science and Civilization in China* (Cambridge: Cambridge UP, 1954). を参照のこと。Pomeranz 44, 46.

11 Frank 74.

12 Frank 143. Pomeranz 159-62, 190.

13 Frank 5.

14 Frank 53. Pomeranz 43.

15 Frank 179.

16 Nancy Bisaha, *Creating East and West: Renaissance Humanists and the Ottoman Turks* (Philadelphia: U of Pennsylvania P, 2004) 179.

17 Michel de Montaigne, *The Complete Works: Essays, Travel Journal, Letters*, trans. Donald M. Frame (New York: Alfred A. Knopf, 2003) 128.

18 Bisaha 179.

19 George Sandys, *A Relation of a Iovrney Begvn Anno Dom. 1610* (London: 1610). "To the Prince" 参照。

20 Michael Drayton, *The Works of Michael Drayton*, ed. J. William Hebel (Oxford: Basil Blackwell & Mott, 1962) 3: 207-8. "That famous *Greece* where learning flowrisht most, / Hath of her muses long since left to boast, / Th' unletter'd *Turke*, and rude *Barbarian* trades, / Where Homer sang his lofty *Iliads*;" Samuel C. Chew, *The Crescent and the Rose* (New York: Octagon Books, 1965) 134. "Barbarian" には、バーバリー人との意味もあり、ここでは両方の意味を重ねているように思われる。

21 Richard Knolles, "Introduction to the Christian Reader," *The Generall Historie of the Turkes*, 2nd ed (London, 1610).

22 "A cruel tyranny, bathed in the blood of their emperors upon every succession; a heap of vessals and salves; no nobles; no gentlemen; no freemen; no inheritance of land; no strip of ancient families; a people that is without natural affection; and, as the Scripture saith, that *regardeth not the desires of women*; and without piety, or care towards their children: a nation without morality, without letters, arts, or sciences; that can scarce measure an acre of land, or an hour of the day: base and sluttish in buildings, diets and the like; and in a word, a very reproach of human society. And yet this nation hath made the garden of the world a wilderness;" Francis Bacon, "An Advertisement touching an Holy War," *The Works of Francis Bacon*, ed. James Spedding, Robert Leslie Ellis and Douglas Denon Heath(Boston: Brown and Taggard, 1858) 13:198. Chew にも引用されている。 Chew 117.

23 "In the yeare of our redemption 591. (MAVRITIVS then Emperour of the Romanes raigning in Constantinople) was MAHOMET borne in Arabia in a village called Itrarip: His parents were of diuers nations and different in religion: His father AB DALLAS was an Arabian: his mother CADIGE a Iewe both by birth and profession. His parentage (according to most histories) was so meane and base, that both his birth and infancie remained obscure, and of no reckoning; . . . . Herevpon these two helhounds (one of them being an arch enemie to Christ and the truth of his religion, and the other seeming a meere Atheist or prophane person, neyther perfect Iew nor perfect Christian) patched vp a particular doctrine vnto themselues

out of the olde & new Testament: deprauing the sence of eyther of them: and framing their opinions according to their owne corrupt and wicked affections: They brought forth a monstrous and most diuelish religion sauouring partly of Iudaisme, partly of Christianitie, and partly of Arrianisme." *The Policy of the Turkish Empire* (London: 1597). 作者不詳ではあるものの、*Of the Russe Commonwealth* (1591) を執筆したGiles Fletcher the Elderが作者ではないかと言われている。

24 Nabil Matar, *Islam in Britain, 1558-1685* (Cambridge:Cambridge UP, 1998)16.

25 "And we are as greatly to feare the Turkish nation as they did the others, for it holdeth at this day the greatest Empire in ye world. Many there are yt being badly informed of their customes, do take them to be barbarous people, giuen to cruelty, & wanting all other good qualities, wherin they are deceiued: for among all soldiers in the world, they shew themselues most sober, obedient of their Captains, & diligent. For a while they had small vse of the harquebuze, but now they can help themselues therewt against vs, & do begin to arme their horsmen with certain light breastplates & morions to couer the foreparts of their bodies & heads, although they retain the vse of the bow & target: & it is a great meruaile considering how many Christian soldiers do daily go to them & denie their faiths, yt they haue no sooner taken our fashions which are better than theirs."　François de La Noue, *The politicke and militarie discourses of the Lord de La Nouue VVhereunto are adioyned certaine obseruations of the same author, of things happened during the three late ciuill warres of France. With a true declaration of manie particulars touching the same. All faithfully translated out of the French by E.A.*(London, 1588).

26 "Homines sunt et illi, nec ferrum aut adamantem gestant in pectore," Desiderius Erasmus Roterodamus, *Opus Epistolarum*, 10 vols. ed. P. S. Allen(London: Oxford UP, 1906-58)3:365. Bisaha 175 n7.

27 Bisaha 176.

28 "Bajazet, Sultan of the Turks, a man who loved peace more than war, was able to enjoy the fruits of his father, Mahomet's, labours; for the latter, like David, had defeated his neighbours, and left to him a strong

kingdom which he could easily maintain by peaceful methods. Had, however, his son, Selim, the present ruler, been like his father, not like his grandfather, this kingdom would have been ruined." Niccolò Machiavelli, *The Discourses* (London: Penguin, 2003)166.

29 "The only difference was that the world's virtue first found a home in Assyria, then flourished in Media and later in Persia, and at length arrived in Italy and Rome. And, if since the Roman empire there has been no other which has lasted, and in which the world's virtue has been centred, one nonethe less finds it distributed among many nations where men lead virtuous lives. There was, for instance, the kingdom of the Franks; the kingdom of the Turks,[i.e.] that of the Sultan; and today all the peoples of Germany." Machiavelli 267.

30 "Now the naturall course of things much follows *the Sunne*, who gives life to all, wherefore this *Cyclopaediahzth* beene observed to runne from *East*, to *West*: Thus have most *Civilities*, and *Sciences* come as some thinke, from the *Indian Gymncsophists*, into *Egypt*, from thence into *Greece* so into *Italy*, and then over the *Alpes* into these faint *North-west* parts of the world, whence if the *Inquisition* hinder not, perhaps they may passe into those new *Plantations Westward*, and then returne in their old circle among the *Levantines* whose Wits seeme more abstruse, and better fixed for *contenmplation*, but ours more nimble and ready, so as their *discourses* are more *profound*: ours more *superficially* and *plausible* . . . ." Sir Henry Blount, *A Voyage into the Levant* (London: 1636).

31 Daniel Vitkus, *Turning Turk: English Theater and the Multicultural Mediterranean, 1570-1630* (New York: Palgrave Macmillan, 2003) 20.

32 Thomas Fuller, *The Historie of the Holy War* (London: 1639) 282.

33 Matar 14.

34 Carl Thompson, *Travel Writing* (London: Routledge, 2011) 34-37.

35 大黒俊二「『東方見聞録』とその読者たち」樺山紘一他編『岩波講座世界史12—遭遇と発見・異文化への視野』（東京、岩波書店、一九九九）六三—八七。

36 *The Travels of Sir John Mandeville*, trans. C.W.R.D.Moseley (London: Penguin Books, 2005) 9-22.

37 樺山紘一編『世界の歴史16—ルネッサンスと地中海』（東京、中央公論社、一九九六）三三四—四〇。

38 『世界の歴史16—ルネッサンスと地中海』三四〇—四三。

39 Thompson 42.

40 Thompson 69.

41 "In the midst of this chapel there is a devil made of metal, placed in a seat also made of metal. The said devil has a crown made like that of the papal kingdom, with three crowns; and it also has four horns and four teeth, with a very large mouth, nose, and most terrible eyes. The hands are made like those of a flesh-hook, and the feet like those of a cook; so that he is fearful object to behold. . . . Every morning the Brahmins, that is the priests, go to wash the said idol all over with scented water, and they perfume it; and when it is perfumed they worship it; and some time in the course of the week they offer sacrifice to it in this manner:" Lodovico de Varthema, *The Travels of Ludovico di Varthema: In Egypt, Syria, Arabia Deserta and Arabia Felix, In Persia, India, and Ethiopa, A.D. 1503-1508*, ed. George Percy Badger(Cambridge: Cambridge UP, 2009)137-38.

42 Joan-Pau Rubiés, *Travel and Ethnology in the Renaissance: South India through European Eyes, 1250-1625* (Cambridge: Cambridge UP, 2000)155-63.

43 Rubiés 217-19.

44 Shaun Marmon, *Eunuchs and Sacred Boundaries in Islamic Society* (Oxford: Oxford U.P., 1995)90, 93-102.

45 Johannes Leo, *A Geographical Historie of Africa*(London:1600).

46 Bartoromé de Las Casas, *The Spanish Colonie*, trans. M. M. S. (Amsterdam: Theatrum Orbis Terrarum, 1977).

47 Richard Hakluyt, *A Discourse Concerning Western Planting* (Cambridge: Press of John Wilson and Son, 1877) 71. Thomas Harriot, *A Report of the New Found Land of Virginia* (Amsterdam: Theatrum Orbis Terrarum, 1971) E3.

48 De Lamar Jensen, "The Ottoman Turks in Sixteenth Century French Diplomacy," *The Sixteenth Century Journal*, 16.4(Winter, 1985) 451-70.

49 Thompson 106-7.

50 Anthony Parr, "Foreign Relations in Jacobean England , the Sherley Brothers and the 'voyage of Persia,' " *Travel and Drama in Shakespeare's Time*, ed. Jean-Pierre Maquerlot and Michele William (Cambridge: Cambridge UP, 1996).

第一章　地の果てからの来訪者

『ヴェニスの商人』とモロッコ

I　ヴェニスの地中海貿易とアントーニオの新たな貿易航路

『ヴェニスの商人』に登場するアントーニオ(Antonio)の商船は、交易のために遠く離れた国々を訪れている。ユダヤ人シャイロック(Shylock)は、劇の第一幕三場において、アントーニオの商船が海を越えて世界各地に送られている様子を語る。

シャイロック　・・・あいつの財産は、仮りのものだ。
あいつの商船のひとつがトリポリに向かっている、もうひとつはインド諸島に出ている。それにリアルトの取引所で聞いたところでは、三隻目がメキシコだそうで、四隻目はイングランドだとか、他にもあちこちへ送っているらしい。(第一幕三場一七―二一行)[1]

アントーニオの商船の寄港先は、親友バサーニオ(Bassanio)の口からも告げられる。バサーニオの語るところによれば、トリポリ、インド、メキシコ、イングランドの他にも、リスボンやバーバリーといった地名も加わる（第三幕二場二六八―六九行）。台詞に言及される、トリポリ、メキシコ、リスボン、バーバリー、そしてインド（西インド諸島または東インド）などの地名は、当時の世界貿易の主要都市であることは言うまでもない。ちなみに、「バーバリー（"Barbary"）」という地名は、北アフリカのアラビア語やトルコ語においては使用されず、イングランド人が表記する際に使われる呼称で、オスマン・トルコ帝国の摂政管区であるトリポリタニア（Tripolitania）、チュニジア（Tunisia）そしてアルジェリア（Algeria）および、オスマン・トルコの勢力からは独立・自治を守っていたモロッコ王国を指し示すものであった。（図1、図2参照）

しかしこれらの地名を耳にして、ふと疑問が浮かばないではない。果たして劇の舞台となっているヴェニスは、ここに挙げられている都市を結ぶ世界貿易の中心地であったのだろうか。確かにヴェニスは地中海世界における交易の重要な拠点であった。しかしメキシコやインドといった遠隔地を、ヴェニスの商船が訪れるとは考え難い。地中海貿易は、アフリカ大陸を迂回するインドへの航路の発見や新大陸を結ぶ航路の出現により、その様を大きく変えつつあった。かつて地中海貿易の主役であったヴェニスも、大西洋やインド洋を舞台とする新たな貿易航路に、その主役の場を奪われつつあったのである。

従来の批評はこうした地中海貿易の変化を全く無視するか、あるいはたとえ貿易都市ヴェニスの斜陽に言及することがあったとしても、台詞のなかに現れる貿易港について多くの関心を寄せることはなかった。例えば、ノートン版シェイクスピア全集における『ヴェニスの商人』の解説では、一六世紀ヨーロッパにおける貿易都市ヴェニスの国際性ばかりが強調される。

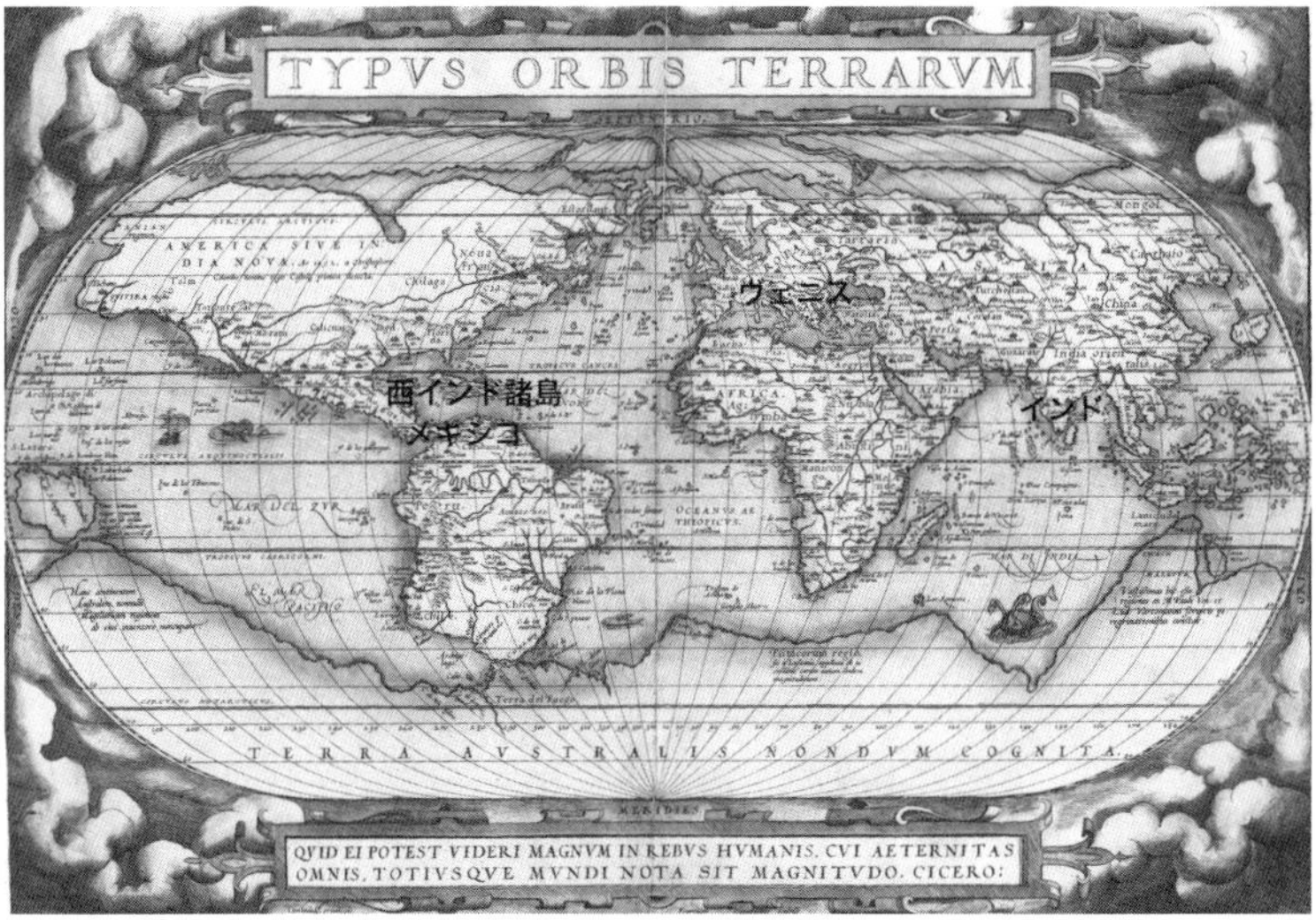

図１　アントーニオの商船の寄港先

図２　リスボン、バーバリー、トリポリ

おそらくヴェニスは、シェイクスピアにとって、従来とは異なる社会の典型的な一例を示すように思われたのであろう。ヴェニスは、これといった天然資源も持たないにも拘わらず、アジアの商品をヨーロッパの商品と易々と交換できるという地の利のおかげで、ルネッサンス・ヨーロッパにおける最も豊かな都市であった。貿易商人の都市としてのヴェニスは、トルコ人、ユダヤ人、アフリカ人、そして様々な国籍と宗派のキリスト教徒たちなど、外国人で溢れていた。一六世紀の基準からすれば、ヴェニスは多様性に対して稀にみる寛容さをもった都市であったのである。・・・シェイクスピアはこの地における公平な国際主義というものを強調し、あるいは誇張すらしている。たとえば、歴史的に見れば、ヴェニスに暮らすユダヤ人はユダヤ人地区に住むことを強制されていたが、シェイクスピアはこの事実を知らなかったか、あるいは全く無視してしまっている。ヴェニスは、物質的な意味において都合さえ良ければ、文化的にほとんど共通項を持たない人々が平和に共存できる場所という、おそらく一六世紀ヨーロッパにおける唯一の例を、シェイクスピアに提供したのである。[2]

一六世紀ヨーロッパにおいて、ヴェニスは地中海貿易の人と富が集中する地であると共に、多文化の共生・共存を許す大都市であったことが強調される。そしてそのことにより、シェイクスピアはこの地を舞台に選んだのだと解説されるが、アントーニオの商船の寄港する都市が、何故かヴェニスの交易路とはかけ離れていることについて説明はなされない。

またニュー・オックスフォード版テキストでは、一応、国際都市ヴェニスの衰退が指摘されるものの、そのことは特に問題とならないという。

『ヴェニスの商人』で重要なのは、広域貿易にたずさわる都市としてのヴェニスの評判である。たとえその時代には衰退期を迎えていたヴェニスのことを、その広域性を強調してシェイクスピアが書いたとしても、海上貿易の拠点としてのヴェニスの評判は、一般的に受け入れられたはずである。[3]台詞のなかに現れる地中海以外の都市への言及や、新大陸、そしてアフリカ、更にはインドを結ぶ貿易航路は、ヴェニスの交易の広域性を強調するためのものに過ぎず、単なるシェイクスピアの誇張として片付けられてしまう。

同じく、ケンブリッジ版テキストの編者も、ヴェニスが新しい貿易航路からは既に排除されていた事実を認めつつも、シェイクスピアはそのことにあまり関心を示していないという。

レパントの海戦（一五七一）以来、ヴェニスは貿易国として著しい衰退を経験したが、それでもなお旅行者たちはヴェニスの富に魅了された。海上貿易での衰退は、本土の農業や産業に重きをおくことで、補完することができた。シェイクスピアは、アントーニオの事業を列挙する際に、胡椒の交易が失われたことや、ヴェニスの商船が新しく開かれた海洋貿易から締め出されていたことを、全く気に留めていないようである。アントーニオの商船は、レヴァント地方トリポリ、「バーバリー」の諸港、リスボン、そしてイングランドを往復するばかりか、大胆にもインドやメキシコにまで足を伸ばしている。しかし現実にはイベリア半島の利害関係の影響を受け、［ヴェニスの商船は］その両方から締め出されていたのである。[4]

残念ながら批評家たちはこれ以上、アントーニオの商船の寄港する地名に注意を払うことなく、当時の人々を魅了したというヴェニス神話へと自分たちの議論を戻してしまう。[5]

しかしメキシコ、インド、リスボン、バーバリーなどの世界貿易の主要都市や地域は、当時のイングランドの商船が、ポルトガルやスペインと海洋貿易の覇権を争っていた地域であった。ヨーロッパ、アフリカ、そして新大陸を結ぶ三角航路、およびアフリカの喜望峰を迂回しインドとヨーロッパを結ぶインド航路は、大航海時代の貿易国としてイングランドの生き残りをかけた生命線であったはずである。従って、シェイクスピアが『ヴェニスの商人』の中に描き出しているのは貿易王国ヴェニスではなく、当時のイングランド人の抱く海外貿易の現実であり、モロッコやスペインとの複雑な政治的駆け引きを繰り広げたエリザベス政権の実状であったと考えるべきではないだろうか。[6] こうした疑問を前提として、この章では『ヴェニスの商人』の観客たちの心象風景を辿り、ヴェニスとの名を借りたこの作品の中に、彼らがイングランドの現実を見出していることを読み取っていきたい。そして当時の歴史的事実を再確認することにより、イングランド人がモロッコをはじめとする他者と遭遇しつつ、コスモポリタンとしての自己成型を果たそうとするうえで、様々な葛藤に直面していたことについて考えてみたい。

II　イングランドとモロッコ

一六世紀後半のモロッコ

一六〇〇年八月二一日付けで、英国人ジョージ・トムソン (George Tomson) から、国務大臣であったロバート・セシルに宛てて書かれた書簡が残されている。トムソンによれば、最近、英国の船舶がスペインに拿捕され、カディスに連行されたという。更には、一四隻ものスペインの軍船がカディスを出航し、英国の船舶が海峡を通過するのを待ち構えていることや、モロッコのタモラ (Tammora) の港にスペイン船が姿を現し、まさに軍事衝突へと発展しかねない状況であったことなども伝えている。トムソンは、モロッコの国王がこうした状況の対応に苦慮しているという。

国王は、彼ら［スペイン船］が、あらゆる港の英国船を拿捕するためにやって来たのだとの情報を得ておられます。特に大使の乗船した「イーグル号」を狙っていたと思われますが、既に「イーグル号」は三日前にこの港を出帆しておりました。国王は、軍隊を率いて国外におられましたが、この知らせを耳にし、ご自身がモロッコにお戻りになられたのです。侵略を心配されてか、幕営と軍隊は国外に残したままのお出ましでした。・・・国王は、軍の主要人物をあちこちに派遣しておられます。なかでもアルカド・マモン・ボッケンシー(Alcade Mommen Bockency)様は、王の義兄弟にあたられ、全軍の総指揮官であられますが、万が一の侵攻に備え、軍を率いてサス(Sus)に向かわれました。［スペインの］侵攻が最も懸念されています。王ご自身も、そちらに向かわれると噂されております。[7]

更にトムソンの書簡は、モロッコ国王がスペインの侵攻に対して不安を抱く理由として、最近の戦で自国軍に多くの死傷者が出たために、兵力が弱っていることや、王の後継者をめぐって内紛があることにも言及している。英国人トムソンの報告を読む限り、当時のイスラム教国モロッコはカトリック・スペインの強大な勢力の前に、自国の自治を守ることに懸命であったかの印象を受ける。モロッコがエリザベスの支援を待ち望んでいたとされる所以である。[8]

エリザベスとアーマド・アル＝マンスール

しかし一六世紀後半の地中海における政治状況を考える時、モロッコが演じた重要な政治的役割を侮ることはできない。イングランドとモロッコの交易は既にエリザベスの即位以前の一五四八年頃には始まっていたと考えられ、リチャード・ハクルートは、一五五一年に王族の代表としてイスラム教徒たちが初めてロンドンを訪れたことを記録している。イングランドは、カトリック教国スペインとの対立を深めるなかで、なんとしても地中海に新たな交易ルートを求める必要があった。しかし、地中海におけるカトリック勢力の支配は広範に及んでおり、イングランドに残された可能性はわずかにイスラム教支配地域のみであった。女王の座についたエリザベスは、このイスラム教支配の国々に活路を見いだすべく、まず地中海西部のモロッコを始め、レヴァント地方との通商条約の締結を急いだのである。イスラム世界との接触を模索するエリザベスの胸には、モロッコからオスマン・トルコ帝国、そしてペルシャ帝国、更にはインドとの交易をも見据えた海外貿易の遠大な計画があった。スペインやフランスといった強大なカトリック教国やローマ法王と対抗していくためには、国庫を豊かにし、国力を増強しておくことが、何にもまして重要と考えられたのである。[9]

一五七八年八月、モロッコ王に即位したアーマド・アル＝マンスール（Mulay Ahmad al-Mansur）は、その巧みな政治的手腕によって、カトリック教国スペインやオスマン・トルコ帝国と渡り合いながら、自国の繁栄につとめた人物として歴史にその名を留めている（図3）。バーバリー地方において、トリポリタニア、チュニジア、アルジェリアがオスマン・トルコの摂政管区であったにもかかわらず、モロッコだけがオスマンの勢力からの独立を守りとおしていた事実は注目に値する。バーバリー情勢を知るにつけ、エリザベス女王は地中海での足場を確保するためにも、モロッコとの協力体制を築き上げることをまず最優先と考えて、書簡を通じてアル＝マンスールに同盟関係を持ちかけたのである。しかし、モロッコ王とすれば、イングランドはヨーロッパの西の端に位置する島国に過ぎず、スペインやフランスといった列強国に比して、真剣に向き合う必要のない小国でしかなかった。もちろんアル＝マンスールにとっても、大国スペインと対峙していくことを考えると、イングランドは全く利用価値がないわけではなかった。モロッコは火薬のもととなる硝石の産地でもあり、これをイングランドに輸出し、見返りに武器の輸入を約束させることも可能であった。その他、金や砂糖など自国の産物の輸出先としても期待がもてた。エリザベスとアル＝マンスールの間に交わされた多くの書簡が残されており、それをとおして両者の政治的駆け引きの様子が窺われる。

　アル＝マンスールは、これから先、イングランドがスペインとの対立を深めれば、エリザベスがなお一層同盟国としてモロッコを必要としてくることは充分承知していた。一五八〇年六月にイングランド王室に送られた書簡のなかで、モロッコ国内のあらゆるイングランド商人を保護することが約束され、モロッコ側の友好的姿勢がエリザベスに示された。その頃ポルトガルでは、国王エンリケの死去により、縁戚にあたるドン・アントーニオ (Don Antonio) が王位継承を主張していたが、スペインのフェリペ二世もまた王位継承権を主張。一五八〇年九月、フェリペがポルトガル併合に乗り出したことから、ド

図3　アーマド・アル＝マンスール

ン・アントーニオは支援を求めてイングランドへと逃れた。エリザベスは、ドン・アントーニオを快く迎え入れたものの、フェリペと敵対する王位請求者への支援を表明することが、スペインとの緊張関係を一層高めることは火を見るより明らかであった。一五八三年に、バーリー卿も早急にモロッコとの協力関係を築くことを、女王に進言しているように、イングランドにとって、モロッコとの同盟関係は今やなくてはならないものとなりつつあったのである。エリザベスは、一五八五年七月にバーバリー・カンパニーへ特許権を下賜し、更なる交易の確保によって、両国間の信頼関係をより強固なものにしようとするなど、モロッコとの同盟に向けて諸般の対応を急いでいた。[10]

そうしたなか、一五八七年二月に行なわれたエリザベスによるメアリー・スチュアートの処刑命令は、最早スペインとの関係が修復不可能となったことを示すものであった。同年四月、イングランド海軍軍人フランシス・ドレイクがスペインのカディスに侵攻し多くの船舶を破壊、港を三日間にわたって占領した。エリザベスはスペインとの来るべき全面衝突に備えて、モロッコの港をイングランドに解放するよう、モロッコ王に求めている。モロッコの港に駐留できたなら、イングランド本国へ向かうスペイン海軍に側面から攻撃をしかけ、スペインの勢力を分散することも、戦法として考えられたからである。しかしモロッコは、ここに至ってスペイン側につくかイングランド側につくか、即座に態度を表明することはなく、時間稼ぎをしながら、港の解放を易々と承諾はしない。まさに優柔不断ともいえるモロッコ側の態度に決定的な変化が生じたのは、ようやく一五八八年夏、アルマダにイングランドが大勝利をおさめてからのことであった。モロッコはこの時はじめて、イングランドがモロッコにとって対等な同盟国として認めるに値する国であり、これからのモロッコの外交政策を考えていく上で、アル＝マンスールにとって有効なカードと成り得るとの判断をしたのである。[11]

モロッコ外交の変化

一五八九年一月に、モロッコから大使ムシャク・ライツ (Mushac Reiz) が来訪し、バーバリー・カンパニーの歓待を受けて、松明を掲げロンドン市中へと先導されたとの記録が残されている。アルマダを撃破したイングランドには、スペイン艦隊に更なる攻撃を加えるためポルトガルへ侵攻する計画があり、これに備えて大使ライツはアル＝マンスールから百隻の軍船と一五万ダカットの軍資金をエリザベスに援助するとの申し出を携えていたといわれる。スペインとの戦費を捻出するため、国家財政に大きな負担を背負っていたエリザベスにとって、モロッコからの資金援助は喉から手が出るような申し出であった。しかしモロッコからの資金援助はなかなか実現されず、エリザベスはアル＝マンスールに送った書状の中で苦言を呈している。イングランドからの催促に対してモロッコ王は悠長に構える一方で、彼はソンガイ帝国への侵略を企てていた。

ソンガイ帝国は、塩と金の産出国として知られ、ソンガイ帝国を征服することによって、西スーダンの通商路を手にすることは、モロッコに大きな利益をもたらすはずであった。アル＝マンスールの心中には、アフリカ西部のこの侵攻に関して、オスマン・トルコは特に干渉してこないであろうとの読みもあった。一五九一年三月、アル＝マンスールは火器の力をもって、弓矢で対抗するソンガイ帝国の軍隊を撃破し、その地の金鉱を手に入れることに成功する。戦の勝敗を見守っていた各国の商人たちは、モロッコの経済的繁栄を見越して、一斉にモロッコの港へと殺到した。当然、エリザベスとしてもモロッコの豊かな国庫は大きな魅力と映ったに違いなく、再度、スペインとの新たな戦争に向けて同盟関係の継続と資金援助を求める書簡を送り届けている。一方、モロッコ側としても、自国の防衛を考えるうえで、イングランドを焚きつけてスペインと敵対させ続けることが望ましく、一五九六年に行なわれたイングランドのカディス侵攻には、モロッコの軍船を派遣することによって英国との協調姿勢を明確にした。いまや西ヨーロッパのキリスト教国にとって、イスラム教国モロッコは西地中海の政治・経済を語るうえで決して無視することのできない国となり、一五九六年一二月にはフランスもまた、モロッコの軍事的・財政的協力を求めて、外交使節団を送り込んできていた。[12]

更にモロッコには、新大陸に対する野心もないわけではなかった。モロッコ王がイングランドに西インドのスペイン植民地を奪取する計画をもちかけていたことが、一六〇三年の書簡から知れる。書簡の中で、アル＝マンスールはエリザベスに、イングランドとモロッコの軍事同盟による西インドへの攻撃を提案し、スペイン勢力を追放した後の西インドの植民地支配について具体案を提示していた。

それゆえ国民を定住させることについて、次の点を話し合っておく必要がありましょう。我が軍を常駐させることを望まれますでしょうか、あるいは貴軍を常駐されることを希望されますでしょうか。その地方の気候の灼熱の熱さを考えますに、貴軍ではなく、我が軍を定住させるほうがその任に相応しいと考えますが、いかがでしょう。貴国の寒さを考えますと、貴国の軍隊はその地方の極度の高温となる気温にとても適応されるとは思われません。他方、我が軍は暑さをものとも致しませんので、充分その過酷さに耐えうるものと思われます。[13]

手紙のなかでは、西インドの植民について、具体的にモロッコ軍の派遣にまで話が及んでいる。しかしエリザベスとしては、新大陸においてまでスペインと敵対するつもりはなく、それを実行するだけの余力は、いまのイングランドに残されていないとの判断から回答を渋っていた。女王の関心は、むしろスペイン勢が占拠する西インドではなく、より北に位置するヴァージニア地方への植民可能性に向けられていたのである。エリザベスが、モロッコの申し出を拒んだ時に、アル＝マンスールは、もはやモロッコにとってイングランドの利用価値はなくなったと判断したかのようである。したたかなモロッコ王はエリザベスに新大陸のスペイン植民地侵略の書簡を送る裏で、既に数ヶ月前からスペインと手を組み、オスマン・トルコに対抗していく準備を着々と始めていたのであった。

従来の批評においては、スペインの強大な力を恐れるモロッコは、イングランドが救いの手を差し伸べてくれることを待ち望んでいたとの考えが見受けられる。しかしエリザベスとアル＝マンスールの外交上の駆け引きを見る限り、モロッコはスペインの脅威を前にして、右往左往しているだけの弱小国ではなかったようである。ひたすらイングランドの援助を求めているふりを装いながらも、モロッコはその巧みな外交戦術によって、並みいる列強国を相手に、アフリカ大陸北西部における自国の自治・独立の堅持と新大陸における権益を模索していた。モロッコはイングランドにとって、その協力が是非とも必要とされる同盟国でありながら、決して侮ることのできない危険なパートナーであったことを、まず心に留めておかなくてはならない。

ロンドンのモロッコ大使

アルマダ海戦に勝利したイングランドにモロッコは急接近し、アル＝マンスールは積極的に外交使節をエリザベスのもとへ送っている。一五八九年にロンドンを訪れたモロッコ大使ムシャク・ライツに続き、一五九五年にもアーマド・ベン・アデル（Ahmad ben Adel）を代表とする外交使節がイングランドを訪れる計画を進めていたと報告されており、アデルの外交使節であったかどうかは不明であるものの、実際に一六〇〇年から一六〇一年にかけてモロッコからの外交使節がロンドンを訪れたという記録が残されている。（図4参照）

ロンドンを訪れていたモロッコの大使一行について、一六〇〇年十月一五日の手紙の中で、ジョン・チェンバレン（John Chamberlain）は次のような記述を残している。[14]

バーバリー人たちは、[15]今週のうちに帰国の途につく。商人たちも船乗りたちも、異教徒たちに好意を示すことや、親しげにすることが、忌まわしいことで、世間の醜聞となることを恐れて、彼らをトルコへ送ろうとはしない。しかし、あれほど遠方の、あらゆる点で私たちと異なる国が、我が女王の栄華と栄光を賛美するためにこの地を訪れたというのは、少なからず名誉なことである。[16]

チェンバレンは、外交使節の到来を名誉な事柄としながらも、大使たちが帰国の途につくにあたって、商人や水夫たちは異教徒である彼らを自分たちの船舶に乗船させることを拒んだことを記している。ここからは、イングランド政府にとってのモロッコの外交上の重要性とは裏腹に、庶民の抱く異教徒への根強い偏見や差別が読み取れる。異教徒に快く援助の手を差し伸べたり、異教徒と親しく交わることは、民衆の間では忌み嫌われたのである。

結局、一般商船への乗船を拒否された大使たちの一行は、エリザベスの差し向けた船舶に乗船し、トルコを経由してモロッコへ帰国した。大使たちが一旦トルコへ向かおうとしたのは、イングランドとの外交交渉をスペインに感ずかれることを避けたためであったが、エリザベスの用意したイングランド軍船で帰国することは、途中スペインの襲撃を受ける可能性もあり、多大の危険を伴うものであった。本

1600
ABDVLGVAHID.
LEGATVS REGIS BARBARIÆ
IN ANGLIAM.
ÆTATIS:42.

図4　モロッコの大使

来なら避けるべきこうした事態を引き起してしまったイングランド側の不手際について、エリザベスからモロッコ王にあてた詫び状が残されている。[17]

また、一六一五年のジョン・ストウ (John Stow) の記した『記録 (*Annals*)』には、モロッコの外交使節に対する一般的なイングランド人の戸惑いが余すところなく記されている。イスラム教徒たちのハラル食へのこだわりは、まさに異教徒の奇妙な習慣として好奇の目で見られた。「彼らは羊や山羊、鶏といった食材を自分たちの家のなかで殺した。それらを殺すと東方へと向かい、数珠をもって聖人たちに祈りを捧げるのだった。[18]」イスラム教徒たちが、キリスト教国においても自分たちの宗教的慣習を頑に守り通そうとしたことは、イングランド人たちには異様なものとして映ったのである。

更に、モロッコからの外交使節が、外交とは名ばかりで、その実体は商業視察団に過ぎないのではないかと、イングランド人たちが彼らの訪問を懐疑的に捉えていたことも事実である。両国間の通商において、自分たちがすこしでも有利な立場に立とうとし、あらゆる工作をしているのだと見られた。

彼らは細心の注意を払って、価格、重量、計量といったことを知ろうとし、彼らの国からこちらへ送られた物、あるいはイングランドから彼の地へ輸送された商品の違いを、把握しようしていた。[19]

そして帰国に際して、イングランドの重量器、計量器、商品のサンプルを携えて帰って行く彼らの姿は、庶民たちからすれば、まさに彼らの訪問がイングランドの商取引に対する情報収集と諜報活動のためであることを物語っていた。「イングランドの商人にとって打撃となることであれば、一切見逃そうとしないその様子から、彼らの行動は彼らが外交使節というよりスパイであると一般には判断された」

と、ストウはあからさまに記している。[20] そればかりか、自分たちの秘密を知られ過ぎたためか、帰国の途につく直前に、通訳者を毒殺したのではないかとする醜聞までが巷に流れた。[21]

このように当時のイングランド政府にとっては、モロッコは「地の果て」の異文化国家であり、キリスト教国とは全く異なるイスラム教国家であるにもかかわらず、地中海および近隣諸国との複雑な国際情勢においては、対スペイン政策上、重要な同胞と見做さざるをえない国家であった。彼らが異教徒であるという事実は、外交政策のイデオロギーのなかでは全く問題視されなかった。しかし、いくら政府にとっては外交上必要とされる国であったとしても、イスラム教徒に対する一般庶民の国民感情はそう容易く塗り替えられるものではなかったはずである。イングランド人が自らのうちに、妥協と反発、信頼と懐疑、更には友好と侮蔑といった、相反する複雑な感情を抱かざるを得なかったことは容易に推測できる。そうしたイングランド人の葛藤は、当時の演劇の中にも見出せるのである。

Ⅲ　箱選びの挑戦者たち

ポーシャの父の遺言

『ヴェニスの商人』に描かれるポーシャ(Portia)の父の遺言は、絵空事のように見えながらも、当時の貿易都市の実情を考えれば、非常に現実的な問題を取り上げている。交易に従事する者たちが各国から集まり、平等・公平な立場から様々な商取引を行なうことを建前とする以上、婚姻においても人種や宗教の違いが大きな障壁となるべきではなかろう。こうした異人種・異教徒の間での恋愛・婚姻問題は、外国との交易が盛んになり、多くの異国人が貿易港を訪れるようになれば、当然のこととして起こりうる問題であった。劇の中でも、ラーンスロット(Launcelot)がムーア人の娘を孕ませたことへの言及がなされ("the Moor is with child by you, Launcelot." 第三幕五場三九行)、ユダヤ人娘ジェシカが、キリスト教徒ロレンゾ(Lorenzo)と駆け落ちしているように、このことは『ヴェニスの商人』という芝居の提起する重要な問題のひとつである。

実は当時、既に交易都市として発展しつつあったロンドンにおいても、こうした異人種間の婚姻をめぐる問題が持ち上がり、それを公式に容認しようとする動きが出始めていた。一六一四年、東インド会社はスマトラの都市国家の族長アシ(the sultan of Aceh)とイングランドの由緒正しい子女との婚姻を画策している。両国の身分の高い者同士の結婚は、東インド会社の利益に繋がると考えた商人たちの思惑によるものであった。上層部の商人たちは、英国国教会の神学者たちを招集し、婚姻の妥当性を聖書に照らし合わせて証明させようとまでしていた。最終的に、婚姻は成立しなかったものの、人種・宗教を越えて同じ人間であることを強調するイデオロギーのもと、両者の結婚が話し合われていたことの証左である。[22] また、同年にヴァージニア会社が、植民者ジョン・ラルフ(John Ralph)とポウハタン族の女性ポカホンタス(Pocahontas)の婚姻を成立させていたことも忘れてはならない。異人種間結婚は、なにもヴェニスでなくとも、当時のイングランドにおいて充分に起こりうる出来事であったのである。むしろそうした現実があるからこそ、なお一層イングランド人は異教徒・異人種との交流を警戒したのかもしれない。イングランド人の心の内には異教への改宗や人種の混合に対する嫌悪や不安が渦巻いていたことが推測できる。[23]

その意味でポーシャの父の遺言は、当時の交易を重視する社会が求めた対等の関係、人種・宗教の違いを超えた公正・平等の原則に則ったものと思われるのである。しかしポーシャの心の内は穏やかではない。箱選びという運命に自分の行く末を託さざるを得ないポーシャは、第一幕におけるネリッサ(Nerissa)との会話の中で、自らの意思と父の遺言が互いに相容れないことを嘆いている。「生きている娘の意思が、亡くなったお父様の遺言に縛られているのだから。(“so is the will of a living daughter curb'd by the will of a dead father.”)」(第一幕二場二四—二五行)ポーシャの口にする娘の意志(“the will”)と亡き父の遺志(“the will”)は、言葉遊びを通して、ポーシャの内面の葛藤を的確に言い表している。娘の抱く外国人への嫌悪や怖れと、父の掲げる海外貿易における平等主義は、イングランド人の抱く人種偏見と、公式外交上あるいは貿易上の友好関係という、相矛盾する現実を暗に示しているように思える。ポーシャの思わず口にした台詞が核心を言い当てているかもしれない。「いくら頭が血を抑える掟を作っても、熱い情熱は冷たい理性の命令を乗り越えてしまう。(“The brain may devise laws for the blood, but a hot temper leaps o'er a cold decree—”)」(第一幕二場一八—一九行)まさに理性では理解しながらも、感情的な反発を覚えずにはいられない葛藤なのであろう。国際社会での平等は理性的判断としては受け入れられたとしても、異教徒・異人種への偏見はそう簡単に消し去ることはできないに違いない。相対立する価値観の衝突は、急速に肥大化し、大西洋貿易航路を中心に国際都市へと変貌しようとするイングランドの、そして大都市ロンドンの理想と現実ではなかったかと思われるのである。[24]

モロッコ王子とアラゴン王子

スペインとモロッコの狭間で、複雑な外交状況におかれたイングランドの実情と共に、ロンドン市民の内面の葛藤を知れば、舞台上に展開される箱選びの場面は、当時の社会に鬱積した空気を孕み、一層熱気を帯びたものとなる。ポーシャをわがものとせんがため、ナポリ王子、プファルツ伯爵、フランス伯爵、イングランド男爵、スコットランド伯爵、ドイツ公爵など数多の王侯貴族たちが名乗りを挙げ、各国から箱選びの挑戦者が次々にベルモントを訪れた様子が台詞によって語られる。それらの挑戦者のなかから、特にモロッコ王子とスペインのアラゴン王子が実際に舞台上に現れ、箱選びに挑むこととなるのである。庶民にすれば、宿敵であるカトリック教国スペインはもちろん、当時の国際情勢のなかで複雑な外交関係にあったイスラム教国モロッコという、イングランド人が最も関心を寄せる両国の挑戦者が舞台に登場する場面となり、この場が大いに観客を沸かせたことは容易に想像できる。

まずモロッコの王子が、灼熱のアフリカの地の生まれであることを物語る純白の衣装に身を包み、巨大な半月刀を腰にさげて、舞台に登場することとなる。舞台上に文化的他者の存在が描かれる場合、しばしば異文化の装束や習慣を模倣しつつも、そこには誇張と歪曲が加えられることは当然のことであろう。

モロッコ　この肌の色で私のことをお嫌いになりませぬように
輝ける太陽に仕えし者に与えられし衣装とお考え下さい
私は、その隣人であり、そこで生まれし者
ポイボスの炎をもってしても、つららを溶かすことがないという
北国生まれの最も肌の色の白き者をここにお連れになるがいい
あなたの愛を競って、血を流し合い、どちらの血潮がより紅いか、
果たして彼のものか私のものか、ここでお見せいたそう　（第二幕一場一―七行）

王子の冒頭の台詞が、太陽神ポイボス(Phoebus)への言及から、その太陽の熱も届かない北国の寒さを「つらら」の比喩で表現し、更には自らの勇気の象徴としての血潮の紅さを強調するように、彼の台詞にはつねに修辞が駆使され、自らの文化的洗練を誇示しながらも、往々にして大言壮語に終始する王子の様子が描かれる。更に王子は、彼の褐色の面が、「祖国においては誉れ高き乙女たちの心をときめかす」と自らの男性的魅力を誇らしげに語るかと思えば、「ペルシャの皇帝の命、そしてその王子の命までも奪ったこの半月刀にかけて、トルコ王のソリマン陛下の戦において三度までペルシャの大軍を打ち破りしこの刀にかけて」と自らの勇猛果敢さを訴える。(第二幕一場九―一一行、二四―六行)彼のもってまわった修辞的語りの行間からは、その過剰なまでの自惚れや好戦的な粗暴さが垣間みられるのである。

そうした王子の威勢の良さも、いよいよ箱選びの場となれば、単なる空威張りであったことが露見する。三つの箱を前にして散々迷い、箱に刻まれた銘を何度も読み上げながら自問自答する彼の様子からは、勇猛果敢さを訴えたその台詞とは裏腹に、彼が実は臆病な小心者であることが露呈する。逡巡のあげく、再び金の箱の銘を読んだ彼は、怯える自分の心を奮い立たせるかのように、またしても彼特有の大言壮語によって、この挑戦の崇高さを強調する。

これこそ彼女だ。全世界が彼女を求めている。
地の果てより来たりて、この聖なる社に寄り集い、
生ける聖者に口づけせんと願う
カスピ海の砂漠から、アラビアの荒涼たる荒野から

ポーシャの姿を一目見んと王侯たちが訪れる
野心満々の水しぶきを天にまで吹き上げんとする
水の都も、異国の挑戦者たちの妨げとなることはありえず
誰もが、あたかも小川を跳び渡るかのように、易々と海を越えて、
ポーシャを一目見ようと、この地へとやってくるのだ。　（第二幕七場三八―四七行）

彼の修辞を駆使した大言壮語と彼の本質的な臆病さは滑稽なまでの対比を生み出し、その落差の大きさは観客の失笑をかったに違いない。そればかりか、続く彼の台詞では、イングランドの金貨への比喩が、そのまま寝室に横たわるポーシャへの連想と繋がる。「イングランドの地には黄金に天使の姿を刻印した硬貨があるが、それは金の表面に彫ったものでしかない。しかしこの中には黄金の臥し所に横たわる本物の天使がおさめられているのだ。（"They have in England / A coin that bears the figure of an angel / Stamp'd in gold, but that's insculp'd upon; / But here an angel in a golden bed / Lies all within.")」（第二幕七場五五―五九行）実のところモロッコ王子はポーシャを、彼の物質的欲望と性的欲望の対象としか見ていないことが、こうした彼の発言から露見する。ここには当時のイングランド人がモロッコ人に対して抱いていた、血の気の多さや精力絶倫などといった人種的偏見が露骨なまでに見受けられるのである。ソンガイ帝国を侵略し、その地の金鉱山を手にしたモロッコが、劇においては黄金にこだわる亡者として描かれるのも頷ける。その意味において、黄金の箱に入っていたむきだしの髑髏と、添えられた「輝くもの必ずしも黄金ならず」という書き付けは、戦勝で得た豊かな黄金資源に浮き足立つモロッコに対する痛烈な皮肉であったのかもしれない。

モロッコ王子に対するポーシャの反応も興味深い。王子に対してポーシャは、父の定めた遺言の前では、肌の色は問題ではなく、王子は他の求婚者と同じく公平 (fair) に、そして同じく白い肌 (fair) の持ち主であるとの社交辞令的な追従を述べるものの、彼女の本音は全く異なっている。ネリッサと二人だけになると彼女は、自らの抱く偏見を包み隠すところなく打ち明ける。

ポーシャ　・・・たとえお顔の色は悪魔のようであろうと、
　性格は聖者のように清らかなら、私を妻にしようなどと
お考えにならないで、罪の懺悔でも聴く役回りをして欲しいものだわ。

（第一幕二場一二九―三一行）

彼女は、モロッコ王子の内面ではなく、あくまで容姿に対するこだわりを見せる。それればかりか、箱選びに失敗したモロッコが姿を消すと、ポーシャは即座に肌の色に対する容赦のない偏見を吐露し始める。「ああいう肌の色をした人は皆、いまのように選んで欲しいものだわ。(“Let all of his complexion choose me so.”)」（第二幕七場七九行）ここで使われている語 “complexion” を一部の注釈者は「性格」や「気質」と捉えているが、この箇所はやはり、モロッコ王子の肌の色に対する言及であることは否定できない。ポーシャがモロッコ王子の前で宣言した公平 (“fair”) とは裏腹に、拭い去ることのできない肌の色に対する彼女の差別意識が窺える。彼女の台詞は、舞台を観守る観客たちの内に底流する人種偏見とも呼応し、観客たちは素直に自分の胸の内を口にするポーシャに、一層親近感を覚えたのかもしれない。

他方、モロッコ王子に次いで舞台上に姿を現すアラゴンの王子は、イングランドの宿敵スペインの一王国から箱選びにやって来たという設定である。「われを選ぶ者、万人が求めるものを得ん」と記された黄金の箱に対して、彼は言う。

アラゴン　・・・
私は万人が求めるものなど選びはしない
平民どもの好みに迎合したり、
野蛮な大衆どもと同じ基準に自らをおいたりはせぬ。（第二幕九場三一―三三行）

彼は敵国スペインの王子であるばかりか、高慢な階級主義者で、自らの抱く優越感から低劣な庶民と同列に置かれることを忌み嫌う。自分とは身分のかけ離れた庶民たちと価値観を共有することなど、我慢がならないと彼が言い放つ時、彼は公衆劇場を埋め尽くした大半の観客を敵にまわすこととなる。ヨーロッパ・キリスト教社会において自国の国力を誇示してやまない、いかにもスペインへのあてつけのような、傲慢な人物描写である。

更にアラゴンの王子は言葉を続け、真の名誉ある者が評価されることなく、いたずらに階級秩序に混乱をきたしている昨今の世の中を彼は嘆く。「真の価値のない者が、運命の女神を欺き、栄誉に輝くということがあってよいものか。・・・清らかな名誉がそれを身につける者の真価によって得られるものであればよいのに！」（第二幕九場三七―四三行）しかし自らの高慢さゆえに、自分自身が価値ある者であると信じて疑わないところは、まさに滑稽ですらある。自分もまた名誉にふさわしくない存在であるということには思い至らず、自ら滔々と述べた悲観に内在する自己矛盾に、王子は全く気づくことはない。結局、世の中で自分は最高の人間であり、自分以上に価値のある人間は存在しないのだとの思い上がりと自己愛が、彼に「われを選ぶ者、おのれに相応しきものを得ん」との銘を附された銀の箱を選ばせることとなる。南米で発見された銀の発掘に狂奔するスペインへの痛烈な皮肉である。

やがて箱の中に阿呆の絵を見いだしたアラゴン王子の姿に劇場の観客は大喜びし、庶民を侮蔑することしか知らない上流階級をやりこめ、宿敵スペインに一泡吹かせてやることができたという、えも言えぬ快感を味わうのである。そしてモロッコ王子とアラゴン王子が大失態を演じたことに、またとない充実感を覚えたイングランドの観客は、更なる満足感を求めて、いよいよ自分たちの求める英雄の登場を心待ちにすることとなる。

バサーニオ登場

劇の中に描かれるイングランド人像は、ヨーロッパのはずれに位置する島国からやってきた田舎者に他ならない。華やかな国際社会においては、自分たちの民族衣装を着ることも憚られ、英語という辺境の言語しか話せないがために、全く意思疎通のできない民族こそがイングランド人なのである。ポーシャは求婚に訪れたイングランド男爵フォークンブリッジに対して、痛烈な皮肉を口にする。

ポーシャ　あのかたには、何とも言いようがないわね、あのかたは
　私の言うことがわからないし、私はあのかたの言うことがわからない。
　ラテン語も、フランス語も、イタリヤ語もだめだし、

おまえが法廷で証言してくれてもいいほど、私は英語がまったくだめ。
あのかた立派なかただったけど、誰が黙劇の役者さんと
話ができるというの。それになんて奇妙な服装をなさっていたことかしら
上着はイタリヤでお買いになったのよね、丸いズボンは
フランスでしょう、帽子はドイツね、そしてお行儀作法は
あらゆる国の作法を取り入れて、身につけられたのだと思うわ。（第一幕二場六八―七六行）

イングランド人は求婚者の中でただひとり、ことばの全く通じない人物として話題にのぼり、そのくせ様々な国の文化に通じているという虚勢から、ひたすら各国の風俗習慣を身につけたがる奇妙な人種として描かれている。海外との交易において頭角を現したいという願望と、ヨーロッパの周縁に位置する国であるイングランドの不安がここに言い当てられている。多くの国々との交易の必要性は充分理解しているものの、貿易先進国の後塵を拝する立場にあったイングランドは、まさに劣等感と焦燥感に苛まれていたのであろう。そうした自国民の屈折した心境を言い当てた皮肉な描写に、ロンドンの観客も苦笑せずにはおれなかったはずである。

劇の中で言及されるイングランド人は箱選びの挑戦を早々と断念、さっさと帰国の途についてしまったことで、逆にポーシャに安堵されるような人物であった。箱選びの挑戦者に同胞人がいないという状況のイングランドの観客たちは、自分たちが自己投影できる人物を他に求めざるを得ないこととなる。各国から訪れる求婚者を酷評するポーシャであるが、ただひとりだけ彼女が好意を抱いた人物がいる。ネリッサが、「覚えていらっしゃいません？まだお父様がお元気でいらっしゃった頃に、ヴェニスのか

たで学問もあれば武術にも秀でた―そう、あのモンテフェラット公爵とご一緒にお見えになった―」と言葉に出しただけで、ポーシャは即座にその人物の名前を口にする。「ええ、バサーニオ―確かそんなお名前だった。」（第一幕二場一一二―一一六行）このヴェニス人を、観客が自己投影の対象として意識するように、台詞は巧みに観客を誘導しようとするのである。

アラゴン王子が去るのと入れ替わりに、ヴェニスからの使者が到着する。使者の到着を伝える召使いが、「さわやかな春の一日が、華やかな初夏の訪れの先触れとなる晴れやかさ」（第二幕九場九三―四行）と形容するその様子は、箱選びの試練に、新たな転機が訪れたことを予告するものである。ネリッサが、すかさずその使者がバサーニオであることを祈るように、観客もまたこの人物がまさにバサーニオであることを期待することとなる。

しかしバサーニオがヴェニス人であることが言及されはするものの、そのこと自体が大きな意味を持つことはない。むしろ箱選びという父の残酷な遺言に縛られたポーシャにとって、バサーニオが一縷の望みであることから、彼女もまたこの箱選びの挑戦に自らの運命を賭けていることが強調され、観客の共感を呼ぶ。「万が一、お間違えにでもなれば、もう二度とお目にはかかれない。ですからどうかお待ちになって。私の心のなかで何か、つぶやきが聞こえる―いえ恋などではない、ただあなたを失いたくはない。」（第三幕二場二―五行）モロッコ王子やアラゴン王子の挑戦の後に、颯爽と現れたバサーニオに対して、舞台を観守る観客もまた、ポーシャの願いに心を一にすることとなる。箱選びに挑戦するバサーニオの姿は、もはやヴェニス人という人種の問題は脇に置かれて、ギリシャ神話に登場し生け贄の姫を救出する英雄ヘラクレスに喩えられる。

ポーシャ　・・・　いまあのかたは　若きヘラクレスに
劣らぬ凛々しいお姿で、いや、より多くの愛を胸に、
トロイの王が涙ながらに海の魔物に差し出したという
生贄の乙女を救い出した時のごとく。私はまさにその生贄。
離れて見ているこの者たちは、トロイの女たち
頬を涙に濡らしながら、ことの成り行きを見に集まった
さあ、ヘラクレス様、お行きなさい！
あなたが生きて帰るなら、私も生きながらえる。　（第三幕二場五三―六一行）

ポーシャの台詞を耳にするイングランドの観客たちは、箱選びに挑むバサーニオに英雄ヘラクレスの姿を見いだし、同時に彼に自分たちの夢と希望を託すこととなる。そして自分たちが自己投影したバサーニオが、「いかにもみすぼらしい鉛。何物も与えるとは約束しないどころか、一切を投げうてと脅しをかける、おまえのその素っ気無さが、雄弁より私の心を揺り動かす」（第三幕二場一〇四―六行）と鉛の箱を選んだ時、観客はポーシャと共に歓喜の瞬間を経験するのである。

最終的に箱選びは、モロッコとスペインという様々な意味においてイングランドと関係の深い二大国を退けて、ヴェニス人バサーニオがポーシャの絵姿を引き当てるという結末を迎える。この時バサーニオは、イングランド人が自己投影した英雄ヘラクレス的存在であり、もはや彼がヴェニス人であることそのものがイングランド人にとって違和感となりはしない。当時のイングランドと複雑な関係にあるモロッコ、スペインという両国の求婚者を打ち破り、バサーニオが勝利を手にするという筋の展開を、舞台を観守る観客たちもまさに自分たち自身の勝利にように受け止め、箱選びの結末を安堵と満足をもっ

て受け入れるのである。

国際貿易都市になりつつあるイングランドにとって、理性では納得のいくはずである平等意識と、感情面での反発を引き起こす差別や偏見との衝突は、克服していかなければならない人々の内的葛藤であったであろう。同時に、異人種婚姻に対する嫌悪と恐怖は、貿易の発展を念頭におくなら、承服し容認していかなければならない矛盾であったのであろう。地の果てからの来訪者たちは、その風俗、習慣、行為が誇張され、時には嘲笑の対象として描きだされ、最終的には敗北者として舞台を去ることを余儀なくされる。舞台を観守る観客たちは、現実世界では実現不可能な勝利を劇世界において達成することにより、一時的高揚感を味わい、仮想的な満足感に酔いしれたのかもしれない。これはまさに当時のイングランド人の抱く不安や脅威、そしてそこから生ずる葛藤を浄化するための心理的代償行為であったといえるであろう。そしてそれは本筋の人肉裁判において、様々な異国人の脅威の具現化ともいえるユダヤ人シャイロックが、ポーシャに敗北する筋にも当てはめることができるものなのである。

Ⅳ　シャイロックとモロッコ

モロッコのユダヤ人

一六世紀のイングランドにユダヤ人は存在しなかったと言われている。中世の時代より、ユダヤ人はイングランドから排斥され、更に一五世紀後半には異教徒であるが故に、彼らはイングランドばかりかフランスからもスペインからも排斥された。イングランドに居住を許されたのは、一般にマラーノ(Marranos)と呼ばれるキリスト教に改宗したユダヤ人だけであり、自らの信仰を捨てることにより、イングランドへの定住の道を選んだ者たちであった。エリザベスの侍医であり、女王暗殺を企てたとの咎で処刑された改宗ユダヤ人ロドリゴ・ロペス（Roderigo Lopez）の存在は有名である。しかしだからと言って、イングランド人がユダヤ人に接する機会が全くなかったとは言い切れない。モロッコには多くのユダヤ人が暮らしており、彼らの助けなしには商取引は成り立たなかったからである。

一四九二年、「追放令」を発布することで、スペインは強制的にユダヤ人の国外退去を求めた。ユダヤ人にとって亡命先は限られていた。ポルトガルあるいはヴェニスのような、比較的に外国人に寛容とされる交易都市を目指すか、イスラム教世界へと逃れるしか道はなかった。ユダヤ人たちにとって、自分たちを迫害するキリスト教世界に対抗できるのは、唯一イスラム教世界であると思われたからである。更に、イスラム教国にはジンマ（dhimma）という法令があり、この法律は非イスラム教徒に対して彼らの宗教や慣習を守ることを認めるほか、彼らに自らの共同体の長を選ぶことも保証していた。ユダヤ人たちはこの法のもとで、ある程度、民族の自由・独立が保てるのではないかと考えたのであった。なかでも地理的に近いモロッコのフェズ（Fez）に、迫害を逃れた多くのユダヤ人たちが移り住むこととなった。移住当初は財産の没収や差別により辛酸を嘗めさせられたものの、やがて商取引に秀でていた彼らは、モロッコの社会の中に自分たちの生き残る場所を見出していった。

フェズは一六世紀において西地中海における商業的・文化的重要都市と目されたが、一五七八年にアル＝マンスールが即位し、モロッコの南西部の都市マラケッシュ（Marrakech）を王国の新しい首都とすることを決めたことによって、この新首都に主要都市の座を譲り渡すこととなる。アル＝マンスールは、フェリペ二世に対抗するかのように、ヨーロッパのいずれの主要都市をも凌ぐような美しい都の建設を目指し、運河の建設や水道施設の配備などに着手した。同時に自国の産業の育成にも力を入れた。

国の南部では砂糖きびの栽培を奨励し、多くの精製工場の建設を始め、イングランド人、フランドル人、フランス人から技術を学び、剣、甲冑、大砲や弾薬などの製造も始めた。交易が盛んなマラケッシュには、多くのヨーロッパ商人たちが集まったと言われる。

マラケッシュの都において、ユダヤ人たちは定められた地区に住むことを義務づけられていたが、モロッコを訪れる外国大使や商人たちもまた、この地区に滞在することを求められた。外国の大使や商人は、塀で囲まれた豪華な邸宅を国王から無償で提供され、彼らの安全を守るためにモロッコ人の守衛までが配置された。各国の商人たちに対する手厚い保護政策のおかげで、マラケッシュの町の通りに立ち並ぶ商店では、フランス、イタリヤ、イングランド、スペインなどからの交易品が、本国よりも安い値段で店頭に並んだという。こうしたアル＝マンスールの外国人に対する優遇策が、モロッコの交易の促進に一層拍車をかけたのである。

ユダヤ人たちは、モロッコの交易において重要な役割を果たした。イベリア半島、オランダ、オスマン・トルコ帝国に散らばったユダヤ系民族の同胞たちとのネットワークは、商取引において大きな力を発揮した。モロッコ産の砂糖や小麦は、ユダヤ人の仲買の手によってスペインやポルトガルに輸出された。ローマ法王は、イスラム教徒に武器を売ることを禁止していたが、ユダヤ人たちはプロテスタント国からの武器輸入を手助けした。またユダヤ人たちは金融や会計業務にも長けていたことから、国王アル＝マンスール自身が、ヤコブ・ルッティ（Ya'aqub Ruti）という名のユダヤ人を金融相談役として側に置いていたことも知られている。商取引ばかりか、ユダヤ人たちはモロッコの外交においても、大きな貢献を果たした。もともとユダヤ人の中には、カスティリヤやアラゴンの宮廷に秘書として、あるいは財務担当者として仕えた経験を持つ者たちがおり、そうしたことからヨーロッパの宮廷における慣習やしきたりに通じていたことも、彼らがモロッコの外交において活躍できた一因である。イスラム教国であるモロッコにとって、キリスト教国の王室の内情に通じたユダヤ人たちは貴重な存在であった。更に、彼らがカスティリア語を使えたことも、外交・交易上において大きな利点であった。両者のコミュニケーションを成立させるうえで、アラビア語とヨーロッパ言語の仲介者の存在はなくてはならないものであったからである。[25]

このようにモロッコにおけるユダヤ人は、イスラム教世界とキリスト教世界を繋ぐ仲介として、通訳として、更には会計責任者として、陰の存在ではありながら必要不可欠な役割を演じていたのである。モロッコの港湾への船の出入りから、王室税関の監督、物資運搬のための駱駝の手配、そして砂糖工場の管理や軍需品の輸入に至るまで、あらゆることがユダヤ人の管理・管轄のもとで行なわれていた。そしてモロッコのイスラム教徒の間では禁じられていた金貸しの業務も彼らユダヤ人には許されていたのである。イングランド人は、アル＝マンスールとの外交交渉に際して、またモロッコとの商取引において、まさにユダヤ人との接触を避けて通ることはできなかった。他方、イングランド人の商人にとって、ユダヤ人は彼らにはなくてはならない存在ではあるものの、同時に自分たちの前に立ちはだかることにより、時に自分たちを出し抜き、自分たちの利益を掠め取ろうとする、油断のできない存在であったのかもしれない。モロッコとの商取引が盛んになるにつれて、こうしたユダヤ人のことは当然のこととして本国にも伝わっていたはずであり、イングランドにユダヤ人が存在しなかったことは事実であるとしても、ロンドンの人々がユダヤ人に対して抱く敵対心を軽視することはできないはずである。

実は、アル＝マンスールのユダヤ人に対する対応は、間接的にイタリヤにも影響を及ぼしたと思われる。一五九〇年代にイタリヤ・トスカナ地方の大公フェルディナンド一世は、外国商人たちに経済的な特権を付与することで、自国への定住を奨励している。イタリヤ西部の交易都市リヴォルノは、このおかげで自由貿易港として大きく発展した。大公は更に、一五九三年には、交易拡大のためにユダヤ人への特権を与え、その都市に住み、商売に従事することを許可した。当然のことながら、リヴォルノにはこの特権を享受しようと多くのユダヤ人たちが移住してきた。大公の念頭には、レヴァント、バーバリー、アレクサンドリアといった地域との交易があった。おそらく大公は、モロッコの繁栄を耳にしており、それを範として自分自身のユダヤ人政策を転換したのかもしれない。[26] イタリヤにおけるこうした動きは、当然ロンドンにも伝えられ、たちまちロンドン商人たちの間で話題になったであろう。モロッコにおけるユダヤ人の存在をかねがね聞き及んでいたシェイクスピアが、イタリヤでの新しい動きを聞きつけ、彼の劇の舞台を建前上ヴェニスと想定したことも考えられなくはない。たとえ劇の舞台はヴェニスであったとしても、ロンドンの観客にとってモロッコ王子やスペインのアラゴン王子、そしてユダヤ人シャイロックの登場する芝居は、まさに自分たちの身近な現実世界の写し画のように思えたに違いない。

箱選びの挑戦者とシャイロック

ポーシャの父の遺言にあるように、国際的な貿易都市は自らの理念を掲げるうえで、都市を訪れるすべての異邦人に対して、あらゆる取引や契約における平等・公平を保証しなければならない。異国人・異教徒への拭いきれない差別意識を抱く観客たちも、理屈のうえでは彼らを許容していかなくてはいけないことは充分理解しているはずである。ユダヤ人シャイロックの申し立ての矢面に立たされて、アントーニオはヴェニスの大公も手の施しようがないことを語る。

アントーニオ　大公といえども法を曲げるわけにはいかない、
というのもヴェニスでは異邦人たちも我々と同じ権利を与えられている、
仮にそれが否定されるようなことがあれば、この国の
正義そのものに疑問が投げかけられることとなるだろう
この国の商業とそこから得られる利益は
すべての国々によって支えられているものなのだから　（第三幕三場二六―三一行）

国際貿易都市の名声は、すべての異邦人を同国人と対等と見なし、あらゆる商取引や契約における平等を保証することによって成立している。国際都市ヴェニスの法体系も、言い換えるなら貿易国イングランドの法体系も、国際社会における対等・平等の理念を何より尊重する必要があろう。そして理念として対等・平等の文言を掲げる以上、異邦人たちの人種や宗教による違いを問うてはならないのである。

この点において脇筋の箱選びの主題は、主筋の人肉裁判の主題と呼応する。箱選びに際してモロッコの王子が、自分を肌の色で判断してくれるなとポーシャに訴えていたように、シャイロックもまたユダヤ教徒とキリスト教徒も、ともに同じ人間であることを強調する。

シャイロック　・・・俺はユダヤ人だ。ユダヤ人には目がないとでも。
ユダヤ人には手も、内蔵も、四肢五体も、感覚も、激情もないと言うのか。
同じものを食べ、同じ刃物で傷つき、同じ病で苦しみ、
同じ薬で癒されるじゃあないか。夏は暑いと感じず、冬は寒いと
思わないとでもいうのか。キリスト教徒と同じじゃあないか。　（三幕一場五八―六四行）

箱選びに描かれた平等主義は、脇筋エピソードを超えて、本筋におけるシャイロックの台詞とも共鳴し、互いに相乗効果をもたらすよう工夫されている。しかし箱選びの挑戦者モロッコ王子やアラゴン王子が、やや誇張され戯画化されて描かれているのに対し、シェイクスピアの描くユダヤ人は遥かに生々しい人物造形である。

シャイロック　・・・もしあんたらキリスト教徒が、私らユダヤ人を虐待するなら、私らが復讐しないとでも？私らが他の点でもあんたたちと同じなら、その点についても同じさ。もしユダヤ人がキリスト教徒を虐待したら、キリスト教徒は受けた辱めに対してどうすると思う？ 復讐だろ！もしキリスト教徒がユダヤ人を虐待したら、ユダヤ人はキリスト教徒の範に倣って忍従するとでも？ そりゃあ復讐するさ！ あんたたちが私らに教えてくれた非道さを、俺もやってやるさ。なかなかたいへんだが、教えられた通りしっかりやってやるさ。（第三幕一場六八―七三行）

ユダヤ人もキリスト教徒と同じく、人間であることに変わりはないとするシャイロックの台詞は、観客の心の奥に潜む矛盾を言い当てる。それぼかりか彼の台詞に誘導され、観客たちは、はじめてユダヤ人シャイロックの立場から見たキリスト教徒による差別を知らされる。異人種・異教徒とて同じ人間である以上、そこには自ら受けた侮辱・屈辱に憤りを覚え、相手に対する復讐心を抱くのは当然のことであろう。モロッコ王子やアラゴン王子を通して、戯画化された異邦人の姿を客観的に笑い飛ばしていた観客たちも、差別される者の立場から、キリスト教徒の仕打ちを心情として経験することとなるのである。

キリスト教徒とやりあうシャイロックは雄弁である。窮地に立たされたアントーニオに対する慈悲を説くキリスト教徒たちを敵にまわして、たったひとりで己の主張の正当性を訴える。そして彼の反論は、単に異人種や異教徒に対する差別・偏見を超えて、当時の社会の抱える矛盾までも言い当てるのである。

シャイロック　・・・皆様がた、金で買った奴隷をおかかえですな。奴隷たちに、まるでロバやイヌやラバのように、卑しい、下働きをさせておられる、それは金でもってお買いになったものですからな。では言わせていただきますが、「彼らを奴隷の身分から解き放っておやんなさいまし、皆さんのお子様たちと結婚させておやんなさいましよ。なぜ重い荷物を運ばせて、汗水たらす仕事をさせておられるのです？彼らの寝床を皆さんがたの寝床のように柔らかくしておやんなさいませな、食うもんにしたって、皆さんがたが召し上がるような御馳走を食べさせておやりになったらどうなんです？」このように申せば、きっと皆さんお答えになりますでしょうな。「奴隷たちは、おれたちが金を出して買ったものだ。」私の要求している肉1ポンドも、金を出し、私が買ったものだ。私のものであり、私はそれをいただこうとしている。もしそれをならんとおっしゃるなら、ヴェニスの法律なんざ、糞くらえだ。ヴェニスの法律に

そのような権限はないはず。私は正当な権利を申し立ててるんだ。（第四幕一場九〇―一〇三行）

慈悲を求めるキリスト教徒たちに、シャイロックはすべての品物を金銭で売買する社会の仕組みを訴える。人間もまた他の品物同様、奴隷として金を出せば買い取ることができることは、キリスト教徒たちもよく承知しているはず。物を売り買いするという経済行為は、人間社会の隅々にまで行き渡り、すべての物は金銭に置き換えることができるのである。そして国際貿易都市の法律は、正当な経済行為であれば、それを保証するものであり、シャイロックの言い分は至極当然のことである。対するキリスト教徒はただただ激高するあまり、「いまいましい、呪われろ、のら犬め("O be thou damn'd, inexecrable dog!")」（第四幕一場一二七行）とユダヤ人に罵声を浴びせることはできても、到底シャイロックを論駁することはできない。逆にシャイロックから「証文の文字が消せるまで大声出して、おまえさんの肺をせいぜい痛めつけるがいいや、もうちょっと利口になんな、お若いの」（第四幕一場一三九―四二行）とやりこめられてしまうばかりである。契約という経済行為の前に、人間的な情は全くの無力なのである。

当時の観客たちは、海外貿易で奴隷たちが売買される事実を知っている。そしてキリスト教世界で異教徒が奴隷とされたと同じく、イスラム世界では多くのキリスト教徒が奴隷とされた事実も聞き及んでいたはずである。実際にモロッコのマラケッシュには、多くのポルトガル人奴隷が暮らしており、モロッコを訪れる多くのイングランド商人たちは彼らの存在を直に目にしたにちがいない。シャイロックの語るとおり、経済行為を基盤に据えた国際貿易都市では、対等・平等という理念とともに、すべては金銭によってかたがつくという非情な現実が横たわっているのである。

箱選びに際してモロッコ王子やアラゴン王子の敗北に快感を覚えた観客たちは、更に強大な相手が、しかも論駁することも適わない敵が、自分たちの前に立ちはだかったことに気づかされる。その敵は、国際貿易都市における対等・平等の理念を訴えるばかりでなく、観客自身が胸に抱く差別意識の核心部分に、鋭敏な言葉の刃を突き立てる。まさにシャイロックの雄弁さは、差別する側と差別される側の立場を見事に逆転させて、観客たち自身にユダヤ人の目を通してキリスト教社会を眺めることを強要するのである。そればかりかユダヤ人の滔々とした語りによって観客たちは、交易という経済行為において、あらゆるものが金銭によって売買可能であるという現実をいま一度知らされる。そこでは経済行為に突き動かされるキリスト教社会の倫理上の矛盾もまた白日のもとに晒され、経済至上主義の冷酷な現実を改めて思い知らされることとなるのである。

結末における満足感

シャイロックの雄弁さには、何者も適わないとすら思えたところで、いよいよポーシャ扮する若き法学者バルタザーの登場となる。バルタザーは、「地上の権力は、慈悲によって正義の刃が和らげられる時、神の御力にもっとも近きものとなる」（第四幕一場一九三―九五行）と神の慈愛を説き、なんとかユダヤ人の考えを改めさせようとするものの、シャイロックの頑な決意を変えさせることはできない。かたや法の執行中止を求めるキリスト教徒たちの嘆願に、何人たりともヴェニスの法を曲げることはできない、とバルタザーは断言するのである。いよいよユダヤ人が、アントーニオの胸に刃をあてようとした瞬間に、バルタザーは、証文の文言を逆手に取って、ユダヤ人の主張を見事に論破してみせる。たたみかけるようにユダヤ人を窮地に追い込むバルタザーの雄弁は、いままで観客のうちにあった鬱屈した思いを一気に晴らし、観客は歓喜の渦に取り込まれることとなる。彼らは、憎きユダヤ人が追い込まれていく様子に拍手喝采し、シャイロックの悲鳴に大きな満足を覚えるのである。

この時、観客の内にあった異教徒への反発と反感は見事に浄化され、ユダヤ人に対する勝利の陶酔のなかで、観客の内に秘められた不安や恐怖は雲散霧消する。同時に、神の慈悲を説くキリスト教信者としての誇りと自負を改めて意識することによって、異教徒に対する大きな優越感を味わうこととなる。異教徒の敗北とそれに対するキリスト教徒の勝利は、観客たちの内にあるキリスト教徒としての自己認識を確立するばかりか、それを一層強固なものにしてくれるのである。

箱選びの場の後、舞台上に展開されるシャイロックの敗北は、法の下での平等を守りながら、イングランドの敵対する異国人を打ち負かしたいという観客の胸のうちにある願望を、主筋と脇筋の両方で実現するものである。こうした結末は、モロッコやスペイン、更にはイスラム教国との交易に介在するユダヤ人など、イングランドが優位に立つことの難しい諸外国の脅威を、演劇という空想世界において打倒し、そこにイングランド人の請い願う理想的解決を夢見たものなのである。現実には解消不可能な自己矛盾に対する、ある種の代償行為であったといえるだろう。

劇の結末は、生々しい法廷の場から、ふたたびポーシャの屋敷に場を移し、罪のない男女の戯れが描かれる。指輪をめぐるポーシャとバサーニオ、そしてグラシアーノとネリッサの応酬は、穏やかな笑いさざめきのなかにかき消され、キリスト教に改宗したジェシカとロレンゾーが結ばれることにより、異教徒の脅威は見事に回収され包摂された。劇の大団円を観守った観客は、大きな安堵感と満足を胸に、劇場を後にすることとなるのである。

V　結び　英国に波及する経済的合理主義

『ヴェニスの商人』の劇世界においてアントーニオは、キリスト教徒として同胞に金銭を融通しても利子を取ることはしない。他方、高利貸しシャイロックにしてみれば、アントーニオは偽善者面をして無利子で資金を融通することから、利子を取り立てるのを当然のこととする自分の商売の邪魔をする人物となる。アントーニオは、聖書の教えに基づき、寛容さ、友愛、自己犠牲などの体現者となり、シャイロックは、貪欲、憎悪、そして利己主義を体現する異教徒となるのである。

しかし当時のイングランド社会における金融について詳しく調査すると、問題はそれほど単純なことではない。国際貿易に多くの国々が参加するなかで、国内外の市場競争は激しさを増していた。経済の発展に応じて、たとえキリスト教徒であっても資金を融通し、それによって利息を稼ぐことが、ある程度、必要悪と見なされる社会的風潮が生まれつつあったことは否めない。一五七二年に、トマス・ウィルソン (Thomas Wilson) という議員が『高利貸しについての論考 (*Discourses upon Usury*)』という書物を出版し、金銭を貸し付け、利子を取ることを非難している。書の中では、ある商人の宅へ夕食に招かれた牧師と法律家が利子を付けて金を貸すことの是非をめぐって架空の問答を展開する。様々な議論の末、とうとう最後には利子を取ることを当然としていた法律家が言い負かされ、神の教えから外れた自分の生き方を悔いるという結末となっている。[27] ウィルソンの書は多くの人びとの関心を集めたが、現実的な経済動向に歯止めをかけることはできず、ほぼ時期を同じくして議会は金銭の貸借において、最大一〇%までの利子を取ることを承認するという法律を通過させた。またフランシス・ベーコン

(Francis Bacon)も、一五九七年に出版された著書『随筆集(*Essays or Counsels, Civil and Moral*)』のなかで、時代の経済情勢を鑑みるなら、金銭の貸借に関して利子を取ることは避けられないことを認め、活発な経済活動に支障をきたさない現実的な利率を五％と想定し、違法な契約を排除するため金銭の貸借に許可制を導入することを提案している。[28] このように、時代は様々な議論を孕みながらも、たとえキリスト教徒であったとしても、金銭の貸借の際に利子を取ることを容認するという経済的合理主義へ、徐々に押し流されつつあったといえる。シェイクスピアは、こうした時代の空気を捉えながら、『ヴェニスの商人』の執筆に手を染めている。一見、キリスト教徒と異教徒ユダヤ人の対立に見える両者の敵対関係は、大きな経済の潮流における新旧の倫理観の衝突を描いていることが理解される。裁判の場で、シャイロックを諭してポーシャが口にする台詞はまさに、経済主導の倫理観に否応なく巻き込まれ、ともすれば友愛や自己犠牲の精神を忘れ、己の貪欲や利己主義に走ろうとする多くのキリスト教徒・イングランド人に向けて放たれたものなのかもしれない。ユダヤ人の金貸しというのは、舞台に登場する貪欲な人物の類型にすぎず、実はその背後に経済的価値観を優先するようになったキリスト教徒自身の姿が見え隠れしているのである。このように考えると、裁判の場において、ポーシャがアントーニオとシャイロックを見分けられず、「ところで、どちらが商人で、どちらがユダヤ人だったかな」(第四幕一場一七四行)という台詞は、皮肉に満ちた、とても意味深いものとして観客の耳に響いたに違いない。

イングランド人は、大西洋貿易を展開していくなかで、コスモポリタンとならねばならない切迫感と、多国貿易の世界における異民族の介入に対する警戒を、身をもって体験していたはずである。地中海とは異なる貿易国を相手とする大西洋貿易が成立しようとする時期において、イングランド人は自らの新たな役割を発見し、自己成型を果たすことを求められていたのであろう。諸外国との新たな関係の創出と、そのなかでイングランドの優越性を確保したいという願望、そして人種、宗教、性に対しての不安に揺れ動く国民的アイデンティティ模索の様子が作品の中に窺われる。そこにこそ、一六世紀末のイングランド人の自己成型のありようが、そして彼らの葛藤の軌跡が、存在していたように思われる。劇の結末は、そうしたイングランド人の内的葛藤にひとまず安堵感を与える形で収束している。しかし同時に劇は、時代を生きるイングランド人の心象風景を的確に映し出し、内なる不安を抉り出し、前景化する働きをしていることも事実である。『ヴェニスの商人』の大団円の陰に、地の果てからの来訪者に対する当時のイングランドの怖れと動揺が、そしてコスモポリタンとなろうとするイングランド人の不安と葛藤が浮き彫りにされているのである。

注

1 William Shakespeare, *The Merchant of Venice*, *The Riverside Shakespeare*, 2nd ed., ed. G. Blakemore Evans (Boston: Houghton Mifflin Company, 1997) 292. シェイクスピアの *The Merchant of Venice* からの引用はすべてこの版をもとに翻訳したものである。以降は、幕、場、行数のみを示すものとする。

2 Katharine Eisaman Maus, ed., *The Merchant of Venice*, *The Norton Shakespeare*, ed. Stephen Greenblatt(New York: Norton, 1997) 1081-1083.

3 Jay L. Halio, ed., *The Merchant of Venice*, The Oxford Shakespeare (Oxford: Oxford UP, 1993) 24-5.

4 M. M. Mahood, ed., *The Merchant of Venice*, The New Cambridge Shakespeare(Cambridge: Cambridge UP, 1987) 13.

5 アントーニオの商船が地中海を越えて遠くの港を訪れていることについては、既に一九世紀にThomas Elizeが指摘していた。Horace Howard Furness, ed., *A New Variorum Edition of Shakespeare: The Merchant of Venice*, 7th ed. (Philadelphia: Lippincott, 1888), note to 3.32. 279-87. 更に近年では、John Gilliesが指摘しているが、残念ながら、そこから作品分析へとは至っていない。John Gillies, *Shakespeare and the Geography of Difference* (Cambridge: Cambridge UP,1994) 66.

6 モロッコ王子はポーシャをヴェニスの金貨ではなく、天使の姿を彫りこんだイングランド金貨との連想で捉えていることも忘れてはならない。ヴェニスではなくイングランドを念頭に作品を観てきた観客は、モロッコ王子の台詞に何ら違和感を感ずることはなかったであろう。

7 *Calendar of State Papers Domestic*, vol.5: 1598-1601(London, 1869) 461.

8 この書簡ついて、Virginia Mason Vaughanも「トムソンにすれば、モロッコ王は軍に包囲された君主といった状況であった、王は共通の敵であったスペインに抵抗し、エリザベスの支援を待ち望んでいたのである」p. 84. と、モロッコ王の置かれた厳しい状況を語っている。

9 Gerald MacLean and Nabil Matar, *Britain and the Islamic World* (Oxford: Oxford UP, 2011)13-16, 50.

10 MacLean 50-51.

11 MacLean 52.

12 MacLean 55.

13 Nabil Matar, *Turks, Moors, and Englishmen in the Age of Discovery* (New York: Columbia UP,1999) 9.

14 当時のロンドンで話題になった人物や出来事について数多くの手紙を残したJohn Chamberlainは、ケンブリッジ大学のトリニティ・コリッジに学んだが、学位を取ることなく大学を去ったとされる。彼がどのような職についていたかは不明であるものの、裕福な商人階級に属す、かなりの教養人であったと考えられている。その交友範囲は幅広く、William Camden、Sir Henry Savile、Sir Dudley Carletonをはじめ、政府の要人、外交官、学者などが名を連ねている。現存する彼の手紙は一五九七年から一六二七年に書かれたものであり、当時のロンドンの記録として重要な価値を持つとされる。*The Letters of John Chamberlain.* の編者 Norman

Egbert McClure の序文 pp.1-25 を参照のこと。

15 ここで使われている“Barbarians”は「野蛮人」の意ではなく、*OED* の“barbarian”の5にあるとおり、“a native of Barbary”を意味する。

16 Chamberlain 1: 108.

17 Dahiru Yahya, *Morocco in the Sixteenth Century: Problems and Patterns in African Foreign Policy* (Atlantic Highlands, NJ: Humanities P, 1981)186.

18 “They kild all their owne meate within their house, as sheepe, lambes, poulytrie and such like, and they turne their faces eastward when they kill any thing.” Virginia Mason Vaughan, “Representing the King of Morocco,” *Emissaries in Early Modern English Literature and Culture: Mediation, Transmission, Traffic, 1550-1700*, ed. Brinda Charry and Gitanjali Shahani (Burlington,VT: Ashgate, 2009)83.

19 “. . . they used all subtiltie & diligence to know the prices, waygts, measures, and all kindes of differences of such commodities, as eyther their country sent hither, or England transported thither.” John Stow, *The Annales of England* (London, 1615) 791. Stow は一六〇五年に死去し、Edmund Howe が *The Annales* の執筆を引き継いだことから、Stow よりも Howe の個人的な見解が反映された可能性は否定できない。Vaughan 84 にも言及がある。

20 巷では彼らの来訪が外交上の公式訪問を装いながら、その裏では視察をとおして自分たちの輸出している砂糖の実勢価格を調査し、価格をつりあげることを目的としているのだと噂されていた。“it was generally judged by their demeanors that they were rather espials, then honorable Ambassadors, for they omitted nothing that might damage the English Marchants.” Stow 791.

21 Vaughan 84.

22 Gustav Ungerer, “Portia and Prince of Morocco,” *Shakespeare Studies* 31(2003) 107.

23 血縁への言及としては、Sultan Muhamed ash-Shaykh がポルトガルの Dona Mencia de Monroy との結婚に際して、異人種間であっても血の繋がりに変わりはないことを宣言している。異人種であっても、同じ人間であることが言及され、宣言されようとしていた。Gustav Ungerer 109 を参照のこと。

24 当時のロンドンは急速に大都市へと変貌しつつあった。一五五〇年に五万五〇〇〇人であった人口は、一六〇〇年には推定二十万人となり、イングランド第二の都市であったノリッジ (Norwich) の一万五〇〇〇人を大きく引き離していた。地方から大都市ロンドンへの人口移動はもちろんのことであるが、外国からの移住者や交易のために訪れる者の数には目を見張るものがあった。Jean E. Howard, *Theater of a City: The Places of London Comedy,1598-1642* (Philadelphia: U of Pennsylvania P, 2007) 1.

25 Mercedes Garcia-Arenal, *A Man of Three Worlds: Samuel Pallache, a Moroccan Jew in Catholic and Protestant Europe*, trans. Martin Beagles (Baltimore: Johns Hopkins UP,1999). また Eva Johanna Holmberg, *Jews in the Early Modern English Imagination: A Scattered Nation*. (Farnham, Surrey: Ashgate, 2011). も参照のこと。

26 Daniel J. Schroeter, *The Sultan's Jew: Morocco and the Sephardi World* (Redwood City, CA: Stanford UP, 2002)39.

27 Thomas Wilson, *A discourse vppon vsurye by vvaye of dialogue and oracions, for the better varietye, and moredelite of all those, that shall reade thys treatise* (London 1572).

28 Francis Bacon, "Of Usury," *The Essays or Counsels, Civil and Moral* (London, 1597).

第二章　インドの稚児

『真夏の夜の夢』とヒンドゥー教インド

I　インドからきた稚児

『真夏の夜の夢』第二幕一場において、妖精の王オベロン(Oberon)と妖精の女王タイターニア(Titania)の仲違いは、インドから連れてこられた稚児が原因だとパックは言う。タイターニアのインドの稚児に対する溺愛ぶりと、それを快く思わないオベロンの嫉妬をパックは語る。

オベロン様は、大層ご機嫌が悪い
というのも女王様が、自らのお小姓として、
それは可愛い子を、インドの王様のもとよりさらってこられたからだ、
女王様とて、あんなに可愛い子はかつてお持ちになったことがないだろう、
嫉妬に駆られたオベロン様は、あの子を所望された、
狩りの際に、お供の者とされたいとのこと、
ところが女王様は、頑にあの子を手元に置くことを主張され、

花の冠をかぶせて、あの子を眺めることを、この上ない喜びとなさっている

（第二幕一場二〇―二七行）[1]

妖精の王と女王の諍いを招くこととなった稚児は、遥か遠くのインドより連れてこられたという。しかし稚児の素性については「インドの王様のもとよりさらってきた」と語られるばかりで、それ以上のことが明かされることはない。後にタイターニアが明かすのは、子供は彼女と親交のあった人間女性の忘れ形見であるが故、その母との思い出のためにも、自分が育てたいという事情のみである。（第二幕一場一二二―三七行）タイターニアの口から、子供の父のことが語られることはなく、子供の背後に男性の影を感じ取ることはできない。生まれてきた子供は、女性の手から女性の手へと渡され、女たちによる母系という関係の中で養育されるのである。ギリシャのアテネを舞台とするこの芝居において、この箇所に挿入されたインドへの言及は極めて印象的である。妖精の王と女王が自らの所有権を争うこととなるインドの稚児は、二人にとって、どうしてそれほどまでに魅力的に映るのだろうか。そして女性の手によってのみ育てられるという稚児の存在は、家父長社会においていかなる意味を持つものなのか。シェイクスピアが、『真夏の夜の夢』と題するこの作品において、単に異国情緒を漂わせるためだけに、東洋を連想させるインドへの言及を台詞に盛り込んだとは思えない。当時のインドとの交易の様子を探ることによって、そこに秘められた意味合いを掬い取ることができるかもしれない。果たして当時の英国人にとって、インドはどのような国と考えられていたのであろうか。

シェイクスピア作品を論じる際に、批評家たちはしばしばインドのムガル帝国を話題にする。英国人として初めてインドへの旅行記を残したラルフ・フィッチ（Ralph Fitch）は主にムガル帝国から東南ア

ジア（ビルマ、タイ、マラヤ）を旅している。またジェイムズの長男ヘンリー王子によって最初の外交使節としてインドに遣わされたトマス・ロウ（Thomas Roe）は、アグラの宮殿にムガル帝国第四代皇帝ジャハーンギール（Jahangir）を訪ねた。しかしフィッチの旅行記が、リチャード・ハクルートの『イギリス国民の主要航海記（*Principal Navigations, Voyages, Traffiques and Discoveries of the English Nation*）』に収録され出版されたのは、一五九八年の増補改訂版においてであり、更にロウのムガル帝国訪問は一六一五―一九年のことであって、彼の報告書は帰国後に出版されたものである。[2] シェイクスピアの『真夏の夜の夢』は、フィッチやロウの旅行記が世に出る以前の一五九五年あるいは一五九六年の執筆とされており、一六世紀を生きた英国人にとってのインド観が、インド北部を支配したムガル帝国だけを念頭に形作られたとすることには疑問が残る。[3] というのも当時のインドは北部のイスラム勢力と南部のヒンドゥー勢力が相対立するという、複雑な宗教・政治状況におかれていたからである。

Ⅱ　イスラム教インド対ヒンドゥー教インド

歴史資料を繙くと、一六世紀のインドは、北方からのイスラム教勢力の侵攻に脅かされていたことがわかる。既に七世紀初頭からイスラム教とヒンドゥー教の間の対立が起こっており、数世紀におよぶ戦乱のなかで、イスラム勢力に圧倒されてヒンドゥー勢力は退却を余儀なくされ、紛争地域の最前線は徐々に北西部から北東へと移動していた。イスラム勢力は、九世紀にカブールを陥落させ、一三世紀初頭にはダリを支配下に置き、そして一四世紀にはデッカンへと、その侵略の手を伸ばした。イスラム教徒たちにとって、インドの正統派ヒンドゥー教であるバラモン教との戦いは、まさに異教徒に対する聖戦であるとの大義名分があった。

一五世紀末頃までには、インドの北部の諸王国は、従来どおり地域支配を継続することを条件に、イスラムの首領を受け入れることに同意し、イスラム側もまた各地の統括をヒンドゥー教豪族に託すことによって、ヒンドゥー教徒たちを自分たちの帝国支配のなかに組み込むことに成功した。戦争の混乱が終結したイスラム支配地域では、交易も再び盛んとなり、インド・イスラム国家として経済的な成長を続けた。一五二六年、テュルク・モンゴル系であったバーブル(Zahir-ud-din Muhammad)がムガル帝国を建国、自らが初代皇帝となり、インドにおけるティムール王朝を開くこととなる。一五五六年に若干十二歳の若さでムガル帝国第三代皇帝に即位したアクバル・ナーマ(Akbar Nāmah)は、在位中に三つの首都を建設し、西洋にもその名を轟かせるほどの栄華を極め、一六〇〇年頃ムガル帝国はインドの北部を統治する巨大国家となったのであった。[4]

図１　ムガル帝国とヴィジャヤナガラ帝国

他方、インド南部には、ヒンドゥー教信仰の数多くの王国が存在したままであり、北部からのイスラム教徒の侵略に根強い抵抗を示していた。ヴィジャヤナガラ(Vijayawāda)帝国の正確な成立年代については議論の分かれるところであるが、おおよそ一四世紀半ばからほぼ二百年にわたり、地方の小国をまとめ、中央集権的国家を築くことによって、イスラム勢力の侵入を阻止したと考えられている。ヴィジャヤナガラ帝国において一五世紀に開かれたサンガマ王朝(The Sangama dynasty)は、約百五十年間続き、第三王朝となるクリシュナ・デヴァ・ラヤ王(Krishna Deva Raya 1509-29)の治世は、ヴィジャヤナガラ帝国の最盛期を迎えた。デヴァ・ラヤ王は、東洋における最も富を誇る皇帝のひとりとして知られたが、その後継者の時代になると派閥間の争いが持ち上がり、一五六五年にデッカの連合軍に敗北すると、王朝の勢力は急速に衰え、インド南部を統一する帝国の政治的支配は次第に弱体化していった。[5]

西ヨーロッパのキリスト教国においても変化があった。コロンブスが大西洋横断に成功し、インドに到達したとの報せは各国を驚かせたが、ポルトガルはこの報告に焦燥感をつのらせ、アフリカ南端を経てインドへ向かう航路を真剣に模索し始めた。ようやく一五世紀末の一四九八年、ポルトガルはアフリカ大陸を迂回する航路を発見し、西洋諸国としては初めてインド洋に入ることに成功する。やがて一五〇九年には、火器を装備したポルトガルの軍船が、エジプトのマムルーク王朝とインド西部のグジャラートのサルタンによる連合軍を撃破。ポルトガルはインド洋を支配する一大勢力となった。翌一五一〇年、ポルトガル人アルブケルケ(Afonso de Albuquerque)がマンドビ河口にあるゴア島を占拠し、その地にポルトガル通商の拠点を築くこととなる。これによって、リスボンとゴアを結ぶ交易路は、東洋の品々をヨーロッパ社会に運ぶ重要な航路となった。[6](図2)

ポルトガルの王室は、インドへの航海情報やインドの地理情報が容易に他国に流出することがないように目を光らせたため、当時のポルトガル人による旅行記は印刷物となることはなく、原稿の状態でのみ残されていることが多い。また、たとえ印刷にまわされることがあっても、それらはポルトガル人自らの手になるものではなく、イタリヤ人やドイツ人によるものであった。[7]西洋諸国は東洋との交易においてすこしでも有利な立場を占めようと、ポルトガルからインドの情報を手に入れることに躍起になっていたのである。インドとの交易に大きく出遅れていた英国人の残したインド見聞録に、北部のムガル帝国を描いたものが多いのもこうした事情によるものであろう。英国は、インド洋におけるポルトガル勢力を敬遠して、陸路による北部からのインド入りを計画するしかなかった。南部のヴィジャヤナガラ帝国が、一五六五年のデッカ連合軍との敗戦により、著しくその勢力を失いつつあったことも影響し、英国商人ラルフ・フィッチや、外交使節として遣わされたトマス・ロウは、将来の交易の可能性を探りながら、インド南部のヴィジャヤナガラ帝国ではなく、北部のムガル帝国を目指したのであった。[8]

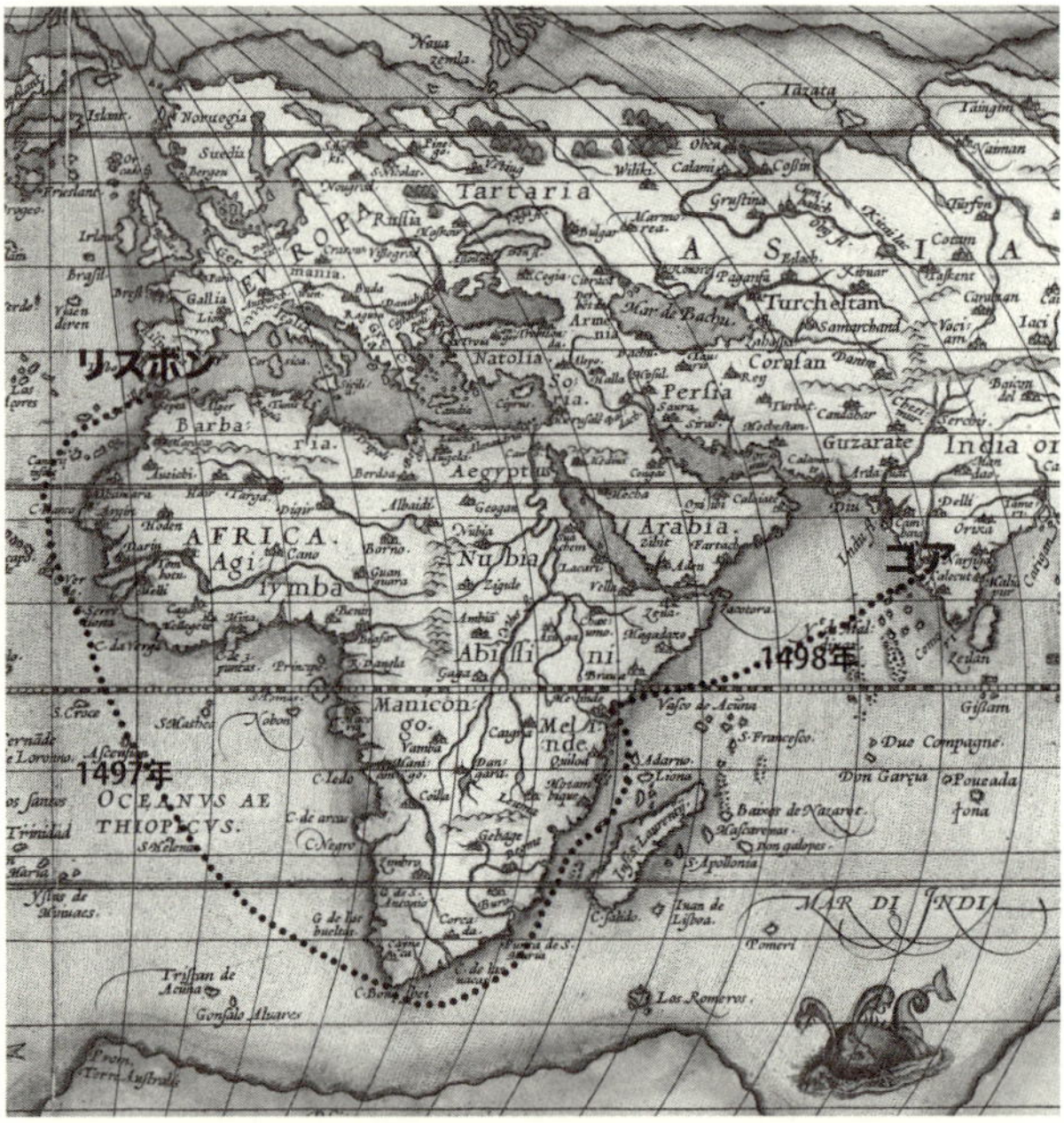

図２　ポルトガルによるインドへの航路

それでは、ムガル帝国を訪れたフィッ

チャロウの旅行記が、一七世紀の英国人のインド観を形成することとなる以前、英国人が知り得るインドの情報はどのようなものであったであろうか。ポルトガル人の書き記した、ヒンドゥー教・ヴィジャヤナガラ帝国の様子を伝える旅行記は、全く英国人の目に触れることはなかったのか。『真夏の夜の夢』へと議論を進める前に、その可能性を探っておきたい。

Ⅲ　西洋キリスト教徒とヒンドゥー社会

近代初期の西洋人の見たヴィジャヤナガラ帝国

ヒンドゥー教社会の様子は、一五・一六世紀の西洋キリスト教徒によって驚きをもって伝えられている。なかでもヴィジャヤナガラの社会における、主人が死ねばその妻たちも生きたまま火葬にするサティの習慣、寺院における公認の売春制度、女性の処女性を不浄のものとする考え方などは、西洋人にとって全く理解し難いものであった。[9]そうしたなかで、おそらくヴィジャヤナガラ帝国の人々の結婚制度について西洋人の記した最初の記録は、ヴェニス人のニコロ・デ・コンティ (Nicolò de' Conti) によるものであろう。コンティは一五世紀半ばにインドを旅し、一四四四年にヴェニスに帰国しているが、彼の旅行記には「この地方 (Calicut) の女性たちは数人の夫を持つことを許されており、それゆえある女性たちは十人あるいはそれ以上の数の夫を持っている」という記述が見いだせる。そして、誰の子供かの判断は妻に委ねられ、「生まれた子供たちは、妻の意のままに夫に割り当てられる」という。コンティの旅行記はもともとラテン語で記されたものであったが、ポルトガル語やイタリヤ語など他言語に翻訳された。[10]またコンティの同時代人で、一四世紀から一五世紀にアジア西半を支配していたティムール王朝の外交使節アブド・ウル・ラザーク(Abd-er-Razzak)も、一四四一年にカリカットを訪れた際、「彼らの間には、定められた階級の男たちがおり、その男たちに対してはひとりの女性が多くの夫を持つ習慣となっている」との記録を残している。[11] 更に、ジェノヴァの商人であったヒエロニモ・ドゥ・サント・ステファーノ(Hieronimo de Santo Stephano)もまた、一五世紀末のヴィジャヤナガラの様子を、「女たちは、それぞれの望みに応じて七人から八人の夫を持つことが法的に認められている」と伝えているのである。[12]

一夫一婦制を重んずる西洋人にしてみれば、東洋の一夫多妻制度も不可思議に映ったはずであるが、ヴィジャヤナガラの社会に存在する一妻多夫制度は、まさに驚異以外の何ものでもなかった。家系の継承に、女性の意見が尊重され、女性たちによる選択が反映されるのである。プロスペローやリア王といったシェイクスピアの作品の登場人物たちは、自分の子の本当の素性を知るのは、産みの母である妻のみであると口にしていることが想起される。[13] 当時の家父長社会に隠された男性の不安、すなわち子供の素性に関しては女親のみが知るものであり、男親は女親のことばを信じるほかないとする恐怖が、まさにインドの社会の不思議な慣習に顕在化した形で存在しているように思われる。

デュアルテ・バルボサの旅行記

一五世紀から一六世紀において、インドとの交易において優位な立場にあったポルトガルでは、トメ・ピレス(Tome Pires, c.1470-1524)、デュアルテ・バルボサ(Duarte Barbosa)、ルドヴィコ・ドゥ・ヴァルセマ(Ludovico de Varthema)などが、インドのヴィジャヤナガラ帝国を訪れ、彼の地に関する多くの旅行記を残した。なかでもバルボサの『オリエント見聞録(*Livro do que da relacao do que viu e ouviu no Oriente)*』は、当時のヴィジャヤナガラ帝国の様子を克明に伝えている。[14] 一五〇〇年頃、バルボサは叔父の仕事の補佐を務めるためにインドに渡った後、マラバル海岸地方で使われていたマラヤーラム語を習得し、通訳として活躍した。後にポルトガル政府の役人となり、アルブケルケのもとで外交交渉にもあたったという。おそらく一五一四年から一五一六年にかけて、彼は自らが見聞きしたヴィジャヤナガラ帝国の様子を様々に書き留めたのではないかと思われるが、一五一六年に原稿を残したまま、ポルトガルに帰国してしまう。おそらくこの残された原稿から、一六世紀に出回ったバルボサの旅行記のスペイン語版やイタリヤ語版が作成されたと考えられている。[15]

バルボサの原稿は、ヴィジャヤナガラ帝国の政治、経済、軍備についてはもちろん、文化・風習の面からも人々の生活を描いており、人々の風俗や装飾品をはじめ、女性たちの習慣についても詳細に記している点で、当時の帝国の様子を物語る貴重な資料である。彼の旅行記は、ヴィジャヤナガラにおける一妻多夫制度について、より明確な情報を我々に与えてくれる。バルボサによれば、マラバルにはナイア (Nayres) と呼ばれる人々のカースト階級が存在し、この名で呼ばれる者たちは、王侯たちを敵から警護し、ひとたび戦闘が始まれば兵士として戦場で戦うことを使命としていた。彼らに結婚は許されず、定められたカーストの女性たちと愛人関係を持つことだけが許された。王はナイアの戦士に、家族とのしがらみから解放され、戦場で全身全霊を捧げることを求めたため、彼らの戦闘意欲を挫くことになりかねない結婚の制度を禁止したのであった。また女性たちは、結婚という形をとらない社会制度のなかで、多くのナイアの戦士を愛人に持つことによって、自らの名声を高めることができたという。バルボサの記録には次のような記述が見いだせる。

これらの男たちは結婚することを許されない。彼らの甥（女兄弟の息子）が彼らの財産相続人とされる。・・・ナイアの女たちは家柄が良く、自立している。・・・多くの愛人男性を持てば持つほど、女たちの名声は高められるのである。女の愛人たちは、正午から次の日の正午までという一日だけを、女と過ごすことができるとされ、そうすることで、彼らの間に騒ぎやもめ事もなく、男たちは平穏に暮らせるのである。もし愛人男性の誰かが女のもとを去りたければ、ただ女のもとを離れ、別の愛人を作ればよい。女とて同じで、もしも愛人を疎ましく思うようになったのなら、別れて欲しいと告げれば愛人は去っていく、あるいはそれによる和解もあり得る。子供ができれば、子供たちは、養育義務のある母のもとに留められる。女たちはどの愛人の子かわからないようにするため、たとえ誰かに似たところがあったとしても、自分たちのもとに留め置くのである。男たちは子供を自分の子供とは考えないし、自分たちの財産を相続することも認めない。既に述べたように男たちの財産相続者は男たちの甥、すなわち彼らの女兄弟の息子たちである。・・・この法律は、男たちが自分たちの子供を養育する義務のために、国王への奉仕を蔑ろにすることがないようにと、国王たちによって定められた。[16]

バルボサより前の一五世紀にヴィジャヤナガラを訪れた西洋人たちは、自分たちが目にしたヒンドゥー社会の様子を、キリスト教社会における一夫一婦制という結婚制度に置き換えて理解しようとしたため、そこに誤解が生じ、妻が多くの夫を持つことを許されるという一妻多夫制の伝説を生み出したと考えられる。バルボサの旅行記によって、ナイアというカースト制度の内情が明らかになったものの、彼の説明をもってしても西洋人にとっては理解し難い内容である。公認の愛人制度や、父性の存在を無視した子供の養育の仕方、あるいは財産相続権が女兄弟の家系によってなされることなど、家父長制を重んずる西洋社会とは全く異なった社会制度がここには描かれている。ヴィジャヤナガラにおける一部のカースト内の掟は、西洋の父系社会にとって驚きであるとともに、自分たちが基盤とする社会制度を根底から覆す恐怖や不安として西洋人の目に映ったにちがいない。

バルボサの原稿の翻訳版

残念ながら、バルボサの原稿が一六世紀に英訳されたかどうかについては明らかではない。現在、われわれに伝えられているのは、ポルトガル語で書かれた彼の原稿が再発見され英訳された一九世紀以降のものである。[17] しかしバルボサのヴィジャヤナガラ帝国に関する原稿は、ヴェニスの文官であり、地理学者でもあったジョバンニ・バチスタ・ラムジオ(Giovanni Battista Ramusio)によってイタリヤ語に翻訳され、彼の編纂した三巻本『航海と旅行(*Della navigationi et viaggi*)』(一五五五―五九年出版)に収録されている。またバルボサの原稿は後世の多くのポルトガルの年代記作家や旅行記作者に影響を与え、その記述は繰り返し、他の書物のなかに組み込まれていくこととなる。ポルトガルの年代記作家フェルナオ・ロペス・ド・カスタンヘダ(Fernao Lopes de Castanheda)も、バルボサの書物をもとに『ポルトガル人によるインドの発見と征服の歴史(*Historia do descobrimento & conquista da India pelos Portugueses*)』をしたためた。カスタンヘダは、バルボサの記した多くのエピソードをもとに、それに自分自身の知見を付け足した形で書物を記している。たとえば、先ほどのバルボサが記したヴィジャヤナガラ帝国のナイアの女性の様子は、ほぼ同じ形式で語られている。そしてこのカスタンヘダの書物は、一五八二年に英訳され出版されているのである。[18]

もちろんこうしたインドの風習が、旅行記ばかりではなく、港の酒場などにおいて語り継がれたことも充分に考えられる。ヴィジャヤナガラのような異文化における男女関係のありかたや、女兄弟の家系による財産相続権が、驚くべき逆転の価値観を有するインド社会の様子として、様々な旅行記や口承伝説を媒介に、英国社会に伝搬していた可能性を否定することはできない。

Ⅳ　支配することのできないものへの苛立と不安

稚児をめぐるタイターニアとオベロンの対立

『真夏の夜の夢』のなかでオベロンは、インドの稚児に対するタイターニアの頑な態度を非難し、「あの可愛い取り替え子を、名誉ある小姓にくれと言っているだけではないか」と問いつめる。それに対してタイターニアは、稚児の素性を明かすことによって、自分が稚児を側におこうとする理由を説明する。

妖精の国をやると言われても、あの子を私から買い取ることはできませんよ。
あの子の母親は私の信奉者だったの
香辛料の香り漂うインドで、夜になると、
私の傍らに来て、しばしばお喋りしたものよ。
海神の治める大海を見渡す黄色い砂の上に、私と一緒に座り
潮にのって船出して行く商船を見つけては、
その帆が、浮気な風を孕んで
お腹を大きくしたのを見て笑ったものよ
それを真似して、可愛い、泳ぐような足取りで―その時には
あの可愛いお小姓を既に宿していたものだから―

陸地をいく船が商品を一杯積んで戻ってくるように
私に様々なものを持ってきてくれたわ
でもあれも、所詮は人間、あの子のお産で死にました
だから、あの子を育てるのも、その母親のため、
あの子を手放さないのも、その母親のためなのです。

（第二幕一場一二二―三七行）

タイターニアの語る思い出を聴く限り、稚児の産みの母については明らかにされるものの、父の存在は明かされない。母を亡くした稚児は父のもとに返されることはなく、赤児を産んで身罷った母親に代わって、タイターニアが養育するという。稚児の出生をめぐる男性の存在は全く言及されず、その養育にあたって男性の介在は許されない。それは、ちょうどヴィジャヤナガラの女性たちが複数の男性と関係を持つなかで、自らの子供たちを自分たちの手で育てるように、母系社会にのみ許された関係をタイターニアは語っているのである。これは、男性である父親の存在を重視する父権制社会からの逸脱であり、当然のことながらそこには長子相続に代表されるような、男性を中心とした血統の維持・継承はありえない。

パックの言うように、稚児を可愛がるタイターニアの様子にオベロンが「嫉妬」をしたことが諍いの原因だとすれば、タイターニアにオベロンが稚児を譲れと執拗に迫る背景には、相手に対する支配欲が存在している。相手の所有物を召し上げることは、そこに上下関係を生み出し、相手を支配することでもある。タイターニアが、オベロンの言うままに稚児を差し出すという行為は、オベロンに対する彼女の愛と服従の表明となり、彼女がオベロンの支配下に置かれることを受け入れ、承認するものである。

逆に、タイターニアが夫であるオベロンの指示に従わないことは、家父長制における夫婦関係からの逸脱であり、主従関係に対する抵抗に他ならない。既にオベロンと行動を共にすることを拒絶しているタイターニアに対して、オベロンが「俺はお前の主人ではないのか」(第二幕一場六三行)と不満を述べているように、オベロンは、タイターニアの不服従を、自らの権威へ「楯突く」ものとして憤る。「何故、タイターニアは御主人様であるオベロンに楯突くのか。("Why should Titania cross her Oberon?")」(第二幕一場一一九行)まさにオベロンにとって稚児の譲渡は、彼の家父長的権威を、そして男性中心社会の秩序を維持していくうえでの象徴的行為である。タイターニアが最も大切にする所有物を自分の物とすることで、オベロンは家父長社会の長としての彼自身のアイデンティティーを確立できるのである。[19]

同時にオベロンは、稚児を「狩りのお供("Knight of his train")」(第二幕一場二五行)として、そして「名誉ある小姓("my henchman")」(一二一行)として、自分に仕えさせたいという意向を表明している。"henchman"とは、『オックスフォード英語辞典』も示すように、行列や行進に際して王侯の傍らに付き従う小姓のことを指すが、たとえ幼い子供であろうと、地位と階級を表す名誉ある役職である。オベロンは、稚児に地位と名誉を与え、自らの組織する階級社会に組み込もうとする。それは父親の存在を排除された母系社会の稚児に、父系社会における居場所と役割を与えることによって、階級社会の一員として己の存在を意識させ、家父長社会のヒエラルキーに取り込むことを意味するものである。[20] タイターニアが掛け替えのない思い出として語った母系社会は、稚児をオベロンに引き渡すことによって、父系社会の掟により、上書きされることを求められているのである。

オベロンに象徴される父系社会とタイターニアの象徴する母系社会の諍いは、そのまま自然界の秩序にも混乱を引き起こしている。河川は氾濫し、境界の土手を「乗り越え("they have overborne their continents.")」（第二幕一場九二行）、「区画整理された畑は、泥にまみれて("The nine men's morris is fill'd up with mud,")」（第二幕一場九八行）、その区画の判別がつかなくなったという。母系社会の反抗は、秩序によって支えられた父系社会のヒエラルキーばかりか、まさに自然界の秩序と調和を崩壊・混乱させることにすらなっているのである。[21]

交易の象徴としてのインドの稚児

同時に、インドの稚児をめぐる争いには、インド交易を支配しようとする西洋の思惑が見え隠れすることも事実である。タイターニアの台詞のなかに描かれる稚児の母親は、風に帆を膨らませた貿易船との連想で語られている。稚児を宿した女性は、大きなお腹を自ら帆船に見立て、戯けた足取りでタイターニアに様々な交易品を運んでくれたという。インドの稚児は、インドの商業的豊かさの象徴でもあり、まさにタイターニアの手に委ねられた最も珍しい、そして貴い交易品であったのかもしれない。[22]

オベロンが稚児を所望するのは、こうしたインドとの交易の象徴を手にすることも、言葉の裏に秘められていたと考えられる。西洋人は交易を行なうため、通商条約の締結を求めて、インドのサルタンたちのもとを訪れた。そこにはインドとの交易を確保することにより、自分たちの貿易市場のなかにインドを巻き込もうとする、それぞれの国の思惑があった。同時にその思惑の陰には、如何にしてインドを自分たちの経済圏に取り込み、有利な経済活動のなかで利用していくかという、したたかな狙いも含まれていた。オベロンがインドの稚児を執拗に我がものとしようとする背景には、インドの稚児を自らの所有物とすることにより、インド交易を自らの帝国主義のイデオロギーのなかに組み入れようとする当時の西洋キリスト教社会の思惑も、当然のこととしてそこに表明されていると考えられるのである。

こうした帝国主義的イデオロギーに対して、オベロンとタイターニアでは考えが異なる。オベロンにとっては、稚児は交易の商品ともいえる存在で、対価を支払えば手にはいるものと映る。タイターニアが、「妖精の国をやると言われても、あの子を私から買い取ることはできませんよ」と忠告しているように、「買う」こと、すなわち対価を払って交換することによって、所有することができるという発想が常にオベロンのなかにはある。男性にとって、所有することは支配することであり、家父長制のヒエラルキーに組み込み、そのことによってヒエラルキーそのものを維持し継承することを究極の目的とする。他方、タイターニアにとって、稚児は亡くなった稚児の母との思い出を体現する存在である。単なる交易の商品としてではなく、女性同士の共同体意識や、記憶、分ち合える喜びなどを体現する存在に他ならない。[23] インドの稚児に対するオベロンとタイターニアの求めるものが異なることからも明らかなように、男性側が常にヒエラルキーを念頭におくことに対して、女性側は対等と平等の関係を築くことに価値を見いだそうとするのである。

V　東洋と対局に位置するヘレニズム文明ギリシャ

シーシュースとアマゾン族の女王ヒポリタ

父系社会と母系社会の対立、そして西洋と東洋の対立は、アテネにおける人間世界でも繰り広げられる。劇の冒頭、シーシュースは自らの婚礼の儀式が四日後に迫っていることを口にするのに対して、妃となるアマゾン族の女王ヒポリタもまた、婚礼の日を待ち侘びるかのように、「その四日の昼はたちまち夜の闇に溶け込み、四日の夜はたちまち夢と消え去りましょう」（第一幕一場七―八行）と応じている。シー

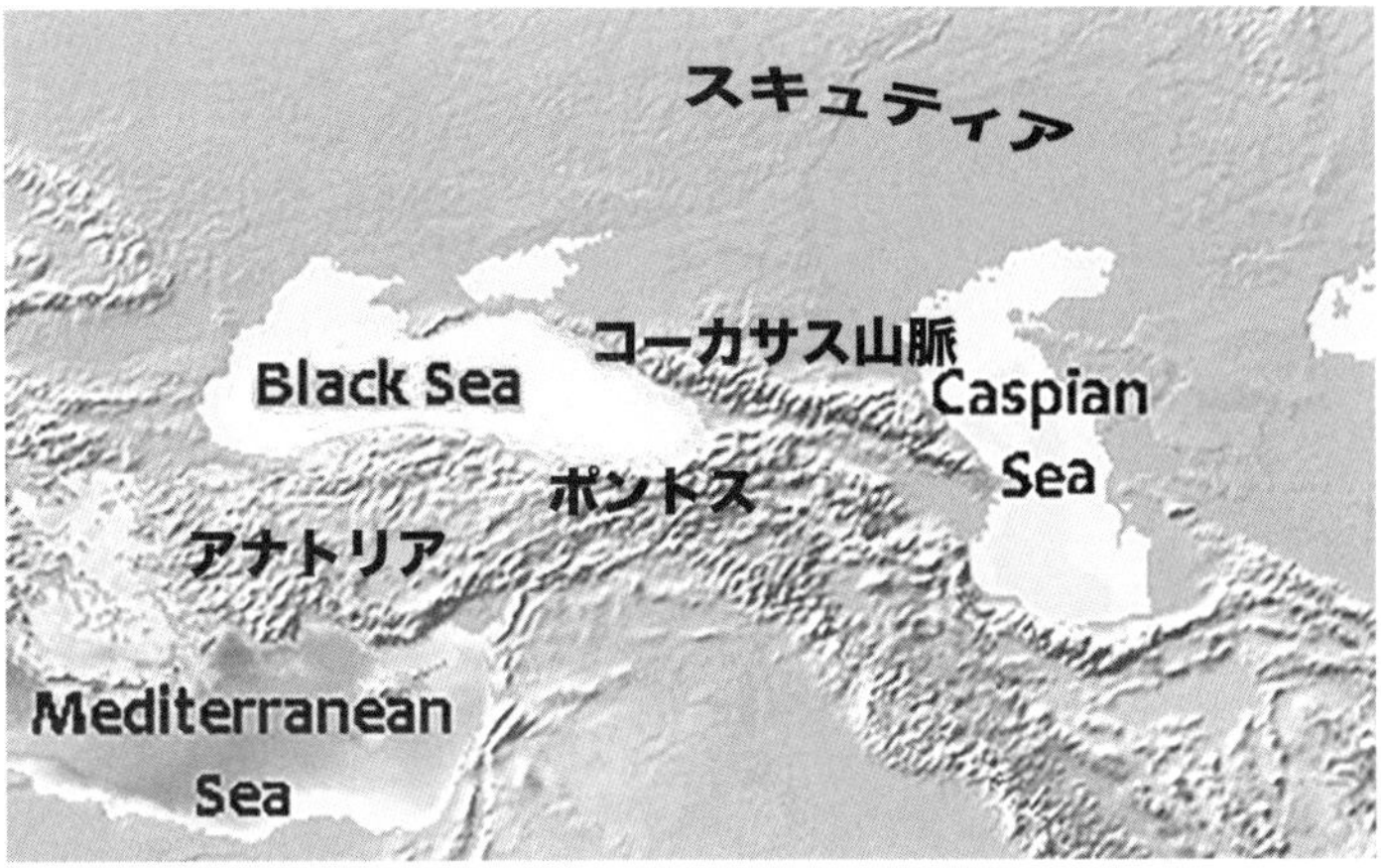

図3　スキュティア

シュースが、「剣をもってあなたの愛を求め、あなたの愛を勝ち得たのも力づくであった」（第一幕一場一六―一七行）と語ることからも明らかなように、アマゾン族の女王とシーシュースの出逢いは決して穏やかなものではなかった。この婚礼は抵抗するアマゾン族との戦いに勝利を治めることによって手にしたものなのである。[24]

　アマゾン族の伝説は、ホメロスの『イリアッド』に言及されたのを初めとし、ヘロドトスの『歴史』やその他の多くの歴史家の書物に登場する。しかしアマゾン族の国の位置については、歴史家によって異なっており、定説はない。バルカン半島の北部に位置するトラキア、あるいはアナトリア西部、または黒海の南岸ポントス、更に黒海北部のコーカサス山脈地域を定住地としてあげる歴史家もいる。こうした定住地域の不確かさが、アマゾン族が、ギリシャ人の想像の産物であったとする説のもともなっている。現在の歴史学や考古学の研究では、おそらくギリシャ人がアマゾン族と考えたのは、ユーラシアから中国南端までの広大な地域を生活の場としていたスキタイ人(Scythians)ではなかったかとする説が有力である。スキュティア(Scythia)と呼ばれるのは、トラキア、黒海、アナトリア北部、コーカサス山脈、カスピ海および、中央アジアに広がる地域を指す。ここには多様ながらも文化的類似性をもった遊牧民あるいは半遊牧民として暮らす多くの部族が点在しており、ギリシャ人はこれらの部族民を総称してスキタイ人と呼んでいた。（図3）

スキタイ人の暮らしは、農耕に従事しながら都市生活を送るギリシャ人からすると、想像を絶するものであったと思われる。遊牧民であったスキタイ人は、男女の性別を問うことなく、同じような服をまとい、馬術を身につけ、弓矢を操ることを当然のこととしていた。ギリシャ人が、女性は家にいて家事をすることを当然としたのに、彼らの目にするスキタイの女性たちは男性と全く変わらない生活を送っているかに映ったのである。こうした両民族の生活様式の違いは、スキタイの女性が男まさりであり、男を凌ぐ武勇を備えているといった、歪曲され誇張された伝説を、ギリシャ人のなかに生み出していくこととなる。[25]

やがて伝説は、ヘロドトスをはじめ多くの歴史家によって記され、中世のマンデヴィルやルネッサンス時代のモンテーニュへと受け継がれた。[26] 語り継がれた伝説のなかで、アマゾン族は女性だけによる国家をつくりあげ、弓矢の技を極めるために片方の乳房を切り落とすのだと言われた。更に近隣の国の男たちと交わり、子をもうけるが、女の子だけに武術を教え、男の子が生まれると殺すか、不具にすることによって戦うことができないようにし、家事に従事させると伝えられたのである。ここには父権制社会を構成する家父長制と長子相続制の逆転の姿が、言い換えれば父系社会の陰画ともいえる母系社会の有様が見いだせる。

何世紀にも渡って伝説が語られるなかで、ギリシャ人の想像したアマゾン族の国家は地理的な位置を変え、マルコ・ポーロはアフリカにあるとし、コロンブスをはじめサー・ウォルター・ローリーは新大

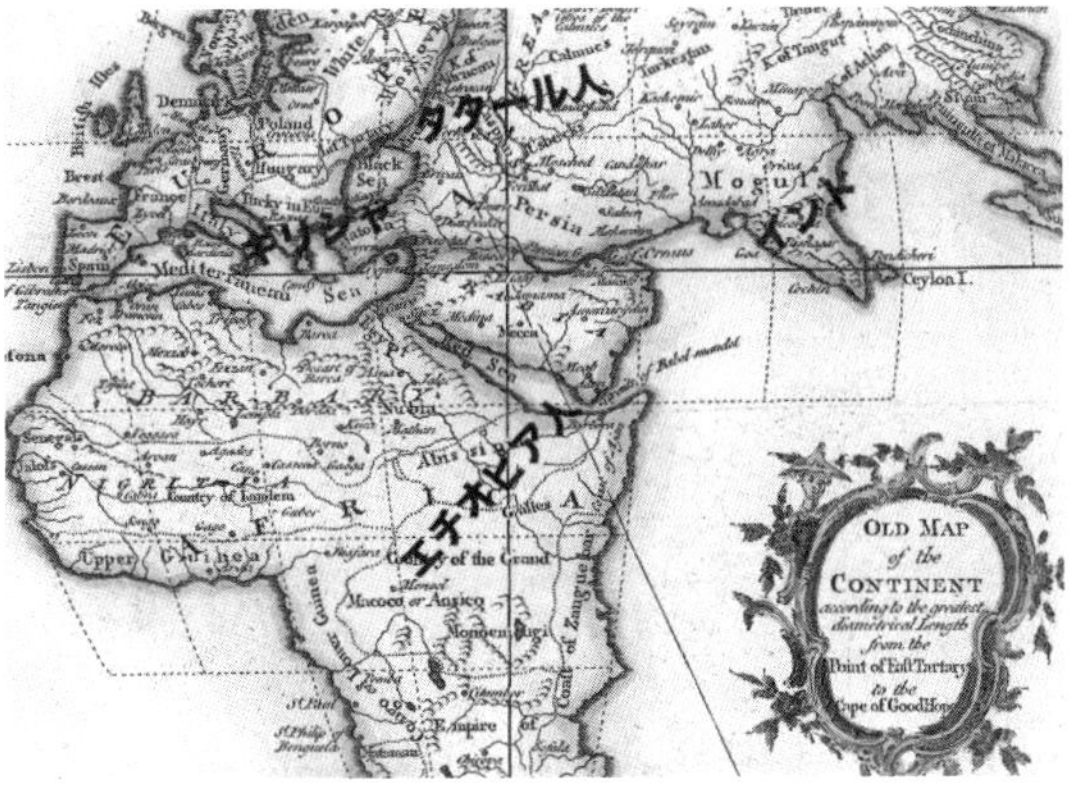

図4　ギリシャと東洋

陸にあると記している。更に、一五八〇年にインド北部のムガル帝国を訪れたイエズス会士モンセレイト神父は、インドのランディガーナにも女性だけの町が存在することを報告している。[27] 男性たちの想像のなかで、アマゾン族に象徴されるような女性支配の国は、常に男たちの政治支配の及ぶことのない周縁の地であり、未開の辺境地であった。自分たちの築いてきた文明の光の届くことのない、周縁の地の薄闇のなかこそ、自分たちが忌み嫌い、恐れの対象とする存在が潜む場所として最適であった。男性たちは自分たちの支配のヒエラルキーの逆転を、自らの不安と恐怖の対象として、辺境に君臨する部族であるアマゾン族神話のなかに語り継いだのである。女性のセクシュアリティの自由奔放さに警鐘を鳴らし、既存の制度から逸脱した女性のセクシャリティを男性支配の周縁の地、すなわちヒエラルキーの裾野に置くことによって、自分たちが歴史のなかで造り上げてきた社会の構成秩序をより堅牢なものにしようとしたのである。

『真夏の夜の夢』においても、法と秩序を重んずるギリシャの文明はヨーロッパ文明の頂点を極め、それに比してギリシャ支配の周縁に位置する国の民族は、美においても劣ったものとして位置づけられている。このことは、オベロンの魔法にかかったライサンダーがハーミアに対して、肌の色の黒い「エチオピア人」や「浅黒いタタール人」と蔑みの言葉を投げかけることからも理解される。[28] エジプトおよび紅海に接するアフリカ北東部の民族であるエチオピア人、あるいはジンギスカンに率いられてアジアおよび東ヨーロッパを席捲したモンゴル系・トルコ系タタール人にしても、ギリシャにおける美の基準においてはギリシャ人に適うことはないと台詞は語る。ギリシャ人にとって、肌の色の白さは何よりも尊く、褐色の肌をした他の周辺民族に比して、自らが遥かに秀でた存在であることが強調される。劇世界では、ギリシャを中心にその支配の周縁に位置する、あるいはその支配の外に位置するアマゾン族、エチオピア人、タタール人は、階級のなかに序列化されるとともに、インドもまたこれらの国と同等に置かれ、あるいは地理的にはその裾野に繋がり、文明のヒエラルキーの頂点に君臨するギリシャの支配を迫られていることが、語られているのである。[29]（図4）

父親イージーアスの支配

妖精界におけるオベロンとタイターニアの対立や、人間界におけるシーシュースとヒポリタの支配関係が、劇世界におけるマクロコスムを形成するとするなら、ギリシャ市民イージーアスの家庭騒動は、これらの衝突のミクロコスムとなっている。自分の眼鏡にかなった青年ディミートリアスと娘の結婚を望むイージーアスに対して、恋人ライサンダーとの結婚を願うハーミアは、家父長社会の掟とそこから逸脱する女性という構図を描き出す。伝統的な制度からの逸脱を許さないイージーアスは、父の求めを頑に拒む娘に、アテネの法に訴えてでも自分の言うことを聞かせようとする。「アテネにいにしえから伝わる法に訴えます。娘は私のものですから、私は娘に命じます。この紳士のところへ嫁ぐか、それとも死罪となるか、法によって直ちに決めさせたいと思います。」（第一幕一場四一—四五行）アテネの法律は、父権制社会の秩序として、父親が娘に対してあらゆる権限を有することを謳っている。父親が娘の結婚相手を定めたなら、娘は当然ながらその判断に従わなくてはならない。アテネの司法を預かる者として、公爵シーシュースもアテネの法律を盾にイージーアスの側に立ち、ハーミアに諭して言う。

おまえにとって、おまえの父親は神のごとき存在
まさにおまえの美貌を形作りし者だ、その父に対して
おまえはまさに蠟の上に、父によって押された
印章のごときもの、形を残すも壊すも、
すべて父の権限のうちだ。（第一幕一場四七―五一行）

家父長制における父親の権威は、神にも喩えられる絶対的なものであり、家族の他の構成員たちがそれに逆らうことはあってはならない。ハーミアが、恋人ライサンダーのことを、父親が「私の目で見て判断してくれればよいのに」と切に訴えても、むしろハーミアが父親の判断に従い、父親の目でディミートリアスを見なければいけないと、公爵に切り返されてしまう（第一幕一場五六―五七行）。ハーミアは、家父長社会に生きる女性に課された宿命のなかで、自分自身の自由意思を持つことは許されず、父の判断を支持するアテネの法に従うほかないのである。

シーシュースの説得には、ハーミアを造り出した父への言及は見られるものの、母への言及はなされない。父系社会においては、家系の継承における男性の存在が重んじられ、そこに女性の存在が語られることはない。これは、母系社会であったアマゾン族やヴィジャヤナガラの一部のカーストの、女性を中心とした子孫の継承とは真逆の文化形態であることはいうまでもない。父と恋人との間で難しい選択を迫られたハーミアの困惑に、アマゾン族の女王ヒポリタはさすがに同情を寄せるものの、彼女がハー

ミアの弁護にまわることはない。沈黙を守りながらも、表情を曇らせるヒポリタに、シーシュースは「さあ、元気をだして」（第一幕一場一二二行）ととりなしている。シーシュースのやさしい慰めの言葉は、このアマゾン族の女王が心の内に秘めている母系社会への郷愁と自らの部族に対する回想を、言葉巧みに父系社会の倫理観に包摂してしまう。まさに東洋は、シーシュースの帝国支配によって、西洋の論理のなかに組み込まれ、異議申し立ての言葉を失ってしまうのである。

交易という魔法

家父長制を標榜する父系社会の倫理観を謳うアテネであるが、そうした伝統的価値観に綻びが見られることも事実である。従来であれば父の定めた青年のもとへ嫁ぐことがあたりまえであったのかもしれないが、こうしたしきたりもイージーアス自身が「いにしえより伝わる法律」と口にしているように、時の流れのなかで時代と齟齬をきたすようになりつつある。ハーミアは、父の選んだディミートリアスに対して、「処女としての特権を好きでもない夫に捧げ、その頸木に私の魂をかけられたまま一生を過ごすよりも」、独身で生きてこの世を去るほうが望みであるといって憚らない（第一幕一場八〇―八二行）。イージーアスは、娘の従順な心を父親へはむかうような頑なものにしたのは、ライサンダーの「たぶらかし（"bewich'd"）」（第一幕一場二七行）の手法であると断言する。

娘の心におまえのことを刻みつけようと、
お前の髪で編んだ腕輪や、指輪、安価な装身具、
趣向品、些細なもの、香水、甘いお菓子など（感じやすい

娘の心を強く惹きつけるようなものを送ってよこしたであろう）（第一幕一場三二―三五行）

イージーアスが考えるライサンダーの魔法の手練手管は、こうした乙女心を惹くような様々な品である。タイターニアもまた、インドの稚児の母親が、「陸地をいく船が商品を一杯積んで戻ってくるように、私に様々なもの（"trifles"）を持ってきてくれたわ」と語っていた。タイターニアが台詞のなかで、"trifles"と表現しているように、作品のなかでこれらの品が、交易品との連想で語られていることは興味深い。[30]アテネに伝わる伝統的倫理観は、若い恋人たちが自由に胸の内を語り合い、様々な愛の印の品（"trifles"）を交わすことによって、父親の与り知らぬところで互いを認め合うという価値観の変化の前に、いかにも硬直した時代遅れのものと映るのである。

更にイージーアスは、自分がディミートリアスを気に入っている以上、「私のものは私の愛する者に与えたい、娘は私のものなのだから、彼女に対する私の権利は、ディミートリアスに授けることとする」と断言する（第一幕一場九五―九八行）。イージーアスは台詞の中に、「所有する（"hath"）」、「与える（"render"）」、「財産を授ける（"estate"）」などの語を使用することで、自分の財産権がディミートリアスに渡されることを暗に示している。[31]これはまさに男性から男性へと財産が譲渡される家父長制の相続を物語る。家父長制における財産相続は、男性の家系の中に閉じているのである。

しかし作品のなかには、女性の財産相続を語る台詞が挿入されていることも無視することはできない。絶望するハーミアにライサンダーは、自分たちに残された希望を語る。

聞いておくれ、ハーミア

僕には未亡人の叔母がいる、かなりの財産を相続して
収入もあるんだ、それに子供がいない
このアテネから七リーグほど離れたところに家があって
僕のことをひとり息子みたいに思ってくれている。
そこへ行けば、ハーミア、君と結婚できるよ。
そこまではアテネの厳しい法律も僕たちを
追いかけてはこないさ。（第一幕一場一五六―六三行）

ライサンダーの未亡人の叔母は、女性でありながら財産を相続し、アテネの法律がおよぶことのない治外法権の地に住んでいるという。アテネの家父長制を揺るがせかねない女性の権利が、まさに目と鼻の先に存在するのである。ライサンダーの台詞は、男性の長子相続制を標榜するアテネに女性の財産相続という現実を突きつけ、アテネの法の限界を露呈させるものである。

こうした女性の財産相続の話題は、既に劇の冒頭のシーシュースの台詞のなかでも言及されていた。自分たちの婚礼の日が待ち遠しくてたまらないことから、シーシュースは思わず自分の内心を口にしている。「この古い月がかけていくのが、なんとゆったりした足取りに思えることだろう。私の願いを長引かせるばかりだ、まるで継母や未亡人がいつまでも生きながらえて若者の財産を使い果たしてしまうように。」（第一幕一場三―五行）女性の財産相続は、男性の相続権の前に立ちはだかり、速やかな相続の流れに竿をさす存在である。家父長制と長子相続制によって裏書きされているアテネの社会も、その周辺や内側に、女性の権利という大きな矛盾を抱え込んでいることが窺える。ギリシャの抱えている内なる矛盾は、まさにギリシャが対峙するアマゾン族やヒンドゥー教インドによって表象される母系社会を

彷彿とさせるものである。西洋ギリシャが、東洋に見出した母系社会という不安と恐怖は、自らの内に巣くう脅威と自己矛盾の投影でもあったのである。

Ⅵ　帝国主義の幻想

父権制の復活

劇の前半で描かれた西洋父系社会と東洋母系社会の対立、そして父権制の抑圧と強制、更にそれに対する抵抗と逸脱は、やがて劇の結末において、父権制社会の規範のなかに回収されていく。魔法の花の魔力によって怪物と化したボトムを愛したタイターニアも、我が身を恥じて、素直にオベロンの求めに応じることとなる。

この露の玉がかつては蕾の上に
東洋の真珠のように大きく輝いていたのに
その時は、小さな花の瞼の内で
おのれの不名誉を嘆く涙のようになっていた。
そこで俺は、あいつのことを思う様に罵ってやった
するとあいつも涙ながらに俺の許しを乞うた
この時とばかり、あいつの取り替え子を要求したのだ
あいつは即座に稚児を俺様に引き渡した、あいつの妖精に言いつけて
稚児を妖精の国の俺の住処まで届けてよこしたのだ。

俺様もあの子を手に入れたことだし、あいつの目から
この忌まわしい迷いを解いてやりたいと思う。　（第四幕一場五三―六三行）

オベロンの台詞が示すように、東洋の真珠とも思えた露の玉は、いまやその輝きを恥じらいに変え、自らの傲慢さを省みて、恐れおののいている。東洋の持つ誘惑的な魅力は、いまやオベロンの権力の強大さを思い知らされ、自ら彼の前にひれ伏したといえる。そしてタイターニアもまた、かつては譲り渡すことをあれほどまで頑に拒んでいたにもかかわらず、溺愛する稚児をオベロンに素直に差し出している。オベロンの象徴する父権制の支配の下に東洋も、そして東洋との絆を守り通していたタイターニアも、もはや何ら反発や抵抗を示すことなく、従順に組み敷かれたのである。

四人の若い恋人たちの恋の縺れも、魔法が覚めやると、再びライサンダーとハーミアは相思相愛の間柄に、そしてディミートリアスとかつては彼の許嫁であったヘレナも元の鞘におさまり、二組の組み合わせができあがる。愛する人を取り違えた青年たちのせいで、ハーミアと大喧嘩となったヘレナは、眠りに落ちる前、幼い頃のハーミアとの固い絆を思い出していた。

私たちだけで分かち合った内緒話
姉妹の誓い、私たちが過ごした時間、
帰らなければならない時が近づくと、足早に過ぎる時間を
いまいましく思ったものよ。すべて忘れてしまったの。
学校時代の友情も、子供時代の無邪気さも。　（第三幕二場一九八―二〇二行）

「双子のサクランボのように（"Like to a double cherry"）」（第三幕二場二〇九行）、「身体はふたつに見えても心はひとつであった（"with two seeming bodies, but one heart"）」（第三幕二場二一二行）と思えるような仲の良い二人であったはずなのに、とヘレナは女同士の絆を強調していた。それほどまでに固い絆を引き裂いて、男性と組みするハーミアに対して、「私と同じく、すべての女があなたを非難することでしょう（"Our sex, as well as I, may chide you for it,"）」（第三幕二場二一八行）と、彼女のことを女の敵とまで呼んだヘレナであったが、彼女の激しい糾弾の声も和解の喜びなかにかき消されてしまう。混沌とした森の出来事から一夜明けると、ヘレナは愛する恋人のディミートリアスを取り戻し、夫となる人の腕のなかで、彼女もまた父系社会の倫理に取り込まれていくこととなるのである。[32] ヘレナとハーミアの間に存在した永遠とも思われた女同士の絆は、二人の間に何者も介入することはありえないとすら思われたにも関わらず、解消され消滅することによって、それぞれ見つけた男性の庇護のもとに包摂された。女同士を基盤とした同性の絆は断ち切られ、連綿と続く伝統的家父長社会の呪縛の鎖へと繋がれたのである。

互いに愛し合う二組の恋人たちの成立を確認したシーシュースは、ただひとり憤るイージーアスを宥めながら、恋人たちに結婚の契りを結ばせることを宣言する（第四幕一場一七七—八〇行）。そればかりか、シーシュースは、自分自身の婚礼と、この若者たちの婚礼を、盛大なる宴席を設けて、共に祝福することを提案する。「さあ、我々と共に一緒にアテネへ向かおう、三組の恋人が晴れて結ばれる披露の宴を張ろうではないか。行くぞ、ヒポリタ」（第四幕一場一八三—八五行）。アマゾン族の女王ヒポリタも、若者たちと共に、シーシュースの提案する婚礼の宴へと足を速める。彼女もまた、シーシュースによって象徴されるギリシャの父権制社会の一員となった。ヘレナとハーミアの、幼き日々の女同士の絆が解消されてしまったように、ヒポリタのアマゾン族に象徴される母系社会への記憶も忘却の彼方へ忘れ去られ、もはや回想されることはない。女同士の絆を基盤とした母系社会の痕跡はことごとく拭い去られ、父系社会という牙城の堅牢な石組みのなかに、組み込まれたと言えるであろう。

強制ではなく自らの意思による服従

女性たちが男性支配に組み敷かれていく様を辿ってきたが、家父長制の復権が結婚という形で実に巧みに演出されていることを見落としてはならない。シーシュースは、自らが力づくでアマゾン族の女王ヒポリタを組み敷いたことに言及しながらも、「婚礼の儀は全く異なる雰囲気で行ないたい、華やかに、賑やかに、楽しい祭り騒ぎの気分のなかで」（第一幕一場一八―一九行）と語っている。ヒポリタは、勝ち戦の捕虜としてアテネに連れてこられたのではなく、あくまで公爵の花嫁としてシーシュースの宮廷に迎えられたのである。ヒポリタも、そうしたシーシュースの思いやりを喜んで受け入れる。また若い恋人たちもそれぞれ相思相愛の仲であることを確かめ合い、結婚の儀式に臨むのであって、誰ひとりとして自らの意志に反して結婚を強いられるものはいない。人間たちは、父系社会の倫理観を拒むどころか、一切の疑いを抱くことなく、むしろ婚礼という形を至福として受け入れている。女性たちにとって、父系社会への参入は、彼女たちに忍耐や苦痛を強いるものではなく、幸福と繁栄への道程とされるのである。[33]

劇の最終場では、オベロンとタイターニアも縒りを戻し、ふたりが共に、結婚の契りを交わした三組の恋人たちの新床を訪れて、彼らの結婚生活を言祝ぐこととなる。「われら二人は新床を訪れ、祝福を授けよう。そこに生まれる子らに永遠の幸せあるように。三組の夫婦ともども永遠の愛情あるように。」（第五幕一場四〇三―八行）父系社会の倫理観に基づく結婚が、皆に幸せをもたらすものとして、劇の大団円を締めくくる。ライサンダーの叔母のことはもはや完全に忘れ去られ、女性の財産相続権問題は、二度と言及されることはない。東洋の母系社会は穏やかに西洋の父系社会に吸収され、階級社会のなかにそれぞれの居場所を与えられることにより、母系社会が体現した脅威は見事に包摂された。同時に、東洋の象徴する交易の富もまた、インドの稚児がオベロンに手渡されたように、西洋の帝国主義のなかに組み込まれ、インドの富に対する西洋の嫉妬と憧憬は、大団円において安堵と満足に変わったのである。[34]

Ⅶ 結び 財産相続と英国社会

劇は、周縁に位置する国々に対するギリシャの覇権を物語るとともに、ヒンドゥー教インドやアマゾン族に見られる女系社会を、ギリシャの父系社会に回収し包摂する過程を示すものであった。しかしインドとの交易を通してその富の掌握を目論むオベロンの姿勢や、父権制社会に抗い、自らの自由意志のもとに行動しようとするアマゾン族を、男性社会の権力構造のなかに組み敷こうとするシーシュースの態度は、当時の英国社会の姿を描く写し鏡ともなっている。劇のなかで何度か取り沙汰されながらも、結末ではもはや言及されることのない女性の相続権問題は、ギリシャではなく、むしろ近代初期の英国社会に大きな影響をもたらした問題だからである。

一六世紀の英国では、遺産相続に対する考え方に変化が見られたという。従来の長子相続制においては、父親の土地・財産は家督を継ぐこととなる長男に受け継がれることとなっていた。しかし男性長子のみを射程に入れたこの制度では、長子相続制を堅持するのが難しい現実が、そこにあったことも事実である。女子の遺産相続を正当化しない限り、女の子しか恵まれなかった夫婦の場合、あるいは男子が若年齢で死去した場合も含めて、財産相続に問題が生じた。男性の長子相続法だけでは、家庭内に女の子がいても、遠縁の親戚筋に遺産が渡る可能性があったからである。更に、宗教改革により修道院が廃止されたことによって、貴族社会の女性は結婚の道を選ぶことが、将来の唯一の選択肢として残されることとなった。当時の貴族社会では、娘の結婚に際して持参金を添えることが当然の慣わしであったため、娘を嫁がせる父親はこの持参金の準備も考えに入れておかなくてはならなかった。花嫁が持参金を有していることが、求婚する側の男性にとって重要な結婚の動機ともなっていたからである。これに関しては、『尺には尺を』において、アンジェロが持参金を失ったマリアナとの結婚を無効としていることなども、想い起こされるであろう。そしてこの持参金の額がエリザベス朝やジェイムズ朝において、著しく高騰したと言われている。社会の変化に伴い様々な経済的な圧迫を感ずるなか、貴族たちが自分たちの財産管理に一層気を配り始めていたことは、容易に想像できる。こうした諸状況を踏まえて、男性直系長子に遺産相続を限定した考え方から、遺言などがあれば女性であっても財産相続の対象と成り得るとする考え方への移行が、一般に受け入れられるようになりつつあった。イージーアスがハーミアとともに財産をディミートリアスに譲ろうとすることも、こうした女性の財産権への問いかけを裏に秘めたものであるし、シェイクスピアの作品の中では、何より『リア王』の土地分配の例が頭に浮かぶであろう。そして遺産相続者となった女性が一生独身であった場合、あるいは結婚しても夫に先立たれ未亡人となり、子供がいなかった場合などは、彼女の遺言次第で財産が渡る先が決められることとなった。ここに未亡人に対する辛辣なシーシュースの発言や叔母の遺産に期待を寄せるライサンダーの言葉が導き出されることとなるのである。[35]

女性の遺産相続は、男性の長子相続を基盤にした社会において、非常に複雑な意味を持っていた。近親者の女性に財産を譲渡したいという思惑は、父系社会の理念を根底から揺るがしかねない危険性を孕んでいたのである。そして当然のことながら、財産相続をし、自らの経済力を手にした女性は、同時に自分の遺産を誰に譲るかといった遺言の作成も含めて、様々な意味で家庭内における、あるいは家系に対する発言権も持つこととなった。[36] 家父長制社会はその根幹部分において、父系社会のなかに母系社会へと通ずる矛盾を抱え込み、男性たちがその縺れに一抹の不安を感ずるようになったことは否定できない。近代初期英国の父系社会の内包するこうした不安は、アマゾン族神話やヒンドゥー教インドに象徴される逆転の世界として、男性中心文化の周縁に確かに存在し、そこから家父長社会のヒエラルキーを突き崩してくるかに見える、ある種の脅威として感得されたのかもしれない。その破壊的エネルギーを家父長社会の掟のなかに取り込み、結婚という和解の方策によって、表面的に巧みに吸収し包摂することは、男女両方の観客の拍手喝采に繋がったのであろう。父系社会による母系社会の回収と西洋による東洋に対する覇権という二つの主題を、恋人たちの結婚による大団円へと昇華させていくシェイクスピアの円熟した劇作術が認められる。

注

1 William Shakespeare, *The Merchant of Venice*, *Riverside Shakespeare*, ed. Blakemore Evans, 2nd ed. (Boston: Houghton Mifflin Company, 1997). シェイクスピアの作品に関する引用は、すべてこのテキストをもとに翻訳したものである。以降は、幕、場、行数のみを示すこととする。

2 ラルフ・フィッチの旅行記は、ハックルートの旅行記の第二版（一五九九年出版）に収録された。ラルフ・

フィッチの旅については、R. C. Prasad, *Early English Travellers in India: A Study in the Travel Literature of the Elizabethan and Jacobean Periods with Particular Reference to India* (Delhi: Motilal Banarsidas, 1965). Michael Edwards, *Ralph Fitch, Elizabethan in the Indies* (New York: Harper & Row Publishers, 1973). J. Horton Ryley, *Ralph Fitch: England's Pioneer to India and Burma* (1899; New Delhi: Asian Educational Services, 1998). を参照のこと。また外交使節ロウのムガル訪問については、William Foster, ed., *The Embassy of Sir Thomas Roe to India, 1615-1619: As Narrated in his Journal and Correspondence* (New Delhi: Munshiram Manoharlal Publishers, 1990). を参照のこと。

3 Harold F. Brooks, ed., *A Midsummer Night's Dream*, by William Shakespeare, The Arden Shakespeare, 2nd Series(London: Bloomsbury, 2014) xxxiv-lvii.

4 John F. Richards, *The Mughal Empire*, The New Cambridge History of India I.5 (Cambridge: Cambridge UP, 1993) 1-31.

5 Joan-Pau Rubiés, *Travel and Ethnology in the Renaissance: South India through European Eyes, 1250-1625* (Cambridge: Cambridge UP, 2000) 13-17.

6 Richards 5.

7 Rubiés 2-3. この点で、ヴェニスの文官ジョバンニ・バチスタ・ラムジオ (Giovanni Battista Ramusio, 1485-1557) の旅行記集成『航海と旅行 (*Della navigationi et viaggi*)』（一五五五—五九年出版）の出版による影響は計り知れない。三〇年の歳月を経て、英国におけるリチャード・ハクルートの旅行記集成の出版へと繋がることとなる。

8 ヴェニスの商人 Cesare Federici は一五六三から六六年にかけてアジアを旅し、一五六六年にヴィジャヤナガラを訪れているが、もはや交易には適さない地であるとの印象を自ら旅行記のなかに記している。彼の旅行記は、一五八八年に英訳され、*The Voyage and Trauaile of M. Caesar Frederick* の書名で出版されている。10746STC (2nd ed.)

9 Duarte Barbosa は、こうしたヴィジャヤナガラの文化についても、その旅行記のなかで記述している。

Rubiés 217. 特に、未亡人を生きたまま火葬に処するSatiの慣習は、西洋人の関心を集め、様々な書物のなかに語り継がれた。Pompa Banerjee, *Burning Women: Widows, Witches, and Early Modern European Travelers in India* (New York: Palgrave Macmillan, 2013). 参照のこと。

10 Richard Henry Major, ed., "The Travels of Nicolò Conti, in the East," *India in the Fifteenth Century: Being a Collection of Narratives of Voyages to India in the Century Preceding the Portuguese Discovery of the Cape of Good Hope, from Latin, Persian, Russian, and Italian Sources* (Cambridge: Cambridge UP, 2010) 20.

11 Major, ed., "Narrative of the Journey of Abd-Er-Razzak," *India in the Fifteenth Century*, 17.

12 Major, ed., "Account of the Journey of Hieronimo Di Santo Stefano," *India in the Fifteenth Century*, 5.

13 Prosperoの台詞 "Thy mother was a piece of virtue, and / She said thou wast my daughter;" (I. ii. 56-7) および *King Lear* (II.iv.130-2).

14 Rubiés 201-222. Mansel Longworth Dames, ed., *The Book of Duarte Barbosa: An Account of the Countries Bordering on the Indian Ocean and Their Inhabitants, Written by Duarte Barbosa, and Completed about the year 1518 A.D.* (Farnham, Surrey:Ashgate, 2010).

15 一五一六年に一旦原稿はできあがったものと思われるが、その後もBarbosa自身による推敲と加筆がなされたと考えられる。おそらく著者によるものと思われる複数の原稿が残されていることがそれを物語っている。Rubiés 205. の脚註参照のこと。一五二四年にスペイン語翻訳版が出版されており、このスペイン語版からRamusioはイタリア語に翻訳したものと思われる。Rubiés 208-9. の脚註を参照のこと。

16 *The Book of Duarte Barbosa* 2:40-42.

17 ポルトガル語で書かれたBarbosaの原稿は、ようやく一九世紀初頭になってリスボンで発見された。この原稿をもとにして、一八一三年にポルトガル語版が編纂された。またスペイン語版の原稿は、バルセロナとミュンヘンに現在保存されている。Mansel Longworth Damesの編纂は、一八一三年のポルトガル版をもとに新しく英訳され出版されたものである。この章で和訳した引用部分は、Dames版に依拠した。

18 Fernão Lopes Castanheda, *The first book of the historie of the discouerie and conquest of the East Indies,*

entrprised by the Portingales, in their daungerous nauigations, in the time of King Don Iohn, the second of that name Which historie containeth much varietie of matter, very profitable for all auigators, and not vnpleasaunt to the readers. Set foorth in the Portingale language, by Hernan Lopes de Castaneda. And now translated into English, by N. L. Gentleman. 16806 STC(2nd ed.)

19 Margo Hendricks, " 'Obscured by dreams': Race, Empire, and Shakespeare's *A Midsummer Night's Dream,*" *Shakespeare Quarterly* 47.1(Spring, 1996):53. Ania Loomba, "The Great Indian Vanishing Trick—Colonialism, Property, and the Family in *A Midsummer Night's Dream,*" *A Feminist Companion to Shakespeare*, ed. Dympna Callaghan (London: Blackwell, 2000) 171.

20 Shanker Raman, *Framing "India": The Colonial Imaginary in Early Modern Culture*. (Stanford: Stanford UP, 2001) 245.

21 Raman 263.

22 インドとの交易によって、胡椒など多くの高価な商品がヨーロッパにもたらされたことを連想させる。

23 Raman 242-244.

24 Amazon族の伝説では、シーシュースではなくヘラクレスによって、倒されたことになっている。Adrienne Mayor, *The Amazons: Lives and Legends of Warrior Women across the Ancient World* (Princeton: Princeton UP, 2014) 249-270.

25 Mayor 34-51.

26 Herodotus, *The Histories*, trans. Robin Warterfield, Oxford World's Classics (Oxford: Oxford UP, 1998) 271-273. Mandeville, *The Travels of Sir John Mandeville*, trans. C. W. R. D. Mosley (London: Penguin Books, 1983) 116-117. Michel de Montaigne, *The Complete Works*, trans. Donald M. Frame (New York: Everyman's Library, 2003)819, 962-3.

27 Loomba 173.

28 Raman 269.

29 James W. Stone, "Indian and Amazon: The Oriental Feminine in *A Midsummer Night's Dream*," *The English Renaissance, Orientalism, and the Idea of Asia*, ed. Debra Jahanyak and Walter S. H. Lim(New York: Palgrave Macmillan, 2010)99-100.
30 Raman 272.
31 Raman 260.
32 Raman 266-268.
33 Loomba 180-181.
34 Endingの捉え方については、Hendricksを参照のこと。
35 Lisa Jardine, *Still Harping on Daughters: Women and Drama in the Age of Shakespeare* (New York: Columbia UP, 1989) 78-87.
36 Lisa Jardine 88. 女性の財産相続権、遺言の問題など、当時の社会の変化が窺われる。

第三章　イリリアの宦官

『十二夜』とオスマン帝国

I　『十二夜』の舞台イリリアとは？

『十二夜』の第一幕二場において、嵐に荒れ狂う海から一命をとりとめて岸辺にたどり着いたヴァイオラ (Viola) は船長に尋ねる、「どこかしら、この国は」。船長の答えた地名は、「イリリア (Illyria)」である。[1]『十二夜』の舞台となるイリリアは、従来の批評においてしばしば現実に存在しない架空の地と考えられてきた。しかし一五六二年に出版された『ジェネバ・バイブル』(*Geneva Bible*) に附された地図には、アドリア海に面した半島に、「イリリアあるいはスラヴォニア (Iiiyria, or Selavonia)」という地名が見いだせる。[2]（図1）また、オルテリウス (Ortelius) によって一五七九年に出版されたラテン語版『世界の舞台 (*Theatrum Orbis Terrarum*)』には、イリリア地方を描いた「イリリカム (Illyricvm)」の地図が収録されている。（図2）更に、このオルテリウスの地図帳に収録されたイリリカムの北部地方スラヴォニアの地図（おそらく一五七〇年頃製作？）の存在も見逃せない。（図3）地図に附された説明では「イリリカムはスラヴォニア、クロアチア、あるいはカリンシア、イストリア、ボズニアなど多様な州に分

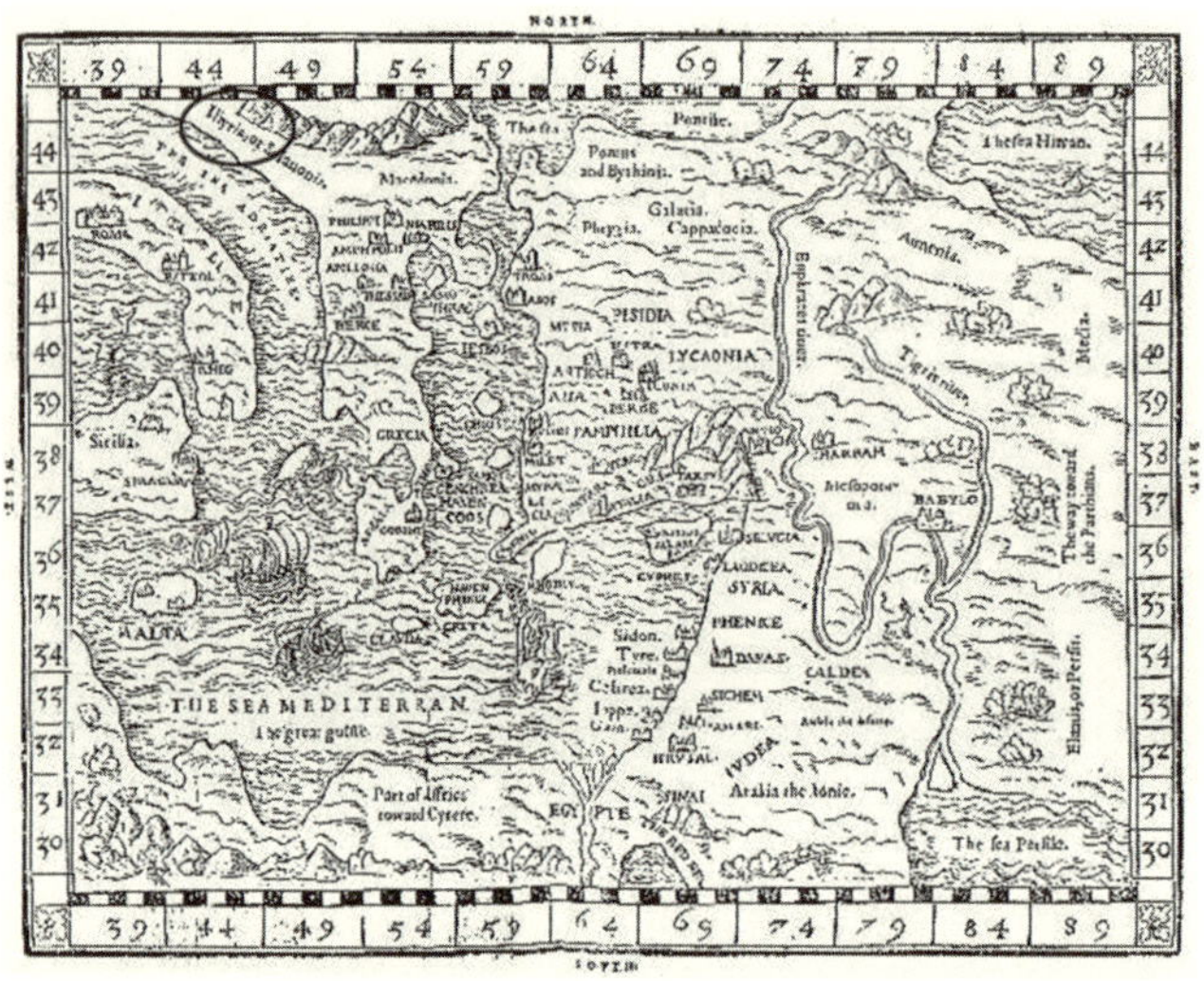

図１ 『ジェネバ・バイブル』より

図２ オルテリウス『世界の舞台』

図３　イリリカム北部スラヴォニアの地図

図４「トルコ帝国」『世界の舞台』より

かれて」いることが記され、以前はエピドウラス(Epidaurus)と呼ばれた共和国ラグシア(Ragusia)は「現在、トルコの保護下に置かれている」と解説される。そしてこの『世界の舞台』に収められた「トルコ帝国(Tvrcici Imperii Descriptio)」地図の頁を開くと、そこには、コンスタンチノープルを陥落させた後も、更に西方へと領土拡大を狙うオスマン帝国の侵略の様子が克明に記されているのである。(図4)イスラムの勢力は刻々とヴェニスに迫り、帝国がスラヴォニアを残してまさにイリリアを覆い尽くさんばかりにその領土拡大を進める様子が、地図上に記されたイリリアを分断する国境線の位置から確認できる。[3]

イリリア(Illyricum)についての記載は、一五九九年に出版されたジョージ・アボット(George Abbot, 1562-1633)の『全世界の簡潔な描写(*A Brief Description of the Whole Worlde*)』において、ヴェニスの国情を述べたくだりにも見いだせる。

ヴェニスの都はアドリア海北部の、潮の干渉をうける洲に位置している。非常に安全な場所であるため難攻不落である。固い大地の上には一筋の道があるのみで、潮が満ちるごとに、もうひとつの道へは海水が溢れる。ヴェニスは大層豊かな国であった。パドュアの大学やその他も含め、イタリアに多くの資産を有しているばかりか、イリリカムの大部分や地中海の多くの豊穣な島々を支配していた。クレタ島と一般に呼ばれるキャンディー島、キプロス島、ザキントゥス島などの島々はヴェニスの領有するものである。

国の勢力が衰えたのは、トルコ人による侵略の影響もあった。胡椒をはじめとし、アラビア、ペルシャ、東インドの豊かな産物の交易のために、エジプトのアレクサンドリアとヴェニスが結んでいた貿易航路が衰退したことが挙げられる。そうした東洋の国々との交易に、ポルトガルがアフリカを迂回する航路を使用するようになったことも影響したであろう。[4]

アボットの記述からも明らかなように、かつてはイリリアを統治下においていたヴェニスの覇権は、オスマン帝国の脅威に晒されて、東洋との通商の道を閉ざされ、その国力に陰りが見え始めていた。まさにイリリアは、キリスト教ヴェニスとイスラム教オスマン帝国の境界に位置し、軍事および貿易においても重要な役割を果たす地域と見なされていたばかりか、キリスト教国とイスラム教国が互いにその覇権を争う紛争地域であったのである。

それでは果たしてシェイクスピアはいかなる意図を持って、『十二夜』の舞台としてイリリアの地を選んだのか。ヴァイオラの問いに対する船長の答えを耳にした観客は、イリリアという地名によって、どのような連想を想い描いたのであろうか。この章では、『十二夜』の舞台となったイリリアの歴史的・文化的意味を探りつつ、ヴァイオラの男装における東西文化の衝突について考えてみることとする。

II　イングランドとイリリア

実在するイリリア

イリリアを架空の地であるとする主張は研究者の間に広く浸透しており、イリリアを実在する国とは認めようとしない研究者は多い。リーア・マーカス(Leah S. Marcus)は、イリリアという地名は当時の人々にとって、親しみを覚えるような場所ではなく、具体的な地理的連想よりも「理想郷("Elysium")」や「狂乱("delirium")」といった語への連想から、異国情緒を喚起する効果を持っているという。[5] またケネス・ミュア (Kenneth Muir) も、劇作家にとってイリリアは「地理的な妥協の産物であり、便宜上の曖昧な場所 ("a geographical compromise and conveniently obscure locations")」だと説明している。[6]『十二夜』の材源としては、バーナビー・リッチ (Barnaby Riche) の『職業軍人への決別 (*Farewell to Militarie Profession*)』(一五八一) の第二話「アポロニウスとシラ ("Apolonius and Silla")」が主要な種本のひとつであることはよく知られており、種本を繙けば、本来舞台とされているコンスタンチノープルとキプロスを、シェイクスピアはわざわざイリリアと書き換えていることがわかる。イリリアを架空の地と考える研究者のひとりコンスタンス・レリハン (Constance Relihan) は、この事実こそイリリアという地名によって、当時の観客に特定の地域を連想させないようにするための工夫であったと主張する。[7] レリハンによれば、当時のコンスタンチノープルやキプロスがオスマンの脅威にさらされていたことから、シェイクスピアは種本における東西文化の衝突という印象を意図的に払拭しようとしているのだと言う。劇作家は、舞台を架空の地に設定することによって、全くの想像の世界にエリザベス朝の男性性の本質を探求しようとしている、と彼女は作品を分析するのである。[8]

果たして、シェイクスピアは、架空の地イリリアを創作することによって、西洋文化と東洋文化の衝突を意図的に回避しようとしたのであろうか。『ヘンリー六世・第二部』をはじめシェイクスピアの他の作品のなかにも、イリリアやその地方の海賊に言及した台詞が見られ、イリリアという地名は劇作家の単なる想像の産物とは考え難い。[9] ゴラン・スタニヴコヴィック (Goran V. Stanivukovic) は、アドリア海の東に位置する実在の地としてイリリアの存在を挙げ、政治的、商業的、宗教的、文化的に西洋と東洋の境界線が問題になり始めた時代に、イリリアがまさに相対立する二つの世界の中間に位置した地方であったことを重視する。イリリアは、初期近代のイングランド人にとって、まさに「期待と希望の、そして神秘と不安の地であり、欲望、逸脱、そして恐怖が不安定に混在した」キリスト教世界の周縁の地だとするスタニヴコヴィックの解説は興味深い。[10] しかしスタニヴコヴィックは、当時のイングランド人がイリリアに対する充分な知識を持ち合わせてはおらず、その曖昧さが故に自分たちの思い浮かべる神秘や不安、更には欲望や恐怖を投影する地となっていたと考える。舞台に登場するヴァイオラは英雄的男性像のパロディであり、シェイクスピアにとってイリリアは、男性性を喪失した世界として、すなわち男性的英雄像を喪失したイングランド社会全体のパロディとして描き出すのに適していた、と彼は持論を展開するのである。

イリリアに関する情報

スタニヴコヴィックが言うように、当時のイングランド人はイリリアに関する詳細な情報を手に入れるすべがなかったのであろうか。近代初期のイングランドにおいて出版された書物の中においても、イリリアに関する言及は見出せる。エリザベス・ペントランド (Elizabeth Pentland) は、スタニヴコヴィックの研究が実在の国としてイリリアを捉えているにもかかわらず、その地を曖昧な神秘的な場所と結論づけることに不満を呈する。[11] ペントランドによれば、『十二夜』と同時代に出版された書物のなかにおいてもイリリアへの言及は多く、イリリアはイングランドからの訪問者を受け入れており、両国の間に交易があったことも確認できるという。なかでもイリリアの共和国ラグーサ (Ragusa) の繁栄の様子は、商業の中心地としてヨーロッパ全土に知られ、東西両文化の交差する地としてイリリアの名は夙に有名であったらしい。シェイクスピアの同時代人が、イリリアに関するかなりの知識を有していたことに関しては、パトリシア・パーカー (Patricia Parker) も賛同している。[12] パーカーは、当時出版されていた歴史書、ロマンス、旅行記、マーロウ(Marlowe)の劇、ジョン・フォックス(John Foxe)の殉教列伝など、豊富な資料を駆使して、その事実を立証しようとする。キュリオ(Curio)の『サラセン人の注目すべき歴史』(一五七五)、ロドウィック・ロイド(Lodowick Lloyd)の『時の一致』(一五九〇)、ガブリエル・ハーヴェイ(Gabriel Harvey)の『注目すべき事柄を記した近況報告』(一五九三)などに、トルコの侵略を受けるイリリアの情勢や、イリリア沖でのトルコとの海戦の様子が記されているのである。[13] パーカーが実証するように、イリリアという地名は歴史書に登場するのみならず、同時代の出版物のなかにも度々記されており、当時のイリリアの情報はイングランドの人々に充分伝わっていたにちがいない。

ハクルートの『イギリス国民の主要航海記』には、一五五三年にヴェニスを出発しエルサレムに向かったジョン・ロック(John Locke)の旅の記録が、「ジョン・ロック氏のエルサレムへの旅("The Voyage of M. John Locke to Jerusalem, Anno 1553")」と題されて収められている。旅行記を繙くと、そこにはイリリアの共和国ラグーサの首都デューブロヴニック(Dubrovnik)が、年間一万四千セキノ(Sechinos)の貢税をオスマン帝国に収めていた事実が記されている。[14] 同様に、一五九七年トルコからの帰国の際の旅の様子を『旅行記(*Itinerary*)』に綴ったフューンズ・モリソン(Fynes Moryson)も、敵対し合うヴェニスとオスマン帝国の狭間に位置する首都デューブロヴニックの複雑な外交姿勢を旅行記に記し、この商業都市がオスマン帝国に対して多額の貢税を支払っていたことを明らかにしている。[15] そしてジョージ・サンディス(George Sandys)もまた、一六一五年にヴェニスを出帆、イリリア地方の沖を航海した際に、デューブロヴニック政府が年間一万四千ゼキノ(Zecchins)の貢金と、数々の贈り物を差し出すことによってオスマン帝国から自国の自由を買い取っていることを、自著『一六一〇年に始まった旅の物語(*A Relation of a Journey begun Anno Dom.1610*)』のなかに綴っているのである。[16] イリリアはキリスト教世界とイスラム教世界の境界に位置する地域であり、イリリアの共和国ラグーサは、商業的繁栄を誇りつつも、イスラム教オスマン帝国の軍事的支配の下に屈したキリスト教国家という複雑な状況におかれていたことを、われわれは認識しておかなくてはならない。

ロンドンのラグーサ商人

イリリアの地は単に書物のなかに見いだされるばかりではなく、実際にロンドンとイリリアの共和国ラグーサの間では交易も盛んであったらしい。一五二〇年代には商取引のため多くのロンドンの商人がラグーサを訪れたと言われるが、その後ロンドン商人の来訪の記録は途絶えてしまう。その背景にはロンドンに拠点を置いて、自ら貿易の仲介を行なったラグーサ商人の存在があったと思われる。

ロンドンに居を構えたラグーサ商人のひとりにニコラ・グチェティック (Nikola Gucetic) という人物があった。彼の父はカージー織りと呼ばれる布地の取引で財を成し、イングランドからの布地の輸入ではラグーサにおける大きな貿易商のひとりと目される人物であった。父の商売を受け継いだ息子のニコラは一五五二年頃からロンドンに支社を開き、ラグーサの本社に向けて、英国で調達した布地の発送を担当した。ニコラの商売はたちまち繁盛し、一五七〇年代にはラグーサに届けられる布地の実に四分の一が彼のもとからのものであったという。ニコラは、更に商いの手を広げ、ハンプシャー産のカージー織りやチェシャー産の綿花を輸出すると同時に、イタリア産の織物、タフタ、絹、ジェノバ産ヴェルヴェット、宝石、アーミンなどの輸入を手がけ、その取引相手はヨーロッパ全土に広がった。そればかりか、グチェティック家は国際金融市場にも関わり、莫大な財を成した。[17]

一五八〇年代になると、グチェティック家はイングランドでも最も裕福な外国人と見なされるようになっていた。アルマダ海戦にあたってエリザベス女王は家臣の者やロンドン在住の外国人に借財を申し入れたが、この際にグチェティックは実に三百ポンドという大金の供与を求められている。更に二年後、女王の二度目の借財申し込みの際に、最高額二百ポンドを求められたのは、わずか十四人の富豪たちであり、そのなかで外国人はグチェティックだけであったという。彼の資産がいかに莫大なものであったかを、この事実が物語っている。[18]

一五九五年、グチェティックはロンドンで亡くなったが、その際に彼の残した資産は三万ポンドにのぼると言われる。生涯独身をとおした彼は、遺言により財産の大半をラグーサに残された彼の親族に譲り、あとはラグーサにある教会及び修道院に寄贈した。ところが巨額の資金が外国のカトリック教会と修道院に寄贈されたことを知ったイングランド政府は、これを違法行為と判断して財務裁判所(The Court of Exchequer)が介入するという騒ぎとなった。更に、彼の遺産管理人の不手際から、ラグーサより遺産相続のためにロンドンを訪れたグチェティックの親族が、管理人に対して訴訟を起こすというスキャンダルへと発展したのである。[19]

ロンドンで最も裕福な外国人商人としてグチェティックの存在は、多くの人々の知るところであっただろうし、彼の商売がイリリアの共和国ラグーサを中心とするものであったことも当然知られていたであろう。女王が彼に軍資金の援助を依頼したことも、おそらく人々の間で噂になったばかりか、その莫大な財産をめぐる政府の反応や訴訟騒ぎも、ロンドンの民衆の口の端にのぼったはずである。シェイクスピアがグチェティックを直接知っていたことを示す記録は見つかっていないものの、グチェティックがサー・ウォルター・ローリー(Sir Walter Ralegh)やジョン・フローリオ(John Florio)と知り合いであったことを示す記録は残されている。たとえシェイクスピアがこのラグーサ商人のことを記した記録はないとしても、むしろ当然のこととして劇作家もまた彼の観客たちも、ラグーサのことを、そしてイリリアのことを知っていたはずなのである。[20] むしろシェイクスピアが『十二夜』を手がけていた頃、イリリアのラグーサは人々の関心の的であったとも考えられる。

当時のイングランド人は、地図をはじめ数多の出版物の記述はもちろん、現実の商取引をとおしても、西洋と東洋の狭間に位置するイリリアの地理的状況と、そこに暮らす人々の複雑な宗教的・文化的状況を知ることができたはずである。作品のなかで繰り返し言及されるイリリアという地名を、単なる空想の地と考えることや、当時の人々が現実のイリリアに対する知識を持ち合わせていなかったとするのは、大きな誤解と言わざるをえない。作品『十二夜』におけるイリリアという地名への言及は、実に九回に及ぶことは注目に値する。遠く離れた異国の地ではありながら、イングランド人にとって、自国との商取引の盛んな国であり、また迫りくるオスマン帝国の脅威を前に、キリスト教諸国の将来に暗い影を落とす地こそが、まさにイリリアであったのである。

Ⅲ　オスマン帝国への関心と嫌悪

「私を宦官として」

『十二夜』の第一幕二場で異国の地イリリアについて船長と語るなか、ヴァイオラはこの国を治める有名な公爵オーシーノ(Orsino)に仕えたいという望みを語る。女性であることを隠し、変装して男性になることを決意するヴァイオラは、船長に「私を宦官として公爵様に推薦して欲しい(“Thou shalt present me as an eunuch to him”)」(第一幕二場五六行)と嘆願する。ヴァイオラのこの台詞は、多くの批評家を悩ませてきた。実際に劇の展開のなかで、ヴァイオラは「宦官（"eunuch"）」のことを二度と口にすることはなく、公爵もまたシザーリオ／ヴァイオラを「宦官」と呼ぶことはないからである。困り果てた批評家たちは、シェイクスピアは劇を書き始めた頃、宦官としてのイメージをヴァイオラに重ねることを考えていたものの、劇の執筆を進めるなかで方針を変えたか、あるいは忘れてしまったのだ、との苦しまぎれの説明に惑溺してきた。[21] 果たして、宦官のモチーフが作品の中で充分展開されていないのは、シェイクスピアの心変わりのせいであると、簡単に片付けてよいものなのであろうか。イリリアの地がキリスト教文化とイスラム教文化の衝突する地域であることを念頭におくなら、シェイクスピアはシザーリオ／ヴァイオラに宦官としての役割を舞台上で担わせ続けていたとも考えられる。

オスマン帝国における宦官は、その社会制度において欠かすことのできない重要な存在であった。またそれ故に宦官たちの社会的地位は高く、キリスト教社会においてしばしば見受けられるような軽蔑や恐怖の対象では全くなかった。オスマン皇帝は後宮を抱え、その中に正妻や愛人たちを囲ったが、後宮から皇帝以外の男性を完全に排除するためには、性別を抹消された人間たちが必要とされた。イスラム世界の権力者たちは、宮殿や屋敷の中に幾つもの部屋を設け、外部からの訪問者は内部への侵入を厳しく制限された。たとえ親しい者たちであったとしても、玄関の間で待たされ、主人の許可がおりるまではその奥へと入ることは許されなかった。こうした部屋から更に奥への誘導は、すべて宦官に任されていた。

宦官は、時に外界と後宮を隔てる境界であり、また時には外界と後宮を繋ぐ唯一の手段であった。外界の男性たちとの接触を禁じられた後宮の女性たちが接触できるのは、皇帝を除けば、性とは無縁の宦官たちだけだったのである。外界の者が垣間みることすら許されなかった後宮の様子を、宦官だけは目にすることができたのであり、他の男性が知る術もない後宮の女性たちへの皇帝の寵愛を、まさに宦官だけが知り得たのである。それればかりか、宦官たちは実際に後宮へ出入りし、女性たちの身辺の世話をすると同時に、彼女たちを護ることをその役目とした。宦官たちは、様々な異性の欲望の渦巻く外界から隔てられた皇帝の私的空間の境界を警護する存在であり、皇帝の後宮を護るための中性的使者(“neutral emissaries”)であった。宦官たちは、言うなれば、まさにイスラム女性たちが纏うことを強制されるヴェールのごとく、外界と私的空間を分かつ象徴的存在であったのである。[22]

宦官は、皇帝の宮殿では後宮に仕え、身分の高い者の屋敷では家長の親族である妻や子供たち、母親、未婚の姉妹、愛人たちと共に生活することを許されていた。家族の身辺の世話をすると同時に、彼らは武術を習得し、家族を外部の侵入者から身体を張って護る警護官の役目も果たした。外部からの侵入者や、外部と連絡を取ろうとする者たちを監視し、必要とあれば主人に通報し、対策を講じることもまた彼らに与えられた任務であった。したがって多くの宦官を抱えることは、その家の格を上げることでもあった。[23]

イスラム世界では、男女の性的な身体の変化を成人となる条件としていた。しかし宦官たちは幼い頃に生殖器を切除していたために、男性としての性的な成長が身体に現れず、幼いままの面影を顔つきに留め、変声期を経験することがなく、ホルモンの影響から多くの者が高身長であった。様々な文献の中に描かれる宦官たちが、一般人より遥かに秀でた容姿を備えた存在として描かれているのはこのためである。男性としての性的成長を経験しないため、宦官たちは彼ら特有の中性性によって、男たちのなかにいる時は自らを女性と位置づけ、女たちと共いる時には自らを男性と位置づける、男女の性の境界を自由に往来することができる存在であった。[24]

同時に、宦官は、自らの肉体の最も世俗的な部分を切除し、男女の相違を超越することによって、肉欲の世界や物質主義の世界に染まることのない聖なる存在でもあった。宦官たちは、虚勢という形で自らの肉体に刻印を押し、自らの欲望を否定することによって、主君に対する絶対的な忠誠を誓う存在であったのである。また学問を通して豊かな教養を身につけ、多くの者が複数の言語を操ったと言われる。従って、彼らは全身全霊をもって権力者の権力を維持するという重要な使命を与えられ、しばしば外交上あるいは財政上の要職に就くことを求められた。更に、彼らは生殖器の切除を通して、親族との繋がりを完全に断ち、この世に新たな生を得て蘇った者たちとされ、子供から大人へ、そしてやがて老いへという、人間の自然の時のサイクルから逸脱・解放された者たちであった。それればかりか、宦官は自らの肉体を変形させ、一般的な人間の限界を超越することによって、より神に近い存在へと昇華することを意味する存在でもあった。宦官たちが、皇帝に対する予言者となり、神の遣いと考えられたのはこれらの理由によるものであった[25]。

しかしキリスト教徒たちからすれば、去勢によって男性性を喪失した宦官の身体は、嫌悪を及ぼすものに他ならなかった。それればかりか、そうした宦官が皇帝や貴族たちに名誉を与えられ、高い地位についていることは理解し難いことであった。ドイツ人の兵士であり、オスマン帝国の奴隷となった経験を持つヨーハン・ヴィルト (Johan Wild) という人物が宦官について綴った手記が残されている。彼はヨーロッパ人の読者にとって、「去勢された侍従 ("castrated chamberlains")」という存在自体が信じ難いことであろうとしながらも、自分自身の目にした宦官の様子を紹介している。

その地［メディナの聖地］には多くの肌の色の浅黒いアラブ人が住んでいる。彼らは完全に去勢された男たちで、自分たちのことを全く恥じてはいない。こうした者たちは「ハディム("Hadim")」と呼ばれ、皇帝や貴族たちから名誉を与えられている。去勢されたハディムたちは、トルコ人の後宮の世話をする。こうした去勢された侍従以外、男たちはそこに出入りすることができないからである。皇帝はコンスタンチノープルに百人を超える数の宦官をおいており、彼らに後宮の管理を任せている。彼らは、時に名誉ある地位を与えられることもある。現在の皇帝であるサルタン・アーマド(Sultan Ahmad)は、宦官の侍従を武官の地位に付けた。この宦官は、コンスタンチノープルの武官であり、ハディム・ムハメッド武官(Hadim Mehmed Pasha)としてその名を知られている。私自身、一六一〇年の十二月に海路アレキサンドリアからその地を訪れた際に、実際にこの人物を目にしたことがある。[26]

キリスト教徒にとって、イスラム世界の宦官たちは、まさに驚異と嫌悪の入り混じる、理性では到底理解し難い存在に他ならなかった。

一六世紀に出版されたアントニー・ジョフロイ(Antoine Geuffroy)の『トルコ皇帝宮廷の規律』(Richard Grafton により一五四二年に英訳)やパウロ・ジオヴィオ(Paulo Giovio)の『トルコ年代記小論』(一五四六)、ニコラス・ニコライ(Nicolas de Nicolay)の『東方旅行記』(一五六七)など、オスマン帝国の様子を綴った書物には、「宦官("eunuchs")」や「去勢された男性("gelded men")」への言及が繰り返し現れる。[27] キリスト教徒の男性が、ひとたびオスマン帝国の捕虜となれば、たちまち割礼を強要され、割礼が去勢とも混同されたことから、まさにヴァイオラが口にするように、女で男の「哀れな化け物("poor monster")」へと変身させられるのだという恐怖は、広く人々の間に流布していた。同時に、去勢された男性はもはやキリスト教徒の正常な男性に戻ることはできず、身も心も完全にイスラム教に染まり、キリスト教国の恐ろしい敵となると噂されたのである。

ニコラス・ニコライの『東方旅行記』

ニコラス・ニコライの旅行記は、イスラム教に改宗させられたキリスト教徒の姿を克明に綴っている。一五五一年七月四日、王室付き地理学者であったニコライは、オスマン皇帝へのフランス外交使節ガブリエル・ダラモン(Gabriel d'Aramon)に随行し、イスタンブールに向けて出発した。ニコライの『東方旅行記(*Les qvatre premiers livres des navigations et peregrinations orientalesi*)』(一五六七)は、この際の旅の様子と各国の文化・風俗、そしてオスマン帝国の現状を詳細に記したものである。一五九〇年代にはイングランド国内においてオスマン帝国への関心が高まり、ジョバンニ・トマソ・ミナドイ(Giovanni Tommaso Minadoi)の『トルコ・ペルシャ戦記』(一五九五)、ジャイルズ・フレッチャー(Giles Fletcher)の『トルコ帝国の政治形態』(一五六七)、ラルフ・カー(Ralph Carr)の『イスラム教徒、あるいはトルコの歴史』(一六〇〇)などが次々に出版された。[28] ニコライの書物はそうした書物の先駆けであり、その人気の高さから一五六七年に出版されるやたちまち増版となり、各国での翻訳出版が相次いだ。翻訳にあたったT・ワシントン(T. Washington the Younger)もニコライの書物の評判に目をつけ、英語訳を思い立ったのかもしれない。

一五八五年、ニコライの『東方旅行記』は、ワシントン訳により、イングランドで出版された。[29] ニコライの書物が人気となった理由のひとつに、彼の書物には、ニコライ自身が原画を描いたイスラム教徒の風俗を示す六十葉もの挿絵が含まれていたことが挙げられる。皇帝、王妃、ヴェールの女性、奴隷、新兵、医者、商人、修道士、乞食など、現実のイスラム教徒の姿を、書物の頁を通して読者は窺い知ることができた。[30] イスラム教徒の珍しい風俗を描いた挿絵は、当時のキリスト教国においてイスラム世界の文化表象を形成するのに大きな役割を果したと考えられ、実に一九世紀においてもニコライの挿絵がイスラム世界の風俗を伝える原型とされたという。

ニコライは旅行記のなかで、オスマン帝国の後宮（"Sarail"）やそれを警護する宦官の存在にふれている。オスマン帝国の後宮には、オスマン帝国皇帝の妻や愛人が囲われており、その数二百人に及ぶという。ほとんどが諸国より集めてこられたキリスト教徒の娘たちであり、ある者は金銭で売買され、またある者は貢ぎ物として皇帝に捧げられた。そして、この後宮を外界から守り隔てる役割を果すため、男性の衛兵ではなく、宦官たちが配置されているとニコライは解説する。

トルコの皇帝は、後宮に女たちを囲い、宦官に行き届いた世話をさせ、彼女たちに立派な装束を身につけさせて、食事をさせ、様々な奉仕をうけさせている。・・・キャピアンガッシ (Capiangassi) と呼ばれる後宮の長もまた宦官、すなわち去勢された男性で、日当として大枚六十アスプレ (Aspres) の金子をあてがわれるほか、一年に二度、絹の衣を着ることも許されている。彼のもとには四十人の宦官が部下として仕え、女性たちの日常の世話をしているのである・・・。[31]

オスマン帝国において、後宮の女性を警護し、彼女たちの日々の世話をする宦官の地位は高く、なかでもその長となる者は厚遇され、高給を受け取り、シルクを身に纏うことを許されているという。

ニコライの記述によれば、オスマン帝国は自分たちが支配したキリスト教国の民から、貢ぎ物として男児を提供させた。オスマン帝国の覇権が及ぶ地方では、三人の男児のうち必ずひとりの男児を、帝国の苦役に従事させるために供出することが義務づけられていたのである。幼い頃に親元から引き離された子供たちは、それぞれの才能に応じて教育を受け、ある者は武勇を鍛錬されて、戦時においては帝国における最も忠実なる兵士として役立つように養成され、またある者はその才能を認められて、学芸に秀でるよう教育を授けられた[32]。なかには音楽演奏の訓練を受けて、シタールに似た楽器を手に、街中を演奏してまわるように育成された者たちもいたという[33]。

とりわけ容姿の優れた子供たちはオスマン帝国皇帝の後宮に送られ、そこで宦官から教育を受け、将来の宦官として育成された。

［供出された子供たちの］中で最も美しい者は選ばれてトルコ皇帝の後宮に入れられた。子供たちは、そこでマホメットの教えのもとに、様々な宦官の師によって養育されるのである[34]。

宦官たちが美しい容姿をしていたことは、ニコライの旅行記に限らず、多くの書物のなかに記されている[35]。宦官となる者には、容姿端麗な男児が選ばれたばかりでなく、虚勢によって、その容貌に幼いままの無垢な美しさを留めていたという。

物心つく前からオスマン帝国での捕囚となり、そこで教育を授けられた者たちは、成長した後も故郷へと帰ろうとはしない。彼らにとって親子関係は、遠い過去の幼い頃に断ち切られてしまっているのである。ニコライは、彼らの身に起こった悲劇に嘆息する。

マホメットの教えの有害さはあまりにも邪悪な、忌まわしいものであるので、両親の元から連れ去られ、イスラムの掟を教え込まれたキリスト教徒の子供たちは、立ち居振る舞いはもとより、言動においても自分たちがキリスト教徒に死をもたらす敵であると宣言し、あらゆる危害をキリスト教徒に加えようとするような人間と成り果てる。成長しても、幾つになろうと、もはや自分の父母のことや昔の友のことを認めはしない。[36]

イスラムの法のもとで養育された彼らは、もはや自分たちの父母や同胞の存在を記憶の中に辿ることもできなくなるばかりか、逆にオスマン帝国への絶対的な忠誠を誓う戦士となり、キリスト教国にとっての最大・最強の脅威となる。宦官となり、楽士となり、あるいは兵士となることによって、身も心もオスマン帝国の完全なる支配下におかれた彼らは、もはや二度とキリスト教信仰に立ち戻ることはない。彼らは、キリスト教世界とは断絶し、完全なる異教徒と成り果てたのである。

イスラム教徒化する子供たちの現実を記したニコライは、キリスト教諸国の王侯に対して、すべてのキリスト教国の結束を固めイスラム勢力に立ち向かうことによって、異教徒のもとで奴隷のごとく生きる子供たちを救い出すことを訴える。

すべてのキリスト教国の王侯は、これら異教徒の惨めな奴隷生活からキリスト教同胞の子供たちを救出するよう力を合わせていただきたい、奴らはその非道なる強制という手段によって、生まれながら自由であるはずの、愛くるしい子供たちとその身体を父母の膝より奪い取り、獣のごとき憎しみに満ちた奴隷の境遇へと連れ去り、洗礼の機会を奪い、割礼を強要し、キリスト教信仰から野蛮な異教信仰に隷属するよう仕向けている。[37]

男児を強制的に親元から引き離し、帝国の労役のために供出させるオスマンの残忍非道な手口をニコライは糾弾している。

ニコライの旅行記に記されているように、宦官とは幼い頃に親元から引き離され、後宮に仕えるために男性性を喪失し、異教信仰に身も心も捧げた存在であった。キリスト教徒の男性にとって割礼の儀式はキリスト教徒でなくなるばかりか、去勢の意味とも重ね合わされて、男性でもなくなるという意味において最も恐れられ、同時に忌み嫌われていたのである。

まさにシェイクスピアが『十二夜』の執筆に際して、イリリアを舞台にしたのには、こうした西洋と東洋の異なる宗教・文化の対立と緊張関係を作品のなかに取り入れようとする意図があったにちがいない。[38] オスマン帝国文化の持つ異国性への関心とその異端性への恐怖、そしてそうした異教文化とキリスト教文化のせめぎ合いこそ、劇作家をして作品の執筆に駆り立てたものではなかったか。

Ⅳ　東洋の宦官としてのシザーリオ

オーシーノと宦官シザーリオ

『十二夜』の材源として、バーナビー・リッチの「アポロニウスとシラ」が挙げられていることについては、既に述べた。劇の執筆にあたってシェイクスピアがリッチの書物を座右の書としていたことは、台詞に含まれるいくつかの単語が実際にリッチの書物から採られていることからも知れる。[39] その他、劇のもうひとつの重要な材源と想定されているのは、一五三一年にシエナで上演されたという芝居『騙された者（*Gl'Ingannati*）』である。作品全体の雰囲気は異なるものの、シザーリオ／ヴァイオラ、オーシーノ、オリヴィアを思わせる人物である小姓ファビオ／リリア、騎士フラミニオ、イザベラが登場し、異性装を交えて同様の人間関係を形成する芝居であることから、材源のひとつに数えられている。[40] 何らかの形でシェイクスピアがこのイタリアの劇作品を知っていた可能性は否定できないが、確たる証拠はない。「アポロニウスとシラ」及び『騙された者』という二つの材源に「宦官」という語は一切使われておらず、シェイクスピアが、ヴァイオラの台詞に「宦官」という言葉を組み入れていることは、注目すべきことである。ましてや、劇中においてヴァイオラが「宦官」ということばを二度と口にすることがないからといって、彼女がその役を放棄してしまうと簡単に決めつけることはできない。むしろヴァイオラは、宦官という役柄を最大限に活用することによって、オーシーノやオリヴィアの心の奥へ自由に踏み込む特権を得ているのではないだろうか。

リッチの「アポロニウスとシラ」の中では、公爵アポロニウスがシルヴィオに男装したシラに目をかける様子が、実に簡潔に描かれる。「シルヴィオは公爵を喜ばせようと、彼に一生懸命仕えたことから、公爵はかつて頼りにしていた他の召使いたちをさしおいて、シルヴィオに最も大きな信頼をおくこととなった。[41]」材源のこの記述を、シェイクスピアは舞台化するなかで、巧みな台詞回しによって両者の親密さを浮き彫りにしようとする。オーシーノの宮廷に参入したシザーリオ／ヴァイオラは、たちまちオーシーノのお気に入りとなり、彼に対する公爵の寵愛に長く家臣を務めている者たちも驚くばかりである。「もし公爵様が君への寵愛を持ち続けることとなれば、君の昇進は間違いなしだ、シザーリオ。君のことをお知りになって、まだほんのわずかしか経っていないというのに、君はすっかりお気に入りだものな。」(第一幕四場一―四行)家臣の者たちの戸惑いにもかかわらず、オーシーノはシザーリオを頻繁に呼びつけ、シザーリオと話をする際には、まわりの従者たちを遠ざけるほどである。「他の者はいましばらくさがっていてくれ。」(第一幕四場一二行)周囲を憚ることなく、度々公爵はシザーリオと二人だけで語り合える密かな時間を設けようとする。

というのも、二人きりになることによって、公爵は自らの胸の内にある熱い情熱を、包み隠すことなくシザーリオに語り聞かせることができるからである。「この胸の奥の秘密の書物、その頁のことごとくを、おまえには開いて見せた("I have unclasp'd / To thee the book even of my secret soul.")」(第一幕四場一三—一四行)。一般の男性家臣たちに、公爵がこうした愛の苦悩を軽々しく打ち明けるとは思えない。オーシーノのもとに永年にわたって仕える男性の家臣たちをさしおいて、シザーリオが公爵の寵愛を得るのは、もちろん彼の持ち前の知性、忠誠心、芸術に対する理解、そして巧みな話術によるものでもあるかもしれない。しかし何より、男女の性を超越したシザーリオの、まさに宦官のような特質によって、男性家臣は目にすることを許されない公爵の「胸の奥の秘密の書」を彼は「繙く(unclasp'd)」こととなり、その愛の苦悩を、直接、耳にすることを許されたとも言える。オスマン帝国宮廷の宦官たちも、後宮の女性たちに対する皇帝の寵愛を熟知し、皇帝の心の奥を知ることによって、宦官は後宮の運営を差配していた。シザーリオは、まさしく皇帝に仕える宦官のごとく、首尾よくオーシーノの宮殿の奥深くに設えられた部屋へ、すなわち公爵の「胸の奥の秘密」という、最も個人的な部分へと立ち入ることを許されたのである。

もちろん、相談を持ちかけられたシザーリオは、主従の間柄とはいえ、恋話については男同士対等の関係でもある。彼はオーシーノと語り合うなかで、主君である公爵の意見にただただ迎合するのではなく、時に公爵の男性中心的な発想に疑問を呈し、公爵に真っ向から反論を試みる。

・・・たとえば—どこかの女性が、おそらくそうした女性がいるものと思われますが—
公爵様がオリヴィア様に抱いているのと同じくらい切ない想いにかられ恋い焦がれているとして。
公爵様がその女性に、おまえのことは愛せぬ、そうおっしゃったなら、どうなりましょう。

その女性はそのお言葉を受け入れるしかないのでは。（第二幕四場八九―九二行）

事実を知っている観客は、ここで話される公爵と同じく深い恋心を抱いた女のこととは、ヴァイオラ自身のことを暗示したものであることに即座に気付く。男性従者として公爵に仕えていたシザーリオは、巧みに本当の自分であるヴァイオラに入れ替わり、間接的に自らの恋心を恋人に伝えているのである。

更に、女性の愛情は、男性の愛情の深さに到底及ばないと主張するオーシーノに、逆に女性の立場から女心の愛の深さを彼は説いて聞かせる。「しかし私は・・・女性が男性に抱く愛情の深さが、どれほどのものであるか、よく心得ております」とシザーリオが口にする時、彼は思わず自らの本来の姿であるヴァイオラに立ち戻って公爵に熱く反論している。ところが続く台詞では、一瞬のうちに再び男性シザーリオの側に立ち戻り、「まったく、女性の抱く愛情もわれわれ男の愛情と同じく真実なもの（"as true of heart as we."）」（第二幕四場一〇六行）と、公爵と同じく男性として言葉を続ける。そればかりか、シザーリオがしばしば仮定法を用いながら、修辞上において男女の性を行き来する点も興味深い。

父には、娘がひとりおりました。娘はひとりの男を愛した。仮に私が女であったら、
おそらく公爵様を愛したであろうほどに。（第二幕四場一〇八―九行）

「仮に私が女であったら（"were I a woman,"）」との表現によって、前の行で男であったシザーリオの存在はたちまち女に変わり、女性の立場から公爵に語りかける。しかしまたもや次の瞬間には、「われわれ男は」と男性のアイデンティティに立ち戻り、男の薄情さを自省する姿を演じてみせるのである。

われわれ男はたびたび愛を語り、誓いの言葉も多い。しかし上辺は
内なる心をおおげさに見せるもの。われわれは繰り返し誓いをたてはしますが、
真の愛情においては乏しいように思われます。

（第二幕四場一一六―一一八行）

時には男性として公爵に共感し、時には女性として公爵の考えを矯正しようとするシザーリオ／ヴァイオラの操る修辞の妙が、巧みな台詞まわしから読みとれる。相手の感情に寄り添う感受性に富みながら、説得力ある巧みな話術を身につけ、男女の性の壁を易々と乗り越えて、両性の間を自由に往き来するシザーリオは、まさに宦官としての能力を縦横無尽に発揮する。シェイクスピアは、宦官としてのシザーリオの役割を、その巧みな台詞操作の中に見事に描いているのである。材源のひとつと考えられている『騙された者』の中でも、騎士フラミニオと小姓ファビオに男装したリリアのやり取りが展開される。こちらではリッチの材源よりも遥かに詳しく、自らの胸の内を打ち明けるフラミニオと、彼の相談に乗るファビオ／リリアの様子が描かれてはいるものの、シェイクスピアのように男女の間を行き来する台詞の妙は見られない。確かにファビオに変装したリリアは、イザベラにその気がない以上、彼女のことは諦め、かつて恋仲であったリリアへの恋心を思い出すよう、フラミニオに勧めることに熱心である。[42] しかしリリアの態度は健気ではあるものの、シザーリオ／ヴァイオラの、まさに男女の間を行き来するような巧みな台詞まわしが、材源において展開されることはない。

また台詞を通して語られるシザーリオの容姿についての言及も注目に値する。リッチの材源では、ア

ポロニウスはシルヴィオを単に「礼儀正しく、こざっぱりした若者（"a proper smogue yong man"）」とみなすだけで、その容姿の美しさを取り立てて誉め称えることはない。しかし多くの書物の中で、宦官の秀でた容姿が話題にされたように、『十二夜』のオーシーノもまた、シザーリオの繊細な内面性ばかりか、とても一人前の男性とは思えぬ、ういういしいその顔立ちや美声を、言葉に出して賞賛する。

・・・なあ、私の言うことをわかってくれ
お前の容姿は、もう一人前の男だというのが
まさに偽りとしか思えないくらいだ。ダイアナの唇も
おまえほど、柔らかく、ルビーのように紅くはないだろう。お前の声は
女の喉から発せられるかのように、高く、澄みきっている。
すべてがまるで女性のようだ、
まさにおまえは生まれつきこの役目にぴったりじゃないか。（第一幕四場二九―三六行）

オリヴィアの固く閉ざされた心を開くためには、「しかめつらしい大使（"a nuntio's of more grave aspect"）」（第一幕四場二八行）などよりも、女性の美しさをも兼ね備えたように思える、ういういしい姿形のシザーリオのほうが適任だというのも頷ける。兄の喪に服すとの理由から、外界との接触に固く門を閉ざしたオリヴィアの館へ足を踏み入れることができるのは、まさしく宦官のごとき「中性的使者」でなければならない。男でもなく女でもなく、男女両性を合わせもったかのような、その類い稀なる姿に公爵は一縷の望みを託して、オリヴィアへの恋の使者という最も重要な外交的役割をシザーリオに任せたのである。

オリヴィアと宦官シザーリオ

使者となって、主人が想いを寄せる女性のもとを訪れる場面も、材源と『十二夜』では大きな違いを見せる。材源であるリッチの「アポロニウスとシラ」においては、シルヴィオがジュリアナの屋敷を訪れる件は詳細に記されてはおらず、いきなりジュリアナの心情に触れて「何度もこの若者シルヴィオを見かけるうちに、彼のあまりにも完璧なまでの美しさを目にすることによって、その甘く誘惑するような容姿に惹き込まれ、この青年に大層好意を抱くようになった[43]」と記されるばかりである。

他方、『十二夜』においては、シザーリオが屋敷へ招き入れられ、オリヴィアと面会するまでの過程が、観客の興味を掻き立てるよう詳細に描かれる。オリヴィアの屋敷の門前で開門を求めるシザーリオに、当初、女主人の対応は頑である。オリヴィアは、マルヴォリオ(Malvolio)に言いつける。「オーシーノ様からの御遣いなら、私は加減が悪いとか、留守だとか言っておいて、何とでも思うままに取り繕って追い返して。」(第一幕五場一〇八—九行) オリヴィアに命ぜられ、使者の様子を見に行ったマルヴォリオは、客人が何としても引き取ろうとしないことをオリヴィアに告げ、客人の印象を次のように語る。

一人前の男というにはまだその年齢には達しておらず、子供というほど若くはない。莢に豆が入る前の莢豆と言いますか、ほとんどリンゴになりかけた、なりかけのリンゴと言いますか。子供と一人前の男の間で満潮と干潮の間で潮が立ち止まったかのような。非常に見栄えの良い青年であり、高い声で活発な物言いを致します。母親の乳臭さがまだ抜けきっていないと思う人もいるでしょう。(第一幕五場一五六—六二行)

マルヴォリオの「引き潮と満ち潮の境目で、潮が止まっている(“in standing water between boy and man”)」という喩えは、オヴィディウス(0vid)の『変身譚』によるものである。『変身譚』は、一五六七年にアーサー・ゴールディング(Arthur Golding)によって英訳されたが、そのナルキッソス(Narcissus)のことを記した部分に、「彼はまさに大人の男性と子供の間で立ち止まっているかのようにみえた。彼の美しさは様々な若者の心を動かし、若く美しい多くの女性たちは彼の恋の虜になった」との記述が見いだせる。男性も女性も共に虜にしてしまうシザーリオの容姿を喩えるために、わざわざシェイクスピアは古典への言及をイメージとして台詞に重ねているのである。[44]

マルヴォリオによる不可思議な描写に興味を覚えたオリヴィアは、表門を開き、屋敷の応接間へとシザーリオを導き入れることとなる。オーシーノの差し向けた従来の使者たちが門前払いされた、あるいは、おそらく「しかめつらしい大使」であれば到底許されなかったであろう第一の関門を、シザーリオは見事に通り抜けたのである。この箇所は、テレンティウスの喜劇『宦官(Eunuchus)』を想い起こさせる。[45]『宦官』のなかでは、カエレアス(Chaerea)が恋するパンフィラ(Pamphila)に近づこうと宦官に変装し、タイス(Thais)の屋敷に忍び込む場面が描かれている。テレンティウスの『宦官』は、シドニー(Sir Philip Sidney)の『詩の弁護(*The Defence of Poesie*)』のなかにも言及され、近代初期の多くの劇作品に影響を与えたとされる。[46]古代ギリシャ喜劇に通じた者であれば、即座に両作品の類似性に気付かされたであろう。ヴァイオラもまたシザーリオに男装し、まさに宦官を思わせる容姿で、七年間は誰にも会わぬと固く心を閉ざしたオリヴィアの屋敷の内へと、首尾よく入り込むことに成功したのである。

オリヴィアにとってもシザーリオの存在は不思議な魅力に満ちている。女主人の前に立ったシザーリオは当意即妙、まさに弁舌爽やかである。かしこまった挨拶に交え、気さくに相手の心に入り込む素直さを見せつつ（第一幕五場一七〇―九一行）、時には相手の冗談を捉えて見事に切り返す（一九五行、二〇三―四行）。巧みにオリヴィアと二人きりになる時間を作らせるばかりか（二一五―九行）、ヴェールで顔を隠した女主人に自らヴェールを持ち上げさせ、その美貌を垣間見ることまでも許されるのである。イスラム教徒の女性が、ヴェールで顔を覆うことを義務づけられていることは、ニコライの書物の挿絵からも、近代初期の英国において広く知られていた。この箇所に、後にフィリップ・マシンジャー (Philip Massinger) によって書かれることとなる『背教者 (*The Renegado*)』（一六二三）との類似性を読み取ることもできるかもしれない。[47]『背教者』には、トルコの王女ドヌーサ（Donusa）がイタリア人ヴィテリ (Vitelli) に恋をし、自らヴェールを持ち上げて顔を見せる場面がある。更に、劇の進行のなかで、ヴィテリは、「キリスト教徒がかつて一度も踏み込んだことのない禁断の場所 ("this forbidden place / where Christian yet ne'er trode")」、すなわち後宮へと立ち入ることを許されている。[48]ヴェールをかぶり修道尼のように暮らすと宣言するオリヴィアであるが、その人物表象にシェイクスピアがこうした東洋的なイメージを重ね合わせていることは充分考えられる。シザーリオは、一歩一歩着実にオリヴィア邸の内部へ侵入することに成功する。材源となった「アポロニウスとシラ」にも『騙された者』にも、こうした場面は見当たらない。シェイクスピアの全くの創作である。

屋敷の門から、応接間へ、更にヴェール越しの対面から、いよいよヴェールを持ち上げたオリヴィアとの一対一の対話に成功したシザーリオであるが、美辞麗句を散りばめた主人からの伝言に、女主人は関心を示そうとはしない。相手に聴く気がないと見るや、シザーリオは即座に機転を効かせて、オリヴィアの質問に即興で反論を加える（二三九―四三行、二五〇―一行）。それればかりか、主人オーシーノの立場にわが身をおき、その恋焦がれる様子を克明に伝えながら（二六四―七行）、相手の真心を踏みにじるオリヴィアの残酷さを責め立てるのである（二八五―八行）。「美しくも残酷なおかた（"fair cruelty."）」（二八八行）。

シザーリオのその少年のような姿形はもちろんこと、教養あることを物語る見事な話術や、家柄の良さを示す毅然とした立ち居振る舞いのすべてが、オリヴィアを魅了する。「あなたのことばも、顔立ちも、姿形も、振舞いも、気立ても、すべてみな紋章さながら、身分ある生まれ育ちを、まざまざ語り尽くしている。（"Thy tongue, thy face, thy limbs, actions, and spirit / Do give thee fivefold blazon."）」（二九一―三行）それればかりか、オリヴィアはわれ知らず、初めて出逢ったこの青年シザーリオに恋心まで も抱いてしまう。

・・・早まってはだめ、落ち着いて、落ち着かなくては
ああ、ご主人とあのかたが入れ替わって下さればよいのに。どうしたのかしら。
こんなにも突然、恋の病に取り憑かれてしまったの。
あのかたの若い完璧な美しさが、気付かないうちに、こっそりと
私の目の中に忍び込んだようだわ。（第一幕五場二九三―八行）

シザーリオは、屋敷の奥へと招き入れられたばかりか、オリヴィアの最も私的な部分、すなわち彼女の心の奥底へも「忍び込む（"creep in"）」ことに見事に成功したのである。ここには、男性の心にも女性の心にも立ち入ることを許される宦官としての特質と魅力が、シザーリオ／ヴァイオラを通して余すところなく描かれている。

更に、劇の中でヴァイオラは自らの歌唱力に言及している。「私は歌が歌えるし、いろいろな音楽で、ご主人の心に訴えかけることもできる ("I can sing / And speak to him in many sorts of music")」(第一幕二場五七—八行)。残念ながら、実際に舞台上において公爵の前で歌を披露するのは道化フェステであり、劇のなかでヴァイオラの美声を聴くことはできない。しかし宦官のイメージとの連想でいうなら、ヴァイオラが自らの歌唱力に言及するのもなんら不思議ではない。宦官の美声は夙に有名で、当時の多くの文献のなかに、その歌唱力に対する言及が見いだせるからである。[49] そして劇の展開においては、シザーリオの語る修辞そのものが何物にも喩え難い歌声となっていることに気付かせられる。恋人に愛が受け入れられなければ、「あなたならどうするつもり」とのオリヴィアの問いかけに、シザーリオは即答する。

御門の前に悲しみの柳の小屋を建て
屋敷のなかにいらっしゃる愛しいかたに哀願いたします
しいたげられても、変わらぬ心を詩にしたため
真夜中の静寂でも声も限りに歌うでしょう
あなたのお名前を呼ぶその歌声は遥かな山々にこだまし
大気をも震わせ、「オリヴィア!」と叫ばせることとなりましょう
そうなれば、いくらあなたでも、この世界で穏やかにはいられますまい
必ずや私のことを哀れにお思いになるはず　(第一幕五場二六八—七六行)

まさにシザーリオの歌声は、舞台の上で歌われる恋歌ではなく、遥かな山々にもこだまし、万物の共振

を誘うばかりか、恋する人の心に深く静かに響かずにはおかないはず。ナルキッソスに恋い焦がれるあまり、こだまとなってしまったというエコーの神話のように、麗しの女性の冷たい心にも憐憫の情を呼び醒まさずにはおかないものである。シザーリオの口から出る台詞そのものが、宦官の美声が多くの宮廷人の心を魅了したように、主人オーシーノの心に「訴え」、はたまたオリヴィアの心を「震わせ」、魂に「こだま」し、二人を幻惑させたといえる。別の場でオリヴィアが、「あなたのその願いを訴えるお声、天上の音楽よりも心してうかがいたいわ」（第三幕一場一〇九―一一〇行）と述べるように、道化が舞台上で披露する恋の戯れ歌とは較べ物にならないほどの威力を、「天上の音楽」にも似たシザーリオの美声は秘めているのである。

シェイクスピアは、性の境界を自由に往き来するシザーリオ／ヴァイオラを描くことにより、男性の心にも女性の心にも巧みに入り込み、両性を魅了するという宦官的役割を鮮やかに舞台上に展開してみせた。しかし宦官のイメージが必ずしも観客の共感を呼ぶとは限らない。宦官は、時に近代初期を生きるイングランドの観客に恐れられ、忌み嫌われた存在でもあるからである。厳格な清教徒であったフィリップ・スタッブズ（Philip Stubbes）は、当時の男装する女性を軽蔑的に「両性具有者、すなわち半ば女で、半ば男の、両方の性別をもった化け物（"*Hermaphrodite*, that is, monsters of both kinds, half women, half men"）」と呼んだが、[50] 人の手によって去勢され、宦官となった者たちもまた両性具有者と同じく、一般常識からすれば「化け物」と思われたに違いない。劇中、オリヴィアから届けられた指輪を手に、シザーリオは嘆息する。

この結末はどうなるのだろう。ご主人様はあのかたのことを深く愛しておられ

そして私は、哀れな化け物のような私は、ご主人のことを深く愛している
その上、あのかたは、勘違いされて私のことを恋してしまわれたようだし、
これからどうなるっていうの。（第二幕二場三三―六行）

思わずシザーリオの口にする、男で女の「哀れな化け物のような私（"I(poor monster)"）」という台詞は、材源の中のどこにも見当たらない。シェイクスピアは、シザーリオ／ヴァイオラに、男女の性の境界を自由に行き来する宦官の役割を与えながら、同時に登場人物に「哀れな化け物」としてのイメージが纏わり付くことの危険性を充分把握していた。宦官の役柄に対して観客に嫌悪感や恐怖感を抱かせることなく、むしろ観客の心のなかに如何にして登場人物への共感を呼び覚ましていくかという難問を、シェイクスピアは劇作上のテクニックとして解決しなくてはならないのである。

V　宦官のイメージと劇作上のテクニック

宦官の恐怖と双子のトリック

オーシーノの前で、またオリヴィアの前で、見事な台詞回しによって、男女の間を行き来するシザーリオ／ヴァイオラであるが、要所に本来のヴァイオラの心情を描く台詞を挿入することも、シェイクスピアは忘れない。男の衣装に身を包んだヴァイオラは、絶えずわき台詞のなかで自らの胸の奥の女心を口にしている。台詞を通して、男装の隙間から女性であるヴァイオラの本当の姿が垣間見られるようにとの工夫が見られる。「それにしても辛いお役目、恋心を伝える相手が誰であろうと、あなたの妻に

なりたいと焦がれているのは、ほかならぬ、この私自身だというのに。(“Yet a barful strife! / Whoe'er I woo, myself would be his wife.”)」(第一幕四場四一―二行)「私のご主人様はあのかたをとても愛していらっしゃる、そして私は、哀れな化け物みたいな私は、こんなにもご主人様を愛している。(“My master loves her dearly, / And I(poor monster), fond as much on him,”)」(第二幕二場三三―四行)「ほんのチョットしたものがないばっかりに、ほんとの男じゃないんだもの。(“A little thing would make me tell them how much I lack of a man.”)」(第三幕四場三〇二―三行)舞台上に展開されるわき台詞は、たとえ男装しようとも、彼女の実体が女性であることを繰り返し観客に伝える働きをしている。オーシーノの相談役として、あるいはオリヴィアを訪れる伝令としてのシザーリオは、観客の前で男女の性を行き来する宦官としての役割を果たすも、観客はヴァイオラの本当の性を意識することで、そこに何ら嫌悪や恐怖を抱くことはない。むしろ異性装をした主人公が男女の性を早変わりで見せる様子を楽しむのである。

ヴァイオラの双子の兄セバスチャンの登場は、そうしたヴァイオラの演じた男性像を具現化する役割を巧みに担う。劇中に描かれるセバスチャンの行動は、本来は女性であるヴァイオラとは好対照を成して英雄的である。嵐の海で、荒れ狂う波間を泳ぐセバスチャンの様子を船長は語っている。

・・・私はあなたのお兄様を目に致しました
危険の最中落ち着きを失わず、
勇気と希望に教えられてか、
波間に漂う帆柱に身体をくくりつけ、

イルカの背に乗る［アリオン］さながら
波に乗っていかれるご様子を・・・（第一幕二場一一―六行）

伝説上の人物さながら、猛り狂う波を泳ぎ渡るセバスチャンの様子は、男らしく勇ましい。ヴァイオラが武術には不慣れなため、ひたすらサー・アンドリューの果たし合いの挑戦を恐れるのに対して、セバスチャンは身に降り掛る不当な暴力に対して一歩も引かぬ雄々しさを見せる。シザーリオの見せた宦官的魅力は、劇の後半で見事に男女に分化し、ヴァイオラとセバスチャンがそれぞれ男らしさと女らしさを示してみせる。シザーリオが纏った宦官のイメージは、むしろ他の登場人物の中に、移し替えて描かれるのである。

嘲笑の的であり、懲らしめの対象

シザーリオ／ヴァイオラが舞台上に繰り広げる宦官の役割をのぞけば、劇の中に描かれる宦官的人物像は、男らしさの欠如であり軽蔑や嘲笑の的である。サー・トビー（Sir Toby Belch）は、オリヴィアへの求愛のためこの地に滞在するサー・アンドリュー・エイギュチーク（Sir Andrew Aguecheek）とのやり取りの中で、「もし挙げ句の果てにあの子を手に入れられないということになるなら、俺のことは腰抜けとでも呼んでくれ。（"if thou hast her not i' th' end, call me cut."）」（第二幕三場一八六―七行）と言う。ここで使われる"cut"は、『オックスフォード英語辞典』にも記されているように「去勢馬（"gelded horse"）」を意味し、そこから「男と呼ぶに値しない輩」という性的な意味合いが含まれる。[51] こうした男性の生殖能力をめぐるやり取りは、サー・アンドリューに対して最も頻繁に使用される。オリヴィアの侍女マライア（Maria）を彼に紹介したサー・トビーは、サー・アンドリューが挨拶ばかりでろくに話もしない様子に、「このままお別れしたんじゃあ、君は二度と再び剣を抜くことはできないかもしれんぞ（"An thou let part so, Sir Andrew, would thou mightst never draw sword again."）」（第一幕三場六一―二行）とからかう。サー・トビーはもちろん、サー・アンドリューが剣を携えている値打ちがなくなることから、紳士として通用しなくなるとの意味にかぶせて、男性としての性的な意味合いも重ねているのである。[52] サー・アンドリューが一人前の男として失格であること、性的「不能者」であることへの当てこすりは、彼の手が「乾いている（"dry"）」（七三行）ことへと引き継がれ、更には彼の髪が巻き毛ではなく、細く柔らかな直毛で垂れ下がっていることへと繋がる（九九行）。チョーサーの『カンタベリー物語（*Canterbury Tales*）』の序文には、女性的な免罪符売り（Pardoner）の容姿が描かれているが、この箇所の表現はまさにその描写を想い起こさせるものである。「この免罪符売りは蠟のように黄色の髪をしており、そのつやのある髪の毛はアマの繊維のように垂れ下がっていた。（"This Pardoner hadde heer as yellow as wex, / But smothe it heeng as dooth a strike of flex"）」[53] サー・アンドリューが、男らしいとは到底言えず、むしろ女性的人物であることは、後に展開される決闘の場で一層明らかとなる。彼は、男性的な勇気とはほど遠く、紳士でありながら剣を使う術も知らない男性「失格者」であり、性的「不能者」なのである。一人前の男と呼べない彼の存在は、宦官の負のイメージとも繋がり、観客の嘲笑の的となる。シェイクスピアは、シザーリオ／ヴァイオラにおいて展開した宦官のイメージを、今度は嘲りの対象として描くことにより、観客が心の内に抱く偏見を充分満足させるのである。

劇の登場人物の中で宦官のイメージを負わされるのは、サー・アンドリューばかりではなく、マルヴォリオもまた宦官のイメージを投影される。マルヴォリオは、オリヴィア家の侍従として、常に屋敷の平穏を保つことを心がけ、主人の意向を受けて、外部からの訪問客を屋敷の中へ招き入れ、あるいは追い払う。主人の命令に忠実に従う彼は、オリヴィア邸の秩序を維持していくうえで、イスラム世界における宦官の如き役割を担っている。そればかりか彼は、冗談や戯れ言、祭り気分の浮かれ騒ぎとは全く無縁の、無味乾燥な人間でもある。舞台に登場したマルヴォリオの最初の台詞からも明らかなように、彼は道化の笑いに誘われることはなく、むしろ軽口をたたく道化を軽蔑の対象と見なす。「お嬢様がこのような下らぬ輩を面白がっておいでになるとは、心外でございますな。」（第一幕五場八三―四行）たとえ彼がその表情に微笑みを浮かべることがあっても、それは故意に演出された作り笑いでしかない。その謹厳実直さは認めるとしても、あまりにも行き過ぎた態度に、時には、思わずオリヴィアも「自惚れが過ぎるわ（"O, you are sick of self-love,"）」（第一幕五場九〇行）と窘めるほどである。マルヴォリオは、サー・トビー、サー・アンドリュー、マライア、フェビアン、フェステといった周りの者たちを卑しい存在と見下し（"I am not of your element."第三幕四場一二五行）、彼らと交わろうとはせず、ひたすら自らの身分上昇、己の出世を夢見ている。おおよそ色恋沙汰とは縁遠く、彼が抱く結婚願望は、相手の女性への愛情ではなく、社会的地位の向上、すなわち階級の上昇を目的としたものに他ならない。（第二幕五場四四―八〇行）彼は、一般の人間が抱く喜怒哀楽の感情を共有することはなく、エールやお菓子に象徴される祭りの雰囲気には全くそぐわない他者である。祝祭が、生まれ、死に、そして再生する（子供を残す）という生のサイクルに準じて、生きる喜びを謳歌するものであるとするなら、マルヴォリオは、人間的感情や自然の営みを自ら拒否した、孤独で不毛の象徴とも言える存在なのである。ここには、ともすれば人々が宦官に対して抱く、負のイメージが纏わり付く。

マライアによってしたためられた偽手紙の文言「生まれながらの身分高き者あり、自ら成りたる身分高き者もあり、また人に為られたる身分高き者あり（"Some are [born] great, some [achieve] greatness, and some have greatness thrust upon 'em."）」（第二幕五場一四五―六行）は、新約聖書の一節を言い替えたものと考えられる。[54] マタイ伝一九章一二節には「それ生まれながらの宦官あり、人に為られたる宦官あり、また天國のために自らなりたる宦官あり」との記述が存在するからである。[55] 偽手紙の文言を考えるマライアの心の中で、そしてシェイクスピアの発想では、マルヴォリオに精神的な意味での宦官的イメージを重ねていたのかもしれない。

ニコライの旅行記に記されたように、オスマン帝国にはキリスト教国より供出され、その美貌ゆえに宦官とされた若者たちがいた。彼らは、自らのキリスト教信仰を捨て、去勢され、イスラム教徒となり、背教者（Renegade）の名で呼ばれた。劇の中で、偽手紙に騙されたマルヴォリオもまた、「異教徒（"heathen"）」、「背教者（"renegade"）」と称され、マライアから嘲笑される。「まぬけなマルヴォリオときたら、異教徒、まさに背教者になっちゃったわ。まともなキリスト教信仰で救われると思っているキリスト教徒なら、あんな有り得もしない文章を信じたりするもんですか。」（第三幕二場六九―七三行）普段から周りの者を見下し、自惚れに浸っていたマルヴォリオは、マライアたちのしかけた奸計に嵌ることにより、周囲の者たちの鬱屈した怒りの対象となる。いまや去勢された宦官のイメージを担い、背教者の烙印を押されたマルヴォリオを待ち受けるのは、祝祭行事の恒例として行なわれた懲罰であり、懲らしめとしての監禁と悪魔払いである。

地下の暗室に閉じ込められたマルヴォリオは、彼のもとを訪れた教区牧師で学者のサー・トーパス（Sir Topas）に対して、必死に自分は気がふれてなどおらず、正気であることを訴える。実は、サー・トーパスは、道化フェステの変装であることをマルヴォリオは知る由もない。この場面は、劇前半で展開された宦官シザーリオの活躍の卑俗なパロディとなっており、ヴァイオラが女性でありながら男性を演じたように、フェステは阿呆でありながら、真逆の学者という役を堂々と演じて観客の笑いを誘うという仕掛けになっている。続いてフェステは本来の道化に戻り、戯れ歌を交えながらマルヴォリオを弄び、（第四幕二場七二—九行）シザーリオがその美声を活かした巧みな修辞で、オーシーノやオリヴィアの心を翻弄した様子を心に留めている観客を楽しませる。更に、道化が裏声を駆使してサー・トーパスと道化自身を交互に演じ、マルヴォリオをからかう様子は、男女の性を縦横無尽に行き来したシザーリオの台詞回しを意識した、シェイクスピアの戯れなのである。（第四幕二場九四—七行）サー・トビーの「この悪戯もそろそろ終わりにしたほうが良さそうだ」の台詞とともに、マルヴォリオへの懲らしめは完了する。（第四幕二場六七—八行）続く第四幕三場におけるオリヴィアとセバスチャンの神聖な婚礼の場面の挿入で、劇中に展開された宦官の負のイメージは浄化され、双子の兄妹の再会とそれぞれの結婚という大団円へと劇は一気に加速することとなるのである。

Ⅵ　結び　祭りの笑いへの昇華

結末におけるシザーリオの告白は、劇における宦官のイメージが完全に払拭されたことを物語る。オーシーノは、自分に仕えてくれていたシザーリオが実は女性であったことを知り、単なる憧れでしかなかった空想の恋とは異なる、本当の愛の対象となる伴侶を見いだす。オリヴィアとセバスチャンの結婚に続き、オーシーノとヴァイオラの結婚、更にはサー・トビーとマライアの結婚という三組の夫婦の誕生は、性別の混乱を描いたこの芝居に、伝統的な社会的規範とキリスト教的価値観の復活をもたらすのである。

「化け物のような」というヴァイオラの台詞が示したように、宦官は西洋において、理解を超えた異教世界の象徴であった。時にそれは神秘と不可思議さの象徴であると同時に、恐怖と嫌悪の象徴でもあった。ニコライがその著書のなかに記しているように、オスマン帝国の要請に応じて供出されたキリスト教徒の子供たちが、割礼を強要され、異教徒に改宗させられることは、まさにイスラムの脅威であった。ニコライがオスマン帝国皇帝の残忍非道さを非難するのは、男子が去勢され宦官になることをはじめ、改宗した者たち（Renegade）が洗脳され、二度と再びキリスト教徒に戻ることがないということへの恐怖と嫌悪であった。そこには、キリスト教世界がイスラム教世界に敗北し、自分たちが守ってきたすべての伝統的価値観が崩壊し転覆してしまうことに対する限りない恐怖があったはずである。

『十二夜』のなかでシェイクスピアが採っている戦略は、観客の内に潜む東洋オスマン帝国の恐怖と嫌悪を、男装の女性という芝居の工夫のなかに昇華させる手法であったのではないか。女性が男装することによって、時には男性の恋煩いの相談役となり、同時に女性の立場に立って女心をも説き聞かせる。また時にはつれない女性に対して男性の真心を伝え、同時に女同士の立場から女性の冷たい対応を諫める。まさに東洋における宦官の役割を、英国の芝居の伝統のなかに組み入れ、英国の芝居の決まりごとのなかに置き換え、再解釈しようという手法、これこそがシェイクスピアがヴァイオラの男装という仕掛けのなかで展開してみせた作劇術に他ならない。しかし東洋の宦官は、西洋人たちにとって嫌悪と恐怖をもよおさずにはおかない存在でもあることを、シェイクスピアは充分わきまえている。シザーリオを通して描いた男女の性を自由に行き来する宦官は、シザーリオの分身であるセバスチャンの登場で見事に男女に分化し、宦官のイメージは劇の後半で嘲笑と懲らしめの対象へとすり替わる。観客の心の内にある恐怖や嫌悪は、舞台上で嘲笑の的となり、悪魔払いという懲罰を加えられることによって、見事に浄化される。すなわち宦官に象徴される東洋の恐怖を、祝祭の笑いのなかに取り込み、登場人物たちの結婚という大団円のなかへと包摂・包括する手法を劇作家は採ったと思われる。そうすることにより、舞台を観守る観客たちは宦官というイメージを脳裏に描きながらも、そこになんら恐怖心や嫌悪感を抱くことなく、芝居のアクションのなかに自然に惹き込まれ、笑いの中にすべてを解消していったと考えられるのである。

『十二夜』の中には、航海にまつわる比喩が多く使われている。またアントーニオはオーシーノから海賊と呼ばれ、舞台を見守る観客に当時の航海や冒険を想い起こさせるようにとの工夫がなされている。舞台上で繰り返し発せられるイリリアという地名は、観客にまさに遠く離れた西洋と東洋の境界に位置する辺境の地を意識させたであろう。冒険談に相応しく、そこに登場するのは東洋の宦官であり、その存在は不可思議な神秘性を秘めていると同時に、恐るべき東洋イスラム世界であるオスマン帝国の脅威でもある。十二夜の宵での上演を想定した芝居において、シェイクスピアはそうした東洋での冒険にまつわる危険と恐怖を、男装の麗人シザーリオ／ヴァイオラを登場させることで、巧みに喜劇の笑いのなかに包み込んでいこうとしている。シェイクスピアの得意とする双子を登場人物に据え、男女の取り違えという喜劇のアクションのなかに、迫りくるイスラム世界であるオスマン帝国の脅威を取り込み、祭りの笑いのなかに昇華させるという劇作家の手法こそ、この作品のなかに読み取り、その秀逸さを評価すべきものであろう。

注

1 William Shakespeare, *The Twelfth Night, or What You Will*, *The Riverside Shakespeare*, 2nd ed., ed. G Blakemore Evans (Boston: Houghton Mifflin Company, 1997) 443. シェイクスピアの *The Twelfth Night* からの引用はすべてこの版をもとに翻訳したものである。以降は、幕、場、行数のみを示すものとする。

2 地図の題名は "The Description of the Covntries and Places mencioned in the Actes of the Apostles."

3 Sara Hanna, "From Illyria to Elysium: Geographical Fantasy in *Twelfth Night*," *Litteraria Pragensia* 12(2002): 21-45. ここに挙げた地図は、Hanna の論文においても言及されている。

4 George Abbot, *A Briefe Description of the Whole Worlde* (London, 1599): n. pag.

5 Leah S. Marcus, *Puzzling Shakespeare: Local Reading and Its Discontents* (Berkeley and Los Angeles: U of California P, 1988) 161.

6 Kenneth Muir, *The Sources of Shakespeare's Plays* (London: Methuen, 1977) 138-39.

7 Constance C. Relihan, "Erasing the East from *Twelfth Night*," *Race, Ethnicity and Power in the Renaissance*, ed. Joyce Green MacDonald (Madison: Fairleigh Dickenson UP, 1997) 80-94.

8 Relihan 92. "We are being asked to erase the East from the text so that we may explore more fully the nature of Elizabethan masculinity."

9 *2Herny VI* の中には、"Bargulus the strong Illyrian pirate"(IV. i. 108) とイリリアの海賊への言及が見られ、*The Comedies of Errors* の中で言及される "Epidaurus" や "Epidamium"(I. i. 41, 93) は、イリリアの公国 Ragusa の古代名である。また *Cymbeline* の中に見られる "Dalmatians" (III. i. 73) という名も、イリリアの一地方の名称である。Patricia Parker 209 f. 参照のこと。

10 Goran V. Stanivukovic, "'What country, friends, is this?': The Geographies of Illyria in Early Modern England," *Litteraria Pragensia* 12(2002): 5-20. p.12 を参照のこと。

11 Elizabeth Pentland, "Beyond the 'lyric' in Illyricum: Some Early Modern Background to *Twelfth Night*,"

Twelfth Night: New Critical Essays, ed. James Schiffer(New York: Routledge, 2011) 149-166.

12 Patricia Parker, "Was Illyria as Mysterious and Foreign as We Think?" *The Mysterious and the Foreign in Early Modern England*, ed. Helen Ostovich, Mary V. Silcox and Graham Roebuck (Newark: U of Delaware P, 2008) 209-233.

13 それぞれの書物の原題は次の通りである。『サラセン人の注目すべき歴史』原題 *The Notable historie of the Saracens* (1575)、『時の一致』原題 *Consent of Time* (1590)、『注目すべき事柄を記した近況報告』 *A nevv letter of notable contents With a strange sonnet, intituled Gorgon, or the wonderfull yeare* (1593)

14 Dubrovnik "paieth tribute to the Turke yerely fourteene thousand Sechinos . . . , besides other presents which they giue to the Turkes Bassas when they come thither. The maine of the Turkes countrie is bordering on it within one mile, for the which cause they [Dubrovcani] are in great subiection." Rudolf Filipovic, "Dubrovnik in Early English Travel Literature," *Dubrovnik's Relations with England: A Symposium April 1976*, ed. Rudlof Filipovic and Monica Partridge(Zagreb: Department of English, Faculty of Philosophy, U of Zagreb, 1977) 67.

15 [Dubrovnik] was seated betweene the very iawes of the two powerfull States of the great Turke and Venetians . . . For the Venetians are loath to driue them being Christians to such despaire, as they might be forced to yeeld themselues to the great Turke, and the City is very strongly fortified towards the sea, whence the Venetians can onely assaile them: besides, that they pay great customes of their trafficke to the State of Venice, for which reason that State attempts nothing against the freedome of the City. Againe, the Turkes knowing that if they should besiege the City by Land, the Citizens would with all their best moueables flie into Italy by Sea, and receiuing also a great yeerely tribute from the trafficke of this City, (where the great Turke hath his owne Officer called Chiaussagha to gather the same) are also content not to molest them by warre, especially since they know that the Pope, the King of Spaine, and the State of Venice, would assist the Raguzeans against them, and no way indure that the Turkish Ottoman should make himselfe Lord of that

Hauen." Filipovic 70-71.

16 "Common-wealth of it self: famous for merchandise, and plenty of shipping. Many small Islands belong thereunto; but little of the Continent. They pay tribute to the Turk, 14000. Zecchins yearly, and spend as much more upon them in gifts and entertainment: sending the Grand Signior every yeer a ship loaden with pitch for the use of his gallies. Whereby they purchase their peace; and a discharge of duties throughout the Ottoman Empire." Filipovic 73.

17 Veselin Kostic, "The Ragusan Colony in London in Shakespeare's Day," *Dubrovnik's Relations with England: A Symposium April 1976*, 261-65.

18 Kostic 267.

19 Kostic 268-70.

20 Kostic 271.

21 J. M. Lothian and T. W. Craik, eds., *Twelfth Night*, The Arden Shakespeare(London: Routledge, 1975)xxii-xxiii.

22 Shaun Marmon, *Eunuchs and Sacred Boundaries in Islamic Society* (Oxford: Oxford U.P., 1995)5-6.

23 Marmon 7.

24 Marmon 63-64, 90.

25 Marmon 86-87. Kathryn M. Ringrose, "Eunuchs in Historical Perspective," *History Compass* 5/2 (2007) 501.

26 Marmon p.96 に引用されている。

27 Parker 213-14. それぞれの原題は次の通りである。『トルコ皇帝宮廷の規律』原題 *Order of the grear Turkes courte*. 『トルコ年代記小論』原題 *Shorte Treatise vpon the Turkes chronicles.* 『東方旅行記』原題 *Les qvatre premiers livres des navigations et pereginations orientales*.

28 それぞれの書物の原題は次の通りである。『トルコとペルシャ戦記』原題 *The history of the warres between the*

Turkes and the Persians. (1595)、『トルコ帝国の政治形態』原題 *The Policy of the Turkish empire*. (1597)、『イスラム教徒、あるいはトルコの歴史』原題 *Mahumetane or Turkish historie*. (1600)

29 Nicolas de Nicolay, *The nauigations, peregrinations and voyages, made into Turkie by Nicholas Nicholay Daulphinois, Lord of Arfeuile, chamberlaine and geographer ordinarie to the King of Fraunce conteining sundry singularities which the author hath there seene and obserued. Translated out of the French by T. Washington the younger*, London, 1585.

30 ニコライは実際に後宮の警護にあたった経験がある宦官の助けを得て、そこに暮らす女性の姿に扮装させた女たちの姿を絵に写しているが、イリリアの都市としてラグーサは有名であったことを想い浮かべるなら、この宦官がラグーサの出身であったという点も興味深い。

31 Nicolas de Nicolay, " . . . within this Sarail are diuers small houses, being separated with chambers, kitchins, and other necessary commodities, within which do dwell the wiues & concubines of the great Turk, which in number are aboue 200. being the most part daughters of Christians, some being taken by courses on the seas or by land, aswel from Grecians, Hongarians, Wallachers, Mingreles, Italians as other Christian nations, some of the other are bought of merchants, and afterwardes by Beglierbeis, Baschas and Captaines presented vnto the great Turke who keepeth them within this Sarail, wel apparrelled, nourished & entertained vnder streight keeping of the Eunuches . . . . The captaine of this Sarail called Capiangassi, is also an Eunuch or a gelded man, hauing for his wages threescore Aspres euery day, and is clothed twise a yeere with cloth of silk, he hath vnder him fortie Eunuches, which supply the common seruice of these Dames . . . ." Book2, Chap.19.

32 "where they are nourished and brought vp in the law of Mahomet, & by diuers masters being Eunuch are instructed well to ride horses, shooting, and all other exercises of armes & agilitie, to the intent in process of time to make them the more obeysant and apt too support all paines and trauailes of the warres, or els they doe teach them to learne some art or occupation, according to the capacitie of their spirite: " Book3, Chap.1.

Marmon もまた、その書物のなかで eunuchs の教養の高さに言及している。p.57 を参照のこと。

33 “. . . although they haue no skill of the art of musicke, they do neuerthelesse giue themselues to play on diuers instruments, and most commonly going in the streetes they doe sound vpon a thing very like vnto a Cittern . . . .”

34 “. . . amongst which the most fairest are chosen to be put into the Sarail of the great Turke, where they are nourished and brought vp in the law of Mahomet, & by diuers masters being Eunuch . . . .” Book3, Chap.1.

35 一四世紀にトルコ系イスラム教王朝であったマムルーク帝国を訪れた Ibn Battuta は、宦官の様子を “The servitors of this noble masque and its custodians are eunuchs from among the Ethiopians and such like. They present a handsome appearance, they have clean, meticulous look, and their clothes are elegant.” と記している。容姿による選別と虚勢によってもたらされた宦官の秀でた容貌については、一九から二〇世紀においても、宦官と遭遇したヨーロッパ人たちの驚きとなっていた。Shaun Marmon 34, 66. を参照のこと。

36 “Christian children Mahometised, the venomous nature is so great, mischievous and pernitious, that incontinent after they are taken from the lappes of their parents and instructed in the laws of the Turkes, they do declare themselues, aswell by words as deedes mortal enemies vnto the Christians, so as they practice nothing els then to doe vnto them all iniuries & wrongs possible, and how great or aged soeuer they become, they will neuer acknowledge theyr fathers, mothers, nor other friends:” Book3, Chap.2.

37 “. . . they are also constrained to giue & deliuer their owne children into bodily seruitude & eternall perdition of their soules, a tyrannie I say again, most cruell & lamentable, & which ought too bee a great consideration & compassin vnto all true christian princes for to stir & prouoke them vnto a good peace & christian vnitie, & to apply their forces iointly, to deliuer the children of their christian brethren out of the miserable seruitude of these infidels which by outrageous force rauish these most deare infants & bodies, free by nature, from the lappes, of their fathers & mothers, into a seruitude of enmity more then bestiall, from baptisme to circumcision, from the companie of the christian faith, to seruitude & Barbarous infidelity, from

childly & fatherly kindness to mortal enmity towards their own blood: ” Book3, Chap.1.

38 実は、ニコライの旅行記のなかにも、『十二夜』の舞台となったイリリアへの言及が存在する。イスタンブールからの帰路に、ニコライの一行はボズニアおよびセルヴィアに立ち寄っている。この地域に定住する人々がイリリア人であるとニコライは語る。ニコライは、イスラム教徒たちがイリリア人を軽蔑口調で “Dellys” と呼ぶことに言及した後、初めてイリリア人に会った際の自らの体験を記している。このイリリア人はトルコ風の装束に身を包んではいるものの、内面はニコライたちと変わらぬキリスト教信者であったという。イリリアの人々が、たとえ外見的にイスラム教徒を装っていたとしても、魂はキリスト教徒のままであったことを語る興味深い資料である。

39 Geoffrey Bullough, *Narrative and Dramatic Sources of Shakespeare*(New York: Columbia U.P.,1968) II. 276.

40 Bullough II. 271-76.

41 Bullough II. 351.

42 *The Decieved*, II. i. この箇所については、Bullough II. 302-3. を参照のこと。

43 Bullough II. 351.

44 “. . . he seemde to stande beetwene the state of man and Lad, / The hearts of dyvers trim yong men his beautie gan to move, / And many a Ladie fresh and faire was taken in his love,’ Ovid, *Ovid's Metmorphoses: The Arthur Golding Translation of 1567*, ed. John Freerick Nims (Philadelphia: Paul Dry Books , 2000)III.438-40.

45 Keir Elam, “The Fertile Eunuch: *Twelfth Night*, Early Modern Intercourse, and the Fruits of Castration,” *Shakespeare Quarterly* (1996) 1-36.

46 Sir Philip Sidney, *An Apology for Poetry or the Defence of Poesy*, ed. Geoffrey Shepherd (London: Thomas Nelson and Sons, 1965) 134.

47 Brinda Charry, “[T]he Beauteous Scarf”: Shakespeare and the “Veil Question,” *Shakespeare*, 4.2, 112-126.

48 Philip Massinger, *The Renegado*, ed. Michael Neill (London: A & C Black Publishers, 2010)130. II. iv. 32-3.

49　宦官の美声については、東洋よりも西洋のカストラートが有名であった。一六〇〇年までには、カストラートがシスティナ礼拝堂おいて従来の男性ソプラノに取って代わり、その後、スペイン、ポルトガル、ドイツなどの礼拝堂においても、その美声を披露したという。英国では、カストラートが礼拝堂で歌うことは禁じられていたものの、彼らの評判は人々に伝わっていたものと思われる。シェイクスピアの作品では、『真夏の夜の夢』の五幕一場四四―五行、および『シンベリン』二幕三場二七―三一行に、去勢された歌手への言及が見られる。Elam 34.

50　Phillip Stubbes, *The Anatomie of Abuses* (London, 1583)n.pag.

51　*Oxford English Dictionary*. "cut" n^2 VI. 30. を参照のこと。

52　J. M. Lothian and T. W. Craik, eds., *Twelfth Night*, The Arden Shakespeare, 54. n.

53　Geoffrey Chaucer, *Canterbury Tales*, ed. A. C. Cawley (London: J. M. Dent & Sons, 1958)21.

54　John Astington, "Malvolio and the Eunuchs: Texts and Revels in *Twelfth Night*," *Shakespeare Survey*, ed. Stanley Wells (Cambridge: Cambridge UP, 2007) 23-34. 特に 24-25.

55　プロテスタントの手になる『ジュネーヴ聖書』(1560)では、該当の箇所が "there are some chaste, which were so borne of their motheirs bellie: and there be some chaste, which be made chaste by men: & there be some chaste, which haue made them selues chaste for the kingdome of heauen." と記され、「宦官」ということばは使われてはいない。しかし "chaste" の説明として、欄外の註に "The worde signifieth (gelded:)and they were so made because they shulde kepe the chambere of noble women: for they were judged chaste." と記され、「宦官」を意味していることがわかる。プロテスタントへの対抗意識からカトリック派によって訳出された『リームズ＝ダウイ聖書』(1582)では、"there are eunuchs which were borne so from their mothers wombe: and there are eunuchs, which were made by men: and there are eunuchs, which haue gelded them selues for the kingdom of heauen." と、「宦官」ということばが使用されている。国教会の立場を明確にしながらも、訳語においては折衷的と言われる『欽定訳聖書』(1611)においても、"there are some eunuches, which were so borne from their mothers wombe: and there some eunuchs, which were made eunuches of men: and there be eunuches, which haue made themselves eunuches for the kingdome of heauens sake"と記され、同じく「宦官」ということばが明記されている。

第四章　キプロスの花嫁

『オセロ』とアフリカ

I　キプロス島とデズデモーナ

『オセロ』の第一幕三場では、ヴェニス公爵と元老院議員たちが異教徒の来襲に備えて、危急の対応を協議している。トルコの艦隊が、ヴェニス領であるキプロス島に迫りつつあるからである。そこへ、当初キプロス島を目指していると思われたトルコの艦隊の向かう先が、ロードス島であるとの報告が届く。

元老院議員1　どう考えてみても、
そのようなことはありえない。われわれの目を欺くための
見せかけであろう。トルコ皇帝にとってのキプロス島の重要性を考えると、
この点は再考の必要があるが、
ロードス島よりキプロス島のほうが、トルコ皇帝の関心は高いはず、
キプロス島は、ロードス島のような戦闘能力を備えておらず、
トルコの艦隊が容易に攻略できる――このことを考えれば

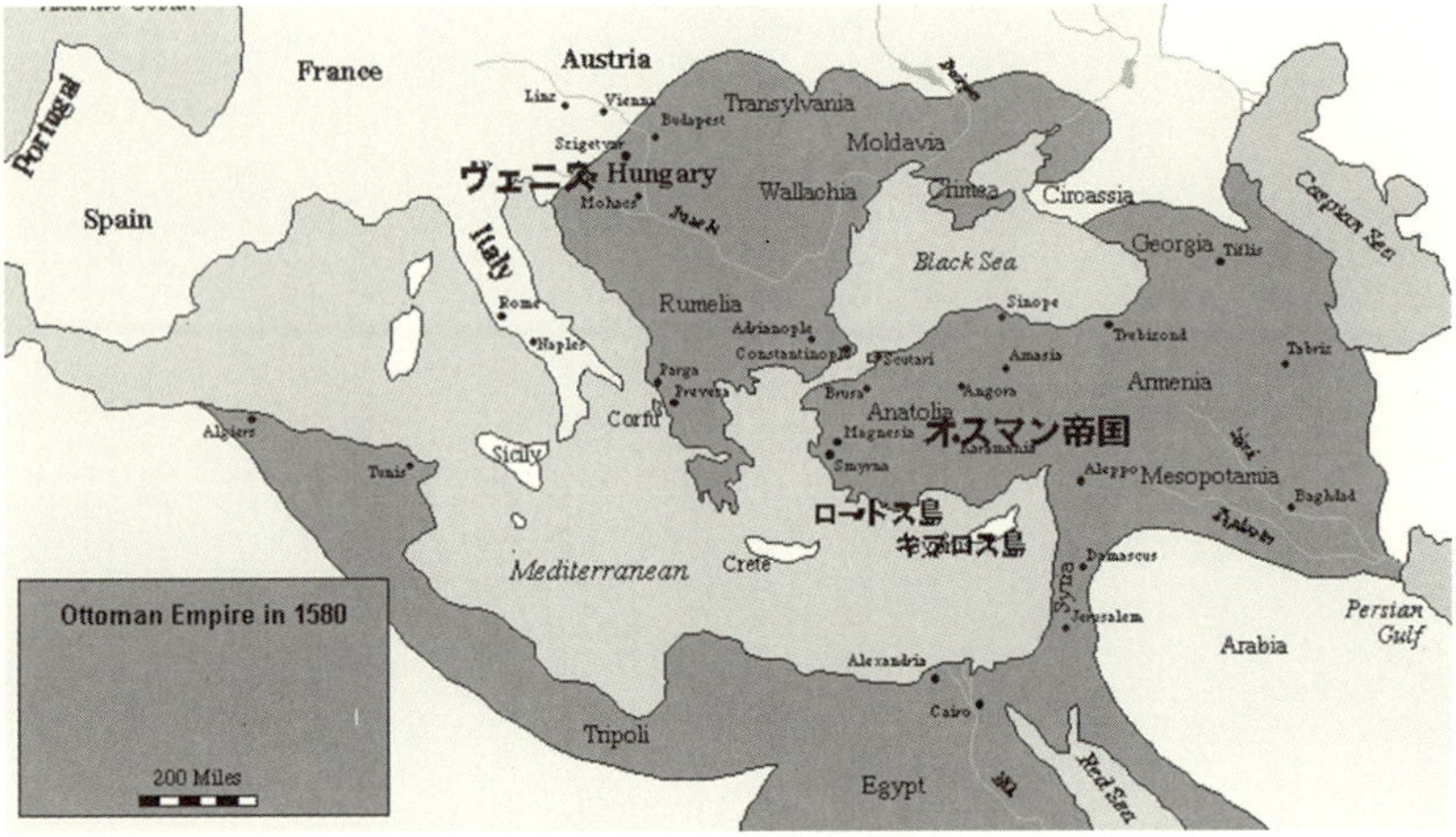

図１　東地中海図、ロードス島とキプロス島

トルコ皇帝が一番関心を持っているものを後回
しにして、
容易に手にすることができるものには目もくれ
ず、
利益のない危険をおかすとは思えない。
（第一幕三場一七—二〇行）[1]

一見、錯綜するかに思える情報は、キプロスの置かれた状況を巧みに観客に伝えている。台詞を通して、自衛力の乏しいキプロス島がイスラムの侵略を受け易いこと、それゆえにキリスト教国ヴェニスにとって国防上の不安を抱えた地域であることが知れる。元老院議員の憶測は見事に的中し、続報ではトルコ軍は後続の艦隊との合流により勢力を増強。その後、進路を反転させて、いよいよキプロス島へと船首を向けたことが伝えられる。

キプロス島は地中海の南東に位置し、オスマン帝国の支配地域に囲まれた、キリスト教圏周縁の地である。一五七一年、レパント沖の海戦においてスペイン、ローマ教皇、ヴェニスによるキリスト教連合軍はオスマン帝国海軍と対峙し、これを撃破した。オスマン帝国海軍に三万人におよぶ犠牲者を出したこの海戦は、イスラム勢力に対するキリスト教世界の勝利を宣言したかのように思えた。しかし東地中海におけるイスラム勢力は衰えるどころか、一五七二年セリム二世(Selim II)は帝国の海軍を再建し、翌一五七三年にキプロスを奪還、一五七四年チュニス征服、続く一五七六年にフェズ征服と、その帝国支配は拡大の一途を辿る。最終的にオスマン帝国は、西はハンガリー、アルジェリアから、東はイエメン、イラクまでをその領土に組み込み、東地中海の制海権を手中に収めることとなるのである。歴史の中の多くの証言に見られるように、舞台を観守る観客たちは地中海におけるオスマン帝国の侵攻を聞き及んでおり、『オセロ』の上演当時、キプロスが帝国の支配下に置かれていることも、当然知っていたにちがいない。

舞台上で報告される国家の危機と同時進行するかのように、ブラバンショー(Brabantio)の一人娘デズデモーナ(Desdemona)がムーア人将軍オセロ(Othello)にかどわかされる事件が起こり、劇のなかで二つの事件の類似性が観客に示される。格言の力を借りて娘を奪われた父親の怒りを宥めようとする公爵に対して、即座に切り返すブラバンショーの台詞は、男女の関係を緊迫した国際情勢に重ね合わせる。

公爵　・・・盗まれし者が微笑むことは、盗人より盗むものなり、
　無益な悲しみに浸る者は、己自身から盗むものなり、と諺にもある。
ブラバンショー　それならトルコ人にキプロスを盗まれておられればよい、
　われわれが微笑み返せば、盗まれたことにはならないはずではありませんか。
（第一幕三場二〇八—一一行）

まさに公爵が憂えるキプロスはブラバンショーにとってのデズデモーナであり、島を侵略しようとするオスマン・トルコはひとり娘を強奪したムーア人オセロに他ならない。異教徒による領土侵犯と、改宗者とはいえ異邦人であり、キリスト教圏における他者である人物による女性略奪のエピソードは、劇の背後に潜む、時代の不安と脅威を言い当てているかに思える。

こうした台詞を踏まえて、この章ではまず地政学的な観点からオスマン帝国とヴェニスの複雑な関係を概観してみたい。キリスト教世界とイスラム教世界の中間に位置し、自国の存続のためには、オスマン帝国との交易に頼らざるを得ないというヴェニスの微妙な立場は、劇全体を覆う雰囲気に大きな影響を与えている。そのうえで、近代初期の歴史の中の様々な証言をもとに、オスマン帝国の脅威に対するイングランド人の意識を探ることとする。当時の多くの書物から、ひとたびイスラム教徒の捕虜となれば、イスラム教への改宗を迫られ、自らのキリスト教信仰を捨て去ることを強要されるというイングランド人の抱いた底知れぬ不安が読み取れる。それでは逆説的に、イスラム教徒のキリスト教への改宗という事実は、キリスト教徒にとっていかなる意味を持つものであったのか。ひとりのイスラム教徒レオ・アフリカヌスのキリスト教化の物語と彼の書物の英訳『レオ・アフリカヌスのアフリカ記』を通して、イングランドがいかにしてイスラム世界を自分たちのキリスト教世界に組み込み、精神的に支配することによって、イスラムの脅威を克服しようとしたのかを、跡付けることができるように思われる。そして、そうしたキリスト教徒の心理的葛藤は、シェイクスピア劇『オセロ』の中にも共鳴し、反響していると考えられるのである。

II　東地中海の地政学

ヴェニス公国とオスマン帝国

一四五三年のオスマン帝国によるコンスタンチノープル陥落により、東地中海を二分するキリスト教国とイスラム教国の対立は一層緊張を高めた。互いに対峙する両勢力の間で、ヴェニスの立場は複雑であった。ヴェニスは、宗教面ではイスラム世界に対抗する意味において十字軍の理念を共有しつつも、交易の面では東西貿易の中継地として、オスマン帝国との通商は欠かせなかった。コンスタンチノープル陥落の報せは、公国の交易に深刻な影響を及ぼす可能性があったことから、オスマン帝国との新たな関係の確立は急務であった。報せを耳にするやいなや、ヴェニス議会が即座にムハマド二世に全権大使を送り、自国の商業利益確保のため有利な体制を築こうとしたのもこのためである。しかしこうしたヴェニスの外交姿勢は、他のキリスト教国から見れば許されない裏切り行為に他ならなかった。それは、キリスト教圏を脅かすイスラム勢力に対して、自国の利益のみを優先した、なりふり構わぬ追従と見なされた。されど、たとえ他のキリスト教国の誹りを受けようとも、海洋公国としての自国の権益を守るためには、オスマン帝国との関係を完全に破綻させないようにすることが、ヴェニスにとっては何より重要であったのである。[2]

地中海北西に位置するカトリック教国であるイタリア半島やイベリア半島の国々は、自国へのイスラム教移民の侵入を厳しく制限したのに対して、オスマンは帝国の領土拡大において、様々な人種や宗教の共存を許容した。これは急速な領土拡大を展開するオスマン帝国にとって致しかたないことでもあり、帝国はそうした宥和政策を採ることによって、次々に周辺諸国を帝国支配の中に呑み込んでいったのである。一六世紀になるとオスマン帝国のセリム一世は、更なる領土拡大を目指し、シリアとエジプトを手中に収めて（一五一六―一七）、東地中海の覇権を握ることとなった。ほぼ時期を同じくして、スペイン国王カルロス一世が神聖ローマ皇帝カール五世の座につき、西ヨーロッパに君臨した。二つの巨大国に挟まれたヴェニスは、オスマン帝国との宥和外交を繰り広げながらも、拡大の一途を辿る帝国との間に小規模な衝突を繰り返した。独立を維持するだけの軍事力を欠いた都市国家に過ぎないヴェニスに残された道は、巧みな外交戦術によって生命線ともいえる交易路を死守することであったのだろう。やがてオスマン帝国の支配はいよいよアドリア海沿岸地方の諸国にも及び、かつては交易を通してヴェニスと利益を共有していたデューブロヴニックやアンコーナといった周辺都市もまた帝国の支配を受け入れた。言うまでもなく、アドリア海沿岸の都市を奪われることは、ヴェニスの海上貿易に大きな障害となることを意味していた。オスマン帝国との宥和策を模索してきたヴェニスも、自国に迫る帝国の覇権を目の前にして、一層難しい立場に追い詰められていたのである。[3]

異国の支配を免れ、常に独立自治を護り抜いてきたヴェニスは、様々な文脈の中で「処女」と喩えられている。ヴェニスに対するこの比喩は、イングランド人の好むものであったらしく、当時の英語文献の中にも散見される。[4]「処女」であるヴェニスに迫り来るイスラム勢力としてのオスマン帝国は、まさにデズデモーナと密かに通じる改宗異教徒オセロのイメージと重なるものであろう。そればかりかシェイクスピアは、劇『オセロ』において、ヴェニスが自国の防衛のために将軍オセロの援助にすがらなくてはならない状況を作り出している。一見矛盾とも思える複雑な設定を通して、こうしたヴェニスの置かれた難しい立場を、劇作家は婉曲的ながら巧みに表現しているのである。

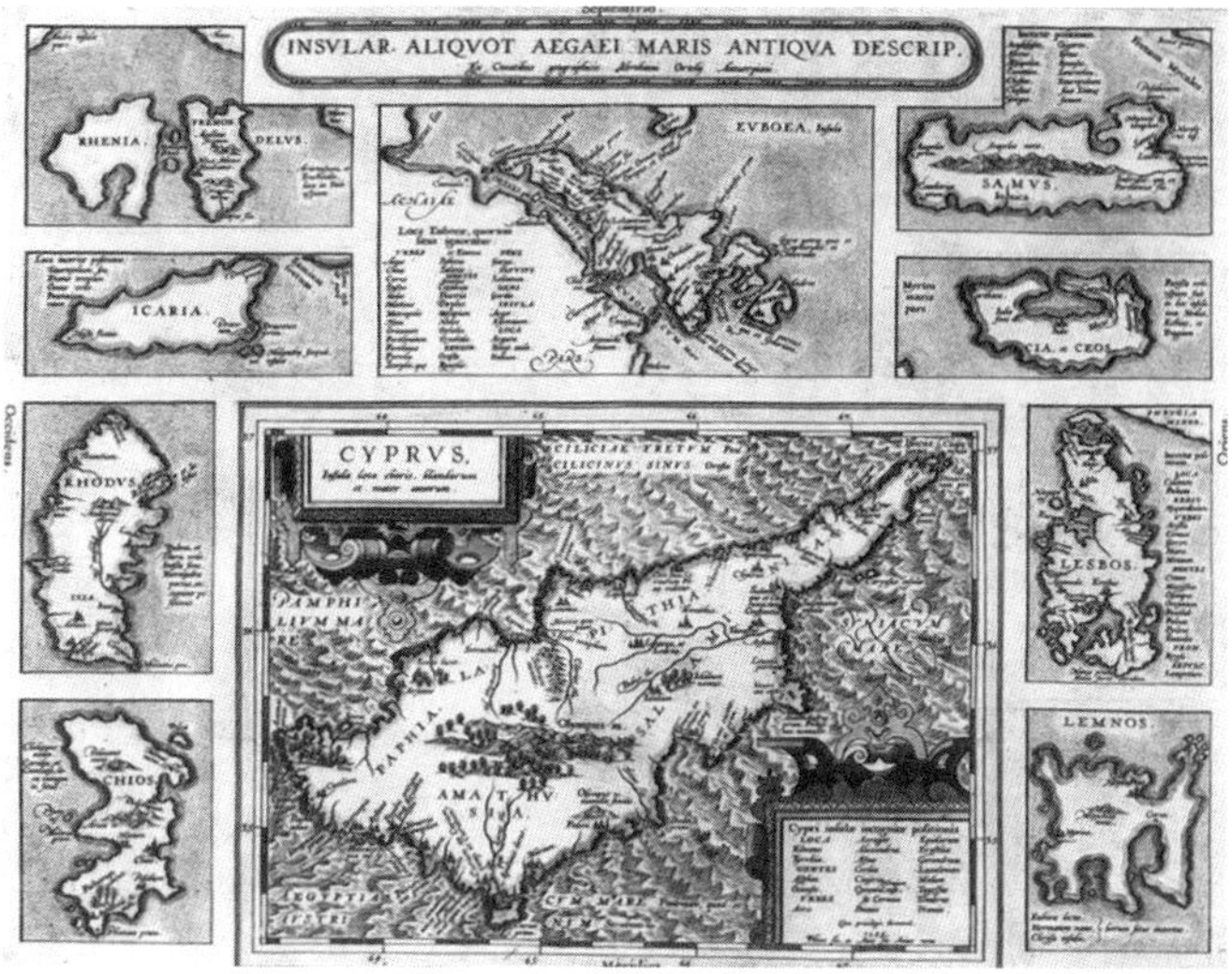

図2　キプロス島

キプロス島をめぐる攻防

オセロとデズデモーナの新婚生活を描くにあたって、シェイクスピアは舞台をヴェニスからキプロス島に移す。ふたりの悲劇がキプロス島で起こることも、現実世界においてキプロスの置かれた政治的状況と無縁ではない。キプロス島は、アナトリア海岸の南に位置し、シリアの隊商の行き来する交易路の最終地アレッポにも近く、軍事上および通商上の要衝であった。その地理的優位性から、しばしば歴史の中で他国の侵略に晒されてきたこともあり、民族・宗教が混ざり合う多言語国家であった。一四七〇年に、島は一時オスマンの支配下に置かれたが、一四八九年王家の婚姻を経て、戦渦を被ることなくヴェニス公国の手に渡った。その後八十年間は、ヴェニスによるオスマン懐柔策が功を奏したこともあり、島の支配権はヴェニスに委ねられていた。[5]

しかし一六世紀後半になると、ヴェニスの支配するキプロスとオスマン帝国の関係に軋みが生じ始める。しばしばオスマンの商船を襲撃するキプロスの海賊に対してヴェニスが有効な策を講じなかったことから、両国間には頻繁に衝突が起こるようになり、更にはスペインや法王の指揮する反オスマン同盟にヴェニスが参加したとの報せは、帝国の枢密院を激怒させた。一五七〇年六月オスマン帝国は三百隻の船団を差し向けて、キプロスを襲撃。キプロス住民たちの支援を得て要衝を次々に攻め落とし、翌年八月、最後まで抵抗を続けた湾岸都市ファマグスタ(Famagusta)の陥落をもって、キプロス全島の支配を完了した。オスマン帝国のキプロス侵攻は、ヴェニス側にすれば不当な侵略であったが、帝国側から見ればキリスト教徒の弾圧に永年苦しんできたキプロス住民解放のための戦役であった。オスマンは、新たな支配体制の中で、従来の重税を軽減し、住民たちに課された労役制度を廃止した。[6]

キリスト教国連合の反撃は素早かった。ヴェニスは法王ピウス五世に援軍の要請を働きかけ、法王の呼びかけでスペインを中心に「海の十字軍」とも言えるキリスト教連合艦隊が組織された。オスマンのキプロス征服からわずかひと月ばかり後の一五七一年十月、近代初期の地中海史にその名を残すレパントの大海戦が起こり、ドン・ファン・デ・アウストリア(Don Juan of Austria)率いるカトリック連合大艦隊とメジンザード・アリ・パシャ(Muezzinzade Ali Pasha)に率いられたオスマン帝国大艦隊の激突となった。双方三百隻にのぼる艦船が戦闘に参加したが、オスマン側の失策もあり、結果はキリスト教連合の大勝利に終わった。オスマン帝国の船舶二百隻が拿捕され、三万人の兵士や船員が犠牲となったと言われる。海軍大将メジンザード・アリ・パシャも、壮絶な戦いの中で戦死した。[7]

現在の歴史研究においては、レパントの海戦におけるキリスト教連合の勝利をもって、オスマン帝国の衰退の契機と見なすことはできないとされる。というのもオスマン帝国は、失った船舶の再建を驚くべき速さで進め、一五七二年の春にはほぼ同数の船舶からなる大艦隊を就航させているからである。法王やスペインはレパントの海戦の大勝利に酔いしれたものの、最早これ以上、東地中海の紛争に巻き込まれることを望まなかった。オスマンの更なる襲来の報せを耳にしても、再びキリスト教連合艦隊が組織されることはなく、一五七三年、オスマン帝国はヴェニスから再びキプロスを奪還し、島を帝国に組み入れることとなる。そしてその後もオスマンは、次々に東地中海の要衝を手に入れ、東地中海の制海権を掌握することとなるのである。むしろレパントの海戦は、キリスト教国にとってイスラムに対する最後の勝利であり、圧倒的なオスマン帝国の勢力に敵対するキリスト教徒たちに、現実から目を背けさせ、空しい満足感だけをもたらすこととなったのかもしれない。[8]

もちろんすべてのキリスト教徒がイスラム勢力に対する勝利という過去の追憶に浸っていたわけではない。イングランドにも、キプロス奪還の報せや東地中海におけるイスラム勢力の拡大の様子は刻々と伝えられていた。一五七四年、ウベール・ラングェ (Hubert Languet) がサー・フィリップ・シドニー (Sir Philip Sidney) に宛てた書簡には、オスマン・トルコ勢力の拡大に対して警戒が必要とされることがしたためられている。

キリスト教国の王侯の力を疲弊させつつあるこうした内乱は、イタリアを我がものにしようとするトルコ人たちに付け入る隙を与えつつあります。もしもイタリアだけが危機に陥っているのなら、すべての災難の発端はその地にあったのですから、あまり悲嘆すべき事柄ではないでしょう。しかし戦火は辺境の地におさまるのではなく、近隣諸国にもおよび、近くの国々を呑み込むことが懸念されます。[9]

ここではオスマン・トルコ帝国の侵略が、もはやイタリアだけの問題では済まされない近隣諸国への脅威として捉えられ、速やかに何らかの対応が求められるべきだという警告が発せられている。シドニーをはじめとするイングランド知識人の間にも、その懸念が広まりつつあったことは当時の多くの証言にみることができるのである。[10]

キプロスの奪還をめぐるヴェニスとオスマン帝国の攻防を眺める時、シェイクスピアが劇の中に、わざわざオセロとデズデモーナが共にキプロスに移り住むという状況を取り入れていることには、深い意味があるように思われる。キプロス島こそは、キリスト教勢力とイスラム教勢力が衝突し、互いにその覇権をめぐって鬩ぎあう地であった。デズデモーナはヴェニスを遠く離れ、改宗者オセロと共に、異教の脅威に絶えず晒されるキリスト教国周縁の地へ赴いたのである。異教イスラムの魔の手はキプロス島に迫り来ると共に、デズデモーナの運命にも暗い影を投げかける。ブラバンショーの台詞が示すように、『オセロ』においては、東地中海の地理と両国の政治・宗教の対立が深く結びつき、象徴的な意味合いを孕んでいることを看過することはできない。オスマン帝国の、そしてイスラムの脅威は、作品に重要な影響を及ぼしているのである。

Ⅲ　オスマン帝国の脅威とイングランド人

改宗させられるキリスト教徒

イスラム勢力の拡大は、領土を拡大し続けるオスマン帝国の脅威と共に、キリスト教徒たちに信仰上の不安と恐怖をもたらせた。一五九一年に、イスタンブールを訪れたジョン・サンダーソン (John Sanderson) は、『有名なイスタンブールにおける最も記憶に残る事柄 (*A Discourse of the most notable things of the famous Citie Constantinople*)』の中で、多くのイングランド人がイスラム改宗者となっている様を目撃したことを伝えている。同様に、一五九九年レヴァント会社によって、同地を訪ねたトマス・ダラム（Thomas Dallam）も日記の中に、多くのスペイン人やイタリア人をはじめ、地中海の島々出身の者たちが皆、改宗者となっていることを記している。[11] 彼らは、自らの意志に反してイスラム教への改宗を迫られ、キリスト教信仰を捨て去ることを強要された結果、異教徒とならざるをえなかったのだと考えられた。オスマン帝国の侵略により、あるいはオスマン帝国の船舶に拿捕され、キリスト教からイスラム教への改宗を強いられる人々の逸話が数多く残されている。『トルコ帝国の政策（*The Policie of the Turkish Empire*）』（一五九七）は、キリスト教徒に改宗を迫ることによって、イスラム教の宗教勢力拡大をはかろうとするトルコ人の様子を次のように伝えている。

トルコ人たちは、キリスト教徒をはじめ他の者たちに、彼らの信仰を受け入れ、イスラム教徒になることだけを望む。その方法が、善かれ悪しかれ、あるいは正しかろうが間違っておろうが、そうすることが神への奉仕だと信じている。このため、トルコ人たちはキリスト教徒たちに彼らの信仰を受け入れさせる様々な計画を企て、手段を講ずる。そして他に方法がないとわかると、キリスト教徒たちに、謂れもない非難を浴びせるのだ。[12]

しかし、実際にはイスラム教徒は信仰に関して寛容であり、異教徒に対してイスラム教への改宗を強要することはなかったとされる。[13] もちろん地域や状況によって強要もあったことは認めるとしても、帝国の領土拡大政策の中で、すべての住民にイスラム信仰を押し付けるなどは到底不可能なことであった。にもかかわらずキリスト教信者たちは、自らが他の宗教に対して行なったと同じ強要と脅迫をイスラム教にも当てはめて考えた。それればかりか、イスラム教徒によってキリスト教信仰を放棄させられ、イスラムへの改宗を強いられることをことさら強調することによって、異教への恐怖と嫌悪を煽ったのである。

実は、信心深いキリスト教徒を何より悩ませたのは、金銭や身分向上の誘惑にかられ、あるいは祖国での課税を免れることを目的として、自らイスラム教への改宗を申し出る者たちの存在であった。生まれながらの身分・階級に重きをおくキリスト教社会とは異なり、オスマン帝国においては支配階級へと出世するにあたって、人種としてトルコ人であることや、生まれながらのイスラム教信者であるという、各人の出自や信仰歴が問題とされることはなかった。帝国の多くの若者は、オスマンに占領支配された国の出身者であり、トルコ人以外の者たちや改宗者が出世し高位に就くこともしばしばであった。したがってキリスト教社会において、自らの社会的地位の向上を夢見ることができない者たちは、進んで改宗を受け入れることによって、帝国国民となることを望んだのである。[14]

更に、この時代特有の経済的な要因も影響したと考えられる。一五八二年当時、漁師や船頭も含めて航海・海運業に携わる人口は約一万六千人ほどであったと考えられているが、スペインとの戦争を経験する約二十年間にその数はほぼ三倍へと増加し、一六〇三年にはおおよそ五万人となったとされる。彼らの多くは、たとえ商船や海軍に職を見つけることができたとしても低賃金で過酷な労働を強いられ、陸での仕事といえば季節労働者として臨時雇いの仕事にしかありつけなかった。それならいっそのこと、海賊として波乱の人生を送るか、改宗してオスマン帝国の中に自らの居場所を見出したほうが、大きな満足を得られるように思われたのである。[15] 信仰心の篤いキリスト教徒には、到底理解し難いこうした事実を覆い隠すためにも、イスラム教徒による改宗の強要とそれに対する恐怖は、より声高に喧伝され、多くの書物の中に記されたのかもしれない。

改宗させられるイスラム教徒

他方、イスラム教徒に対するキリスト教の宣教活動はあまり成功しなかったと言われる。オスマン帝国のイスラム教徒からすれば、軍事的・経済的に自分たちよりも劣ると思われるキリスト教への改宗に、大きな魅力を感じることがなかったのかもしれない。数少ない記録の中で、注目されるべきはメレディズ・ハンマー (Meredith Hanmer) の残した説教であろう。

ウェールズの聖職者ハンマーの説教は、一五八六年十月にセント・キャサリンの付属病院で「トルコ人の洗礼」と題して行なわれ、後に出版された。[16] 後日印刷物となった説教には、セント・キャサリン病院の病院長であったラフィ・ロクビィ (Raphy Rokeby) に宛てた献辞が添えられている。「我々が、アフリカやアジアにおける品々を、またインドの秘宝を切望するように、その国の人間が、我々の神を乞い願い、キリスト教徒との交わりと歩みに魅了される」よう仕向けるべきであるとし、「ひとりのトルコ人を改宗させれば、一万人のトルコ人が【キリスト教の】信仰を受け入れることになるであろう」とハンマーは宣言する。[17] イスラム世界が提供する物質的な価値に対して、キリスト教世界の精神性で対抗しようとする彼の意気込みが理解される。そして説教の本文の中では、偽りの予言者であるとされるマホメットの教えについて、まずその起源に遡って解説がなされ、その教義が徹底的に論駁されるばかりか、イスラム教信仰が被支配国の人々に、「世俗の権力と武力によって、更には血なまぐさい戦争によって強制される」ことが強調され、「最も忌まわしい宗教」であると断罪されるのである。[18]

こうした議論を踏まえたうえで、説教の結末部分においてハンマーは、ひとりのトルコ人の改宗にいたる物語を語る。トルコ人は、エーゲ海の西部のギリシャの島エウボイア (Euboea) に生を受けたという。エウボイアは、ヴェニス公国の属領であったが、一四七一年にオスマン帝国の支配下に入った。イスラム教徒であったトルコ人は、やがてスペインの捕虜となり、一二五年という歳月を過酷な奴隷として、屈辱のうちに暮らした。ようやくフランシス・ドレイク卿 (Sir Francis Drake) によって救出され、イングランドに連れて来られたのである。二つの事柄が、彼にキリスト教への改宗を決意させたという。ひとつは英国キリスト教政府の素晴らしさであり、もうひとつはイングランド人の博愛精神である。彼の祖国では、貧者、老齢者、病に苦しむ者たちは、疎まれ、蔑まれ、まさに犬のごとき扱いを受けるという。対して、イングランドでは弱者に対して哀れみと同情が示される様を目にして、彼はキリスト教徒の博愛精神に感銘を受け、自らもまたその信仰を受け入れることを決意したのである。そしてこのトルコ人は、定められた儀式の手順に従い、過去の罪を悔い改め、信仰告白を行い、洗礼を施されることによって、「ウイリアム」という英語名を与えられたことが説教の最後に記されている。[19]

ハンマーの説教が示すように、イスラム教徒の改宗は、異教を貶めることによってキリスト教の優位を讃え、同時にプロテスタント・イングランド人の博愛精神を賛美するものである。イスラム教徒の改宗は、まさしく異教信仰に対するキリスト教の勝利を意味する。[20] 同時にそれは、イスラム教に改宗させられるという不安と恐怖の裏返しでもあり、キリスト教の全能の神を捨て去って、野蛮な異教徒に成り下がることも厭わない一部の風潮に対する、精神的な対抗手段でもあった。ハンマーが説教壇から語ったような、イスラム教徒のキリスト教への改宗を示す事例は、歴史的史料には少なく、むしろ想像の産物であった芝居の中に描かれている例が多いというのも、こうしたキリスト教徒の精神的願望の表出と言えるのかもしれない。

キリスト教への改宗を示す歴史的資料が少ないなか、改宗者レオ・アフリカヌスの物語は興味深い。彼がイスラム教からキリスト教に改宗したという事実も、もちろん我々の関心を惹くものであるが、それ以上に『オセロ』の材源のひとつとされる『ジョン・レオのアフリカ記』の出版にあたって、ジョン・ポーリーの翻訳作業もまた詳細な検討に値する。ハンマーの説教が、イスラム教徒の改宗という比較的単純明快な例を挙げるのに対して、ポーリーの訳業は、より複雑な過程を辿りながら、キリスト教世界の知の構築を目指そうとしている点に注目してみたい。

Ⅳ　ジョン・ポーリー訳『ジョン・レオのアフリカ記』

シェイクスピアと『ジョン・レオのアフリカ記』

一六〇〇年十一月、『ジョン・レオのアフリカ記 (*John Leo's A Geographical Historie of Africa*)』が、イングランド人ジョン・ポーリー (John Pory) によって翻訳・出版された。ジョフリー・ブロー (Geoffrey Bullough) も、シェイクスピアが『オセロ』執筆にあたって、この書物を参考にしていたことを指摘しているように、『ジョン・レオのアフリカ記』にはムーア人の性格描写について、次のような記述が見られる。

　彼らはとても正直な人々であり、欺瞞や狡猾という部分を持ち合わせていない・・・また、とても誇り高く、高潔であり、驚くほど憤怒にかられやすい・・・機知は劣っているようだが、非常に騙され易く、起こりそうにないことでも、言われれば信じてしまう・・・　世界中にこの民族ほど嫉妬の餌食になり易い者はおらず、女性のために恥辱を耐え忍ぶよりも、女性たちの命を奪ってしまう。[21]

確かに、『ジョン・レオのアフリカ記』の中のムーア人についての記述には、劇の中のオセロの人物像と一致する箇所が存在し、ブローの指摘は説得力を持つ。ジョン・レオ執筆の『アフリカ記』が、歴史家へロドトス(Herodotus)、プリニウス(Pliny)、マンデヴィル(Mandeville)たちによる、かつての地誌と大きく異なる点は、それまで空想によって書かれてきたアフリカという大陸の記録を、事実に基づいた、より現実的なものへと近づけた点であろう。ジョン・レオは、自らの母国について語るにあたって、虚飾をもって事実を覆い隠そうとするのではなく、あくまで歴史家の義務として、アフリカ人たちの優秀さや残虐さを、客観的な立場から、ありのままに語ろうとしている。

・・・この点に関して言い訳をするつもりはなく、ただ歴史家の義務に訴えるばかりである。歴史家はあらゆる土地において明白な真実のみを書き記すものであり、特定の人物を褒めそやしたり、贔屓をすることは非難に値することである。このことこそ、うわべを飾ったり、真実と異なることを書いたりせず、私がすべての物事をありのままに描写する理由である。[22]

同時に、ジョン・レオは自らの書物のなかに、多くのアフリカの詩人、地誌学者、歴史家を引用し、ヨーロッパの地誌学者や歴史家の誤解や偏見によって歪められてきた祖国の文化的地形を蘇らせようとしていることも重要であろう。果たしてこのジョン・レオ、またの名をレオ・アフリカヌスと名のる、『アフリカ記』の作者はいかなる人物であったのか。

レオ・アフリカヌス

レオ・アフリカヌス、本名アル-ハッサン・イブン・ムハマド・アル=ワザン(Al-Hasan ibn Muhammad al-Wazzan)は、一四八六—一四八八年頃ムーア人としてグラナダに生を受けた。当時、スペインではユダヤ教徒やイスラム教徒に対する政治的弾圧が強まっており、アル-ハッサンの一家も、一四九〇年代にスペインによる異端審問を逃れて、北アフリカのモロッコへと亡命した。彼は、フェズでイスラム教徒として育ち、イスラムの高等教育機関で文法、修辞法、宗教教義、法律などの学問を修めた。更に、アル-ハッサンは詩にも興味を抱き、詩作にも熱中したと言われる。[23]

彼の叔父はフェズの国王ムハマド・アル・シャイク(Muhammad al-Shaykh)に仕える外交官であったことから、アル-ハッサンは若くから叔父に連れられてアフリカ大陸はもとより、ペルシャ、バビロニア、アルメニア、タタールなどをまわり、見聞を広めた。やがて彼自身も外交官の地位に着き、アフリカや近東の多くの地を訪れることとなる。外交官としての経験を通して、アル-ハッサンが各国の宮廷における礼儀作法や贈与の慣習を学べたことは、彼にとって大きな収穫であった。[24]

フェズのサルタンの使者として、タブリーズ、ティンブクトゥ、そしてスーダンなどの地を歴訪した後、帰国の途についたアル-ハッサンは、シシリアの海賊の襲撃を受け、捕虜の身となる。海賊たちはアル-ハッサンの教養を見ぬき、彼を法王レオ十世に献上したところ、法王もまたこの若者の博識や外交官としての経験に関心を抱いたという。もちろんアル-ハッサンに対する法王の態度の裏には、政治的な目論みがあった。一五一七年冬、イスラム勢力がエジプトへ侵攻したことは、ローマにとって大きな脅威であった。異教徒の侵略を懸念した法王は一五一八年三月にスペイン、フランス、神聖ローマ帝

図3　レオ・アフリカヌス　アル–ハッサン・イブン・ムハマド・アル＝ワザン

国、イングランドの王たちに向けて、イスラム勢力に対抗するための十字軍の結成を呼びかけている。翌一五一九年初頭、イスラムはハンガリー攻略に着手し始め、一時的とはいえ軍事衝突の危機は回避されたものの、近い将来、ローマが彼らの標的になることは明らかであった。同年四月、法王が抱える予言者から重大な夢のお告げが発表される。お告げによれば、イスラム軍勢がローマに侵入し、ひとりの異教徒が寺院の祭壇の前に進み出た瞬間、彼がキリスト教徒に変身するという奇跡が起こったという。予言を耳にして法王は大いに喜んだが、予言の信憑性を高めるのに、イスラム教徒アルーハッサンのキリスト教への改宗はまさに好都合であったのである。[25]

アルーハッサンにとって、選択の余地はなかった。このまま捕囚の身として牢獄に繋がれるか、あるいは奴隷として一生を労役の内に送ることを考えれば、改宗こそは命を繋ぐ唯一の方法であった。一五二〇年一月、アルーハッサンの洗礼式は、サン・ピエトロ大聖堂において荘厳な雰囲気に包まれて行なわれ、彼は改宗し、ジョバンニ・レオ (Giovanni Leo) という洗礼名を与えられた。法王にとって、ジョバンニ・レオの利用価値は洗礼式という象徴的儀式ばかりではなかった。彼のアラビア語の知識とイスラム教徒ならではの発想は、イスラム勢力に対抗していく上で、大いに役立つと思われた。ジョバンニ・レオはイタリア語の習得を命ぜられ、アラビア語の翻訳などを主に任されることとなった。法王は、以前から東洋の言語に関心を寄せており、東洋における宣教活動を考える上で、まず言語の習得は欠かせないと考えていたのである。更に、法王にしてみれば、改宗したイスラム教徒を側に置くことは、宗教的宣伝効果もあったのかもしれない。法王のもとで開かれる数々の儀式において、高位聖職者、詩人、道化などは宴に花を添える存在であった。当時、ジョヴァン・マリア (Giovan Maria) の名で知られる法王付きのリュート奏者もまた、フィレンツェ出身の改宗ユダヤ教徒であったという。改宗ユダヤ教徒ジョヴァン・マリアと共に、改宗イスラム教徒ジョバンニ・レオも、異教徒に対するキリスト教の勝利を謳う象徴的存在として、法王の栄光と支配を讃えるために、宴を彩ることを求められたのであろう。[26]

一五二一年十二月、法王レオ十世は急逝する。残されたジョバンニ・レオへの人々の待遇は本人の期待したようなものではなかったようである。ローマの人文主義者たちから見れば、ジョバンニ・レオの提供するイスラム世界の情報は興味深いものであったが、人文主義研究の中心人物のひとりとして彼を評価する者はいなかった。彼のイタリア語やラテン語の運用能力はいまだ完璧とはいえず、学者たちの輪に加わることには難しいと思われた。彼の洗礼は、イスラムに対するキリスト教の勝利を謳うものではあったが、改宗者である彼をどこまで信用できるかということに対しては、疑いを抱かずにはおれなかったのである。正確な時期は不明であるものの、おそらく一五二七年頃、ジョバンニ・レオはキリスト教圏を脱出し、再びイスラム教世界に戻ったことが判っている。帰国とともに、彼はキリスト教を捨て、再びイスラム教徒へと改宗したという。[27]

ジョバンニ・レオの数奇な運命の物語も興味深いが、それ以上に彼の残した業績がキリスト教世界に与えた影響は大きい。彼は捕虜となる以前に、母国アフリカ大陸の地誌をアラビア語で執筆・完成させていた。イタリア語を学んだジョバンニ・レオが、この書をイタリア語に翻訳したものが『アフリカの天文学と地理学 (*Libro de la Cosmographia et Geographia de Affrica*)』である。原稿は一五二六年に完成していたとされるが、出版物となるのは、後の一五五〇年、ジョバンニ・バチスタ・ラムジオ (Giovanni Battista Ramusio) によって加筆・修正された『アフリカの描写 (*Della descrittione dell'Africa et delle cose notabili che iui sono*)』においてである。ラムジオは出版にあたって、ジョバン

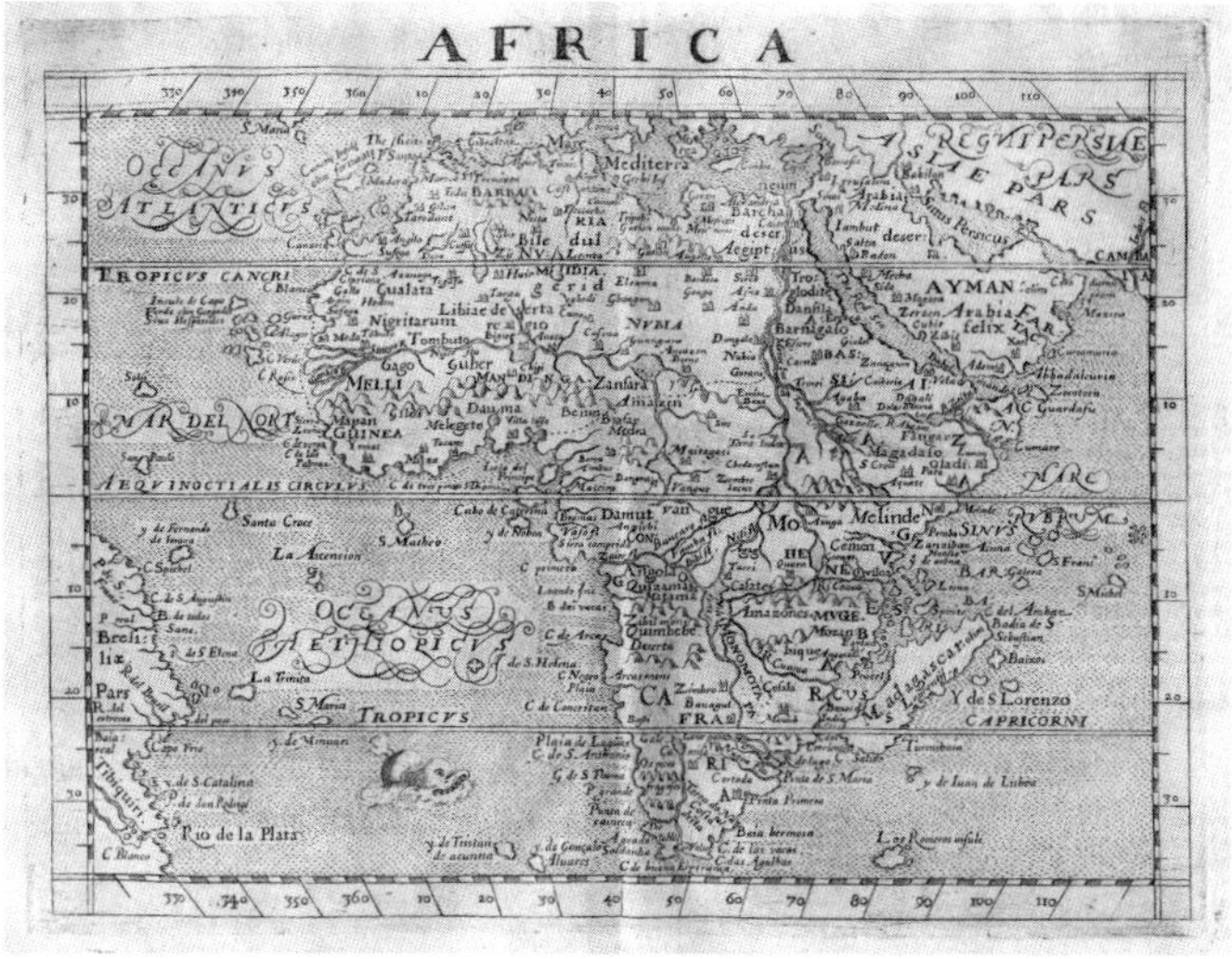

図４　『ジョン・レオのアフリカ記』

ニ・レオが使用した比較的平易なイタリア語の語句を複雑な語句に置き換え、修正を加えることで、より文語的な表現の文体に改めることを心がけた。著者の意図を汲んで施されたラムジオの加筆・修正ではあるが、ジョバンニ・レオの本来の表現とは異なることから、どうしても意図された意味との間に齟齬が生じてしまっているとの指摘がなされている。[28] その後も、ジョバンニ・レオの『アフリカの天文学と地理学』は人々の注目を集め、各国の言語に翻訳されることとなるが、この過程においてもジョバンニ・レオの原文とは異なる、イスラム世界への偏見や差別意識が混入することは避け難かった。ここでは、ジョン・ポーリーの英訳・出版『ジョン・レオのアフリカ記』を検討してみることとする。

ジョン・ポーリーの翻訳

この書物は、永らく『オセロ』の材源のひとつと考えられ、そうした観点においてのみ研究対象とされてきたが、ここでは特に書物の翻訳者であるジョン・ポーリーの付した序文（"To the Reader"）に注目したい。ジョン・レオが、かつてのヨーロッパの歴史家たちの記述に修正を加えながら、よりアフリカ大陸の現実を伝えようとしていたにもかかわらず、翻訳者ジョン・ポーリーは、再び、そうした『ジョン・レオのアフリカ記』をヨーロッパの知の体系のなかに組み込み、再構成しようとしている点は考察に値する。

ポーリーは、序文の中で、ムーア人であり、イスラム教徒である著者アフリカヌスに対する偏見を抱かぬようにと、書物を手にする者に諭している。

彼［ジョン・レオ］は、ムーア人として生まれ、信仰においては永年イスラム教徒であった。しかしもしその家柄、知力、教育、学識、職業、旅行経験、キリスト教への改宗などを考慮するなら、このような企画に従事するに相応しく、それだけの価値に値する人物だと理解されるであろう[29]

アフリカの大地の様子を記述する上で、著者にそれだけの力量と資格が充分あることを、翻訳者ポーリーは強調する。更に、彼はアフリカヌスが諸国を遍歴することによって、数多の苦難を経験していることを紹介する。そして、こうした数々の冒険を経験したアフリカヌスが、やがてキリスト教徒に改宗したことも、それればかりか彼の記した『アフリカ記』がキリスト教徒の手に渡ったことも、ポーリーはすべて神の御心にかなった御業と説明するのである。

彼［アフリカヌス］が、多くの地を訪れ、危険な旅を経験した挙げ句、キリスト教徒に改宗したことは言うまでもなく、神の素晴らしい御業の発見と顕示として、そしてアフリカでの、まさに畏怖の念を起こさせる正義の裁きとして、この著者とその書物『アフリカの地理と歴史』がイタリアの海賊の手に渡ったことは、神の御心に適ったことであった・・・。[30]

異教の徒であった著者を、キリスト教世界へ導いたこともすべて神の御心とするポーリーの主張は、イスラム教徒の改宗もまた、全能の神の計画の一部であるとすることによって、キリスト教世界の外側にある未知の存在をも、キリスト教世界へと取り込み・回収していこうとするヨーロッパ中心主義のイデオロギーに他ならない。ポーリーの序文をとおして、キリスト教徒の英知を超えた世界の果ての物語もまた、神はキリスト教徒の手に委ねることによって、この世の中心であるキリスト教国の繁栄を約されていることが宣言されるのである。

更に、興味深いのはポーリーがアフリカヌスの書物に自分の手になる補足を付け加えている点である。『地理と歴史』の前と後ろの箇所に附された加筆については、初めて印刷にまわすので、すこし時間的余裕もあり、私は同じような目的を持った記録を集め整理し、一部加筆することが相応しいと考えた(読者の満足感を満たし、ジョン・レオがこの方面で孤立した存在であるとは見えないように、との観点から相応しいと思われたのである)。私の計画の主な点は、著者が全九巻で省略してしまった、アフリカの大陸と島々に関する簡潔で短い記述を付けたしたことである。[31]

ポーリーはアフリカヌスの書物に、自らの筆によってアフリカ大陸の解説を補っている。すなわちポーリーは、アフリカヌスの書物を単に翻訳したのではない。彼はかつてアフリカの地理を記したヨーロッパ人の著述から必要箇所を拾い集め、アフリカヌスの記述に加筆することによって、ヨーロッパの知の体系の中に『アフリカ記』を組み込もうとしているのである。

・・・私が教えを乞うた主な著者たちは、古代の著作から、プトレマイオス、ストラボン、プリニウス、ディオドロス・シケロスなどである。後世の著者からは、バチスタ・ラムジオのイタリア語版から様々な論述に助けられた。同じく、ジョアン・デ・バロス、カスタニェーダ、オルテリウス、エマニュエル王の治世を著したオソリウス、マシュー・ドレセラス、クゥオダス、［ベネデット・ボルドーネの］島の書『イソラリオ』、ヤン・ホイフェン・ヴァン・リンスホーデン、それに東インドやサン・トメに旅したオランダ人の著作にも助けられた。そして何より、フィリポ・ピガフェッタの歴史書、エチオピア関連ではフランシス・アルヴァレズおよびダミアン・デ・ゴイスの著作には何度も目を通した。なかでも、（事柄と手法の両面において）博識な天文学者であり地理学者であるパドゥアの［ジョバンニ・］アントニオ・マギニと、イタリア語で記された国際関係論を最も参考にした。[32]

ここに記された数多くの名前は、単に加筆部分の信頼性を訴えるばかりではなく、自らの博識を示すためのポーリーの自己顕示ともとれる。しかしなにより挙げられた人物がすべてヨーロッパの知識人であることを無視することはできない。ポーリーは、ヨーロッパの地誌や歴史の代表的著者たちの歴史書や地誌を渉猟し、それらを付加することで、『アフリカ記』をヨーロッパの地理学に取り込もうとしている。ポーリーの加筆を通して、ジョン・レオの『アフリカ記』もまた、ヨーロッパの誇る歴史書や地誌の系列に並べられ、ヨーロッパが支配する世界の一部を構成することとなったのである。

アル＝ワザンは、法王によって洗礼を受け改宗し、キリスト教徒となったばかりか、彼の著書もまた、イングランド人ジョン・ポーリーによって、膨大なヨーロッパ地誌の一部に組み込まれ、回収され、再編されたことが理解されるのである。イスラム教徒のキリスト教への改宗は、単にキリスト教徒のイスラム教への改宗に対抗し、キリスト教の勝利を謳うといった単純なものではない。キリスト教徒たちは、自分たちにとって、異教の徒をキリスト教に改宗させようとするばかりか、未知の大陸に関する知識を自分たちの知の体系に組み込むことによって、未知の脅威に意味づけをし、キリスト教世界の外側にある強大な力に呑み込まれる恐怖を精神的に乗り越えようとしたのである。それは精神的な意味においてキリスト教世界の境界を押し広げ、イスラム教世界を自分たちの知的支配の中に組み敷くことであった。同様に、劇作品『オセロ』においても、アフリカヌスの翻訳書物において検証されたと同じ過程を辿る、キリスト教徒の精神的葛藤と克服の様子が読み取れるのではないか。

V　オセロとイスラム

異教徒に対する嫌悪

劇において描かれるヴェニスの置かれた状況は、非常に緊迫したものである。領有するキプロス島に向けて押し寄せるオスマン艦隊を前に、緊急招集された会議の席上、島に向かうオスマン艦隊の動向に注目が集まる。キプロスを急襲せんとするオスマン艦隊とそれを迎え撃つヴェニス艦隊の衝突は、小さな島の領有権をめぐる抗争ではなく、巨大帝国として拡大を続けるオスマンと西ヨーロッパのキリスト教世界の激突である。キリスト教圏の周縁の地における攻防は、まさに時代を象徴するキリスト教とイスラム教という二大宗教勢力の対立の図式を舞台上に描き出す。こうしたなか、迫り来るオスマン軍を迎え撃つためにヴェニスが唯一頼りとするのは、改宗異教徒の将軍オセロである。本来はイスラム教徒でありながら、信仰を捨てキリスト教徒となった人物に、イスラム勢力と鬩ぎあう国境の防衛を任せねばならないという複雑な状況が明らかにされる。舞台を観守る者に、何故かしら胸騒ぎを覚えさせずにはおかない、巧みな状況設定である。

劇の中でイアゴー (Iago) は、二度にわたってオセロの生まれをバーバリー地方だと口にしている ("a Barbary horse" 第一幕一場一一一行、"an erring Barbarian" 第一幕三場三五六行)。アフリカ北部に位置するトリポリタニア、チュニジア、アルジェリア、およびモロッコというイスラム教国を総称して、イングランドではバーバリーの名で呼んだが、バーバリー地方は、カトリック教国と対立するイングランドにとって貿易上の要衝であり、なかでもモロッコは外交・貿易の両面における重要拠点であった。一六〇〇—〇一年にモロッコの外交使節がロンドンを訪れたことが記録に残されており、シェイクスピアの『オセロ』執筆時期（一六〇一—〇二）とほぼ重なることが指摘されている。オセロをバーバリー地方の出身とするにあたって、劇作家の脳裏にはモロッコの外交使節の面影があったのかもしれない。因みに、ジョバンニ・レオもモロッコの中北部の都市フェズで育ったムーア人であった。

かつてイスラム教徒であった者を将軍に担ぎ上げながらも、劇に描かれるヴェニスでは、異教徒に対する偏見や差別意識が充満している。オセロは、「唇の厚い」（第一幕一場六六行）、「悪魔」（第一幕一場九〇行）であり、「好色なムーア人」（第一幕一場一二六行）と繰り返し言及される。純真で世間知らずなデズデモーナが、あえて「世間の嘲笑」を顧みることもせずに、自ら進んで異教徒の「黒い胸」（第一幕二場六九—七〇行）に飛び込むなど、誰が想像できるであろうと父親のブランバンショーは皆に共感と同情を求める。彼にしてみれば、オセロがいかに数々の勲功に輝いた将軍であろうと、かつての身分は卑しい「奴隷であり異教徒」（第一幕二場九九行）であることに変わりはない。しかしその一方でヴェニスが、迫り来るトルコ軍の危機に際して、指揮官としてのオセロの卓越した能力に頼らねばならないことは、いかんともし難い事実である（第一幕一場一四五―五一行）。国家が未曾有の危機に瀕しているこの場に及んで、両者の合意のもとに成立したとされるオセロとデズデモーナの結婚を、父親の同意を得ていないことを理由に反古にすることなど、到底できることではない。

こうしたイスラム教徒に対するヴェニス人の差別意識は、彼らが内に抱く恐怖と表裏一体をなすものである。デズデモーナとオセロの密通を知らされたブラバンショーは、「この一件を夢に思い描いたことがないわけではなかった、よもやとの思いで不安にさらされていたところだ」（第一幕一場一四二―三行）と呟いている。他民族との結びつきを嫌悪するという激しい差別意識の裏には、やがて他者が自分たちの領域へと侵入し、彼らによって最も尊いものまでも奪われてしまうのではないかという、言われなき不安と恐れが存在する。その無意識の恐怖の顕在化こそが、ブラバンショーの悪夢の正体なのである。同じことはイアゴーの心理にも読み取れる。ムーア人オセロに対して露骨な差別意識を抱き、彼の存在を見下し軽蔑しながら、その陰で自分の妻アミリア（Emilia）がオセロに寝取られたのではないかとイアゴーは苦悩する。「というのもあの好色なムーアが俺様の居場所に座ってみたことがあるんじゃないか、と疑っているからだ、そのことが毒のように俺のはらわたを蝕む・・・」（第二幕一場二九五―六行）イアゴーの内には、本来なら自分にのみ許される場所を侵害され、自分の権威と誇りを穢されたのではないか、という恐れが存在する。他者を見下しながらも、同時にその陰で他者に出し抜かれるのではないかという不安に怯え、それ故に一層激しい嫌悪と敵意をもって他者に接する。それは差別意識とは裏腹に、自らのアイデンティティの危機を懸念する、キリスト教徒の心の奥底に潜む堪え難い不安と恐怖なのである。

同化への自負

こうした異教徒への差別意識が蔓延するキリスト教社会へ、主人公オセロは地位という合法的な手段をもって侵入し、婚姻という方法を通して同化を試みる。彼はヴェニスのためにこれまで自分の果たしてきた貢献を盾に、自分がヴェニス社会に完全に受け入れられていることを自負する。

オセロ　　　　　　　　　　　　やらせておくがいい。

国家に対して尽くしてきた俺の貢献は、
あのかたの苦情を遥かに凌ぐものだ、それにまだ知らせてはいないが
いずれ自慢しても名誉となる時が訪れれば
公表するつもりであった、俺は
王家の血筋を受け継ぐ者だ、そうした私の血筋を考えれば、
俺が手にしたこのような誇らしい幸運も、
わざわざ畏まるほどのものではないことが、わかるであろう。　（第一幕二場一七―二四行）

オセロは、国家の為に彼が果たしてきた数々の功績を考えるなら、ヴェニスが軽はずみにオセロを非難し、排斥できないことは承知している。たとえ異邦人であり、改宗キリスト教徒であろうとも、自分を受け入れざるを得ないヴェニスの状況を、彼は充分わきまえているのである。更に、イスラム社会とは異なり、ヴェニス社会が生まれや血統を重んずることも、オセロは熟知している。王家の血をひくという自らの素性を明かすことにより、キリスト教社会においても自分がそれなりに尊敬を勝ち得られるこ

とを、彼は信じて疑わない。彼の言う、「俺の功績が、俺に与えられた法的な立場が、そして一点の曇りもない俺の魂が、まさに俺という人間をありのままに映し出している」（第一幕二場三一行）との台詞からも明らかなように、国家への多大な奉仕と王族の血をひく自らの気高き出自によって、自分がヴェニス社会に迎え入れられることを当然と考える自負心を、彼の台詞は示している。

ヴェニス社会に溶け込んでいることに対するオセロの自信は、彼の自慢とする数々の功績とそれ故に与えられた将軍という地位ばかりではなく、その私的な生活においても垣間見られる。オセロを激しく非難するブラバンショーも、当初はオセロをたいそう気に入り（第一幕三場一二七行）、彼を何度も私邸に招いて、その数奇な人生における経験談に耳を傾けた。娘のデズデモーナもまた、オセロの語る物語に夢中になり、やがて婉曲的ではあるものの、彼女のほうからオセロの求愛を求めている。「もしご友人に私のことを慕ってくださるかたがいらっしゃるなら、私［オセロ］の物語を語ることを教えて差し上げてくださいと、あれは言ったのです。そうすればそのかたは彼女の愛を勝ち得ることとなると、あれは私に命じました。」（第一幕三場一六四―六行）ヴェニスの上流階級の女性デズデモーナの心を射止めることは、オセロにとってみれば、キリスト教社会への融和を許された証に他ならなかった。オセロは、ヴェニス社会に渦巻く、他者への偏見の根強さを軽視していた。デズデモーナ以外の人間から見れば、彼がかつては「奴隷」（"Bond-slaves" 第一幕二場九九行）という卑しい身分の出であり、彼の語る物語など「空想ばかりの嘘八百」（"fantastical lies" 第二幕一場二二三行）だと誹られていることなど、オセロは到底思いも至らない。彼の強い自負心は、社会に融和したとの高揚感の内に、ヴェニスの冷酷な現実に対する彼の感覚を鈍らせてしまっているのである。

他方、ヴェニス社会としても、イスラム世界との対決を控えて、将軍オセロと敵対することは好ましくない。公爵は「美徳が魅力的な美しさを伴うものであるとすれば、あなたの婿殿は肌の色が黒いどころか、白人よりも遥かに色白なのではないかな（"If virtue no delighted beauty lack / Your son-in-law is far more fair than black."）」（第一幕三場二八九—九〇行）とブラバンショーを宥めることによって、オセロの内なる美徳を高く評価する素振りを見せる。差し迫るイスラム世界との開戦を前に、自らの頼みとするオセロを言葉巧みに懐柔し、ヴェニスはそのキリスト教社会の奥深くへと、この異邦人を取り込もうとするのである。

キリスト教世界とイスラム教世界の対立が緊張のうちに描かれた第一幕に続く第二幕では、オスマン帝国艦隊とヴェニス艦隊の戦闘が幸運にも回避された様子が伝えられる。嵐のために、トルコ軍艦隊の大半は難破し、海の藻屑と消えたとの報告が繰り返し伝えられる（第二幕一場二一—二二行、二〇二行、第二幕二場三行）。戦わずしてヴェニスは勝利を手にしたのである。戦勝に浮かれ騒ぐキプロス島民であるが、彼らの心からイスラム教オスマン帝国に対する恐怖が完全に消え去ったわけではない。「戦の街で、まだ平穏に戻ったわけではなく、民衆の心は恐怖で溢れているというのに」（第二幕三場二一三—四行）と、オセロは騒乱を起こした者たちを叱責する。オスマン艦隊侵攻という帝国の脅威は一時的に雲散霧消したかに見えるものの、イスラムへの恐怖は人々の心の片隅で燻り続けている。イスラム教世界とキリスト教世界の対立は、キリスト教世界の周縁に位置するキプロスを舞台に、改宗キリスト教徒であり異邦人であるオセロとヴェニス人デズデモーナという、夫婦間の問題へと巧みにすり替わる。オスマン・トルコによるキプロス島侵略の構図は、オセロとデズデモーナの初夜へと姿を変え、観客の意識下にある他者の進入に対する恐れと不安を密かに煽ることとなるのである。

キプロス島がオスマン帝国への勝利の宴に沸き立つ最中、騒乱勃発の報せに駆けつけたオセロは思わずオスマンのことを口にする。彼は台詞の中で、イスラム教徒の野蛮さに言及しながら、自分たちキリスト教社会の秩序を強調する。

オセロ　どうしたのだ。どのようなことが原因でこんなことになった。
俺たちはトルコ人になってしまったとでもいうのか。神が
トルコ人たちに禁じられたことを、自らがするとでも言うのか。
キリスト教徒として恥を知れ、野蛮人のように争うな。（第二幕三場一六九—七二行）

オセロの台詞は、イスラムの脅威を観客の意識に再び呼び覚ますかのように、オスマン・トルコの野蛮さへの言及を含んでいる。彼の台詞は、周りの者たちにキリスト教徒であることへの自覚を促すと同時に、オセロ自身もまたキリスト教社会の一員であることを強く観客の心に印象づけるものである。それはやがて劇の展開の中で、彼自身がキリスト教徒の倫理観を放棄し、妻殺しという残酷な所行に手を染めることへの不気味な予兆なのである。キリスト教社会へ合法的な理由をもって侵入し、婚姻という手段によって同化しようとする他者の物語であるこの芝居は、主人公がヴェニス社会に完全に受け入れられたと思い込んだ瞬間にその悲劇が始まる。

拭いされない他者性

劇の展開の中で、イアゴーはオセロの自負の裏に潜む不安を意識させ、彼の心に眠る劣等感を呼び覚まそうとする。彼は、オセロがあくまでキリスト教ヴェニス社会における他者であり続けることを思い

知らせる。オセロをして孤立無援の異邦人としての存在へと駆り立てることこそ、イアゴーの策略なのである。

イアゴーの話術は巧みである。彼は、話の核心部分をなかなかオセロに伝えようとはせずに、話をはぐらかせながら相手が憶測を巡らせるよう誘導する。イアゴーの曖昧な語りに引き寄せられるかのように、オセロは問い詰める。「・・・まるでおまえは頭の中に何か恐ろしい考えを閉じ込めているかのようだ、俺のことを思ってくれるなら、是非とも聞かせてくれ、お前の考えを。」（第三幕三場一一四―六行）この時、オセロが「恐ろしい考え（"horrible conceit"）」という言葉を口にしているように、既に彼の意識の中ではデズデモーナの不貞に対する疑惑が浮かび始めていたのかもしれない。イスラム教徒の魔の手から国家を護る将軍として、またデズデモーナの愛を勝ち得たひとりの男として、ヴェニス社会の一員となり得たとの自負の陰で、オセロが完全に封印していたはずの劣等感が、彼の意識の奥の暗闇からゆっくりと立ち現れてきた瞬間なのかもしれない。

更に、続く会話の中で、オセロは「頼む、おまえの考えを、お前が思い巡らせているままに聞かせてくれ、たとえ最悪の考えでもよい、最悪の言葉で言ってくれ」（第三幕三場一三一―三行）と繰り返し、自分の心のなかに思い描く不安が的中しているのではないか、という自らの恐れを口にする。相手が罠にかかったと見てとるや、イアゴーは単刀直入に、オセロの奥底にある不安を言い当てる。「嫉妬にお気をつけ下さい、こいつは緑色の目をした魔物で、人の心の疑いというやつを餌食にし、弄ぶのです。」（第三幕三場一六六―七行）簡潔ながら、恐ろしいまでの具体性を備えた、人間感情に対する比喩である。

オセロは、イアゴーに心の奥に潜む不安を暴かれながら、嫉妬などにかられるものかと虚勢を張ってみせる。しかし嫉妬を否定しようとする彼の言葉のまさにその中に、彼自身の弱点が垣間見えてしまう。「俺に弱みがあるからといって、そこからあれが裏切ることを恐れたり、疑ったりするものか、それというのもあれは自分の目で、俺を選んだのだから。」（三幕三場一八七―九行）思わず自分自身の抱く劣等感が、オセロの言葉の端々に滲み出る。そして、あえて心の内の不安を打ち消そうと発した彼の言葉が、むしろイアゴーの残酷なまでの反論を引き出してしまうこととなるのである。

「私は同国人の気質をよく心得ております」（三幕三場二〇一行）ヴェニス人には異国人にはなかなかわからない特質があることを、イアゴーは強調する。彼は、ヴェニスの女は夫に隠れて不貞を働くことを何とも思わないのだと、異邦人には理解し難い独特の国民性を、オセロに吹き込むのである。ヴェニス社会に溶け込んだと自負するオセロとて、本来は異国人である以上、ヴェニス人イアゴーが言うのなら、おいそれとは反論できないところである。そればかりかイアゴーは、デズデモーナの愛を勝ち取ったことを固く信じるオセロの自信の裏をつく。

イアゴー　その点なんです（遠慮なく申し上げますが）
同じ国の、同じ肌の色をした、同じ身分の者たちから
結婚の申し込みがあったにもかかわらずお断りになられた
私たちから見れば、お受けになるのが自然なことのようにお見受けしますが
ふふん、そういったかたには、邪淫の匂いがする
淫らで均整を欠いた、不自然なものの考えかたを感じます
でも（お許し下さい）私は、特に奥様がそうだと
言っているわけではございません、ただ私は恐れるのです
奥様の想いが、よりまともな分別に戻られました折には

将軍のお顔を同国人の男たちのそれと見比べられて、
おそらく後悔されるというようなこともあろうかと　（第三幕三場二二八―三八行）

イアゴーの指摘するように、人は自然の摂理として、同国人、同じ肌の色、同じ階級の者に惹かれるとするなら、異邦人であり、黒い肌をした、生まれ育ちも本人の口から語られる他に知りようのない改宗異教者オセロに、デズデモーナが惹かれることはあり得ない。デズデモーナの愛は、オセロの荒唐無稽な冒険談に興味を寄せただけの、一時的な気まぐれでしかなく、ヴェニスの上流社会に溶け込んだと思うのは、オセロの自惚れに他ならないのかもしれない。そればかりかオセロの勝ち得た地位は、あくまで国家防衛上の安全を求めるヴェニス政府との交渉・取引によるものであり、彼の存在が社会に認められたというのは、まさに便宜上のことに過ぎず、彼が異邦人であり他者であることになんら変わりはない。同胞とみなされていると信じながらも、他者であるという不安を拭いされないオセロにとって、どのような賞賛も上辺だけの追従であり、包み隠さずヴェニス人の本性を語り諭してくれるイアゴーだけが、信頼のおける友となりうる所以である。オセロは、完全にイアゴーの罠にはまり、自分自身がヴェニス社会から孤立した異邦人で改宗者という他者なる存在であることを改めて思い知らされるのである。

異教徒への回帰

ヴェニス人を信じ、ヴェニス女性の誠を信じたオセロの味わう怒りと絶望は凄まじい。絶望は復讐心へと変わり、デズデモーナの裏切りに対して、その命をもって償わせることを彼は誓う。「あいつなど、今夜にも、腐って、堕落し、地獄に落ちるがいい。生かしてはおけぬ。」（第四幕一場一七八―九行）洗礼を受け、一度はキリスト教徒へと改宗したオセロであるが、その心に残忍で凶暴なイスラム教徒の本性が蘇る。改宗者オセロが、いくらキリスト教徒を装おうとも、ヴェニス人にすれば、所詮「異教徒」に変わりはなく、その本性は野蛮なイスラム教徒であることに変わりはない。その彼が絶望の淵に立たされた時、本来の姿に立ち戻ることは、まさにすべてのヴェニス人の、そして観客の予想するところなのである。

劇の後半、最愛のデズデモーナを殺害するにあたって、オセロがイスラム教徒へと変貌することを指摘するダニエル・ヴィトカス(Daniel Vitkus)は、『オセロ』と同時代に書かれた他の作品との類似性を引き合いに出す。オスマン帝国のサルタンが、ギリシャ人の女性と恋に落ちながら、最後には自らの男らしさと、軍人に相応しい名誉のために、女性を手にかける物語が当時大いに流行した。一六世紀から一七世紀にかけて、この物語の少なくとも四つの異なる版が、ロンドンの舞台にかかったという。[33] そのひとつがトマス・ゴッフ(Thomas Goff)作『勇敢なるトルコ人(*The Couragious Turke, or Amurath the First*)』(一六一三—一八)である。劇中、主人公アムラス(Amurath)は、父の亡霊に扮した個人教師に唆され、ユーモルフィ(Eumorphe)が不貞をはたらいたと思い込む。キリスト教徒がイスラム教徒を侮辱することを許しはしないアムラスは、ベッドに横たわるユーモルフィの首をはね、イスラムの勝利を宣言するのである。[34]『勇敢なるトルコ人』は、『オセロ』の後で執筆された作品であることから、シェイクスピアの影響が指摘されてもいる。しかしこの種の劇が、『オセロ』の上演以前から、当時の人々の人気を集めていた事実を念頭におくとするなら、劇中のオセロがイスラム教徒に立ち返るという解釈は、ある程度の説得力を持つのかもしれない。

オセロが、デズデモーナ殺害に先立って、キリスト教徒の慈悲を口にし、魂の救済に言及することは、なんとも皮肉な展開と言わざるを得ない。

オセロ　今宵の祈りは済ませたか、デズデモーナ。
デズデモーナ　　　　　　　　　　　　　はい。
オセロ　もしまだ神の許しを得ていない罪があれば、今すぐ許しを得るが良い。
デズデモーナ　まあ、あなた、どうしてそのようなことをおっしゃるの。
オセロ　さあ、すぐに済ませるのだ。ここで待っている。心の準備のできていないお前を殺したくはない。そうだ、絶対に、お前の魂までも殺めたくはない。（第五幕二場二五―三二行）

デズデモーナを殺害する直前、キリスト教における慈悲と魂の救済を口にするオセロの姿は、まさにキリスト教信仰に対する冒瀆であり嘲りに他ならないと、ヴィトカスは主張する。キリスト教徒がイスラム教を「残酷で扇情的な宗教（"a bloodthirsty, lascivious perversion of true religion"）」と考えたように、オセロはキリスト教の儀式を風刺してみせる。汚れを知らぬデズデモーナを手にかけることは、異教における生贄の儀式であり、イスラム教の特徴ともいえる野蛮で残酷な行為なのである。[35]

仮にそのように考えるならば、最終場におけるオセロの自害に対するヴィトカスの解釈は納得のいくものなのかもしれない。劇の最後で、オセロは隠し持った刃によって己の身体を斬りつけ、まさに衆目の中で割礼の儀式を執り行なうかのように、再びイスラム教徒へと改宗をはたして見せる。

オセロ　　　・・・そうお伝え願いたい、
それからもうひとつ、昔、アレッポの町で、

ターバンを巻いたトルコ人が、悪意を持って、
ヴェニス人を殴り、お国を辱めているのを見て、
割礼を受けた犬のごとき、そいつの首を引っ摑み
このように、刺してやった、と。（第五幕二場三五二―五六行）

オセロが自らの身体に刃を突き立てるこの場面は、異教徒の英雄的な最後を象徴すると同時に、自死を禁じたキリスト教教義への違犯である。オセロは自らの行為の帰結として、神の掟に背く自刃という行為を選び、キリスト教信仰に背を向け、まさに聖書の中に記されたユダのように自ら命を断ったのである。オセロは、デズデモーナに神の慈悲を請うことを求め、「おまえの魂まで殺めたくはない」と口にしていた。取り返しのつかない罪を犯したことを知ったいま、彼はキリスト教における神の慈悲を拒絶し、異教徒として地獄に落ちる姿を、周囲で観守る者たちに晒しながら、息を引き取ったといえる。ヴィトカスは、劇の最後でオセロが、本来のイスラム教徒の姿に再び回帰し、自らの内に潜む忌まわしい悪魔の姿に変身したことを強調する。オセロは、無実の妻を死に追いやり、国家を恥ずかしめ、割礼を受けた犬のごとき自らの正体を暴くことによって、この時代のこの種の作品に共通して描かれている異教徒の醜い最期を、舞台上の登場人物たちと劇場の観客に見せつけたのだ、とヴィトカスは言う。

異教徒を演ずる

しかし、『オセロ』の最終場面に関するヴィトカスの解釈がある程度の説得力を持つことは認めるとしても、デズデモーナ殺害直前のオセロの態度や、自刃するまでのオセロの台詞には、より慎重な考察

が必要なように思える。デズデモーナを手にかける前に、オセロは神の慈悲と魂の救済を求めるよう彼女に促すが、果たして、ここにおけるオセロの態度を、キリスト教信仰に対する冒瀆であり嘲りであると言えるであろうか。オセロが異教徒の儀式によってデズデモーナを殺害するのならともかく、キリスト教儀式にのっとったものを、儀式のパロディとするには無理があるのではないか。キリスト教の教義に対する神聖冒瀆として、この個所を読むことは難しい。むしろオセロは、ヴェニスの人々と同化することによって、自らが信仰するキリスト教の教義を盾に、デズデモーナを裁こうとしている。この場面こそ、オセロがキリスト教の信仰に固執し、キリスト教社会の掟に恭順の姿勢を示すことによって、ヴェニス社会への同化を達成しようとする己を演じている場だと言えるはずである。

更にヴィトカスは、オセロの自刃の際の台詞に、イスラム教徒へと立ち戻った主人公の姿を読み取ろうとした。しかし、この前に展開される後悔の苛まれるオセロの台詞において、彼は、愛情というものに不慣れで拙い自分のことを語る。「賢明に愛するということはできなかったが、愛しすぎた男であったと、容易に嫉妬にかられぬにもかかわらず、謀られて極限にまで乱心した男であった、とご報告願いたい。」（第五幕二場三四三―六行）愛することに対する自らの不器用さと嫉妬に狂った自らの狂気を口にするオセロの台詞に、イスラム教徒への転身を読み取ることは難しい。

したがって、オセロの自害をもって、それがキリスト教徒には許されない罪である以上、オセロは異教徒になり果てたと断定することにも問題があろう。ターバンを巻いたトルコ人の愚弄からヴェニス人とヴェニス国家を守ろうとした挿話を回想することにより、自らが今も昔もヴェニスに忠誠を尽くしてきたことを今一度、オセロは皆に語り聞かせている。「割礼を受けた犬」と呼ぶにふさわしいトルコ人をオセロが手に掛けたのは、決してオセロ自身の割礼の儀式とイスラム教への改宗、またその行為に対する懲罰を意味するのではなく、自らを卑しい異教徒に貶め、それを葬り去ることによって、キリスト教ヴェニス社会に対する和解と国家に対する確固たる忠誠心を、改めて示そうとする行為ではなかったか。彼は、自分の過去の姿である異教徒を自ら演じ、それを自分自身の手で葬り去ることによって、その場にいるヴェニス人たちに、キリスト教徒として最後を迎える己を演じてみせたのである。そうすることによって、ヴェニス公国のために全身全霊を捧げ、キリスト教信仰を決して捨て去ることのない、自らのアイデンティティを人々の心に焼き付けようとしたにちがいない。

この場面についてのＡ・Ｄ・ナトール (A.D.Nuttall) の分析は、ヴィトカス以上に説得力を持つように思われる。

ヴェニス人としての身分を最大限に主張するために、彼［オセロ］は、敵と見なせる、見せ物的な異国人の存在を必要とした。・・・これが偶然ではなく、高度に計画された手際であることは、彼の語りの結末からも知れる。なぜなら遠い地の物語の中で、オセロが異国人を殺害したまさにその瞬間に、彼は我々の目の前で自分自身に刃を突き立て、恐ろしい一致を示してみせるからである。それはあたかも彼の最期の献身的な奉公であり、国家への和解を求めた奉仕であるかに思える、彼は異端者であるオセロを抹殺したのである。[36]

ナットールは、「見せ物的な異国人が必要であった」としている。それは劇の最初からある種の不安として作品全体に影を落としており、観客の心の中に、意識の内に存在するオスマン帝国の脅威でありイスラムの恐怖である。更にナットールは、この行為によりオセロは「異端者 (“the outsider”) である自分を抹殺した」と言う。それは自分自身が異端者に成りきって自害するということではなく、異端者という自分を見つめる、もうひとりの自分が存在する。より正確に表現するなら、最後までキリスト教徒として、キリスト教社会に順応していく己の姿を見せるため、自分の中の他者を殺害する行為と理解されるはずである。いくら望んでもあくまで自分を排除しようとした社会に対して、それでもなお自らの内なる他者性を抹殺することによって、キリスト教徒としての自分自身のアイデンティティを示そうとするオセロの自己成型の姿ではなかったか。そしてここにこそ、キリスト教ヨーロッパ中心主義を標榜する当時の人々が許容し得る結末が、そして自分たちの世界へ他者を組み込み回収しようとする心性の希求するもののありようが、確認できるのである。まさにイスラム世界に対する内なる不安と恐怖を乗り越え、超克しようとする当時のイングランド人たちが共有した心的葛藤とその浄化の様子が垣間見られると思われるのである。

Ⅵ　結び　ヨーロッパ中心主義とイスラム世界

オセロの最後の台詞には、彼の生涯の遍歴を物語るかのように異国情緒を漂わせる語が頻出する。真珠の価値を知らない「インド人」や、絶えず樹液を流し続ける「アラビアの木」、そしてヴェニス人を殴打する「ターバンを巻いたトルコ人」などのイメジャリーは、いずれもキリスト教世界の外界へと観客の連想を導いていく。オセロの存在は、この台詞に表わされたように、キリスト教世界の外部の存在する暗闇であり、キリスト教社会における他者に他ならない。地中海を舞台にした国際社会において、イスラムの脅威に脅えるキリスト教ヨーロッパ社会は、イスラム世界をはじめとする異教徒である他者に対して警戒し、容易にその侵入を許そうとはしない。あえてキリスト教社会に順応しようとする者に対しては、改宗を求め、自分たちの社会の規範や道徳に対する絶対的な服従を条件とする。それはキリスト教社会の社会規範による、彼らのアイデンティティの書き換えと共に、彼らを内側に取り込むことによって、キリスト教社会の知の認識の中に組み込み、回収することでもある。それは未知の外界そのものを受け入れるのではなく、自分たちの理解の範疇に組み込み、自分たちの知の体系の中に再構成することに他ならない。レオ・アフリカヌスの改宗によるキリスト教化と彼の書物の翻訳および書き換えがこの事実を物語っているであろう。そこには完全に対等な関係が存在するわけではなく、他者なる者を回収する側の優位がつねに保障されていなければならないのである。オセロがヴェニスのキリスト教社会に融和できたと思い込んだ瞬間にこの悲劇が始まるように、社会はつねに他者に対して取り込みと排除を繰り返す。キリスト教ヨーロッパ世界は、敵対するイスラム社会に対して、あくまで自分たちの優位を主張したいがためにこの芝居を必要としていた。命をもってして、キリスト教社会への罪の償いをする主人公に観客は納得し、自らの血潮をもって内なる他者を消滅させようとするオセロの姿に承認を与えたのである。それは同時に、自分たちの勢力をはるかにうわまわるイスラム世界への、底知れぬ恐怖をいかにして乗り越えるのかという問題ともいえるであろう。それは自分たちが、呑み込まれ、取り込まれ、回収されてしまうことへの果てしない恐怖の裏返しとも呼べるものである。『オセロ』という芝居は、まさにイスラムとの避けがたい対立を意識したキリスト教ヨーロッパ社会の自意識が生み出した作品ともいえるであろう。ヨーロッパ優位というある種の幻想を確立していくために必要とされた作品ではなかったか。ヨーロッパ世界とイスラム世界が交差しあう磁場が創出した作品なのである。

注

1 William Shakespeare, *Othello, the Moor of Venice*, *The Riverside Shakespeare*, 2nd ed., ed. G Blakemore Evans (Boston: Houghton Mifflin Company, 1997) 1255. シェイクスピアの *Othello* からの引用はすべてこの版をもとに翻訳したものである。以降は、幕、場、行数のみを示すものとする。

2 Daniel Goffman, *The Ottoman Empire and Early Modern Europe* (Cambridge : Cambridge UP, 2002) 137-138.

3 Goffman 138-149.

4 David C. McPherson, *Shakespeare, Jonson, and the Myth of Venice* (Newark: U of Delaware P, 1990) 33.

5 Goffman 154-155.

6 Goffman 155-158.

7 Goffman 158-159

8 Goffman 159-162.

9 "These civil wars which are wearing out the strength of the princes of Christendom are opening a way for the Turk to get possession of Italy; and if Italy alone were in danger, it would be less a subject for sorrow, since it is the forge in which the cause of all these ills are wrought. But there is reason to fear that the flames will not keep themselves within its frontier, but will seize and devour the neighbouring states." (qtd. in Vitkus 81.) Daniel Vitcus, *Turning Turk: English Theater and the Multicultural Mediterranean, 1570-1630* (New York; Palgrave, 2003).

10 Vitkus 81-82.

11 Nabil Matar, *Islam in Britain, 1558-1685* (Cambridge: Cambridge UP,1998) 35.

12 Jonathan Burton, *Traffic and Turning: Islam and English Drama, 1579-1624* (Newark: U of Delaware P, 2005) 101.

13 Burton 100.

14 Halil Inalcik, "The Successors of Suleyman." *A History of the Ottoman Empire to 1730: Chapters from the Cambridge History of Islam*, ed. M. A. Cook (New York: Cambridge UP, 1976) 103-21. Burton も p.102 で言及している。

15 Burton 103.

16 Meredith Hanmer, "The baptizing of a Turke A sermon preached at the Hospitall of Saint Katherin, adioyning vnto her Maiesties Towre the 2. of October 1586. at the baptizing of one Chinano a Turke, borne at Nigropontus," 12744 STC (2nd ed.).

17 Hanmer n. pag., "If wee were so desirous to haue our lights (I mean our fruits) so shine vpon the earth in these North partes of the world, where Christianitie is professed, as we are gredily bent to gette the earthly commodities of Affrike, Asia, and the hid treasures of the far Indies, we shoulde no doubt prouoke them out of the said countries to seek after our God, and to bee rauished with the conuersation and steppes of the Christians, as they allure vs wyth fame of their commodities, to seeke after their forrain riches. And wheras now one silly Turk is won, ten thousands no doubt woulde receiue the faith."

18 Hanmer n. pag., "According vnto promise I am to laye before you these three partes. 1 The originall of Mahomet the false Prophet of the Turke, with the nations of Moores, Saracens, and Turkes. 2 The false doctrine and wicked religion of Mahomet and these erring nations with a briefe confutation thereof. 3 The way to please God, & meane to win them &c." "If we apply this rightly vnto Mahomet wee shall not finde any one thing in veritie and truth the whiche hee spake that came to passe but whatsoeuer hee wroughte was thorough wiles, fraude, and subteltie, let his prophecie of his assention after his death bee a president for all whiche was not performed. Fourthly the law of Mahomet was thrust in by secular power & force of armes, by battels & bloudshed, therfore the law of Mahomet is a most wicked religion,"

19 Hanmer n. pag., "Christian lights, Christian fruits, & holy conuersation, hath now moued this Saracen

to serue the true God in the faith of Iesus Christ. He is about 40. yeares of age (as he saith himselfe)born at Nigropontus, of olde called Chalcides, a Citie of great fame in the Isle Euboea, & belonging sometime vnto the Dukedome of Venice, but taken and subdued by the Turke, through the treason of one Thomas Liburne, maister Gunner of Nigropontus, in the yeare 1471. This Turke was taken captiue by the Spaniard, where he continued in great misery the space of 25. yeares, whome the moste worthy knight S. Frauncis Drake found at Carthaginia. God shewed great mercy vnto this poore Turke, in calling him home (with the prodigall childe in the Gospell) by misery, slauery, and captiuity, & in sending him a deliuerer, not onely for the present sorrowes and miserye, but to his endlesse ioy & solace in Christ Iesus, blessed be his name therefore. This Saracen beyng reasoned withall, what should moue hym at this presente to receyue the Christian fayth: made answere, that experience of the wicked world, at Nigropontus his natiue cuntry, his misery and captiuitie vnder the Spaniards, his trauaile hither, and the view of this lande, had beaten into him (as he saide) the knowledge of the true God. And further he saide, that if there were not a God in England, there was none no where. Two things (he did confesse) moued him to the Christian faith. The one before his comming to England, ye other at his arriuall. Before his comming, the vertue, the modestie, the godlines, the good vsage, & discrete gouernment of the English Christians, & among others (as he chiefly noted) he was most beholden vnto the Right worshipfull knight S. Frauncis Drake, and the worhty captaine W. Haukins, tearming them most worthy Christians. After his arriual, he saw curtesie, gentlenes, frendly salutations of the people, succour for him & his cuntrimen, pitie & compassion of the English men, & withal he learned that the poore, the aged, the impotent, ye sicke & diseased Christians were prouided for, wheras in his cuntry, & wher he had bene in captiuitie, ye poore, & sicke, & diseased were scorned, despised, & accounted of as dogs. These things moued this sillye Saracene to the Christian faith, and thereupon it is that I haue chosen for my text, the wordes of our Sauiour tending to ye same purpose."

20 Hanmer n. pag., "After the Sermon ended, the Turke confessed in the Spanish tongue before the face of

the congregation, the Preacher out of Pulpit propounding the questions and receiuing the answers by skilfull Interpretors, in summe as followeth. . . . INprimis, that hee was verie sorie for the sinful life which he had lead in times past, in ignorance and blindnes, and hoped to obteine pardon in Iesus Christ. Secondly, hee renounced Mahomet the false Prophet of the Moores, Saracens and Turkes, with al his Abhominations, and blessed GOD which had opened his eyes to beholde the truth in Iesus Christ. Thirdly, hee confessed there was but one God, he beleeued the Trinitie of persons, the Father, the Sonne, & the holy Ghost, and the same to bee one God in vnitie, which is to bee blessed for euer. Fourthly hee confessed and affirmed, that hee beleeued verily, that Iesus Christ was and is the sonne of God, & God from euerlasting, the onely true Messias, & sauiour of the worlde, that he suffered for the sinnes of al that beleeue in him, and that there is no way to be saued, but onely by the merits of the death and passion of Iesus Christ. Lastly, he desired hee might be receiued as one of the faithfull Christians, & bee baptized in the faith of the blessed Trinitie, promising from henceforth newnes of life, and fruits according vnto this profession."

21 Johannes Leo, *A Geographical Historie of Africa*. London:1600. 15481 STC. 40-41. "Most honest people they are, and destitute of all fraud and guile, . . . very proud and high-minded, and wonderfully addicted vnto wrath. . . Their wits are but mean, and they are so credulous, that they will beleeue matters impossible, which are told them. . . . No nation in the world is so subiect vnto iealousie; for they will rather leese[lose] their liues, then put vp any disgrace in the behalf of their women." n. pag.

22 ". . . in this regard I seek not to excuse my self, but only to appeal unto the duty of an historiographer, who is to set down the plain truth in all places, and is blame-worthy for flattering or favoring of any person. And this is the cause that hath moved me to describe all things plainly without glossing or dissimulation." (D4r)

23 Natalie Zemon Davis, *Trickster Travels: The Search for Leo Africanus* (London: Faber and Faber, 2007) 15-22.

24 Davis 22-47.

25 Davis 55-62.

26 Davis 63-69.

27 Davis 74-75.

28 Davis 97-98.

29 "[Iohn Leo, the author] Who albeit by birth a More, and by religion for many yeeres a Mahumetan: yet if you consider his Parentage, Witte, Education, Learning, Emploiments, Trauels, and his conuersion to Christianitie: you shall finde him not altogether unfit to undertake such an enterprise: nor unworthy to be regarded." n. pag.

30 "But, not to forget His conuersion to Christianitie, amidst all these his busie and dangerous trauels, it pleased the diuine prouidence, for the discouery and manifestation of Gods woonderfull works, and of his dreadfull and iust iudgements performed in Africa . . . to deliuer this author of ours, and this present Geographicall Historie, into the hands of certain Italian Pirates, about the isle of Gerbi, situate in the gulfe of Capes, between the cities of Tunis and Tripolis in Barbarie. Being thus taken, the Pirates presented him and his Booke unto Pope Leo the tenth: who esteeming of him as of a most rich and inualuable prize, greatly reioiced at his arriuall, and gave him most kinde entertainment and liberall maintenance, till such time as he had woone him to be baptized in the name of Christ, and to be called Iohn Leo, after the Popes owne name. And so during his abode in Italy, learning the Italian toong, he translated this booke thereinto, being before written in Arabick." n. pag.

31 "Now as concerning the additions before and after this Geographicall Historie; hauing had some spare-howers since it came first under the presse; I thought good(both for the Readers satisfaction, and that Iohn Leo might not appeare too solitarie upon the stage) to bestowe a part of them in collecting and digesting the same. The chiefe scope of this my enterprize is, to make a brief and cursorie description of all those maine lands and isles of Africa, which mine author in his nine books hath omitted." n. pag.

32 “. . . my principall authors out of whom I haue gathered this store, are, of the ancienter note, Ptolemey, Strabo, Plinie, Diodorus Siculus, &c. and amongst later writers, I haue helped my selfe out of sundrie discourses in the first Italian volume of Baptista Ramusio, as likewise out of Iohn Barros, Castanneda, Ortelius, Osorius de reb. Gest. Eman. Matthew Dresserus, Quadus, Isolario del mundo, Iohn Huighen van Linschoten, & out of the Hollanders late voyages to the east Indies, and to San Tomé: but I am much more beholding to the history of Philippo Pigafetta, to the Ethiopick relations of Francis Aluarez, & of Damianus a Goez, and beyond all comparison (both for matter and method) most of all, to the learned Astronomer and Geographer Antonius Maginus of Padua, and to the universall relations written in Italian by G. B. B.” n. pag.

33 Vitkus 99.

34 Thomas Goffe, *A Critical Old-Spelling Edition of Thomas Goffe's "The Courageous Turke,"* ed. Susan Gushee O'Malley(New York: Garland, 1979).

35 Vitkus 98.

36 A.D.Nuttall, *A New Mimesis: Shakespeare and the Representation of Reality* (London: Methuen, 1983) 139.

第五章　ジプシーの女王
『アントニーとクレオパトラ』とエジプト

I　ジプシー女

『アントニーとクレオパトラ』では、劇の冒頭から女王クレオパトラが「ジプシー」と揶揄される。ファィロ (Philo) が、将軍アントニーにかつてのような勇猛果敢さは跡形もなく、今ではジプシー女に過ぎないクレオパトラの色気に弄ばれるばかりの、つまらない男に成り下がっていると悲嘆するのである。

・・・将軍の心臓は
激戦の最中に、その胸の留め金を、
はじき飛ばすほどのものであった、それが今ではかつての気性を裏切り、
ジプシー女の情欲をさます、ふいご、団扇になりさがっている。（第一幕一場六―一〇行）[1]

『オックスフォード英語辞典 (*Oxford English Dictionary*)』によれば、「ジプシー ("gipsy")」とは「(自分たちをロマニー族と称する) もとはヒンドゥー教信仰の放浪者集団」と定義され、「一六世紀初頭に英国

に初めて姿を現し、エジプト人であると思われていた」と解説される。本来「エジプト人」を指し示す語"Egyptian"が、語頭母音消失により"gipsy"、または"gypsy"へと語形変化したのである。

かつての英雄アントニーの勇姿を知る軍人たちからすれば、エジプト女王として君臨するクレオパトラとて、勇者を誑かし堕落させる卑しい「エジプト人（ジプシー）」に他ならないのかもしれない。仮にそうであるとしても、近代初期の英国において、放浪の旅に身を委ねる人々を指す「ジプシー」との呼称が、エジプト人クレオパトラの比喩として両義的に使われている点は興味深い。[3] 劇の展開の中で、放浪の民「ジプシー」のイメージは、より複雑な意味合いを持つように思われるからである。

一六〇八年五月二〇日に「アントニーとクレオパトラ」と題された書物("A book Called. Anthony. & Cleopatra")が書籍商の登録を受けている。この書物がシェイクスピア作『アントニーとクレオパトラ(*Antony and Cleopatra*)』であったと一般に考えられているものの、正確な創作年代を知る術はない。サミュエル・ダニエル（Samuel Daniel）は、何らかの形でシェイクスピアの劇を知り、その影響のもとに自らの手になる「クレオパトラの悲劇("The Tragedie of Cleopatra")」（一五九四年初版）に加筆をほどこして、一六〇七年の改訂版としていることが、現在では知られている。だとするとダニエルの改訂版出版以前、おそらく一六〇六年あるいは一六〇七年のクリスマスまでには、シェイクスピアによる劇が完成されていた可能性が浮上する。[4] シェイクスピアが『アントニーとクレオパトラ』の制作に取りかかった時代、エジプトとはどのような国として英国人の目に映っていたのかというのは、興味深い疑問である。果たして、近代初期の英国人はエジプトということばを耳にする時、どのような想像を思い巡らせたのであろうか。そしてこのエジプトと「ジプシー」との呼称の間には、どのような関連があるのだろうか。

この章では、まず古代の歴史家ヘロドトス（Herodotus）により伝わるエジプトの風俗習慣が、近代初期英国でいかに受容され、また一六・一七世紀に出版された旅行記や見聞録のなかで、エジプトがどのような国として語られてきたのかを辿ることとする。様々な資料を繙くことによって、近代初期英国におけるエジプトの表象は、古代から語り継がれた知識と新たに伝搬した情報が、錯綜するかたちで形成されていたことがわかる。更に、祖国エジプトを離れ、流浪の民となって英国国内へ流入したエジプト人たちが、英国社会とどのような関わりをもったのかという問題へと考察を進め、エジプト人を弾圧しようとする法令の発布や悪漢文学（rogue literature）と呼ばれる文学ジャンルの検証をとおして、英国内における彼らの表象を明らかにすることとする。そのうえで、作品『アントニーとクレオパトラ』の創作に際して、当時の英国社会に蔓延していたエジプト表象を、シェイクスピアがいかに利用し展開することによって、舞台上のアクションに観客の関心を惹き付けようとしていたのかを考えてみたい。

II　近代初期英国におけるエジプトのイメージ

男女の立場の逆転した異文化国家

ドイツの人文主義者で旅行家でもあったヨハン・ボーマス（Johann Boemus, or Bohn, Bohemus）は、一五二〇年に著書 *Omnium Gentium Mores, Leges et Ritus* を出版している。この書物は、一五五五年ウィリアム・ウォーターマン（William Watreman）によって翻訳され、『様々な風俗（*The Fardle of Facions*）』という題名で英国に紹介された。[5]更に一六一一年には、新たな翻訳が『すべての国のしきたり、法律、習慣（*The Manners, Lawes, and Customes of All Nations*）』という題名で出版される。繰り返し翻訳がなされ、書物が世に出たことを考えると、異国との交易が盛んになりつつあった時代における、この書の人気の高さが窺われる。この書物のなかでは、様々な国の風俗習慣が紹介されており、エジプトについては下記のような記述がなされている。

彼の地の女たちは、その昔、外国との交易や仲買の仕事をすべて担っていた、酒場でどんちゃん騒ぎをし、陽気な歓声をはりあげたものだった。男たちは、家で糸を紡ぎ、レースを編んで、女たちがするのを常とした仕事をした。男たちは荷物を頭の上に担ぎ、女たちは肩に担いだ。用を足す時には、男たちはしゃがみ、女たちは立ったままであった。[6]

エジプトでは、女性が男のように酒場で浮かれ騒ぎ、逆に男性は家に留まり、女のする仕事をすると記され、キリスト教社会の道徳・倫理観とは大きく異なる世界として、この未知の国が紹介されている。実は、ボーマスの描く男女の逆転したエジプト社会の様子は、古代ギリシヤの歴史家ヘロドトスの執筆した『歴史』の記述に倣ったものである。ヘロドトス自身の書物は、ようやく一五八四年になって英訳・出版され、多くの英国人の目に触れるようになるが、人々はボーマスの書物の翻訳やヘロドトスの翻訳を通して、そこに記された不可思議なエジプトの風俗・習慣を何ら疑うことなく信じ込んだのであろう。

続いて、エジプトの風俗習慣を伝えて重要と思われる近代初期の文献は、レオ・アフリカヌス (Leo Africanus) の『アフリカの天文学と地理学』(一五二六) である。既に前章でもふれたように、この書物は一六〇〇年にジョン・ポーリー (John Pory) の英訳が出版され、シェイクスピアも『オセロ』の執筆に際して参考にしたことが知られている。[7] この書の中でも、エジプトの女性は家事から解放され、気ままに過ごしている様が描かれている。

・・・女たちは黒いスカーフで頭と顔を覆っている、そのスカーフを通して他人を見ることができるが、自分たちが見られることはない。足にはトルコ風のファッションに倣って、上等の靴やパントフルを履いている。[8] 女たちは野心家で誇り高いため、皆、糸を紡ぐことや料理をすることを価値がないと考えており、彼女らの夫たちは、料理屋に用意されている料理を買うよう仕向けられている。・・・更に夫たちは、妻たちが自由気ままに振る舞うことを許しているので、夫たちが酒場や料理屋に出かけるのに対して、妻たちは高価な衣装で着飾って、良い香りのする高価な香水を身にまとい、気晴らしに街を歩いて、親類縁者や友人たちとの会話を楽しんでいる。[9]

エジプトの女性たちは、一般的家事労働に携わることはなく、彼女たちが男尊女卑のしがらみから解放されて自由を謳歌していることを、アフリカヌスは伝えている。アフリカヌスの記すエジプトは、ヘロドトスやボーマスの語る荒唐無稽な異国ではないものの、そこにおける男女の役割はキリスト教ヨーロッパ社会のそれとはかけ離れている。ボーマス、ヘロドトス、アフリカヌス等、いくつかの書物を通して、エジプト社会が男女逆転の世界であるという固定観念を英国人は抱くようになったのかもしれない。

こうした言説は、一七世紀半ばに至っても継承されたらしく、英国の医師ジョン・ブルワー（John Bulwer）の執筆した『アンスロポメタモーフォシス（*Anthropometamorphosis, or, The Artificial Changeling*）』（一六五〇）の中に、その痕跡を辿ることができる。[10] この書は、比較文化人類学の端緒をなす書物のひとつとして知られており、そこには、エジプト人の男性には赤子に乳をやる乳房があり、女性には乳房はなく、男のような胸をしているという記述が存在する。ヘロドトス以来、男女の逆転した世界としてのエジプトは、英国の人々の想像力に働きかけ、その地に暮らす人々の身体的特徴にまでも影響を及ぼしたといえる。古代以来、近代初期に至るまで、エジプトという国は、男女の立場の逆転した異文化国家として、あるいは男女の性別までもが入れ替わってしまった不可思議な国として、英国の人々に考えられていたことがわかるのである。

没落した民族としてのエジプト人表象

しかし、そうした過去の知識のみに頼る、誤解に満ちたエジプト像ばかりが、蔓延していたと考えることは誤りである。一六・一七世紀には新たな旅行記や見聞録から得た、より正確な近代初期エジプトの姿も英国に伝搬するようになりつつあった。

一六世紀の半ば一五四二年に、旅行家アンドルー・ボード (Andrew Borde) の『知識の紹介の第一の書 (*The Fyrst Boke of the Introduction of Knowledge*)』が出版された。ボードは旅行家らしく、想像上のエジプトではなく事実に基づいた当時のエジプトの様子を伝えようとしている。[11] オスマン帝国の侵略により、エジプトは異国人で溢れ、多くのエジプトの民が国外へ逃れたという。[12] いまやそこに暮らすエジプト人の数はごく少数となり、彼らの存在は異教の徒にとって代わられてしまった事実を、彼は記している。

同様の記録は、旅行家ジョージ・サンディス (George Sandys) の『一六一〇年に始まった旅の物語 (*A Relation of a Iovrney Begvn Anno Dom. 1610*)』と題する書物のなかにも見いだすことができる。[13] サンディスは、エジプトの現状を次のように記している。

中世のエジプト人たちは、彼らの先祖の備えていた価値から堕落してしまった人々である。新奇なことには内向きで、贅沢に明け暮れ、臆病なくせに残酷である。当然のことながら彼らは、嘲りや、へ理屈に夢中になり、何であれ優雅で優れたことからは目をそらせがちである。現在、その国に住んでいるのはムーア人が最も多い。トルコ人も多く、ユダヤ人は都市部にのみ暮らしている。アラビア人もかなりの数がいるし、ニグロも相当数いる。キリスト教徒といえば、その地に生まれたコプト人が数では一番多い。ギリシヤ人もいる、それに少数のアルメニア人が住んでいる。[14]

エジプト人たちは、古代文明を築き上げた祖先の栄光からは堕落した民となり、祖国の地は、他国から移住してきた異国人たちに占有されてしまっているという。本来のエジプト人に代わって、現在のエジプトで暮らすのは、主にムーア人、トルコ人、ユダヤ人、といった人々であると報告され、読む者を驚かせる。

こうした近代初期エジプトの様子は、一六三七年に出版された旅行家サー・ヘンリー・ブラント（**Sir Henry Blount**）の書『レヴァントへの旅（*A Voyage into the Levant*）』のなかにも辿ることができる。彼の書物では、今やエジプトの民が過去の偉大な文明からはほど遠い民族へと変貌してしまった様が語られているのである。[15]

昔の儀式といったものが何であれ、エジプトにはほとんど残っていない、繰り返される弾圧の中で完全に滅んでしまったのである・・・儀式の変化のほかにも、国家の創意工夫の発想といったものも、すべて堕落させられ、無知と悪意に変わってしまった。[16]

ブラントによれば、オスマン・トルコの侵略により、エジプトは司法も行政も完全にトルコの支配下におかれることとなったという。(“Now as for the *Iustice*, and *Gouernment*, it is perfectly *Turkish*. . . .” 五二) イスラム世界の覇権がエジプトという国の政治と文化を悉く破壊し、駆逐してしまった様子が窺われる。これらの例が示すように、近代初期のエジプト人に対する記録には、古代の繁栄から没落し堕落した民族との記述が散見されるのである。

英国社会と偽エジプト人

しかし時期を同じくして出版された書物の中に、エジプトの民が先祖より受け継いだ秘技やその神秘性に言及した記録もまた残されている。医学、宗教、科学、そして秘教など、様々な分野の著述で知られるトマス・ブラウン (Thomas Browne) は、その著書『レリギオ・メディキ (*Religio Medici*)』(一六四三) の中で、エジプトの民の有する神秘性を指摘する。[17]

・・・その書物を私自身が所有しているが、そのこと [手相術] については他の書物で読んだこともないし、書かれているのを目にしたこともない。アリストテレスの、優れた洞察力を示す、他に類を見ない書物である『人相学の書』の中においても、手相術については言及されていない。こうした深遠で神秘的な科学に没頭していたエジプト人は、その分野に対するかなりの知識を有していた。浮浪者や偽エジプト人は、そうした知識を身につけている振りをしただけなのかもしれないが、あるいはおそらく少しながら、たとえそれが歪んだ形で伝えられたものであったとしても、原則を失わずにいたのであろう。そのことが時に、彼らの予知能力を証明することになるかもしれない。[18]

ブラウンによれば、古代エジプト人は神秘科学に耽溺していたという。そして偽エジプト人たちが単なる偽装ばかりではなく、本当に多少の原則を身につけていたことも考えられるというのである。エジプト人たちは、多少なりとも占いなどの神秘的能力を有するという考えが、当時の人々の間に、根強く残っていたことが理解される。ここで「偽エジプト人（"counterfeit *Egyptians*"）」という表現をブラウンが使用している点は興味深い。果たして、近代初期英国社会に紛れ込んだ「偽エジプト人」とはどのような人々であったのであろうか。

G・B・ハリソン（G.B.Harrison）の編纂した『エリザベス朝日誌（*Elizabethan Journal*）』の頁をめくると、英国におけるエジプト人に関する犯罪記事にいきあたる。一五九五年一月十日の記事では、ジュディスという詐欺師が未亡人を誑かし、食器類を騙し取ろうとした様子が詳細に語られている。

> 次の日の朝ジュディスは、以前に騙して皿をくすねた未亡人をまたもや騙そうと考え、七面鳥の頭と脚を籠に入れて、窓辺に現れた。そして鳥の脚を寝床の下に、残りの部分は他の場所に置いておかねばならないと未亡人に話し始めた。未亡人は、自分が騙されたことに気づいていたので、ジュディスはすぐさま逮捕された。ジュディスは、自分たちをエジプト人だと名のる輩たちとつるんで、国中を放浪し、詐欺まがいの商いをはたらいてきた。そうした暮らしのために、彼女はサリズベリーで死刑を言い渡されたが、後に恩赦を得た。[19]

ここに記されたジュディスという名の詐欺師は、「自分たちをエジプト人と名のる輩たち（"divers persons that call themselves Egyptians"）」と行動を共にし、数々の詐欺を働いてきたという。この「エジプト人と名のる輩たち」こそ、トマス・ブラウンの記した「偽エジプト人」なのかもしれない。同じく『エリザベス朝日誌』には、一六〇一年二月十六日の記録として、二人のエジプト人の女が裁かれたことを記している。

治安判事裁判では、ジョーン・モーガンとアン・シンプソンという名の二人の女が有罪とされた。一般に人からエジプト人と呼ばれたり、自らエジプト人と称する、浮浪者たちと一緒にいるところを見つかったというのが罪状であった。前者ジョーンは、罪を認めたものの、子供を身籠っていると訴えた。しかし女性の審査官によって妊娠していないことが明らかになったことで、女は縛り首となった。他方、後者アンも同じく身籠っていると訴え、女性審査官によって、彼女の妊娠が確認されたので、刑を免れた。[20]

この記事に記された二人の女の罪状は、エジプト人と見なされている浮浪者の集団に加わっていたという事実である。記事から、英国においてエジプト人という呼称は、一般的に浮浪者や悪党を指すものとして使用されていたらしいことが理解されるのである。

『ジプシーの正体一五〇〇―二〇〇〇年（*Gypsy Identities 1500-2000: From Egipcyans and Moon-men to the Ethnic Romany*）』の著者デヴィッド・メイヨール（David Mayall）によれば、英国は既に一五三〇年に流浪の民ジプシーを取り締まる法律を発布している。英国におけるジプシーの存在はそれ以前から記録に現れるようになり、英国に流れ着き、流浪の民となる彼らの様子が記されている。政府が移民としての彼らの存在を警戒するようになった社会背景には、食料不足や疫病の蔓延があった。急速な人口増加を経験する英国社会は慢性的な食料不足に落ち入っており、更に流浪民による疫病の拡大は、社会にとって大きな脅威であった。ジプシーを取り締まろうとする法律は、当初、英国に入国するエジプト人を対象としたが、一五五四年に発布された法では、自らをエジプト人と称する輩が含まれ、一五六四年

図1　ジプシー

の法では、偽エジプト人や彼らの集団に属し、行動を共にする者たちへとその定義を拡大している。[21] 海外から英国社会に流入した流浪の民は、彼らの集団のなかに社会の底辺に生きる浮浪者や貧民を吸収していったことが、法令の対象の拡大からわかる。

一六〇五年に出版された、カンタベリーの大主教ジョージ・アボット(George Abbot)の『世界の簡潔な描写(*A Brief Description of the Whole Worlde*)』には、こうしたエジプト人について次のような記述が見受けられる。[22]

> エジプトという国は、モーリタニアと同じ気候に位置しているが、そこの住民は黒人ではなく、灰褐色あるいは黄褐色の肌をしている。クレオパトラもそうした肌の色であったと言われる。誘惑という手を使ってクレオパトラは、ジュリアス・シーザー、そしてアントニーの寵愛を手に入れた。その同じ肌の色をした、これらの浮浪者たちは、(工夫により、そうした肌の色に見せかけているのだが)エジプト人の名のもとに、世界中あちこちを放浪する。本当のところは、単なる偽者で、様々な国からの難民か下層民なのである。[23]

アボットによれば、エジプト人と称する者たちは、実は肌の色を浅黒く見せかけ、エジプト人だと名のっているものの、それは騙りに過ぎないとされる。その実体は、ひとつの場所に定住することなく、放浪のうちにその生涯を終える下層民たちなのである。

また一六〇七年に出版された『法律辞典（*A Law Dictionary*）』には、「エジプト人」という項目が掲げられている。書物を執筆したケンブリッジ大学の法学者ジョン・カウエル（John Cowell）は、この項目に次のような定義を付している。[24]

エジプト人（"Egyptians"） 一般に「ジプシー」の名で呼ばれる。英国の法令や法律では、彼らは出自を偽っているだけの、ある種の浮浪者とされ、実際はイングランド人やウェールズ人である。彼らは集団で生活し、風変わりな衣装に身を包み、顔や身体を浅黒く見せかけている。聞き慣れない言語を、自分たちで作り出し、あちこちと地方を浮浪する。運命を予知するとか、病を癒すなどの口実のもとに、無知な人々を誑かし、熱くて持てないものや重くて運べないもの以外なら、あらゆるものを盗んでいく。[25]

ここに記されているように、英国では自らをエジプト人と偽る流浪の民は一般にジプシーの名で呼ばれた。彼らは異国の衣装に身を包み、国中を放浪して、予言者や治療者の振りをしながら、無教養な人々を騙すことにより生きながらえていたのである。彼らは占い師として広く知られており、手相占い（palmistry）、額占い（metoposcopy）、生贄の内蔵占い（aruspicy）、水占い（hydromancy）など、様々な占い手法を駆使して、人々を騙したという。[26]すなわち近代初期英国社会における彼らは、詐欺師であり、また多くは盗人と考えられていたのである。

「悪漢文学」にみる偽エジプト人表象

劇作家トマス・デッカー(Thomas Dekker)は、一六〇八年に『ランプと蠟燭の火(*Lantern and Candle-light*)』と題する書物を出版している。デッカーの書物は、当時の「悪漢文学(Rogue Literature)」の範疇に入れられるもので、時代を映し出すという点で、一種のルポルタージュと呼べるであろう。[27] それは、読む者に裏社会の危険性を教えるとともに、犯罪者たちの世界を垣間みたいという読者の好奇心をくすぐるという役目も果たした。デッカーは書物の中に、エジプト人のことを記している。

彼らはユダヤ人よりも広く分散した民族で、より疎まれている。身なりは乞食のごとく、生活状態は粗野、行動は獣のように不快である。自分たちの得になることなら、残忍なことでもやってのける。彼らの姿を目にした者は、彼らが黄色っぽい肌をしていると、あるいは黄褐色のムーア人との混血だと言うであろう。というのも赤土色の顔色をした者で、あれほど汚らしい顔色をした者はいない。しかし彼らはそう生まれついたわけではなく、日に焼けてそうなったのでもなく、そのような色に塗っているのである。彼らは絵がうまいわけでもないので、顔を造るどころか、顔を台無しにしてしまっている。「ジプシー」とあだ名で呼ばれているが、彼らは自らをエジプト人だと称する。嘲笑をこめて、「ムーン・メン("Moon-men")」と呼ぶ人もいる。[28]

デッカーは、国内を放浪する浮浪者の集団が、人々から忌み嫌われていると記している。彼らは、乞食のような身なりをし、自ら肌の色を黒くすることによって、エジプト人を装うという。そうした彼らを人々はジプシーと呼び、「ムーン・メン」の蔑称で呼ぶこともあったというデッカーの証言は興味深い。更にデッカーは、蔑称の由来を説明する。

その呼び名は月から借用したものである。というのも、月は二晩とて同じ形ではありえず、まるで道化役者のように、天界をあちこちへと彷徨う。彼らは絶えず集団の構成を変え、ひとつの場所に一日たりとも留まっていることはない。[29]

常に変化し続け、移動し続ける月は、彼らの象徴であり、そうした意味においてまさに「月の民（ムーン・メン）」こそが、彼らにふさわしい俗称なのである。シェイクスピアが、『アントニーとクレオパトラ』の中で、クレオパトラに「月」のイメージの連想を重ねているのは、こうしたこととも関連するのかもしれない。

同時代に出版された、やはり「悪漢文学」のひとつに数えられるものに、サミュエル・リッド (Samuel Rid or Rand) の『手品や奇術の技 (*The Art of Iugling or Legerdemaine*)』（一六一二）がある。この書も、偽エジプト人たちの実態について知るうえで重要な手がかりを与えてくれる。[30]

祖国から追放された（おそらく彼らの素行が良かったからとは思えないが）エジプト人たちは、ここ英国にやってきた。彼らは、私たちに馴染みがなかった奇妙な手品や仕掛けに秀でており、当初は好意をもって迎えられた。手品や奇術と共に、その風変わりな衣装や服装もあって、おおいに賞賛もされた。彼らは近隣ばかりか遠く離れた地でも噂になり、英国の浮浪者が彼らの仲間入りし、その技や騙しの手口を学ぼうとするほどであった。彼らが使った言葉は英語であり、それをとおして英国人は彼らと会話をしたが、最終的には彼らの言葉を身につけた。彼らはこうしたやり方で国中を巡り、手品や奇術などの騙しの手口を実演することで、地方に住む人々の絶大な信頼を取り付けた。手相占いをし未来を予言すると見せかけて、かなりの儲けを手にした。貧しい田舎娘を騙して、金銭や銀のスプーン、更に彼女たちの持っている一番上等の服をせしめた。彼女たちの運命を聞かせてやるということをだしに、彼女たちが作れるもので良さそうなものはなんでも、巻き上げたのである。[31]

リッドによれば、祖国を追われたエジプトの民は英国に流入し、彼らの異国情趣あふれる風俗や珍しい手品の技は、あちこちで話題となったという。やがて英国社会の底辺に巣くう浮浪者たちの中にも、彼らの集団に加わり、生活を共にする者たちが現れるようになったというのも頷ける。村々をまわり、手品や占いの技を駆使して純真な村人たちから金品をまきあげるという彼らのやり口に対する詳細な記述は、その手口を暴くことにより、犯罪の餌食にならないようにと諭す、人々への警鐘なのである。リッドのパンフレットのタイトルに「トランプやサイコロゲームでの詐欺への注意を促す警告（"cautions to beware of cheating at Cardes and Dice"）」という一文が添えられているように、彼のパンフレットは村人たちを偽エジプト人によるこうした犯罪被害から守ることにあった。

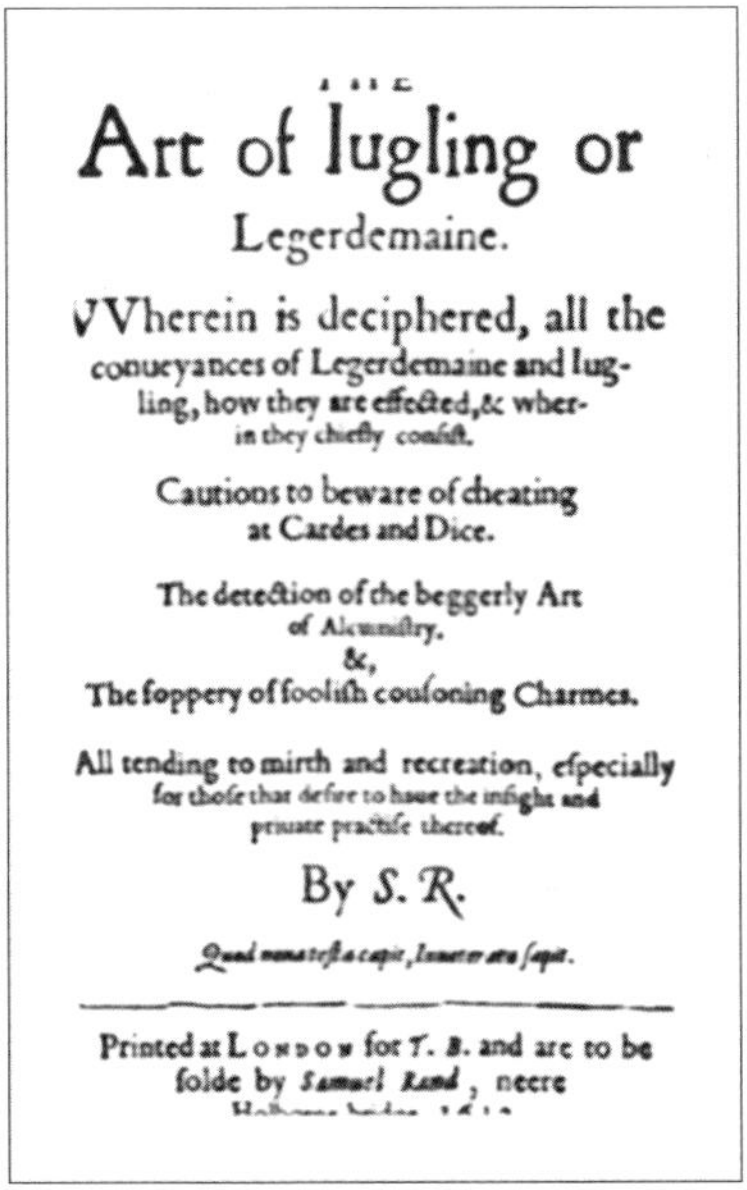

THE
Art of Iugling or
Legerdemaine.
VVherein is deciphered, all the conueyances of Legerdemaine and Iugling, how they are effected, & wherein they chiefly consist.
Cautions to beware of cheating at Cardes and Dice.
The detection of the beggerly Art of Alcumistry,
&,
The foppery of foolish cousoning Charmes.
All tending to mirth and recreation, especially for those that desire to haue the insight and priuate practise thereof.
By S. R.

Printed at LONDON for T. B. and are to be solde by Samuel Rand, neere

図2　サミュエル・リッド
『手品や奇術の技』表紙

近代初期の英国における、エジプトに対する理解やエジプトの民に対する人々の印象は、このように錯綜している。男女の立場の逆転した国というヘロドトス以来の考え方と共存する形で、彼らは偉大な古代文明から堕落した民族であり、国を追われて英国に辿り着いたあげく放浪生活を強いられることとなった流浪の民であった。やがて彼らは英国社会の底辺に生きる浮浪者たちと交わり、純朴な民衆を誑かす詐欺師でありペテン師であるという、負のイメージを背負わされることとなったのである。それではシェイクスピアの『アントニーとクレオパトラ』においては、こうしたエジプト人のイメージがどのように組み込まれ、展開されているかについて考察していきたい。

Ⅲ　シェイクスピア劇におけるエジプト女王の表象

劇中に描かれたエジプトにおける男女の逆転

近代初期の英国において、男女の役割の逆転した世界としてのエジプト観が民衆の間に広く浸透していたことは、既に述べたとおりである。シェイクスピアが、『アントニーとクレオパトラ』の執筆に際して、こうした民衆の抱くエジプト観を巧みに利用しつつ、主人公たちの人間関係を描き出そうとしている点は興味深い。シェイクスピアは劇のなかで、男女関係の逆転を揶揄する台詞を繰り返し挿入することによって、観客の想い描くエジプト観をくすぐりながら、アントニーとクレオパトラの力関係を描いているのである。

第一幕四場において、遊興にふけるアントニーに軽蔑のまなざしを向けるオクタヴィアス・シーザー（Octavius Caesar）は、アントニーとクレオパトラの関係に男女の立場の逆転を読み取っている。

こういう報せだ。あいつは、魚を釣り、酒を飲み、夜通し
余興に耽っているとか。あいつよりクレオパトラのほうが
男らしいし、トレミーの女王よりも、
あいつのほうが女らしい。（第一幕四場三—七行）

オクタヴィアス・シーザーは、おおよそ勇者には相応しくない行状にふけるアントニーの様子に対する侮蔑を露わにする。「あいつよりもクレオパトラのほうが男らしいし、トレミーの女王よりも、あいつのほうが女らしい」というオクタヴィアス・シーザーの台詞は、二人の力関係の逆転を見事に言い当てる。しかしこの箇所を材源となっているプルタルコスの『英雄伝』に辿ると、材源の記述は少々異なっている。

・・・彼［アントニー］は、クレオパトラと一緒にアレクサンドリアに行くことを承諾し、その地で（人の言うところでは）子供じみた戯れとくだらない気晴らしに明け暮れた。［ギリシアの雄弁家］アンティフォンの言うように、人が費やすことのできる最も尊いもの、すなわち「時」を浪費して。[32]

『英雄伝』の中には、アントニーの遊興を「子供じみた（"childish"）」、「くだらない（"idle"）」と喩える修飾語はあるものの、女性的とする表現は見当たらない。[33] オクタヴィアス・シーザーの台詞がシェイクスピアの創作であり、誇張であることに気付かされる。シェイクスピアは、意図的に二人の関係に男女逆転の構図を当てはめ、観客の意識下にあるエジプト観に訴えかけようとしていることが理解されるのである。

また、クレオパトラが語って聞かせる、アントニーに女の衣装を着けさせ、自らはアントニーの名剣

フィリッパンを腰に下げた、というくだりも男女の役割逆転の戯画化として、観客に鮮明な印象を残す。

　　　　・・・そして翌朝
九時前、私はあの人を酔わせて、寝かしつけた。
そして私の着物やマントをあの人にかけると、私は
あの人の名剣フィリッパンを腰につけた。　（第二幕五場二〇―二三行）

プルタルコスには存在しないこのエピソードは、シェイクスピアがギリシヤ神話に描かれたリュディアの女王オムパレー(Omphale)の物語に取材したもので、ヘラクレス(Hercules)は三年間女装して女王に仕えたという。[34] 舞台上のクレオパトラのこの台詞を耳にすることによって、女王が凛々しい勇者に、他方、勇者アントニーが華麗な衣装を身にまとう女性へと変身する様を、観客は鮮やかに想い描くこととなる。しばし材源のプルタルコスから離れ、わざわざ神話のエピソードを脚色しながら、主人公たちのイメージに重ねるところに、男女の逆転の様子を観客の脳裏に焼き付けようとするシェイクスピアの工夫が窺える。シェイクスピアは、様々な材源からイメージを借用しながら、男女逆転のイメージを紡ぎあげているのである。

　更にこの他にも、男女の逆転の構図を舞台上に浮かび上がらせることによって、観客の潜在意識を刺激しようとするシェイクスピアの仕掛けは存在する。プルタルコスの『英雄伝』ではとりたてて言及されることのないクレオパトラの出陣のエピソードが、舞台上の台詞として生々しく再現され、女王の男性性が前面に押し出される。[35] クレオパトラは出陣に際して、自らもまた戦いに身を投ずることを、熱を帯びた口調で宣言する。

ローマなど沈んでしまうがよい、私を悪く言う
舌などただれてしまえ！　戦の費用は私が出している、
私は王国の元首として、男に代わって
出陣するのだ、楯つくでない、
後ろになど控えておれようか。　（第三幕七場一五―一九行）

「王国の元首として、男に代わって出陣するのだ」というクレオパトラの台詞は、一国の元首として、そして男として、前線に向かおうとする彼女の勇猛果敢さを余すところなく表現する。それは男性化した女王の存在を観客の心に鮮やかに印象づけることに成功している。同時に、この台詞の後に発せられるキャニディアス（Canidius）の台詞が、劇世界における男女の役割の逆転を観客の心に刻み付ける働きをして、大いに効果的である。

・・・将軍の全行動は
いまやご自分の力を考えてなされてはいない、わが指揮官は指揮される身、
われわれは女の部下なのだ。　（第三幕七場六八―七〇行）

キャニディアスが言うように、将軍アントニー自身がクレオパトラに指揮されている以上、まさにアントニーの軍勢は、「女の部下（"women's men"）」に他ならない。ヘロドトス以来、近代初期まで連綿と連なる男女逆転の世界としてのエジプトのイメージは、『アントニーとクレオパトラ』の劇世界にも取

り込まれている。シェイクスピアは、観客たちが心に抱くエジプトに対する固定観念を巧みに利用しながら、主人公たちの立場の逆転を用意周到に作品のなかに織り込んでいるのである。それでは、アントニーは如何にしてクレオパトラの支配のもとに絡めとられたのか。エジプトにおける性の逆転を創出させているクレオパトラを、シェイクスピアはどのような表象を通して、劇中に描き出しているのかについて考えてみたい。

「ジプシー女」としてのクレオパトラ

既に述べたように、劇の冒頭の台詞の中で、ファイロはアントニーが「ジプシー女の情欲をさますふいご、団扇になりさがっている」と揶揄している。劇の最初から観客の脳裏には、エジプトの女王クレオパトラと「ジプシー」のイメージが結び合わされるよう、巧みに仕組まれていることに注目したい。

この場に続いて、チャーミアン(Charmian)が占い師に未来を占ってもらう短い場面が挿入される。占い師との無邪気なやり取りながら、占いという秘技に心酔するエジプト人の神秘さが強調され、その後のアントニーの登場に向けて効果的な場面展開である。舞台に姿を現したアントニーは、次々に舞い込む戦況の報告に動揺を隠しきれない。クレオパトラの誘惑を「強固なエジプトの足枷("These strong Egyptian fetters")」(第一幕二場一一六行)と喩え、「魔術をあやつる女王("this enchanting queen")」(第一幕二場一二八行)から自らを解き放つことができぬなら破滅を迎えることになるであろう、という彼の自戒を込めた台詞が聞かれる。アントニー自身の台詞を通して、エジプト女王の魔性がことさら強調されるという手法である。こうした台詞は、「ジプシー」への言及と相まって、その妖しげな魅力を増幅させ、男女の逆転をもたらせている女王の魔性を描き出しながら、同時に英国の階級社会の外側に位置する流浪の民のイメージを、巧妙にクレオパトラ表象に忍び込ませることになるのである。

更にシェイクスピアは、敵将ポンペー(Pompeius)にもクレオパトラの魅力を「魔術("witchcraft")」(第二幕一場二二行)との連想で語らせている。舞台上の様々な登場人物の口を通して、魔性の女王のイメージをたたみ掛けるよう繰り返すことにより、場面展開と並行して神秘的な「ジプシー」としてのクレオパトラ像を観客の心に焼き付けるよう工夫がなされているのである。

・・・　淫蕩なクレオパトラよ、
恋の魔力で、そのしなびた唇に潤いをもたらせるがよい!
その美貌に魔法をかけ、さらに情欲を燃えさせるのだ、
あの放蕩者を饗宴の場に縛りつけ、
奴の脳みそを酒浸りにしてやるがいい。(第二幕一場二〇—二四行)

ここに使われている"wan'd"という語は、校訂に際して問題となる語ではあるが、ドーバー・ウィルソン(Dover Wilson)のように「青白い("wan")」とするのではなく、アーデン版第三シリーズの編者ジョン・ワイルダース(John Wilders)の指摘するように、「衰えかけた("waned" = faded, declined, like the waning moon)」と解釈すべきであろう。[36]「恋の魔術で、そのしなびた唇に潤いをもたらせ」という日本語訳では充分に表現しきれないものの、陰りいく月のように絶頂期を過ぎてしまったかつての若さを、魔術の力で再び満月のように変化させ取り戻すことを、台詞のイメージとして含んでいる。クレオパトラの恋の秘策が魔術であり、女王の存在が劇の中で度々イシスの女神の化身として表されていることを念頭におけば、月のイメージと結びつけられていることの重要性を無視することはできない。「ジプ

シー」たちがしばしばその名で呼ばれたという、満ちては欠ける月のイメージを重ね合わせた「月の民(Moon-men)」との連想が、この語にはふさわしいからである。

また、この月のイメージは、クレオパトラの変幻自在の魅力をも象徴する。エノバーバス(Enobarbus)が言うように、クレオパトラは「年齢も彼女を衰えさせることはなく、慣れたからといって、彼女の無限の変化ゆえに決してつまらないものにはなりはしない」(第二幕二場二三四―五行)という。まさに「無限の変化("Her infinite variety")」(第二幕二場二三五行)と喩えられるごとく、クレオパトラの魅力は月の満ち欠けのように、決して男の欲望を飽きさせることがない。

しかしこの変幻自在の存在である月のイメージは、劇の中では両刃の剣の働きをもする。シェイクスピアは更にアントニーのことばに託して、クレオパトラを月に喩えさせている。「我がこの世の月も今や月食となり、アントニーの破滅を告げる前兆となっている("Alack, our terrene moon / Is now eclips'd, and it portends alone / The fall of Antony!")」(第三幕一三場一五三―五五行)とのアントニーの台詞は、月の象徴とされるクレオパトラの心変わりを喩えて効果的である。絶えず変化する月の満ち欠けをして、抗うことのできない魅力と感じていたアントニーの皮肉な結末がここにある。「無限の変化」と呼ばれた女王は、敗北の色濃いアントニーに背を向け、上げ潮に乗る権力者オクタヴィアス・シーザーに、いとも容易くなびく素振りを見せるのである。

クレオパトラの裏切りに激高したアントニーは、「エジプトの不実な女王("this false soul of Egypt!")」に対して、「死を呼ぶ魔女("this grave charm")」、更には「ジプシー("gipsy")」という残酷な呼称を投げかける。

・・・俺は裏切られた
エジプトの不実な女王め！死をもたらす魔女め
あいつの目は俺の軍を進軍させ、退却させた
あいつの胸は俺の栄冠であり、俺にとっての報償であった
それがまさにジプシーのように、いかさま手品で
俺を騙し、破滅の底へと突き落としたのだ（第四幕十二場二四―二八行）

引用文中の「いかさま手品（“fast and loose”）」は、疑うことを知らない善良な人々を誑かす際に、ジプシーが用いる騙しのテクニックのことをいう。スカーフの固く結ばれた結び目を、一瞬の早業で解いてみせる手品を指す表現である。この極めて単純な手品に端を発して、この表現はジプシーたちが用いる巧妙な目くらましの早業の総称として、彼らの詐欺の手法を意味するものとなる。作品のなかでは、ジプシーたちが得意とする詐欺の手法が台詞に埋め込まれ、クレオパトラに人を騙し堕落させてしまうという「ジプシー」のイメージを重ねることが周到に行なわれている。まさに「ジプシー」である「彼女の魔術に誑かされた、堂々としたアントニーの破滅（“The noble ruin of her magic”）」（第三幕一〇場一八行）が語られるのである。

・・・女王は
カードゲームを楽しむかのようにシーザーとぐるとなり、
いかさまの手を使って、俺の栄光を掠め取り
敵の勝利に寄与したのだ（第四幕十四場一八―二〇行）

あたかも「ジプシー」たちが、カードゲームで民衆を誑かすように、アントニーもまたクレオパトラのいかさまゲームに振り回され、オクタヴィアス・シーザーの前に敗北を喫したことを台詞は観客に伝えている。台詞の中に現れるカードゲームやいかさまへの言及は、サミュエル・リッドの著作に見られるように、「ジプシー」たちの常套手段であったことを思い浮かべるなら、劇のなかで「魔術」、「魔性の女」、そして「死を呼ぶ魔女」などのイメージを繰り返すという手法を通じて、クレオパトラは「ジプシー」としての表象を纏わされていたことにあらためて気付かされるのである。

Ⅳ　他の作品に描かれたクレオパトラ表象への挑戦

他の作品におけるクレオパトラ像との距離

シェイクスピアが材源としたプルタルコスの『英雄伝』をはじめ、クレオパトラは多くの詩人や劇作家のインスピレーションを刺激し続けてきた。プルタルコスの描くクレオパトラは、狡猾な政治的策略家としての印象が強く、エジプトの利益のためにアントニーを巧みに操つる。また一五七八年にロベール・ガルニエ (Robert Garnier) が筆を執った『マルク・アントニ (*Marc Antonie*)』は、ペンブローク伯爵夫人 (the Countess of Pembroke) ことメアリ・シドニー (Mary Herbert (Sidney)) によって一五九二年に『アントニーの悲劇 (*The Tragedie of Antonie*)』と題して英訳がなされている。作品のなかに描かれるクレオパトラは、妻として、また子どもたちの母としての面影が前面に押し出され、女王に同情的な眼差しが顕著である。[37] 他方、伯爵夫人からの直接の依頼によって書かれたといわれるサミュエル・ダニエル（Samuel Daniel）の『クレオパトラの悲劇（*The Tragedie of Cleopatra*）』（一五九四）は、アントニーの埋葬の後のクレオパトラの最後の苦悩が作品の主題となっている。アントニーの没落の原因というよりも、クレオパトラの誇りと悲しみに焦点があてられている点が特徴的である。[38] いずれの場合も、王国を担う女王としての威厳とローマへ連行され、オクタヴィア（Octavia）をはじめ、下層民の衆目にさらされることへの屈辱が詩行に綴られている。

シェイクスピアの描く最終幕のクレオパトラは、まさにこうした多くの作品のなかに繰り返し描き出された女王像に挑戦するかのごとき様相をなしている点に注目したい。劇中のクレオパトラは、自分たちの運命が詩歌のなかで詠われ、舞台に乗せられて面白おかしく演じられることを予見している。「声の高い少年俳優が、まるで娼婦のようにエジプトの女王を演ずることになろう（"I shall see / Some squeaking Cleopatra boy my greatness / I' th' posture of a whore.）」（第五幕二場二一九—二二一行）とクレオパトラは自嘲する。

　いや、そうなることは確かだ、アイアラス。図々しい警吏が
まるで淫売を捕らえるかのように私たちを捕らえ、下劣な詩人たちは
私たちのことを調子はずれの小唄に詠むであろう。こざかしい喜劇役者たちは
即興で私たちを芝居に仕上げ、アレクサンドリアの饗宴を
舞台に載せるであろう。そこでは
アントニーは酔っぱらいとして登場し、黄色い声をした
クレオパトラ役の少年俳優が、私の威厳を
淫売のごとき仕草で演じてみせることであろう。　（第五幕二場二一四—二二一行）

かつて詩歌のなかに詠われたクレオパトラも、また戯曲に描かれたクレオパトラも、どれひとつとして女王の真の姿を伝えうるものはありえない。シェイクスピアはわざわざこうした台詞を挿入することによって、従来の詩歌や劇に登場する女王像とは全く異なった人物像を描き出そうとする自らの試みを、観客に伝えているのである。

他の人々の筆になるクレオパトラが、為政者であり、一国の女王であるのに対して、シェイクスピアの描くクレオパトラのなかには、ローマとエジプトという国同士の争いから、一歩、身を引き、勝者と敗者を冷徹に見据えたような眼差しが存在することを忘れてならない。

このわびしさから、より良い生活が
始まる。シーザーとて無価値な存在に過ぎぬ
彼は、運命そのものではなく、運命の召使い、
運命の女神の手先に過ぎない。偉大なこととは、
ほかのすべての行為を終わらせる行為をすること、
そうすれば偶然を押し止め、変化を食い止められる、
そうすれば眠りに落ち、乞食やシーザーを養う
汚らわしい食べ物を、口にすることもなくなるであろう。　（第五幕二場一—八行）

オクタヴィアス・シーザーとて、「幸運そのものではなく、幸運の女神に操られる召使い、運命の女神の手先に過ぎない（“Not being Fortune, he’s but Fortune’s knave, / A minister of her will”)」と、女王は

人間の運命の儚さを語る。シェイクスピアのクレオパトラは、皇帝や君主の支配する社会の外側に身を置く者だけが、見通すことができる真理を口にする。彼女は、悠久の歴史の流れのなかで、絶えず運命の女神によって操られてきた人間の生き様を言い当てる、まさに巫女のごとき存在である。国家の運命の浮沈、人間の人生の不可思議を探り当て、言い当てることができるというジプシーの神秘さがここには窺える。勝者として奢れる者とて、勝利の美酒は一時の運命のいたずらにすぎない。この世に生を受けた者である以上、永遠の勝利を手にすることはかなわず、やがては与えられし生の時間の終焉を迎えるのである。

そしてこの巫女のごとき神秘性をクレオパトラが身に纏う時、ジプシーのごとき彼女の俗世の存在は逆説的な意味において崇高さを獲得し、観客の前で偉大な女王としての威厳を取り戻すこととなるのである。このジプシー女から、歴史を超えて運命を見通すことの出来る偉大な女王への変身という逆展開こそが、シェイクスピアが作品のなかに綿密に織り込んできた流浪の民としてのエジプト人「ジプシー」のイメージの存在意義であり、劇において用意周到に準備された彼の戦略ではなかったか。シェイクスピアは、この逆展開の衝撃を観客にもたらすために、劇の前半を通して、通低音としての「ジプシー」としてのクレオパトラのイメージを台詞の中に縫い込み、紡ぎ出してくる必要があったのであろう。

私の決意は定まった、最早、私の中に女々しい女の気持ちなど
微塵も存在しはしない。頭から爪先まで、
堅固な大理石となった。今やうつろいやすい月は
私の星ではない。　　（第五幕二場二三八―四一行）

クレオパトラが、自らを指して「今やうつろいやすい月は私の星ではない（"now the fleeting moon / No planet is of mine."）」と断言するように、最終場面の彼女は、もはや変幻自在の存在ではなく、時空に君臨する永遠の存在である。いかに弾圧されようとも政府の取り締まりの網の目をすり抜け、流浪の民として官憲の裏をかいて生き続けるジプシーたちのように、クレオパトラもまたシーザーの君臨するローマ帝国の支配に絡めとられることはない。彼女をエジプト征服の戦利品としてローマに連行しようとする狡猾なシーザーの計画の裏をかいて、女王は毒蛇の毒で眠るかのような永遠の死を手に入れる。たとえこの世での戦いでは敗北を喫しても、あの世では愛するアントニーと結ばれることにより、永遠を手にすることよって、クレオパトラは地上の儚い勝利を嘲笑うのである。

　　　　アントニーが私を呼んでいるように思える
あの人が身を起こし、私の立派な行為を褒めてやろうと
してくれているのが見えるようだ。シーザーの幸運を嘲笑っておられる、
神々が幸運をお与えになるのは、神々が後に天罰をお下しになるため
なのだから。私の夫よ、いま行くわ！
あなたの妻という名に、私の勇気がその名を辱めにように！
いまの私は火、そして風。私の身体の土と水は、
卑しいこの世にくれてやる。　　　（第五幕二場二八三—九〇行）

クレオパトラは、アントニーがオクタヴィアス・シーザーの幸運を嘲笑っているのが聞こえるようだと

言い放つことによって、地上世界の盛者必衰を言い当てる。神々が幸運をお与えになるのは、後に不運をもたらす際の自分たちの怒りを正当化するためだからと、彼女が口にするように、人間の運命の有為転変は人知では計り知れないものなのである。

同時に彼女の台詞が観客に伝えようとするのは、男女逆転の世界を表出させる異文化世界の存在ではなく、死後の世界では夫アントニーに仕える、健気な一人の女、妻としての自らの存在である。劇場を埋め尽くした観客は、この時、クレオパトラへの深い共感を抱くと共に、このエジプトの女王に階級を超えた親近感を覚え、この悲劇のエンディングに大きな満足感を経験したと考えられる。

V　結び　演劇的効果

シェイクスピアの『アントニーとクレオパトラ』をめぐっては、近年、しばしばジェンダーの対立を劇世界に読み込もうとする現代人の視点からの批評が展開されてきた。[39] しかし、今一度、近代初期の人々の抱いたエジプトに対する、あるいはエジプト人に対する心象風景に立ち戻り、シェイクスピアが作品の詩行のなかに用意周到に埋め込んだ「ジプシー」表象と、ジプシー女クレオパトラが、最終場面での崇高な女王像へと変貌する逆展開の劇的クライマックスを、再確認しておく必要があるのではないだろうか。当時の人々なら誰もが知っていたはずの流浪の民の表象を、シェイクスピアは巧みに利用しながら、他の詩人や劇作家が誰ひとりとしてなし得なかった劇のクライマックスへ観客を導くことに成功している。階級社会の外側に生きる流浪の民は、時としてその階級社会を支配する権力者の無力さを見抜くことができる。彼らは、世界を支配しようとする者たちの権力の真の意味を、悠久の歴史という時間の流れの中で相対化し、その空しさを言い当てる洞察力を持つのである。その時、社会の底辺に生きる存在であったはずの流浪の民は、為政者にも勝る偉大さを獲得し、多くの人々の注目と共感を得ることとなる。シェイクスピアは、まさにこの演劇的効果を劇のクライマックスにもってくることにより、他のアントニーとクレオパトラの物語とは、大きく異なる作品を観客に提供しようとしたのであろう。「ジプシー」表象を身に纏うクレオパトラの、崇高な女王への変身は、近代初期英国に生きる観客の心に、まさに忘れ難い鮮やかな印象を残したと思われるのである。

注

1 William Shakespeare, *The Tragedy of Antony and Cleopatra*, *The Riverside Shakespeare*, 2nd ed., ed. G Blakemore Evans (Boston: Houghton Mifflin Company, 1997) 1395. シェイクスピアの *Antony and Cleopatra* からの引用はすべてこの版をもとに翻訳したものである。以降は、幕、場、行数のみを示すものとする。

2 "gipsy" in *Oxford English Dictionary*, 2nd ed.: "A member of a wandering race (by themselves called Romany), of Hindu origin, which first appeared in England about the beginning of the 16th c. and was then believed to have come from Egypt."

3 シェイクスピアが「ジプシー」という語を、一般に言う「放浪者」の意味で使用していることは、『お気に召すまま』の中の「一頭の馬に乗った二人のジプシーのように("Both in a tune like two gipsies on a horse.")」との台詞などからも理解される。 *As You Like It*, V. iii. 16.

4 John Wilders, ed., *Antony and Shakespeare*, The Arden Shakespeare: Third Series. (London: Routledge, 1995) 69-75.

5 Watreman の翻訳のタイトル全文は、*The Fardle of Facions: Conteining the Aunciente Maners, Customes, and Lawes, of the Peoples Enhabiting the Two Partes of the Earth, Called Affricke and Asie.* である。この書物への言及は、John Michael Archer の *Old Worlds* においてもなされている。John Michael Archer, *Old Worlds: Egypt, Southwest Asia, India, and Russia in Early Modern English Writing* (Stanford: Stanford UP, 2001).

6 "Their women in old tyme, had all the trade of occupiyng, and brokage abrode, and reuelled at the Tauerne, and kepte lustie chiere: And the men satte at home spinnyng, and woorkyng of Lace, and suche other thynges as women are wonte. The men bare their burdeins on the heade, the women on the shulder. In the easemente of vrine, the men rowked doune, the women stoode vprighte." Johann Boemus, *The Fardle of Facions: Conteining the Aunciente Maners, Customes, and Lawes, of the Peoples Enhabiting the Two Partes of the Earth, Called Affricke and Asie*. Trans. William Watreman(London, 1555) 1:45.

7 Africanus については、Natalie Zemon Davis, *Trickster Travels: The Search for Leo Africanus* (London: Faber and Faber, 2007). およびアミン・マアルーフ『レオ・アフリカヌスの生涯—地中海世界の偉大な旅人』服部伸六訳（東京、リブロポート、一九八九年）を参照。

8 パントフル ("pantofle") とは、一六世紀に用いられた足の先だけを覆うコルク底の木靴。

9 ". . . They couer their heads and faces with a kinde of blacke scarfe, through which beholding others they cannot be seene thwmselues. Vpon their feet they weare fine shooes and pantofles, somewhat after the Turkish fashion. These women are so ambitious & proud, that all of them disdaine either to spin or to play the cookes: wherefore their husbands are constrained to buie victuals ready drest at the cookes shops . . . Also they vouchsafe great libertie vnto their wiues: for the good man being gone to the tauerne or victualling-house, his wife tricking vp her selfe in costly apparell, and being perfumed with sweet and pretious odours, walketh about the citie to solace her selfe, and parley with her kinsfolk and friendes." Leo Africanus, *History and Description of Africa*. Trans. John Pory (London,1600) 883.

10 医師 John Bulwer (1606-1656) は、聴覚障害やジェスチャーに関する著書の執筆をしている。彼はコミュニケーションの手段としての身体の役割を解明する四つの書物を著し、そのひとつがこの *Anthropometamorphosis*（初版一六五〇、第二版一六五三年）である。書物は、様々な国の人々によって実践されている人体への人工的な変形を調査し解説しており興味深い。Bulwer 自身は自然のままの身体に人工的な技法によって変形を加えることを好ましくないと考えており、彼の同時代の人々が虚栄から自らの身体に変形を加えようとする流行を批判するために筆を執ったと思われる。現在、University of Oklahoma Library の提供する OU History of Science Collections で、書物の挿絵などが部分的に紹介されている。1 May 2013〈http://ouhos.org/2010/06/16/john-bulwer-anthropometamorphosis〉*Anthropometamorphosis* は、Ania Loomba の *Shakespeare, Race, and Colonialism* にも、言及がある。pp.119-120.

11 Andrew Borde は、繰り返し大陸へ渡り、キリスト教圏のみならずキリスト教圏の外へも旅したという。彼の書物は、一八七〇年に F. J. Furnivall によって編纂され再出版されており、このなかで Borde の生涯については、Furnivall が詳しく記している。Andrew Borde, *The Fyrst Boke of the Introduction of Knowledge*. (London, 1542). Ania Loomba の *Shakespeare, Race, and Colonialism* にも、この書への言及がある。Ania Loomba, *Shakespeare, Race, and Colonialism*（Oxford: Oxford UP, 2002）115.

12 "Ther be few or none of the Egipcions that doth dwel in Egipt, for Egipt is repleted now with infydele alyons." Borde 217.

13 Geroge Sandys(1578-1644) は、大陸から地中海東岸のレヴァント地方へと旅し、旅行記 *A Relation of a Journey Begun An: Dom: 1610. Fovre Bookes. Containig a Description of the Turkish Empire, of Ægypt, of the Holy Land, of the Remote Parts of Italy, and Ilands Adioyning*. を執筆・出版した。彼の書は、近東（アラビア半島諸国を含むアジア南西部諸国）の情報源として、Ben Jonson、Robert Burton、Sir Thomas Browne、Abraham Cowley、John Milton 等に多くの影響を与えている。John Michael Archer の *Old Worlds* にも、この書への言及がある。p.41.

14 "The *Ægyptians* of the middle times, were a people degenerating from the worth of their ancestors; prone to innouations, deuoted to luxuary, cowardly cruell; naturally addicted to scoffe and couill, detracting from whatsoeuer was gracious and eminent. Those that now inhabite the countrey, are for the most part *Moores*.

Turkes there are many, and *Iewes*, which reside onely in Cities; store of *Arabians*, and not a few *Negroes*. Of Christians, the *Coptics* are the most in number: some *Greeks* there be, and a few *Armenians*." Sandys 108-109.

15 旅行家 Sir Henry Blount(1602-1682) は、大陸からヴェニスを起点にバルカン諸国、コンスタンチノープル、ロードス島、エジプト、アレクサンドリアへと旅した。広く中東を旅することを通して、イスラム圏やオスマン諸国の様子を自分の目で見て記述することが、彼の目的であった。彼は常に、キリスト教圏の外の国々には学ぶべき点が多々あると考えていたらしく、トルコ軍の様子や、トルコ社会のあり方、英国との貿易の重要性などを、書物の中で強調している。彼の旅行記は、国王 Charles I の目にとまるところとなり、一六三九年、騎士の爵位を授けられた。Henry Blount, *A Voyage into the Levant: A Brief Relation of a Journey Lately Performed by Master H. B., Gentleman, by the Way of Venice* (London, 1637). John Michael Archer の *Old Worlds* にもこの書への言及がある。p.42.

16 ". . . whatsoever little memory of *old Ceremonies*, might have beene left in *Egypt*, hath utterly perished in their frequent *oppressions* . . . which beside the change of *ceremony*, have corrupted all the ingenious *fancy* of that *Nation* into *ignorance*, and *malice*. . . ." Blount 51.

17 Sir Thomas Browne(1605-1682) は、オックスフォード大学で学位を得た後、アイルランド、モンペリエ、パドゥア、ライデンなどに滞在した。帰国後の一六三五年から三六年にかけて *Religio Medichi* の初稿を執筆したとされる。この書物は、大陸でも高く評価され、多くの翻訳版が世に出た。キリスト教信仰を軸として書かれているものの、自然史研究に基づいた議論がなされると同時に、錬金術、占星術、人相学などへの言及も多い。Thomas Browne, *Religio Medici: or the Religion of a Physician* (London, 1643). John Michael Archer の *Old Worlds* にもこの書への言及がある。p.44.

18 ". . . I carry that in mine own Hand, which I could never read of, nor discover in another. *Aristotle*, I confesse, in his acute and singular Book of Physiognomy, hath made no mention of Chiromancy, yet I believe the *Ægyptians*, who were nearer addicted to those abstruse and mystical Sciences, had a Knowledge therein; to which those vagabond and counterfeit *Ægyptians* did after pretend, and perhaps retained a few

corrupted Principles, which sometimes might verify their Prognostickes." Browne 157.

19 "The next morning, intending to cosen the widow of her plate also, Judith brought the head and legs of the turkey in a basket to the window, and began to tell the widow that she must lay one leg under the bed and the rest in other places; but the widow having by this discovered the stones in the yarn knew herself to be cozened and caused Judith to be apprehended. This Judith hath long used her trade cozenage, wandering about the country in company with divers persons that call themselves Egyptians. For that kind of life she was condemned to die at Salisbury, but afterwards had her pardon." G. B. Harrison, *A Second Elizabethan Journal: Being a Record of Those Things Most Talked of During the Years, 1595-1598*. (London: Routledge & Kegan Paul , 1974) 5-6. この記事は、*Salisbury Papers*, v. 82 から *Elizabethan Journal* に収録されたものである。

20 "At the Sessions two women, by name Joan Morgan and Anne Simpson, were found guilty of being seen and found in the society of vagabonds commonly called Egyptians, and call themselves Egyptians. The former put herself guilty and pleaded her pregnancy, but being found not pregnant by a jury of matrons. She is condemned to be hung; the latter likewise pleading pregnancy was reprieved, it being found by the jury of matrons that she is pregnant." G. B. Harrison, *A Last Elizabethan Journal: Being a Record of Those Things Most Talked of During the Years, 1595-1598*. (London: Routledge & Kegan Paul , 1974) 155. この記事は、*Mid. Sess. Rolls,* i. 266. から *Elizabethan Journal* に収録されたものである。

21 David Mayall , *Gypsy Identities, 1500-2000: From Egipcyans and Moon-men to the Ethnic Romany* (London: Routledge, 2004) 61.

22 George Abbot (1562-1633) は、オックスフォード大学で学んだ後、大学で教鞭をとるかたわら、一五九九年に三七歳の若さで *A Brief Description of the Whole World* を執筆・出版した。この書は多くの読者を獲得し、版を重ねることとなった。Abbot 自身は海外を旅したことはなく、書物の中に記述されたことはすべて、彼の読書から得られた知識である。やがて Abbot は、国王ジェイムズの指示のもと欽定訳聖書の編纂に携わり、一六一一年の聖書の完成と同時に、カンタベリーの大主教を任じられている。また慈善事業にも力を尽くし、一六一九年、通称 Abbot's Hospital の名で知られている the Hospital of the Blessed Trinity の建設を手がけた。John Michael Archer の *Old Worlds* にもこの書物への言及がある。p.42.

23 "Although the Countrie of Egypt do stand in the selfe same Climate, that *Mauritania* doth, yet the inhabitants there, are not black, but rather dunne, or tawnie. Of which colour, *Cleopatra* was obserued to be: who by enticement, so wanne the loue of *Iulius Cesar,* and *Anthonie*: And of that colour do those runnagates (by deuices make themselues to be) who goe vp and downe the world vnder the name of *Egyptians*; being in deed, but counterfeites, and refuse, or rascalitie of many nations." George Abbot, *A Brief Description of the Whole World* (London, 1605) K2 recto-verso.

24 辞典の正式名は *A Law Dictionary: or the Interpreter of Words and Terms Used Either in the Common or Statute Laws of Great Britain, and in Tenures and Jocular Customs.* である。John Cowell(1554-1611)は、ケンブリッジ大学で学んだ後、ロンドン主教 Richard Bancroft の勧めから、法律の研究へと身を捧げ、一五八四年に LLD の学位を授けられた。Cowell の最も有名な出版物は *The Interpreter* であり、これは法律用語の定義を記載した法律辞典である。この書の中で、Cowell は国王の絶対的権力を認め、議会は君主に仕えるべきであるとの定義をしていることから、一六一〇年の議会で議論の槍玉に挙げられたいわく付きの書物でもある。Ania Loomba の *Shakespeare, Race, and Colonialism* にもこの書への言及がある。p.127.

25 "*Egyptians*, We commonly call them *Gypsies*, and by our Statutes, and the Laws of England, they are counterfeit Kind of Rogues, that being *English* or *Welsh* people, accompany themselves together, disguising themselves in strange Habits, blacking their Faces and Bodies, and framing to themselves an unknown Language, wander up and down, and under Pretence of telling of Fortunes, curing Diseases, and such like, abuse the Ignorant common People, by stealing all that is not too hot or too heavy for their Carriage." John Cowell, *A Law Dictionary: or the Interpreter of Words and Terms Used Either in the Common or Statute Laws of Great Britain, and in Tenures and Jocular Customs* (London, 1607).

26 Mayall 61.

27 Rogue literatureについては、Arthur F. Kinney, *Rogues, Vagabonds and Sturdy Beggars: A New Gallery of Tudor and Early Stuart Rogue Literature* (Amherst: U of Massachusetts P.,1990) 11-57を参照のこと。

28 "They are a people more scattered than Jews, and more hated. Beggarly in apparel, barbarous in condition, beastly in behavior, and bloody if they meet advantage. A man that sees them would swear they had all the yellow Jaundice, or that they were Tawny Moors' bastards, for no Red- ochre-man carries a face of a more filthy complexion. Yet are they not born so; neither has the Sun burnt them so, but they are painted so; yet they are not good painters neither, for they do not make faces but mar faces. By a byname they are called Gypsies; they call themselves Egyptians. Others in mockery call them Moon-men." Kinney 243.

29 "Their name they borrow from the moon, because, as the moon is never in one shape two nights together, but wanders up and down Heaven like an Antic, so these changeable-stuff-companions never tarry one day in a place. . . ." Kinney 243.

30 *The Art of Iugling or Legerdemaine*. この書物の本当の著者が誰であるかは不明。表紙には"By S. R."と記され、その下に"Printed at London for T. B. and are to be sold by *Samuel Rand*, neere Holborne-bridge. 1612"との印刷が見られる。また献辞"To the ingeniovs gentleman and louing father, Mr. William BVBB."に付された署名には"SA: RID"の文字が見られる。これがSamuel Ridという名の著者なのか、それとも単に印刷出版業者であるSamuel Randという綴りの誤植なのかはわからない。*Oxford Dictionary of National Biography*には、Samuel Randという名前で、同時代に存在する医師(1588-1654)の名前が記されているのみである。Ania Loombaの*Shakespeare, Race, and Colonialism*にもこの書への言及がある。p.130.

31 "Certaine Egiptians banished their cuntry (belike not for their good conditions) arriued heere in England, who being excellent in quaint trickes and deuises, not known heere at that time among vs, were esteemed and had in great admiration, for what with strangenesse of their attire and garments, together with their sleights and legerdemaines, they were spoke of farre and neere, insomuch that many of our English loyterers ioyned

with them, and in time learned their craft and cozening. The speech which they vsed was the right Egiptian language, with whome our Englishmen conuersing with, at last learned their language. These people continuing about the cuntry in this fashion, practising their cosening art of fast and loose, and legerdemaine, purchased to themselues great credit among the cuntry people, and got much by Palmistry, and telling of fortunes: insomuch they pittifully cosoned the poore cuntry girles, both of mony, siluer spoones, and the best of their apparrell, or any good thing they could make, onely to heare their fortunes. *The Art of Iugling or Legerdemaine* 15-16.

32 "... he yeelded him selfe to goe with Cleopatra into Alexandria, where he spent and lost in childish sports (as a man might say) and idle pastimes, the most pretious thing a man can spende, as Antiphon sayth: and that is, time." Geoffrey Bullough, *Narrative and Dramatic Sources of Shakespeare*(New York: Columbia U.P.,1968) 5. 275.

33 他の箇所において、"Caesar sayde furthermore, that Antonius was not Maister of him selfe, but that Cleopatra had brought him beside him selfe, by her charmes and amorous poysons" Bullough 5.295. や "Now Antonius was made so subject to a womans will" Bullough 5.296. とするプルタルコスの記述は存在する。シェイクスピアはアントニーとクレオパトラの関係における男女の逆転を、台詞をとおして観客に繰り返し訴えている。

34 ギリシア神話 Omphale については、Arden 版 The Third Series の *Antony and Cleopatra* の Introduction, pp.64-65. を参照のこと。

35 プルタルコスでは、むしろ敗戦となった場合を想定して、クレオパトラが自らの逃走経路を確保するために、陸ではなく海上での戦闘を訴えたことだけが記されており、男まさりなクレオパトラの言動を伝える記述は存在しない。"Cleopatra forced him [Antonius] to put all to the hazard of battel by sea: considering with her selfe how she might flie, and provide for her safetie, not to helpe him to winne the victory, but to flie more easily after the battel lost" Bullough 5.298.

36 Wilders , The Arden Shakespeare, Third Series , 126. n.

37　Bullough 5.358-406. 参照のこと。

38　Bullough 5.406-449. 参照のこと。

39　Marilyn French の研究に代表されるようなジェンダー研究。*Shakespeare's Division of Experience* (New York: Summit Books, 1981).

第六章　ペルシャの道化

一六・一七世紀英国の見たペルシャ帝国

I　イスラム教国ペルシャ

『ヴェニスの商人』の第二幕一場に登場するモロッコの王子は、ポーシャとの婚姻をかけた箱選びに際して、自らの揺るぎなき決意を高らかに宣言している。宣言のなかで、「ペルシャ王とその王子をこの手にかけ、オスマン・トルコ皇帝を三度まで戦場に破ったこの新月刀にかけて」とモロッコ王子は豪語するものの、彼の用いた修辞にはいささか疑いの目を向ける必要があろう。[1] というのも、歴史のなかでモロッコがペルシャと交戦したという事実は存在しないからである。しばしばモロッコ王子の驕慢な性格を表す、彼特有の大言壮語と片付けられがちなこの台詞も、「他者」という概念を語るうえでは興味深い。それは、キリスト教徒がすべてのイスラム教徒を「他者」と見なしていたという二項対立的な概念を、あらためて問い直すことをわれわれに求めるからである。劇場にひしめく観客が、モロッコがイスラム教国であり、ペルシャやトルコもまたイスラム教国であることを承知していたなら、イスラム教国どうしの間に摩擦や衝突が存在することをも理解していたはずである。モロッコ王子の台詞は、イスラム教徒が一枚岩ではないという事実を、当時の劇場の観客が把握していたことへの確かな証拠となるからである。[2]

従来の英国近代初期演劇研究において、ペルシャが研究者たちの関心を惹くことはあまりなかった。ラダン・ニアエッシュ (Ladan Niayesh) は、文学研究において英国とペルシャの関係に注目が集まらなかった理由として、マーロウ (Christopher Marlowe) やシェイクスピアなどの作品には、主要登場人物としてペルシャ人がいないこと、更には英国近代初期演劇における「他者」としてのペルシャの曖昧な立場を挙げる。

（ギリシャやローマ）という古代の規範に対する文化的他者でありながらも、地中海の国ではなく、トルコ帝国に属するわけでもなく、更にイスラム教スンニ派ではない東洋の国として、ペルシャ人は不安定な第三勢力を形成し、更にそれは二元的なオリエンタリストという雛形にも相反するものなのである。[3]

すなわちペルシャは、古典のなかではギリシャやローマと敵対する強大国としてその名を記され、一六世紀の英国人にとっては、その政治的・宗教的差異から東洋の大国でありながら、オスマン・トルコ帝国と同じく東洋の「他者」としてひとつに括ることの難しい、複雑な立場にあったといえる。たとえ主要登場人物として舞台上に現れることがないとしても、様々な台詞の周縁にわずかに痕跡を留め、決してその存在を否定することのできないペルシャは、近代初期演劇のなかにおいていかなる存在であったのか。この章では、近代初期の文献のなかにそうしたペルシャへの言及を辿りながら、一五九〇年代のシャーリー兄弟の旅によって、にわかに政治性を帯びることとなったペルシャ表象について考えていきたい。

Ⅱ　英国におけるペルシャのイメージ

古典に描かれたペルシャ

イザヤ書に登場するキュロス二世（Cyrus II）をはじめ、ダレイオス一世（Darius I）やクセルクス一世（Xerxes I）など、アケメネス王朝（BC550-BC331）の時代のペルシャの様子は、ヘロドトス（Herodotus）やプルタルコス（Plutarch）など、多くの歴史家によって記されてきた。これらギリシャの古典に見出せるペルシャに関する記述は、古典教育を通じて近代初期の英国の知識人たちに大きな影響を与えた。なかでもギリシャの歴史家クセノポン（Xenophon）の記した『キュロスの教育（*Cyropaedia*）』は、教材にも用いられたことから、一六世紀英国の人文主義教育に大きく貢献したという。書のなかでは、古代ペルシャ建国の王キュロス二世を題材にクセノポン自身の政治哲学が展開されており、歴史書としては史実と異なる記述が多いものの、帝国形成理念の理解に役立つと考えられていたのである。[4] 他方、中世においては、東洋を旅した経験を記した様々な書物のなかに、豊潤の都としてのペルシャの様子が度々記された。マルコ・ポーロ（Marco Polo）や「サー・ジョン・マンデヴィル（Sir John Mandeville）」による旅行記、更には十字軍の残した記録のなかに、ペルシャ皇帝の専制政治の有り様やその豪華絢爛たる宮廷生活の様子が描かれ、これらの書物を繙く近代初期英国の読者の心に豊潤の国ペルシャのイメージを形成する一助となった。スペンサー（Edmund Spenser）の『妖精の女王（*The Faerie Queene*）』をはじめ、マーロウの『マルタ島のユダヤ人（*The Jew of Malta*）』、ジョンソンの『錬金術師（*The Alchemist*）』

や『ヴォルポーネ (*Volpone*)』などの劇のなかにも、こうした贅を尽くしたペルシャ宮廷生活への言及が見出せることからも、そうした影響を窺い知ることができる。[5]

しかし一六世紀のサファビー朝ペルシャ（一五〇一年―一七三六年）についての知識は、近代初期英国において限られたものであった。一五六〇年代から一五七〇年代にかけてはモスクワ会社 (Moscovy Company) が、交易のために幾度かペルシャを訪れているものの、一五八〇年代に入ると両国の交易は途絶えてしまう。原因として、クリミア系タタール人の叛乱により通商路の危険性が増したことや、一五七八年に勃発したオスマン・トルコとペルシャの戦渦の影響は否定し難い。更に一五八一年エリザベスからの特許状を下付されて、新たに設立されたトルコ会社 (Turkey Company) の存在も影響したであろう。軍事力および商業力を一層強化させてくるカトリック教国スペインに対抗して、新たな通商路を確保する必要性から、英国はイスラム教国との交流を真剣に模索していた。オスマン・トルコとの通商条約を成立させるべく、エリザベスの密命を受けたウィリアム・ハーボーン (William Harborne) は皇帝ムラド三世 (Murad III) との交渉にみごと成功し、一五八〇年五月に両国間に通商条約が結ばれて、翌一五八一年九月にはオスマン・トルコとの貿易を一手に引き受けるトルコ会社が設立された。

背景には、一五七八年夏よりペルシャとの軍事的緊張関係にあったオスマン・トルコ側の思惑も働いていた。皇帝ムラドは、ペルシャとの戦役に向けて新たな兵器の獲得に興味を示し、英国はこれに応えて、錫、青銅をはじめ、銃など、オスマン・トルコ側の軍備拡張に必要とされるものの提供をもちかけていた。皇帝の思惑を汲むなら、オスマン・トルコとの間に通商条約を結びながら、同時に英国がペルシャとの交易を続けていくことは外交上、得策ではないと判断された。オスマン・トルコをいたずらに刺激することを避けるためにも、商業上の利益を上げることが難しくなりつつあったペルシャとの交易は、一五八一年のジョン・ニューベリー (John Newberrie) のペルシャ訪問を最後に完全に途切れてしまう。以降、一五九八年にシャーリー兄弟 (Anthony and Robert Sherley) がペルシャを訪れるまで、ほぼ二十年の歳月にわたり、ペルシャと英国両国間における交流の記録は見当たらない。[6]

第三勢力としてのペルシャ

商取引においてはオスマン・トルコと友好関係を推し進めてきたようにみえる英国も、大陸におけるオスマン・トルコ帝国の勢力拡大に対しては、つねに警戒の目を向けていた。一五八八年にジョバンニ・トマソ・ミナドイ (Giovanni-Tommaso Minadoi) の *Historia della Guerra fra Turchi, et Persiani* が大陸で出版された。トルコとペルシャ間で戦われた戦争について記したこの書物は、アブラハム・ハートウェル (Abraham Hartwell) によって英訳され、一五九五年に『トルコとペルシャ戦記 (*The History of the Warres between the Turkes and the Persians*)』の書名で、英国読者に向けて出版されている。もともと原書には、トルコとペルシャの地理的位置関係を示すために地図が添えられていたが、ハートウェルの翻訳版では、原書に収録されていたギャスタルディ (Gastaldi) の製作した地図に差し替えて、オルテリウスのペルシャ地図をもとに製作されたと思われるチャールズ・ホウィットウェル (Chales Whitwell) の地図が添えられた。(図1) トルコとペルシャの戦争を扱うという書物の性格上、当然のことではあるものの、英国で初めて製作されたペルシャ地図がトルコとペルシャ両国の様子を一枚に描いたものであったことは示唆的である。まるで同時代のペルシャの重要性が、トルコとの関係においてのみ浮かび上がってくることを、象徴しているかに思われるからである。

原作者ミナドイは書の冒頭におかれた「読者に向けた序文」のなかで、自分がこの書の執筆を思い立った理由について記し、本書を繙く人々にイスラム教国の脅威を知ってもらうことにあると述べている。更に、ミナドイはイスラム勢力の侵攻を受けた人々がいかに悲惨な境遇におかれているかを指摘し、イスラム勢力に対抗するため、キリスト教国の君主たちの結束を訴える。

> 私はキリスト教国のすべての人々にこの書を読んでもらうことによって、人々に利益をもたらし喜びを与えることができるものと思う。そうすることを通して、キリストの名の下に、敵となるこの両国［トルコとペルシャ］がどれほど強大な力を有しているかを理解していただき・・・キリスト教国の君主たちが野蛮人に対して、武器をとって戦うことの意義を悟っていただけるであろう。彼らの支配のもとにかつて名をなした数多の強大な国々が既に屈した。（真実を述べるなら）その損失はあまりに大きく、涙なしに想い浮かべることはできないほどである。その気高さゆえに名を知られ、その博識ゆえに栄光を身に纏い、まるで全世界に君臨する王侯のように、かつては多くの国々を治めてきた人々が、共同体を追われ、家を追われ、祖国を追われて、貧しいままに放浪し、他人の援助にすがっているのである。[7]

ミナドイは、イスラム教国の侵略に対する恐怖とそれに対抗すべくすべてのキリスト教諸国が武器をとって立ち上がることを祈念する。

ミナドイの書物の重要性を認識し、英訳に着手したハートウェルとて同様である。ハートウェルは英訳に添えた自らの献辞なかで、かつての予言のなかでトルコの勢力が弱まると言われていたことに反論し、弱まるどころか帝国が一層強大な力を誇示して、次々にヨーロッパ諸国を併合していると警告を発する。

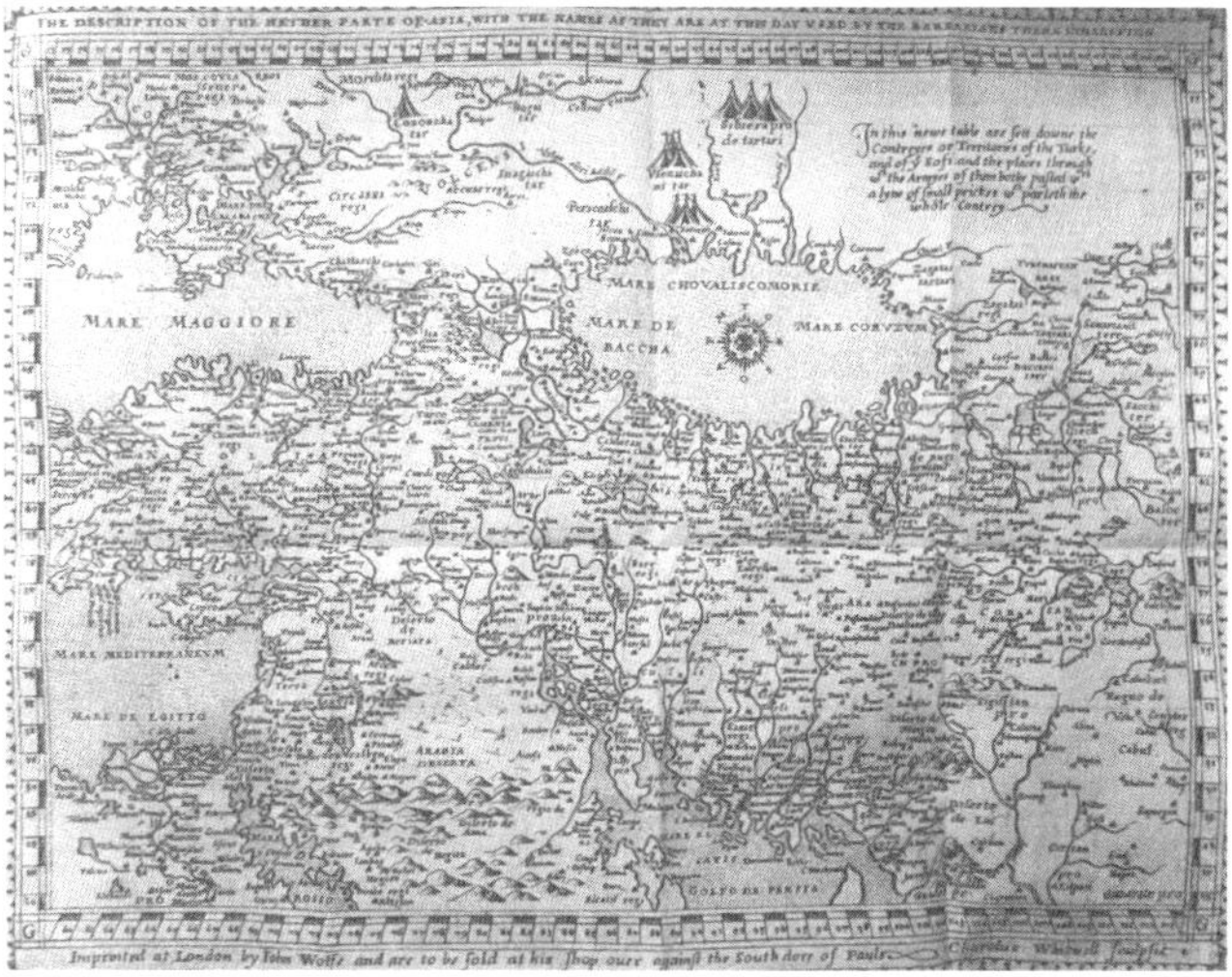

図1　チャールズ・ホウィットウェル作　ペルシャ地図

・・・というのも、あらゆることがこの予言にまったく反し、トルコ人の勢力は強大で止まるところを知らず、彼らに敵対する者たちは分裂し弱体化している。神がイエス・キリストの子らの福音とその教えを伝えようとする者たちを護るために下り来て下さらなければ、いまや全東洋を治め支配する半月が満月となって、西洋のすべてのキリスト教国を呑み込むような大氾濫となることを、自分は大いに恐れるのである。[8]

ハートウェルをしてミナドイの書物を英語に翻訳させたのも、こうした拡大の一途を辿るかに見えるオスマン・トルコ帝国への脅威と、すべてのキリスト教国がその支配に屈する日がくるのではないかという恐怖によるものであった。彼は、ミナドイの書物を英訳することによって、大陸の人々の抱く不安と怖れによる緊迫した空気をいち早く英国民に届けようとしたのである。

同時に原著者ミナドイは、果てしなく勢力を拡大するかに見えるオスマン・トルコがペルシャとの戦いに巻き込まれることによって、両者間の戦争がキリスト教国に利することをも主張している。「戦は長期に及ぶ血なまぐさいものであろうが、キリスト教国にとっては、余裕をもてる大いなる好機でもある。それは外国との争いや国内紛争で疲弊してしまっているキリスト教国の戦士たちに、活気を取り戻させ、兵力を増大させる暇を与えることになるからである」と彼は言う[9]。すなわちペルシャとオスマン・トルコの戦争は、キリスト教諸国から見れば、オスマン・トルコの関心を東方に逸らさせる絶好の機会であり、帝国が西へ西へと侵略の手を伸ばすことに、一時的とはいえ歯止めをかける可能性を意味するものであった。そうした観点から、ペルシャは、西洋のキリスト教諸国にとって第三の勢力であり、オスマン・トルコと敵対するという意味においては東洋のイスラム国でありながら、またとない同胞ともいえる立場にある国と映ったのである。

古典のなかで帝国の理念を象徴する存在として描かれたペルシャは、中世の時代には莫大な富を誇る豊潤の都として想い描かれ、その足跡を近代初期の文学のなかに留めてきた。しかし一五八〇年代後半から一五九〇年代になると、拡大を続けるオスマン・トルコ帝国とキリスト教諸国の衝突の中で、オスマン・トルコ帝国に敵対する第三の勢力と目されることによって、にわかに政治性を帯びることとなったといえるであろう。そうした英国人のペルシャに対するイメージの変化は文学作品のなかにも反映され、キリスト教世界とは決して相容れることのないオスマン・トルコの他者性を一層強調するための引き立て役としての役割を担わされることとなったのである[10]。

一五二七年から一六六〇年までの間に登場した演劇、宮廷仮面劇、市長の就任披露行列のなかで、何らかの形でペルシャを扱ったものを省察したリンダ・マクジャネット (Linda McJannet) によれば、これらのなかに同時代のペルシャを取り上げたものは極めて少なく、わずかにマーロウの『タンバレン大王 (*Tamburlaine*)』第一部・第二部（一五八七—八八）、フルク・グレヴィル (Fulke Greville) の『アラハム(*Alaham*)』(一六〇〇)、トマス・ヘイウッド(Thomas Heywood)の『ロンドンの四人の奉公人(*Four Prentices of London*)』(一六〇〇)、そしてジョン・ディー(John Day)、ウィリアム・ロウリー(William Rowley)、ジョージ・ウィルキンズ(George Wilkins)の合作による『英国三兄弟の旅(*Travels of the Three English Brothers*)』(一六〇七)などが挙げられるのみであるという。[11] なかでも『英国三兄弟の旅』は、一五九〇年代の後半に決行されたシャーリー兄弟のペルシャへの旅をもとに書かれた作品でもあり、同時代のペルシャを題材にした異色の作品として、また政治的プロパガンダ色の強い演劇として注目に値する。

Ⅲ　シャーリー兄弟の旅行記

ロバート・シャーリーの肖像画

現在、ウエスト・サセックスのペトワース・ハウスに所蔵されているロバート・シャーリー(Robert Sherley)の肖像画は、見る者に様々なことを語りかける。画家ファン・ダイク(Van Dyck)の筆になるという絵の中に描かれたこの人物は、およそ一七世紀の英国人の服装とはかけ離れた衣服を身に纏っている(図2)。うずたかく頭に巻かれたターバン、肩から羽織った絹の衣に刺繍された異国風の人々の姿、それを取り巻くように配置された珍しい図柄、柄の曲がった剣、そして左手に持たれた弓、これらはすべてペルシャに由来するものである。ロバート・シャーリーは、ペルシャ皇帝シャー・アバス(Shah ʻAbbas)の外交使節として、ヨーロッパ各国を歴訪し、イスラム教国ペルシャとキリスト教国の同盟関係を説いてまわった。肖像画には描かれていないものの、彼のターバンにはローマ法王より授けられた銀の十字架が輝いていたという。まさに彼の出で立ちは、自らがイスラム教世界とキリスト教世界をひとつに結ぶ架け橋となる人物であることを宣言するものであった[12]。

彼の傍らには常に、ペルシャ人でありながら彼の妻となったテレジア(Teresia)の姿があった。彼女は、キリスト教国を訪れた初めてのペルシャ女性として、各国で評判になり、彼女もまた肖像画に描かれた(図3)。絵の中の彼女は、右手に火打ち石銃、そして左手には懐中時計という、一般に女性が携行するには珍しい物を持たされている。実は、これらがキリスト教国によって、ペルシャにもたらされた文明の利器であることから、キリスト教西洋による東洋ペルシャの文明開化がさりげなく、絵の中に表わされているのである。

しかしこうしたロバートの姿も、彼らに疑いのまなざしを向ける人々にとっては、嘲笑の的であった。そうした人々にとってロバートはペルシャの間諜に過ぎず、奇妙な衣装を纏ったその姿は、皇帝の道化ともいえる滑稽なものと映ったのである。一六二五年、ロバートの名声を穢すような事件が起こる。この年、英国のジェイムズ王のもとを訪れたペルシャの外交使節によって、ロバートが殴打されたのである。ペルシャ人外交使節は、自分たちからすれば卑しい身分の異国人に過ぎないロバートが、妻テレジアを皇帝の姪と偽り、皇帝一族との姻戚関係を吹聴してまわっていたことを知って、あまりの非礼に激怒したというのが真相であった[13]。

シャーリー兄弟

ここで歴史資料に残されたシャーリー兄弟の生涯について、すこし詳しく述べておきたい。サセックス州ウィストンの庶民院議員のサー・トマス・シャーリー(Sir Thomas Sherley)を父として、長男ト

図2　ロバート・シャーリー

図3　テレジア・シャーリー

マス（Thomas）、次男アンソニー（Anthony）、そして三男ロバート（Robert）は育った。上の二人トマスとアンソニーはオックスフォード大学のハートホールに通ったと言われ、トマスは引き続きイナー・テンプル法曹学院（the Inner Temple）へと進んだ。アンソニーは、エセックス伯爵ロバート・デヴロー（Second Earl of Essex, Robert Devereux）の従兄弟にあたるフランシス・ヴァーノン（Frances Vernon）と結婚し、この結婚が彼とエセックスとを固く結びつけることとなったという。シャーリー家は経済的に困窮しており、多くの借財を抱えていたばかりか、フランシスとの婚姻は女王の不興を買うこととなった。汚名返上を願うアンソニーは、ギニア湾におけるポルトガルの定住地を襲撃するため、海外遠征を決行するが、成功をおさめることはできず、ヴェニスに辿り着いた頃には、更なる借財を重ねざるをえない苦しい状況にあった。

そうした兄のもとに末弟のロバートが合流し、一五九八年二人はペルシャに向かうこととなる。ジェーン・グローガン（Jane Grogan）は、彼らの旅の目的を三つ挙げている。ひとつにはペルシャ湾にあるポルトガルの所有地に攻撃を加えるための計画を練るため、あるいはペルシャ皇帝シャー・アバス（Shah ʽAbbas）にオスマン・トルコの勢力を抑え込むことを目的として、キリスト教国と同盟関係を結ぶことを提案するため、はたまたペルシャとの商取引に手を染め、東洋からの様々な商品を輸入すること、等が考えられるという。[14] 彼らの旅のルートを考えると、ポルトガルの所有地への攻撃の可能性は低い。グローガンの考える通り、ペルシャ皇帝へのキリスト教国同盟の提案はあくまでも大義名分に過ぎず、本音はペルシャとの交易による利益獲得であったのかもしれない。残念ながら、彼らの旅の真の目的は未だ不明のままである。

兄弟はアレッポから陸路アナトリアを通ってペルシャに入り、皇帝シャー・アバスに拝謁することを許された。実は皇帝は、拡大を続けるオスマン・トルコ勢力を抑え込もうとする教皇や枢機卿をはじめヨーロッパ各国の国王から、キリスト教国との軍事同盟の締結を繰り返し打診されていた。そうした意味では、シャーリー兄弟による同盟の提案は、アバスにとって何ら目新しいものではなかった。しかし皇帝の関心はそれ以上に、ペルシャの最大の輸出品であった絹の交易経路の獲得にあったのであろう。ペルシャの絹は当時、ヴェニスやトルコの仲買人を通して、ヨーロッパの市場に流れていたので、仮に中間商人の手を経ることなく、直接ヨーロッパの商人との取引によって、市場に商品を届けることができたなら、ペルシャの国庫は一層潤うはずであった。更に、隣国オスマン・トルコとの紛争は、ペルシャの絹の輸出に大きな障害と成り得る可能性があり、トルコを通過せずにペルシャの製品をヨーロッパ市場に送り届ける経路を早急に確保しておく必要があったのである。シャーリー兄弟の来訪は、そうした意味において、アバスにとっても絶好の機会であった[15]。

ペルシャでの六ヶ月に及ぶ滞在の後、アンソニーはキリスト教国へ同盟締結を求めるアバスの外交使節としての任務を背負って旅立ち、弟のロバートは人質のような形でペルシャの地に残されることとなった。アンソニーは、モスクワ大公国、ポーランドのクラクフ、プラハ、ローマなどを歴訪したが、彼の外交活動は期待されたほど功を奏することはなく、大した成果をあげることもできないまま、最終的には各国の諜報活動に携わるようになったと言われる。ペルシャに留め置かれていたロバートもまた、数年後にペルシャの外交使節としてヨーロッパ各地を訪問することとなるが、彼の場合はキリスト教国との軍事同盟よりも、通商条約の締結が主たる目的であった。アンソニーもロバートも、ペルシャの外交使節という大義名分を掲げていたものの、その実体はキリスト教諸国の実情を探るために遣わされた、ペルシャ皇帝の間諜に過ぎなかったのかもしれない。

他方、三兄弟の長兄トマスは私掠船活動に携わっていたが、オスマン・トルコ側に拿捕され、一時コンスタンチノープルの牢獄に繋がれていた。ジェイムズ王による釈放を求める書状のおかげもあって、牢獄から釈放されたトマスは、命からがらロンドンに逃げ帰ったものの、本国ではレヴァント会社の活動妨害に対する咎や逆諜報活動の疑いをかけられ、ロンドン塔への幽閉を経験することとなる。ようやくロンドン塔を出ることを許された後も、彼は多くの借財を抱え、家屋敷を売り払い、なんとか庶民院議員の地位に甘んじて、三人の兄弟のなかでは唯ひとりイングランドの地で亡くなった。

歴史的資料から浮かび上がる三兄弟の実像は、英国への愛国心や信仰心において様々な疑義を抱かせるものがあり、彼らの取り巻きが祭り上げた英雄像、あるいは彼ら自身が演出して造り出した愛国者的イメージとは、随分異なるものである。リチャード・ウィルソン(Richard Wilson)は、アンソニーとロバートの二人が共にカトリックへの改宗者であったこと、またロバートがエセックス伯爵と特に親しい関係にあったことなどから、密かに伯爵の命を受け、エリザベス女王の外交政策を破綻させる目的で、ペルシャ皇帝アバスに接近したのだと、兄弟のペルシャ訪問を分析する。[16] ウィルソンの説は興味深いものではあるが、あくまで憶測の域を出ないように思われる。

旅行記の出版

シャーリー兄弟がペルシャに滞在した後、外交使節として、あるいは通商使節としてヨーロッパ各地を訪れたことから、兄弟の活動に対する様々な記録が、公文書をはじめ多くの歴史文書のなかに残されている。記録は、兄弟の活動に対する友人たちによる賞賛から、敵側の人間による誹謗中傷まで、実に多様である。そうしたなか、一六〇〇年初頭には、シャーリー兄弟自身がその立場を正当化するため、自ら出版を仕組んだように思われる旅行記や、彼らの協力者の筆による冒険談の出版が相次いだ。一六〇〇年に執筆者不明の形で世に出た小冊子『サー・アンソニー・シャーリーの旅行の真実記（*A True Report of Sir Anthony Sherlies Journey*）』、一六〇一年にウィリアム・パリー（William Parry）によって出版された『サー・アンソニー・シャーリーの旅行についての新たなそして詳細な記述（*A New and Large Discourse of the travels of Sir Anthony Shirley*）』、そして一六〇七年ウィリアム・ニクソン（William Nixon）によって執筆された『英国の三人兄弟（*The Three English Brothers*）』、等はすべてシャーリー兄弟の活躍を伝える書物である。なかでもニクソンによって書かれた『英国の三人兄弟』は、ジョン・ディー、ウィリアム・ロウリー、ジョージ・ウィルキンズの合作による芝居『英国三兄弟の旅』の種本とされた。劇の上演のすぐ後になってニクソンの書物が出版されていることから、ディー、ロウリー、ウィルキンズの三人は芝居を書くにあたって、ニクソンの書物の原稿をあらかじめ手に入れていたと考えられる。[17]

ケンプとの出逢い

シャーリー兄弟のローマ滞在中には、珍しい相手との偶然の出逢いもあった。シェイクスピアの劇にもしばしば登場し、一世を風靡した道化役者のウィリアム・ケンプ（William Kemp）との邂逅である。一六〇〇年二月、四旬節で劇場が興行を行なわない時期を利用して、ケンプはノリッジに向けて、彼の有名なモリスダンスの旅を決行したが、この旅の成功もあって更にイタリアへの旅を計画した。アルプスを超えてローマに辿り着いた彼は、一六〇一年の夏、その地でアンソニー・シャーリーに出逢ったという。

二人の出逢いは、脚色されて巧みに芝居『英国三兄弟の旅』のなかに組み込まれている。作品の合作者のひとりジョン・ディーは、一六〇二年に劇団ウースターズ・メン(Worcester' Men)のための脚本執筆を請け負っており、ケンプとは親しい間柄であったと思われる。ケンプは一六〇一年九月に大陸旅行から英国に帰国しているため、ディーがシャーリー兄弟の旅行記の芝居台本に関わっている際に、ケンプのエピソードを幕間狂言として作品のなかに組み込むことを思い付いたのであろう。

Ⅳ ディー、ロウリー、ウィルキンズ共作、『英国三兄弟の旅』

劇のあらすじ

一六〇七年夏、レッド・ブル座においてディー、ロウリー、ウィルキンズの合作による『英国三兄弟の旅(*Travels of Three English Brothers*)』が上演された。その前々年の一六〇五年には、一五九〇年代に登場し評判となった芝居『トマス・ストュークリー船長(*Captain Thomas Stukely*)』の脚本が出版されていた。アンソニー・パー(Anthony Parr)によれば、芝居『トマス・ストュークリー船長』は脚本の出版時期に合わせて、再びフォーチュン座にかけられたことが考えられ、『英国三兄弟の旅』はそれに対抗すべくレッド・ブル座で準備された演目だったのであろうという。[18] フォーチュン座での興行が、悪名高い海賊の破天荒な生涯を描いた冒険物語の芝居であったのに対し、『英国三兄弟の旅』はキリスト教徒の信仰と栄光の生涯を描いた旅物語の作品だからである。劇のあらすじはおおよそ次のようなものである。

＊＊＊

舞台上にシャーリー三兄弟が登場し、英国に残る長男トマスと別れ、次男アンソニーと三男ロバートはペルシャへ旅立つ。ペルシャで皇帝との謁見を許された二人であったが、皇帝は戦場で捕らえた敵の首を切り落とし、槍の先に据えて行進するという残酷な戦いの慣習を、模擬戦争の形で見せる（第一場四七―五二行）。アンソニーとロバートは、これに対して戦場の捕虜に慈悲をかけ、捕囚として生きながらえることを許すというキリスト教的な戦闘のありかたを示し、皇帝を感嘆させる（第一場一〇一―一〇行、一二〇―二七行）。アンソニーは皇帝にトルコとの戦に有利なようにと、キリスト教国との同盟を薦め、皇帝は大いに乗り気になって、アンソニーをペルシャの大使としてキリスト教国に派遣することとなった（第二場）。他方、人質としてペルシャに残った三男ロバートは、トルコとペルシャの戦いにおける活躍により名声を得るばかりか、図らずも皇帝の姪から想いを寄せられる（第三場）。かたやペルシャ皇帝の大使として各国を歴訪する次男アンソニーであったが、彼に対する皇帝の寵愛が気にくわないペルシャの高官ハリベック（Halibeck）たちは、同行した国々でアンソニーに対する妨害を繰り返し、彼は行く先々で様々な困難に巻き込まれる（第四、五場）。その頃、長男トマスはキクラデス諸島の島キーアにおいて勇敢にもトルコとの戦いに臨んだものの、味方の裏切りにあい、トルコ側の捕虜となってしまった（第六場）。偶然にも、自分の兄が捕虜になっていることを知った三男ロバートは、ペルシャ皇帝の許しも得ないまま、捕虜となっていたトルコ名将二十人と兄トマスの交換を申し入れてしまう（第七、八場）。旅の途中で偶然次男アンソニーと出逢った英国の道化ケンプとイタリアの道化が知恵比べを披露する（第九場）。アンソニーは、ヴェニスで強欲なユダヤの金貸しザリフの罠にはめられ莫大な借金をしたうえ、ペルシャの高官たちの裏工作もあって、窮地に陥る（第十場）。三男ロバートが皇帝の姪と恋仲であることに嫉妬した高官たちは、許可も得ず敵側と交渉したロバートの裏切りと姪との密通を皇帝に暴露する。ロバートの所行に激怒し、一時は彼を極刑に処すことも考えた皇帝であったが、やがて真実が明らかになり、ロバートは無罪放免となった（第十一場）。トルコの捕虜となっていた長男トマスを救出すべく英国王ジェイムズの親書がトルコ皇帝に届けられ、トマスの釈放が決まる（第十二場）。三男ロバートは、ペルシャの賢者に諭され、皇帝にキリスト教教会の建立を申し出る。皇帝は、ロバートの申し入れを快く受け入れ、教会の建設を許可するばかりか、ロバートと姪との間に生まれた赤子にキリスト教の洗礼を授けることも認め、自らが名付け親となると言う。外交使節として派遣されていた次男アンソニーの無実も明らかとなり、裏で糸を引いた高官たちの悪事も露見した（第十三場）。大団円となるエピローグの舞台上には、擬人化された「名声（Fame）」が登場し、魔法の望遠鏡によって、ロンドンのトマス、スペインのアンソニー、ペルシャのロバートと、それぞれ幸せに暮らす三兄弟の様子が観客に示され、めでたしとなる。

＊＊＊

三人の兄弟の冒険をひとつの芝居で扱おうとするため、どうしても筋が錯綜し、場面展開が追いづらくなるという難はあるものの、様々な作品の要素を巧みに組み込んで、観客の興味を尽きさせないようにと工夫された様子が窺われる。マーロウのバラバス（Barabas）やシェイクスピアのシャイロック（Shylock）を思わせるユダヤ人の金貸しザリフ（Zariph）が登場したり、サミュエル・ダニエル（Samuel Daniel）の『フィロタス（*Philotas*）』（一六〇四・五）のクラテラス（Craterus）を彷彿とさせる高官ハリベックやカリマス（Calimath）が登場したりするのは、こうした工夫によるものであろう。しかし何より興味深いのは、イスラム教ペルシャとキリスト教国の外交交渉であり、更には、ミナドイの『トルコとペルシャ戦記』に見られたような、対オスマン・トルコ政策としての第三勢力ペルシャの位置づけである。

イスラム教国オスマン・トルコ、ペルシャ、そしてキリスト教国

劇『英国三兄弟の旅』のなかで、侵略と拡大を続けるオスマン・トルコ帝国は周辺諸国を恐怖と混乱に陥れる悪の権化として描かれている。果てしなく膨張する帝国の様子を誇るオスマン・トルコ皇帝の台詞は、とどまるところを知らないオスマン・トルコの傲慢と野望を余すことなく表現する。

星々の大群に付き従われて、
子午線の頂点に位置する太陽のごとく、
取るに足らない弱小の王たちのなかに、
余は、勝利の余韻を胸に意気揚々とそびえ立っている。
地球全体を見下ろす高台の上に、しっかりと足を置き、
額を雲にも届くと思われる高みまで届かせ、余の広げた大鷲のごとき翼は、
世界の四分の三を天蓋のように覆っているのだ。[19]　（第八場一―七行）

更に、皇帝は続けて、自らを「地上の唯一の神（"the sole god of earth"）」、「王のなかの王（"King of all kings"）」、「楽園の統括者（"provost of Paradise"）」（第八場一七―一八行）と喩えるが、同様の表現は、実際に一六〇六年にオスマン・トルコ皇帝がローマ教皇に送った書簡の中に見出せる。書簡の中で、皇帝は自らを「バビロンの擁護者、地上の神、トルコの王、ユダヤの国の王・・・そしてキリスト教国に君臨する未来の征服者」と呼んでいるのである。[20] 劇に描かれたオスマン・トルコ皇帝の傲慢さは、ま

さにキリスト教徒たちが想い描く現実世界のオスマン・トルコ皇帝の姿に他ならない。劇のなかで、オスマン・トルコ皇帝とその支配は、繰り返し「暴君」（第八場七〇九行）、および「トルコの専制政治」（第十二場九八行）と揶揄され、舞台上では捕虜に対する残忍な拷問の様子が描かれる（第十二場一〇〇行）。まさに圧政と恐怖による支配こそが、オスマン・トルコ帝国の真の姿なのである。同じイスラム教徒であっても、キリスト教徒と協調できるペルシャに対して、オスマン・トルコは悪であり、キリスト教国の完全なる「他者」である。ペルシャは、このようにオスマン・トルコの負のイメージを一層強調するための効果的な役割を果たしている。

しかし、キリスト教徒からすれば、イスラムという異教徒に他ならないペルシャを同胞と見做すことにはやはり抵抗があることも事実であろう。イスラム教ペルシャとキリスト教国の同盟関係を考える上で、両国の宗教観の違いを、劇『英国三兄弟の旅』のなかでどのように描くかは非常に難しい問題である。ペルシャ皇帝がキリスト教という異教の使者を受け入れることについて説得力ある説明が求められると同時に、観客自身にイスラム教徒との協力の妥当性を納得させる必要があるからである。この点に関して、劇の第一場で、ペルシャ皇帝がアンソニーに尋ねる「私たちペルシャ人とお前たちの違いは何か」（第一場一六二行）との問いかけは興味深い。問いかけに対してアンソニーはすかさず「至上の神が異なることを除けば、何の違いもございません（"None but the greatest,"）」（第一場一六三行）と答える。彼は、イスラム教徒もキリスト教徒も共に人と呼ばれ、姿形が似ているように肉体の造りも感覚を呼び起こすものもすべて同じである、と言葉を続ける（一六四―七一行）。唯一異なるのはそれぞれの"inward offices"（第一場一七四行）すなわち「宗教的しきたり（"mode of religious observance"）」であるが、それとて人間の一生の営みを考えると大きく異なるようには思えない、と彼は言葉巧みに力説する。[21]

われわれは生を得、死を迎え、不幸を経験致します、われわれは同じく
病に罹り、火に焼かれ、飢餓に苦しみ、刃で傷つけられましょう、
われわれが同じ手や鞭によって罰せられるのであれば、
われわれの罪とて同じではありますまいか、
どうしてわれわれの神に違いがありましょう。[22]　（第一場　一七七―八〇行）

アンソニーがここまで説明したところで、危急の報せをもって伝令が舞台上に姿を現し二人の会話が中断されるため、皇帝が如何なる反応をしたのかは知る由もない。しかしトルコ軍が反撃に出ようとしているとの報告を受けた皇帝は、キリスト教徒にあらためて歓迎の意を表し、「余は、すべてのキリスト教徒を愛しておる（"... do I love all Christians."）」（第一場一九〇行）との言葉を口にする。皇帝の発するこの言葉から判断して、おそらくアンソニーの説く、たとえ信仰する神は違えどもすべての人間は同じであるとする説明に皇帝は満足したのであろう。同じく、舞台を観守る観客たちも、イスラム教とキリスト教の相違を乗り越え、異教徒との相互理解を言葉の上では理解したものと思われる。

実はこの箇所を、種本とされたと思われるニクソンの『英国の三人兄弟』のなかに辿ると、そこで宗教観の違いが詳しく語られることはない。

・・・彼［アンソニー］は、自分の国について、国家の様子、国力、国王の威厳、宗教、国民の様子、政治の行ないかた、戦争の仕方や軍隊の訓練法などについて、ペルシャ皇帝ソフィーに語った。・・・そ

して最後に彼をペルシャに引き寄せることになった特別な事情を明かした。すなわちペルシャ皇帝のお人柄や行政に対する名声と評判を彼が伝え聞いたこと、更には皇帝がトルコに抱いておられる積年の恨みなどを耳にしたことについて話した。皇帝は、大いに喜んで彼の話を聞いていた。[23]

ニクソンの記述を見る限り、両者の宗教観の相違が詳しく論じられることはなく、皇帝はアンソニーの語る異国の物語に喜んで耳を傾けているだけである。

むしろイスラム教徒ペルシャ人によるキリスト教の教義への批判ついては、ニクソンの「ペルシャ人の慣習、現状、そして風習」と題された別の章において詳述されている。ペルシャ人は、イエス・キリストを神に愛された予言者のひとりと認めるものの、偉大なマホメットに比することはできないという("no way to bee compared to Mahomet, for Mahomet (say they) was that most excellent and final Prophet . . .")。更に、神は妻を娶ることはなく、女性と交わることもない以上、イエスが神の子であるはずはないと、キリスト教の教義を否定する。ニクソンはこれ以上、両者の教義上の相違について踏み込むことはせず、「彼らの宗教については彼らに任せておくこととし、また彼らの改宗については神の力に委ねることとして("But to leaue their religion to themselues, and their conuersion to his diuine power . . .")」と簡単に切り上げた後、英国にとって実り多き交易の可能性へと話題を移してしまう。材源のニクソンに綴られた、イスラム側のキリスト教批判は、劇の中では巧みに覆い隠され、ペルシャ皇帝があたかもイスラム教とキリスト教の教義上の違いを問題視していないとの印象を観客に与えるよう、台詞が工夫されているのである。

宗教上の違和感が取り除かれたところで、ペルシャとキリスト教国の間に結ばれる同盟がいかに強大な軍を擁するものになるかが、アンソニーの口から語られる。「キリスト教国と手を組まれますれば、皇帝は最も高い地位につく将軍となられ、皇帝の戦では天使たちの援軍があなたをお護りし、皇帝のために戦うこととなりましょう。」（第二場一六八―七〇行）更に続けて、アンソニーは天上の神のために、また正義のために戦うキリスト教徒の力強さを誇るのである。

キリスト教国の君主たちがあなた様と手を組むこととなれば
キリスト教の各国をあげて、山となす大軍勢を組織し、
願いをひとつにすることによって、実際の兵力を上回ることとなるはず
天上の神のために戦うとなれば、ひとりの兵士が十人の兵の力となるもの
あらゆる兵士の腕力が、敵兵の血を流すのになんら躊躇いもございません
善から悪を洗い流すことだと悟っているのですから[24]（第二場一八一―八六行）

イスラム教ペルシャとキリスト教国同盟のイスラム教オスマン・トルコに対する戦いは、オスマン・トルコ帝国という悪の枢軸に対する聖戦となり、まさにアンソニーの言葉通り、ペルシャ皇帝にとって、「その名に名声を、そしてその魂に至福を」（第二場一八八行）もたらすものとなるはずである。皇帝に、来訪の目的をいま一度問われたアンソニーは、皆の前で高らかに宣言する。

外交使節をお遣わしになって、キリスト教国との同盟を結ばれますことを、
皇帝陛下に請願致します。国境に接しております近隣諸国の
王侯たちは皆、トルコに対抗するため皇帝陛下の全面的な援助を

乞い願っております。王侯たちからの援軍は疑う余地もございません。
皇帝陛下におかれましては、あなた様の帝国を拡大され、
最も聖なる者の擁護者と呼ばれることとなられましょう。[25]　（第二場二四一―四六行）

オスマン・トルコ帝国の拡大を阻止し、キリスト教諸国の主権を護るためにも、ペルシャとキリスト教国の同盟関係は、宗教の相違を乗り越えて結ばれるべきものなのである。アンソニーの主張は、まさに一五九〇年代における英国内で巻き起こりつつあったオスマン・トルコ帝国の危険性を訴えるイデオロギーと見事に呼応する。それは、オスマン・トルコ帝国対キリスト教国の対立という国際社会の緊張関係の場に、第三勢力としてのペルシャを引きずり込み、豊穣の国と喩えられた、いにしえの王国ペルシャに、同時代の政治的役割を担わせようとするものであった。同時に、キリスト教国である英国の民に、イスラム教ペルシャと同盟を結ぶことの妥当性と必要性を強く訴えかけるものでもあったのである。この意味において、この作品はシャーリー兄弟の渡航目的を正当化し、彼らの愛国的英雄像を確立するという、非常に政治的・宗教的プロパガンダ色の強いものであると言わざるをえない。一六〇五年に起こった、カトリックの陰謀による火薬事件の記憶も覚めやらぬなか、カトリック勢力への風当たりは強かったが、オスマン・トルコという全キリスト教国の敵に対する結束を謳い上げるプロパガンダは、カトリックとプロテスタントの区別を超えて、それなりに説得力を持っていたにちがいない。[26]

V　キリスト教化と包摂

共通の敵であるオスマン・トルコと敵対するため、同盟関係を結ぶイスラム教ペルシャとキリスト教英国であるが、両者の間に対等の関係は存在し得ない。劇のなかでは、英国からの使者の言動に驚嘆し、英国人に魅了されるペルシャ人の様子が繰り返し描かれているからである。舞台を観守る英国人の優越感を掻き立てるような台詞が、芝居の随所に挿入されていることを見落としてはならない。

このことは、劇の前半、初めて目にする英国人アンソニーの姿に、おもわず感嘆のことばを漏らす皇帝の様子からも窺える。「このキリスト教徒は、この世の者たちとは思えない。("Methinks this Christian's more than mortal.")」(第一場七五行) ペルシャ皇帝にとって、かつて見たことのない英国人の姿はまさに天上からの使者とも思える存在である。皇帝が一目で英国人の姿に惹き付けられてしまう様子を、ペルシャの高官ハリベックの台詞がことさら強調する。「皇帝は、既にこいつのことを溺愛しておられる」(第一場八〇行)。遥か彼方よりペルシャを訪れたこの異邦人に対する皇帝の寵愛は、側近の者たちの嫉妬を買うほどのものであることが理解される。続いて、皇帝の御前で披露された模擬戦闘においても、捕虜に対する、イスラム教徒ペルシャ人とキリスト教徒英国人の対応の仕方の違いが明白に描かれ、神のごときキリスト教徒の慈悲深さが皇帝の心を揺さぶる。敵の死を確かなものとするため、ペルシャ人がすべての敵兵捕虜の首をはねるのに対して (第一場五一―二行)、キリスト教徒は投降した敵兵の血を流すことはしない。降伏した敵には、「寛大な処置 ("clemency")」を施すことがキリスト教徒の流儀だ、とのアンソニーの説明にペルシャ皇帝は一層驚嘆する。

ますます余は汝がこの世の者かどうかを疑っておる
お前の話すことばは天の声を模倣しておるようだ
まるで神々が雷鳴のなかで話をされる時のように耳に響く。お前の名誉も
戦術のありかたも、人間わざとは思えぬ。[27]（第一場 一二一―二四行）

こうした両国の戦闘のしきたりの比較は、投降した捕虜の首をはねるというペルシャの風習を粗野で野蛮な行為として観る者に訴えかけ、文化的にイスラム世界が文明国であるキリスト教世界にはるかに遅れていることをいま一度印象づける。そしてペルシャと英国の慣習の違いに感嘆する皇帝の様子は、まさに未開の文明が、キリスト教という、より高度な文明に触れ開眼され啓蒙される様を描いて、舞台を観守る観客を喜ばせるのである。

シャーリー兄弟は、皇帝ばかりかペルシャの女性たちを、たちまち魅了してしまうこともまた事実である。皇帝の姪は、侍女に英国から来た兄弟のことをそれとなく尋ねる。「本当のことを聞かせて、おまえは英国から来たという二人の兄弟のことをどう思う」（第三場三―四行）。質問に隠された女主人の真意を察した侍女は、すかさず的をえた応えを返す。「思うに、お嬢様、あのかたたちが見た目のように味も良いなら、召し上がっても美味しいお料理だと思いますよ」（第三場五―六行）。胸の内を見透かされた姪は、「キリスト教徒の習慣や態度のことを尋ねただけなのに」（第三場一九行）と自らの問いかけの意味を取り繕うが、彼女がシャーリー兄弟に大いに関心を寄せていることは傍目にも明らかである。実は姪は、宮廷の高官ハリベックから好意を寄せられており、度々遣いの者を送られて求愛され続けてい

る。にもかかわらず彼女は、皇帝に次ぐ宮廷の実力者であるハリベックを尻目に、異教徒であり、身分も異なる英国人ロバートに激しく心惹かれるのである（第三場一一四―五行）。更に劇の後半では、ロバートが処刑されたものと思い込み、偽物の首にすがって嘆き悲しむ彼女の姿が舞台上に描かれる（第十一場一九七―八行）。異教の徒であるにもかかわらず、ペルシャの女性は宗教の相違や身分の違いを乗り越え、なす術もなく英国男性に心惹かれ、その愛は皇帝ですら引き離すことができないものとして語られている（第十一場二三一―四行）。ここでも異文化社会における英国人の優越性が強調されていることは歴然としている。たとえ異国の地を訪れ、異教徒の社会に身を置こうとも、英国男性はつねに異教社会の女性の乙女心を、しかも高位の女性の心を易々と射止めることができるのである。女性の目からすれば、その社会において、とりわけ地位の高い男性ですら、英国男性に遥かに及ばぬ存在でしかない。

アンソニーやロバートが異国の地で異教徒たちを魅了したように、トルコの捕囚となった長兄トマスも、その信仰心の篤さでトルコ皇帝を驚かせる。残忍な拷問でもってイスラム教への改宗を迫るトルコ皇帝に、トマスは「私の名が背教者と呼ばれる前に、まず太陽が絶え間なく輝き続けるその位置から溶け落ちてしまうであろう」（第十二場一一三―四行）と、如何なる苦痛を与えられようとも、決して変わることのない篤き信仰を吐露する。その頑なまでの信心に、オスマン・トルコ皇帝もおもわず「其方の信仰の篤さには、余も驚き呆れるばかりである。拷問台からおろし、牢へ連行せよ。こやつをどのように扱えば良いのか余も判断がつきかねる」（第十二場一二二―四行）と語り、トマスの処遇に困り果て嘆息する。キリスト教徒の篤き信仰心の前に、異教徒のトルコ人が精神的敗北を味わう様子が、まざまざと描かれていることがわかる。戦場でトルコを撃退するロバートの英雄的行為に続き、たとえ捕囚になろうと、決して魂を売り渡すことのないトマスの姿は、イスラム教支配に対するキリスト教信仰の完全な勝利を讃えているのである。

キリスト教徒の優越感をくすぐる様々な場面を踏まえながら、いよいよ芝居の大詰めでは、あらためてキリスト教信仰の重要性に目覚めたロバートの、大胆な申し入れがペルシャ皇帝になされることとなる。「私の子にキリスト教信仰によって洗礼を受けさせ、父の知っている神と同じ神を知らせてやりたいと思います」（第十三行一七〇―一行）。皇帝の姪との間にもうけた子供を受洗させたいという、このキリスト教徒の嘆願に対する皇帝の応えは驚くべきものである。

其方の子に洗礼を授けてやるがよい。余も手を貸そう。
余自身が、名付け親となってやることとしよう。
余みずからがこの手に赤児を抱いて、その場に向かおう、
その場において、赤児は完璧な儀式を受けることとなるのだ[28]（第十三場一七二―七五行）

ペルシャ皇帝は、自分の血の繋がった子供にキリスト教の洗礼を授けることを許可するだけではなく、自分自身も洗礼式に参列することを申し渡す。思いがけない皇帝の言葉を耳にしたロバートは、ペルシャ皇帝から帝国内にキリスト教教会の建立の許可を取り付け、キリスト教の教えに従って教育を授ける施設の建設までも願い出るのである。

皇帝の許可を得て、施設を建設したいと思います

その施設では、キリスト教徒の子供たちが、揺り籠の頃より
他の教育は一切せずに、
行儀作法も、ことばも、そして信仰も
キリスト教徒によって教え授けられるものだけを、学ぶこととなります。[29]（第十三場 一八七—九一行）

キリスト教徒の、この傍若無人なまでの嘆願に、またしても皇帝は、「其方の嘆願を審議する会議を招集する必要はない、既に承諾した」（第十三場 一九二—三行）と快く応ずる。

劇は、ペルシャ帝国とキリスト教国が互いに同盟関係を結ぶことの重要性を訴えながら、その実、キリスト教国である英国人の優越性と信仰の篤さを誇り、更には、イスラム教ペルシャにキリスト教信仰を伝導するための礎として、教会堂の建立と教育施設の建設を描くものであった。同盟という名の下に、イスラム教ペルシャはキリスト教に包摂され、回収されることによって、異教徒との交流に動揺を覚えずにはおれない観客の心に、満足と安堵感とを与えるものとなっているのである。シャーリー兄弟は、ペルシャと協調のうちにトルコを撃退し、そればかりかキリスト教圏にペルシャを組み入れることに成功した愛国の士であることを、高らかに謳い揚げて劇は終わる。この政治・宗教的プロパガンダの要素の強い芝居においては、キリスト教はつねに異教に対して勝利せねばならず、英国人は異国人から尊敬と崇拝の的でなければならないのである。

Ⅵ　英国の現実

しかし、ペルシャにおいて英国人の直面した現実は全く異なるものであった。当時の英国は、大陸の西のはずれに位置する島国に過ぎず、大陸の列強国と肩を並べるどころか、地中海貿易においても主要産物は毛織物しかないという弱小国であったことは否定し難い事実である。それに対してペルシャ帝国は歴史と文化を誇る古の王国で、一六世紀には絹の産地であり輸出国として近東に君臨する大貿易国であった。主な取引先は、ロシア、コーカサス、アルメニア、メソポタミア、オスマン・トルコ、そしてヨーロッパであり、各国から多くの商人が集まった。オスマン・トルコも、ペルシャの輸出する絹の中継ぎ貿易によって大いに潤ったのであり、オスマン・トルコとペルシャの争いも、絹の輸送経路をめぐる両国の紛争から生じたものでもあった。[30] 交易の拡大を狙うイタリア人たちは、一五〇一年にサファビー朝が始まる遥か以前からペルシャの宮廷に出入りしており、ローマ法王も東洋における宣教を目的として、スペイン人やポルトガル人の宣教師を送り込んでいた。一六世紀半ば、エリザベス女王は自国の商人たちの交易を後押しするために、ペルシャ皇帝に親書を送り届けている。ラテン語と英語の両方で書かれた親書の中で、女王は交易を行なうことで両国間に利益と繁栄がもたらされることを説き、両国を固い絆で結ぼうではないかと呼びかけている。この親書を手渡されたペルシャ皇帝は、果たしてどのような思いで、遥か遠くの島国の女王から届いた、あたかも両国が対等の関係にあるかのように記された書状を眺めたであろう。

英国人の話す言語である英語は、地中海貿易に携わる国々において、外交・交易における主要言語とは見なされておらず、ましてや英国の文献が大陸で翻訳されることなどほとんどなかった。他方、ペルシャ人たちの話すペルシャ語は中近東の宮廷社会における権威ある言語と見なされ、オスマン・トルコ帝国の宮廷においても、またムガル帝国の宮廷においても、ペルシャ語は解された。劇中、ペルシャの宮廷を訪れたシャーリー兄弟は、英国の様子を得々と皇帝に話して聞かせたことになってはいるが、実際には彼らの英語が通じるはずもなく、皇帝と彼らの間には常に通訳の存在があった。ペルシャを訪れた英国人たちは、ペルシャの宮廷人たちと会話をするにあたって、常にイタリア人やポルトガル人の通訳に頼らねばならず、交易を行うにもカトリックの宣教師たちの助けを借りずには、交渉すらままならなかったのである。[31]

こうした現実があったからこそ余計に英国人は心の中で、ペルシャに対する対抗意識を燃やし、ペルシャ人に対する優越感を抱くことを夢見ずにはおれなかった。自らの内にある不安と劣等感は、ペルシャ皇帝の信任を得ることによって、ペルシャ女性の愛を勝ち取ることによって、更にはペルシャにキリスト教寺院を建立しキリスト教を広めることによって、乗り越えられ克服されるものなのである。他者に対する支配・征服欲の裏には、常に自らの胸の奥に、決して口にすることのできない不安と劣等感が存在するのであろう。

大陸におけるオスマン・トルコ帝国の脅威は、英国にも伝えられ、人々の不安と恐怖を掻き立てた。交易に出た英国の帆船が、オスマン・トルコの船に拿捕されるようなことがあれば、キリスト教徒は割礼を強要され、イスラム教徒に改宗させられるという噂が、まことしやかに語られた。しかしオスマン・トルコと同じイスラム教国とはいえ、トルコと敵対するペルシャはキリスト教国から見れば、まさに同盟国であった。この時点で、文学の中に永々と伝えられて来たペルシャのイメージは一転し、にわかに政治性を帯びるものとなったのである。しかしイスラム教徒ペルシャ人に表象される、「他者」という如何ともし難い事実をいかに受容し許容するかという問題は、英国人にとって容易に受け入れ難い問題であった。そうした英国人の抱える内面の葛藤に、真正面から取り組み、その不安と恐怖を安心と優越感に書き換えようとする試みこそ、この芝居の意図するところなのである。

Ⅶ 結び ウィルキンズとシェイクスピア

シェイクスピアによって同時代に書かれた演劇のなかに登場するペルシャは非常に断片的である。たとえば『十二夜』においては、ペルシャの皇帝より与えられた莫大な金額への喩えや、ペルシャ宮廷に仕える剣士のフェンシングの腕前などが言及されるものの、それらはあくまで会話の端に上るばかりで、劇全体のプロットに関わるようなものではない。また『アントニーとクレオパトラ』においても、アントニーの心を煩わせるペルシャ軍のことを伝令が伝えているが、それ以上にペルシャのことが劇の中で話題となることはない。更に、『リア王』では、エドガーの奇妙な服装を目にしたリアが、おもわず「そのような奇妙ないでたちをしていると、ペルシャ人に間違われるぞ」と声をかける。しかしペルシャ帝国へと話題が展開する様子はない。実はこの台詞は、明らかにシャーリー兄弟を意識したものであり、英国の宮廷にロバートがペルシャの衣装を身に纏って登場したことを揶揄するものだと考えられているにもかかわらず、『リア王』のなかでペルシャがこれ以上取り上げられることはないのである。ペルシャ帝国に対するシェイクスピアの驚くべき無関心については、既に多くの研究者が言及しているが、むしろ当時、大きな話題となっていたシャーリー兄弟のプロパガンダに振り回されることを詩人が極力避けたとも考えられなくはない。エドガーの身なりに対する嘲笑からは、こうしたシェイクスピアの冷笑が漏れ聞こえるようにすら思われる。

本書で取り上げたシェイクスピア作品と『英国三兄弟の旅』を比較すれば、その違いは歴然としている。この章で見てきたように、『英国三兄弟の旅』は英国にとってのペルシャ外交の重要性を説きながら、絶えず英国人の優位性を喧伝するプロパガンダ作品に過ぎない。他方、シェイクスピア作品は異教国の人々の秘められた声に耳を澄まし、彼らの喜怒哀楽に肉迫する。劇世界に展開される異教文化との遭遇は、時に観る者の心の奥深くに語りかけ、そこに同情や共感といった、観客も予期せぬ感情を呼び起こす。思いがけず経験するこれらの感情の発露は人を戸惑わせ、いままで信じて疑うことのなかった自らの自己認識を根底から揺るがせることとなる。その時に人は、あえて自らの価値観を正当化するためにも、劇の結末で不安を心理的に支配することによって、心の平穏を得たいという衝動に駆られるのである。そうした場面に、登場人物の苦悩が、また劇場を埋め尽くした観客の抱く心理的葛藤が描き出される。シェイクスピア作品の登場人物たちの台詞は、繰り返し異文化と交渉し渡り合う。その個々の台詞にこそ、他者との接触を経験し、自らの価値観への問いかけを迫られた英国人の内的葛藤の様子が浮かび上がるのである。こうした自らの価値観への問いかけそのものが、自らのアイデンティティーを模索していた英国人の自己成型の様子を余すところなく描き出していると言えるであろう。

『英国三兄弟の旅』の合作者のひとり、ジョージ・ウィルキンズ（推定一五七五―一六一八年）は当時としては三流と言ってもよい劇作家で、単独で執筆したとされる『強いられた結婚の惨めさ（*The miseries of Enforced Marriage*）』（一六〇七）以外、めぼしい作品のない作家であった。しかしこの『強いられた結婚の惨めさ』は、シェイクスピアの劇団である国王座によって舞台上演され、それなりに評判になっていた。観客の反応に手応えを覚えたウィルキンズは、次なる芝居のあらすじを国王一座に売り込むことを目論んでいたようである。芝居の内容は、タイアのアポロニアスの伝説を基にしたペリクリーズ王の冒険談であった。前作『強いられた結婚の惨めさ』が家庭悲劇であったのに対して、ウィルキンズが次回作に各国を渡り歩く冒険物語を取り上げたのは、やはり『英国三兄弟の旅』の執筆に参加した経験があったからであろう。

当時の慣わしとして、作家は劇の執筆にあたって執筆予定の作品のあらすじや原稿の一部を劇団に見せることにより、企画を他の劇団には売り込まないことを条件に、幾ばくかの手付金をもらうこととなっていた。オックスフォード版『ペリクリーズ』の編者ロジャー・ウォレン (Roger Warren) は、おそらくウィルキンズもこの慣わし通り、ペリクリーズの冒険の企画を持ちかけたと考えられ、劇団の座付き作家であったシェイクスピアも、当然ながらこの企画を承認していたに違いないという。[32] 実は、シェイクスピアはウィルキンズと個人的にも親交があったらしく、共通の知人を持っていたことや、共に同じ裁判の証人として証言台に立ったことが明らかになっている。

しかし何らかの理由で、ウィルキンズは前半の二幕だけを仕上げて作品を放り出してしまったか、非常に雑な後半三幕分を書いてしまったことから、シェイクスピアの筆が三幕以降に入ったとウォレンは推測する。アーデン版の『ペリクリーズ』の編者スザンヌ・ゴゼット (Suzanne Gossett) もまた、様々な証拠を挙げながら、前半二幕はウィルキンズの筆になるものであり、後半三幕がシェイクスピアによるものであるという合作説を唱えている。コピー・ライトなどの概念のなかった当時、熟練の劇作家が駆け出しの劇作家の作品に手を入れることは、ごく普通のことであり、シェイクスピアも劇団を担う次世代の作家の発掘に余念がなかったのかもしれないが、ウィルキンズについては当てが外れたのであろう。もちろんこれで議論が決着したわけではなく、ニュー・ケンブリッジ版の編者ドリーン・デルヴァッキオ (Doreen Delvecchio) とアントニー・ハモンド (Antony Hmmond) のように、あくまでシェイクスピア単独執筆説を唱える研究者も少なからず居ることも事実である。

『ペリクリーズ』の上演は一六〇八年の前半と考えられており、観客に非常に人気の高い演目であったことが知られている。残念ながら、人気作品が舞台にかかっていたにもかかわらず、黒死病が再び猛威を奮い、同年七月には劇場は閉鎖に追い込まれることとなる。閉鎖は年末まで続いたようで、この期間にウィルキンズは、上演を観逃した観客を狙って『タイアのペリクリーズ王子の苦難に満ちた冒険 (*The Painful Adventures of Pericles Prince of Tyre*)』と題する散文物語を出版するのである。明らかにウィルキンズは芝居の台本を手元に持っていなかったらしく、台詞などに異なる箇所が多いことが従来の研究で指摘されている。ウィルキンズが、劇団に無断で作品の散文物語を出版したことから、劇団側との間に摩擦を生じさせたとの憶測がなされるように、この後、劇団はウィルキンズと完全に関係を断ってしまう。彼は酒に溺れるような日々のうちに生涯を終えたという。

仮にシェイクスピアが、ウィルキンズの手がけていた作品『ペリクリーズ』を引き継いだと仮定した場合、作品全般の筋の展開はある程度制限されていたことが考えられる。そうした制約にも関わらず、シェイクスピアはこの作品のために筆を執って、時間を割くだけの価値があると判断したのであろう。『英国三兄弟の旅』から得たウィルキンズの『ペリクリーズ』の発想は、英雄の冒険談程度のものであったのかもしれないが、シェイクスピアはその中に主人公の魂の遍歴を見出し、恋人との出逢いと結婚そして死別、娘の誕生と喪失、歓喜と絶望を描きながら、結末の奇跡へと物語を膨らませている。シェイクスピアの筆は、ペリクリーズの旅を、単なる苦難の冒険談に終わらすのではなく、人智では図り得ない人生と運命の不思議を物語の中に紡ぎ出しているのである。これらはウィルキンズたちが手がけた『英国三兄弟の旅』とは、全く異なる世界観であることはあまりにも明白である。プロパガンダ色の強い『英国三兄弟の旅』に対する反発が、シェイクスピアの心に同時代の東地中海への関心よりも、古代ギリシャに代表されるヘレニズム文明への郷愁を呼び起こし、結果的に『ペリクリーズ』を是非とも完成させたいという劇作家の意欲と情熱に火をつけたのかもしれない。そして、『ペリクリーズ』の執筆を契機に、シェイクスピアは以降に生み出されることとなるロマンス劇の世界へと足を踏み入れることとなるのである。[33]

『英国三兄弟の旅』は、『ペリクリーズ』と共に地方公演の演目として選ばれ、地方巡演の途についたという。ペルシャとトルコの現状を描いた作品と古のギリシャ世界を取り上げた作品という対象的な組み合わせが面白いと思われたのであろう。そして地方公演用に選ばれた三本のうちの最後のひとつは、なんと古の英国に取材した『リア王』であったという。

注

1 "...By this scimitar / That slew the Sophy and a Persian prince / That won three fields of Sultan Solyman," William Shakespeare, *The Merchant of Venice*, *The Riverside Shakespeare*, 2nd ed., ed. G Blakemore Evans (Boston: Houghton Mifflin Company, 1997) 294. 引用はこの版をもとに翻訳したものである。

2 Ladan Niayesh, "Shakespeare's Persians," *Shakespeare*, 4:2, 127-136.

3 Niayesh, 128.

4 Jane Grogan, *The Persian Empire in English Renaissance Writing, 1549-1622* (Basingstoke, Hampshire: Palgrave Macmillan, 2014) 1-3.

5 Grogan 4.

6 Grogan 21; Gerald MacLean and Nabil Matar, *Britain and the Islamic World, 1558-1713*. (Oxford: Oxford UP, 2011) 64-68; Despina Vlami, *Trading with the Ottomans: The Levant Company in the Middle East* (New York: I. B. Tauris, 2015) 13-30.

7 "[T]he other is, for that I doe verily persuade my selfe, that I shall breede great profite and delight to all nations Christian by the reading of this history, wherein they shall vnderstand how mighty the forces are of these two enimies of the name of Christ; and in what termes they stand euen at this day: by meanes of which knowledge it may peraduenture fall out, that our Christian Princes will bee encouraged to take vp armes against the *Barbarians,* vnder whose gouernement so many famous and potent nations are already reduced. A losse (to say the trueth) very great, and not to be thought-of without shedding of teares, that whereas a people so renowmed for their Nobilitie, & glorious in all ages for wisedome and science, did in times past gouerne so many nations, as though they were Lordes of the whole world: Now being either driuen from their proper Colonies, from their owne houses, from their domesticall confines, they goe wandring vp and downe poore, & needy of other mens helpe:" Giovanni Tommaso Minadoi, *The Historie of the War betweene the Turkes and the Persians,* Trans. Abraham Hartwell (London, 1595). The first book, n.pag. 437:07 STC.

8 "For (with great griefe it must bee vttered) wee see all thinges go so quite contrarie to this prognosticon, and the power of the Turkes growe so huge and infinite; and their enemies so diuided and weakened, that vnlesse God come downe as it were out of an Engine, to protect the Gospell of his Sonne Iesus Christ, and the Professors thereof, I feare greatly that the halfe Moone which now ruleth & raigneth almost ouer all the East, wil grow to the full, and breede such an Inundation as will vtterly drowne al Christendome in the West." n.pag.

9 "A warre not onely long & bloudie, but also very commodious and of great oportunitie to the Christian Common-wealth: for that it hath granted leisure to the Champions of Christ to refresh and encrease their forces, being now much weakened by warres both Forreine and Ciuill." n.pag.

10 Anthony Parr, "Foreign Relations in Jacobean England, the Sherley Brothers and the 'voyage of Persia,' " *Travel and Drama in Shakespeare's Time*, ed. Jean-Pierre Maquerlot and Michele Williams (Cambridge: Cambridge UP, 1996)11-12; Juvad Ghatta, "Persian Icons, Shi'a Imams: Liminal Figures and Hybrid Persian Identities on the English Stage," *Early Modern England and Islamic Worlds*, ed. Bernadette Andrea and Linda McJannet (New York: Palgrave Macmillan, 2011) 66-67.

11 Linda McJannet, "Bringing in a Persian," *Medieval and Renaissance Drama in England* 12 (1999): 236-67.

12 Anthony Parr, "Foreign Relations in Jacobean England, the Sherley Brothers and the 'voyage of Persia' " 28.

13 Parr 18, 28-9.

14 Glogan 152.

15 Stephen F. Dale, *The Muslim Empires of the Ottomans, Safavids, and Mughals* (Cambridge: Cambridge UP, 2010) 121-22.

16 Richard Wilson, " 'When Golden Time Convents': *Twelfth Night* and Shakespeare's Eastern Promise." *Shakespeare* 6:2 (2010): 209-26.

17 *Three Renaissance Travel Plays* 8, Parr 18.

18 *Three Renaissance Travel Plays* 5-6.

19 "Thus like the sun in his meridian pride,
Attended by a regiment of stars,
Stand we triumphant 'mongst our pretty kings.
Upon the highest promont of either globe
That heaves his forehead nearest to the clouds

Fix we our foot; and with our eagle's wings
Canopy o'er three quarters of the world." *Three Renaissance Travel Plays* 98. 作品からの引用はすべてこの版をもとに翻訳したものである。

20 *Three Renaissance Travel Plays* 99.

21 *Three Renaissance Travel Plays* 67n.

22 "We live and die, suffer calamities,
Are underlings to sickness, fire, famine, sword.
We all are punished by the same hand and rod,
Our sins are all alike; why not our God?"

23 ". . . where he discoursed vnto the Spohi of Persia, his countrey, the state, power, & maiestie of his Prince, the religion, and conditions of the people, the manner of gouernment, with the nature and discipline of their warres: . . . Lastly, he declared the speciall matter and occasion that drew him into Persia: namely the fame and renowne that he heard of his Actes and Gouernment, and the inveterate hatred he bare unto the Turkes. The King was highly pleased with his discourse, . . ." Anthony Nixon, *The Three English Brothers* (London, 1607). n.pag.

24 "Then Christian princes join their hands with yours
And sweep their several nations to a heap
With one desire to number out their men,
Knowing who fight for heaven each soldier's ten,
And every hand is free in shedding blood
Since 'tis to wash the evil from the good."

25 "That you by embassy make league with Christendom
And all the neighbour princes bordering here,

And crave their general aid against the Turk,
Whose grants no doubt of. So shall your grace
Enlarge your empire living, and being gone
Be called the champion for the holiest one."

26 *Three Renaissance Travel Plays* 10-11, Ladan Niayesh, "Shakespeare's Persians," *Shakespeare* 4:2 (2008): 131.

27 "I more and more doubt thy mortality.
Those tongues do imitate the voice of heaven
When the gods speak in thunder; your honours
And your qualities of war more than human."

28 "Baptize thy child, ourself will aid in it;
Ourself will answer for't, a godfather.
In our own arms we'll bear it to the place
Where it shall receive the complete ceremony."

29 "I would by your permission raise a house
Where Christian children from their cradles
Should know no other education,
Manners, language nor religion
Than what by Christians is delivered them."

30 Andre Gunder Frank, *ReOrient: Global Economy in the Asian Age* (Berkeley: U of California P, 1998) 83.

31 Grogan 17-20.

32 Roger Warren, ed., *A Reconstructed Text of Pericles, Prince of Tyre*, by William Shakespeare and George Wilkins(Oxford: Oxford UP, 2003)4-8.

33 Philip Edwards,"Shakespeare's Romances: 1900-1957," *Shakespeare Survey* II (Cambridge, 1958) 5.

後記

本書は『シェイクスピアと異教国への旅』と題されている。イスラム教国やヒンドゥー教国といった非キリスト教国を対象にした研究をまとめるにあたって、「オリエントへの旅」、あるいは「東洋への旅」という名称もあるのではないかと思われる向きもあるかもしれない。しかしこの「オリエント」という語は、サイードの主張が登場して以来、重要な批評用語であると共に、使用の難しい批評用語となってしまったことも事実である。サイードは、西洋と対峙し、「オクシデント」のアイデンティティの自己統一を成らしめるものとして、「オリエント」という概念を使用している。しかしシェイクスピアの活躍した一六・一七世紀を議論するにあたって、果たしてこの批評用語は有効であろうか。そもそも一六・一七世紀を生きた英国人にとって、「オリエント」や「東洋」という語は、地理的にも、文化的にも定義の定まらない語であった。後の時代の西ヨーロッパの研究者たちが、西洋に対峙する、非キリスト教圏を意味するものとして、これらの用語を特別な意味をこめて使い始めたことを忘れてはならない。その意味において、サイードの主張を一六・一七世紀の英国人の心象を論ずる際に援用することは、アナクロニズムとの批判を受けることとなるであろう。

またサイードの主張するキリスト教西洋帝国主義を「自己」とし、非キリスト教東洋を「他者」とする二項対立的な範疇をもって近代初期を論ずることは、あまりにも単純すぎるとの誹りを免れないであろう。一九世紀の大英帝国を論ずるならともかく、一六・一七世紀初頭の英国は、政治面・経済面のどちらにおいても、大陸のキリスト教列強国やオスマン帝国、ペルシャ帝国などの異教国と比して、あまりにも弱小国であった。大陸の強大な帝国に驚愕を覚えると同時に、自国の将来に対して帝国となる夢を想い描くことはあったとしても、地中海世界において自らの覇権を押し進めることなど、到底不可能なことであった。大陸の並みいる帝国を前にして、英国の現状といえば、せいぜいアイルランドの植民地化を画策し、新大陸に将来の可能性を模索しながら、植民地建設に着手するための探検団を送り込むことが精一杯であった。地中海周辺諸国に対して、英国の帝国主義を物語る歴史的証拠はなにひとつ見当たらない。

むしろ異教国の他者との遭遇は、キリスト教英国人に自己変容を促す機会とすらなった。英国人の自己成型は、決して英国国内における様々なイデオロギーの衝突の中から造り出されたものではない。異教国の人々との交わり、そして異教文化との接触は、キリスト教国英国の人々に敵対や反発を呼び起こすばかりでなく、限りない憧れや誘惑を感じさせるものであったことも事実である。異教世界の不思議に触れ、異文化との交流に心躍らせながらも、時に自らの劣等感を拭い去るため、異文化からの来訪者をやり込め、自らの優位を示そうとした。そこには他者の抱く宗教観や価値観との鮮烈な交渉があり、相手に対する抑圧や譲歩があった。演劇は、そうした自己のアイデンティティを形成する仮想空間とも呼べるものであり、そこに描き出された架空の世界を通して、英国人は自己成型のための試行錯誤を繰り返したに違いない。そこでは他者を差別・抑圧する中で、自己成型をはかろうとしながらも、同時に他者の価値観に動揺し、自分たちの文化そのものを問いかけ、自分たち自身の価値観を問い直すことも行なわれたはずである。決して、他者を弾圧し支配することによって、自分たちの自己成型を果たせたわけではなかったことを今一度、ここに確認しておきたい。

本研究は、平成一九年度に着手された科研助成研究「一六・一七世紀における地中海地図とシェイクスピア演劇」（平成一九年度〜二一年度課題番号19520272）に端を発し、その後、引き続きプロジェクトを継続・拡大させた形で行なわれた科研助成研究「シェイクスピア演劇とイスラム世界」（平成二三年度〜二七年課題番号23520340）の成果を、一冊の書物にまとめたものである。（また出版にあたっては、研究成果公開促進費・学術図書・課題番号16HP5053の交付を受けた。）シェイクスピア演劇における地中海地域の影響を解明しようとする研究は、イスラム教支配地域の研究へと繋がり、キリスト教圏とイスラム教圏の交易の重要性に目を向けることとなった。更に研究を遂行する中で、イスラム教国オスマン・トルコ帝国についての研究調査をとおして、その背後にある巨大なアジア経済圏の存在を思い知らされることともなった。一六・一七世紀という時代を語る上で、政治ばかりでなくこうした世界経済の動きを無視することはできない。

一九八〇年代より一世を風靡した新歴史主義批評は王権や宮廷権力との関連で作品を分析しようとする政治批評の側面が強く、政治をも動かす経済動向への関心がやや希薄であった。しかし一六世紀のキリスト教ヨーロッパは、アジアを中心とした経済圏に参入することによって、まさにグローバル経済に巻き込まれていったのであり、その理解なくしては英国社会および経済の実態を充分に把握することはできない。グローバルに広がる交易と人々の交易品への関心、更に消費という物質面における人々の欲求が、どのようにシェイクスピア演劇に映し出されているかは、是非とも探求されるべき課題であろう。キリスト教圏を世界の中心に据えようとする従来の批評動向に一石を投じるためにも、アジア経済圏を中心として、イスラム教圏、キリスト教圏、そして更には新大陸をも包括するグローバル経済圏を念頭におきつつ、近代初期の経済動向とそこに生きた人間の精神性を探求することを次ぎなる目標としたい。

最後に、本研究をまとめるにあたって、一年間の在外研究の機会を与えてくれた同志社大学に感謝すると共に、在外研究先の受け入れ機関であったケンブリッジ大学クレア・ホールおよび、セント・キャサリンズ・コリッジ、更に私の研究に対して絶えず関心を示し、惜しみない助言を与えてくれたポール・ハートル教授(Dr. Paul Hartle)、そして時間を惜しまず資料収集を手助けしてくれたリサーチ・アシスタントのエイミー・ボウルズ(Amy Bowles)に深い感謝を表したい。また、出版を快く引き受けてくださった英宝社の佐々木元社長と編集者宇治正夫氏に厚く御礼申し上げる。

初出一覧

第一章
「地の果てからの来訪者と『ヴェニスの商人』」『同志社大学英語英文学研究』（同志社大学人文学会）八四号二〇〇九年　二三―五五頁

第二章
「『真夏の夜の夢』における東洋と西洋―母系社会による挑戦と父系社会の復権―」『主流』（同志社大学英文学会）七八号　二〇一六年　一―二四頁

第四章
「『オセロ』とイスラム世界―一七世紀初頭のキリスト教ヨーロッパ世界が抱いた不安と葛藤」『同志社大学英語英文学研究』（同志社大学人文学会）八六・八七合併号　二〇一〇年　一―二五頁

第五章
「『アントニーとクレオパトラ』とエジプト―近代初期英国におけるエジプト表象と劇作家の手法―」『主流』（同志社大学英文学会）七五号　二〇一三年　四九―七九頁

第六章
「ペルシャ帝国と『英国三兄弟の旅』」『主流』（同志社大学英文学会）七七号　二〇一五年　二一―四八頁

＊序章及び第三章は今回の出版が初出である。また他の章も、今回の出版のために大幅に加筆を施した。

Foreign Policy. Atlantic Highlands, NJ: Humanities P, 1981.

Stubbes, Phillip. *The Anatomie of Abuses*. London, 1583.

Taylor, Gary. *Castration: An Abbreviated History of Western Manhood*. New York: Routledge, 2002.

Thompson, Carl. *Travel Writing*. London: Routledge, 2011.

Tooley, R. V. *Maps and Map-Makers*. 1948. London: B. T. Batsford, 1978.

The True Report of Sir Anthony Shirley's Journy. London, 1600.

Ungerer, Gustav. "Portia and the Prince of Morocco." *Shakespeare Studies*. 31(2003): 89-126.

Varthema, Lodovico de. *The Travels of Ludovico di Varthema: In Egypt, Stria, Arabia Desserta and Arabia Felix, In Persia, India, and Ethiopa, A.D. 1503-1508*. Ed. George Percy Badger. Cambridge: Cambridge UP, 2009.

Vaughan, Virginia Mason. *Performing Blackness on English Stages, 1500-1800*. Cambridge: Cambridge UP, 2005.

Vitkus, Daniel. *Turning Turk: English Theater and the Multicultural Mediterranean, 1570-1630*. New York; Palgrave, 2003.

Vlami, Despina. *Trading with the Ottomans: The Levant Company in the Middle East*. New York: I. B. Tauris, 2015.

Warren, Roger. *Pericles*. By William Shakespeare. The Oxford Shakespeare. Oxford: Oxford UP, 2003.

______. *A Reconstructed Text of Pericles, Prince of Tyre*. By William Shakespeare and George Wilkins. Oxford: Oxford UP, 2003.

Whitney, Geffrey. *A Choice of Emblems and Other Devices*. London: 1586.

Wilders, John, ed. *Antony and Shakespeare*. By William Shakespeare. The Arden Shakespeare. 3rd Series. London: Routledge, 1995.

Wiles, David. *Shakespeare's Clown: Actor and Text in the Elizabethan Playhouse*. Cambridge: Cambridge UP, 1987.

Wilson, Richard. "'When Golden Times Convents': *Twelfth Night* and Shakespeare's Eastern Promise." *Shakespeare*, 6:2(2010): 209-226.

Wilson, Thomas. *A discourse vppon vsurye by vvaye of dialogue and oracions, for the better varietye, and moredelite of all those, that shall reade thys treatise*. London:1572.

Yahya, Dahiru. *Morocco in the Sixteenth Century: Problems and Patterns in African*

European Eyes, 1250-1625. Cambridge: Cambridge UP, 2000.

Ryley, J. Horton. *Ralph Fitch: England's Pioneer to India and Burma.* 1899. New Delhi: Asian Educational Services, 1998.

Sandys, George. *A Relation of a Iovrney Begvn Anno Dom. 1610.* London: 1610.

Schroeter, Daniel J. *The Sultan's Jew: Morocco and the Sephardi World.* Redwood City, CA: Stanford UP, 2002.

Shakespeare, William. *The Riverside Shakespeare.* Ed. G. Blackmore Evans. 2 nd ed. Boston: Houghton Mifflin Company, 1997.

Sidney, Sir Philip. *An Aplogy for Poetry or the Defence of Poesy*. Ed. Geoffrey Shepherd. London: Thomas Nelson and Sons, 1965.

Skilliter, S. A. *William Harborne and the Trade with Turkey, 1578-1582*. Oxford: Oxford UP, 1977.

Smith, Bruce R. ed. *Twelfth Night or What You Will: Texts and Contexts*. Boston: Bedford/St. Martin's, 2001.

Stallybrass, Peter. "Marginal England: The View from Aleppo." *Center or Margin: Revisions of the English Renaissance in Honor of Leeds Barroll*. Ed. Lena Cowen Orlin. Selinsgrove, PA: Susquehanna UP, 2006.

Stanivukovic, Goran V. "Illyria Revisited: Shakespeare and the Eastern Adriatic." *Shakespeare and the Mediterranean*. Ed. Tom Clayton, Susan Brock and Vicente Fores. Newark: U of Delaware P, 2004. 400-415.

______. "Masculine Plots in *Twelfth Night*." *Twelfth Night: New Critical Essays*. Ed. James Schiffer. New York: Routledge, 2011. 114-130.

______. "What Country, Friends, Is This?" : The Geographies of Illyria in Early Modern England." *Litteraria Pragensia* 12(2002): 5-20.

Stanivukovic, Goran V., ed. *Remapping the Mediterranean World in Early Modern English Writings.* New York: Palgrave Macmillan, 2007.

Stone, James W. *Crossing Gender in Shakespeare: Feminist Psychoanalysis and the Difference Within*. New York : Routledge, 2010.

______. "Indian and Amazon: The Oriental Feminine in *A Midsummer Night's Dream*." *The English Renaissance, Orientalism, and the Idea of Asia*. Ed. Debra Jahanyak and Walter S. H. Lim. New York: Palgrave Macmillan, 2010.

Stow, John. *The Annales of England.* London, 1615.

Parry, William. *A new and large discourse of travels of Sir Anthony Sherley*. London, 1601.

Pentland, Elizabeth. "Beyond the 'lyric' in Illyricum: Some Early Modern Background to *Twelfth Night*." *Twelfth Night: New Critical Essays*. Ed. James Schiffer. New York: Routledge, 2011. 149-166.

The Policy of the Turkish Empire. London: 1597.

Pomeranz, Kenneth. *The Great Divergence: China, Europe, and the Making of the Modern Economy*. Princeton: Princeton UP, 2000.

Prasad, R. C. *Early English Travellers in India: A Study in the Travel Literature of the Elizabethan and Jacobean Periods with Particular Reference to India*. Delhi: Motilal Banarsidas, 1965.

Rackin, Phyllis. "The Impact of Global Trade in *The Merchant of Venice*." *Shakespeare Jahrbuch* 138 (2002): 73-88.

Raman, Shanker. *Framing "India": The Colonial Imaginary in Early Modern Culture*. Stanford: Stanford UP, 2001.

Relihan, Constance. "Erasing the East from *Twelfth Night*." *Race, Ethnicity and Power in the Renaissance*. Ed. Joyce Green MacDonald. Madison: Fairleigh Dickenson UP, 1997. 80-94.

______. "Liminal Geography: *Pericles* and the Politics of Place." *Philological Quarterly* 71(1992): 281-301.

Reynolds, Bryan. *Becoming Criminal: Transversal Performance and Cultural Dissidence in Early Modern England*. Baltimore: The Johns Hopkins UP, 2002.

Richards, John F. *The Mughal Empire*, The New Cambridge History of India I.5. Cambridge: Cambridge UP, 1993.

Rid, Samuel. *The Art of Iugling or Legerdemaine*. London, 1612.

Ringrose, Kathryn M. "Eunuch in Historical Perspective." 5:2 *History Compass* (2007): 495-506.

Robinson, Benedict S. *Islam and Early Modern English Literature: The Politics of Romance from Spenser to Milton*. New York: Palgrave Macmillan, 2007.

Rosedale, H. G. *Queen Elizabeth and the Levant Company; a diplomatic and literary episode of the establishment of our trade with Turkey*. London: Oxford UP, 1904.

Rubiés, Joan-Pau. T*ravel and Ethnology in the Renaissance: South India through*

Montaigne, Michel de. *The Complete Works: Essays, Travel Journal, Letters*. Trans. Donald M. Frame. New York: Alfred A. Knopf, 2003.

Muir, Kenneth. *The Sources of Shakespeare's Plays*. London: Methuen, 1977.

Needham, Joseph. *Science and Civilization in China.* Cambridge: Cambridge UP, 1954.

Netzloff, Mark. *England's Internal Colonies: Class, Capital, and the Literature of Early Modern English Colonialism.* New York: Palgrave Macmillan, 2003.

The Nevv Testament, Rhemes, 1582. 永嶋大典編　京都，臨川，1990.

Niayesh, Ladan. "Shakespeare's Persians." *Shakespeare* 4(2008):127-136.

Nicolay, Nicolas de. *The nauigations, peregrinations and voyages, made into Turkie by Nicholas Nicholay Daulphinois, Lord of Arfeuile, chamberlaine and geographer ordinarie to the King of Fraunce conteining sundry singularities which the author hath there seene and obserued. Translated out of the French by T. Washington the younger*, 1585.

Nixon, Anthony. *The Three English Brothers: Sir Thomas Sherley His Travels, with His Three Yeares Imprisonment in Turkie: His Inlargement by His Maiesties Letters to the Great Turke: And Lastly, His Safe Returne Into England This Present Yeare, 1607.* London, 1607.

Nuttall, A.D. *A New Mimesis: Shakespeare and the Representation of Reality.* London: Methuen, 1983.

大黒俊二「『東方見聞録』とその読者たち」樺山紘一他編『岩波講座世界史 12—遭遇と発見・異文化への視野』東京，岩波書店，1999.

Ovid. *Ovid's Metamorphoses: The Arthur Golding Translation of 1567.* Ed. John Frederick Nims. Philadelphia: Paul Dry Books, 2000.

Parker, Patricia. "Was Illyria as Mysterious and Foreign as We Think?" *The Mysterious and the Foreign in Early Modern England.* Ed. Helen Ostovich, Mary V. Silcox and Graham Roebuck. Newark: U of Delaware P, 2008. 209-233.

Parr, Anthony. "Foreign Relations in Jacobean England , the Sherley Brothers and the 'voyage of Persia.' " *Travel and Drama in Shakespeare's Time*. Ed. Jean-Pierre Maquerlot and Michele William. Cambridge: Cambridge UP, 1996.

______, ed. *Three Renaissance Travel Plays:* The Travels of The Three English Brothers, The Sea Voyages, The Antipodes. Manchester: Manchester UP, 1995.

Massinger, Philip. *The Renegado*. Ed. Michael Neill. London: A & C Black Publishers, 2010.

Matar, Nabil. *Islam in Britain, 1558-1685.* Cambridge: Cambridge UP, 1998.

______. *Turks, Moors, and Englishmen in the Age of Discovery.* New York: Columbia UP, 1999.

______. *Britain and Barbary, 1589-1689.* Gainesville: UP of Florida, 2005.

Maus, Katharine Eisaman, ed. "The Merchant of Venice." *The Norton Shakespeare*. Ed. Stephen Greenblatt. New York: Norton, 1997.

Mayall, David. *English Gypsies and State Policies*. Hatfield: U of Hertfordshire P, 1995.

______. *Gypsy Identities, 1500-2000: From Egipcyans and Moon-men to the Ethnic Romany*. London: Routledge, 2004.

Mayor, Adrienne. *The Amazons: Lives and Legends of Warrior Women across the Ancient World.* Princeton: Princeton UP, 2014.

McJannet, Linda. "Bringing in a Persian." *Medieval and Renaissance Drama in England* 12 (1999): 236-67.

______. "Pirates, Merchants, and Kings: Oriental Motifs in English Court and Civic Entertainments, 1510-1659." *The Mysterious and the Foreign in Early Modern England.* Ed. Helen Ostovich, Mary V. Silcox, and Graham Roebuck. Newark, DE: U of Delaware P, 2008. 249-65.

______. "Genre and Geography: The Eastern Mediterranean in *Pericles* and the *Comedy of Errors*." *Playing the Globe: Genre and Geography in English Renaissance Drama.* Ed. John Gillies and Virginia Mason Vaughan. Cranbury, NJ: Associated UP, 1998. 86-106.

______. *The Sultan Speaks: Dialogue in English Plays and Histories about the Ottoman Turks*. New York: Palgrave Macmillan, 2006.

McPeek, James A. S. *The Black Book of Knaves and Unthrifts: In Shakespeare and Other Renaissance Authors*. Storres, Conn: U of Connecticut, 1969.

McPherson, David C. *Shakespeare, Jonson, and the Myth of Venice*. Newark: U of Delaware P, 1990.

Minadoi, Giovanni Tommaso. *The Historie of the War betweene the Turkes and the Persians.* Trans. Abraham Hartwell. London, 1595.

Lindheim, Nancy. "Rethinking Sexuality and Class in *Twelfth Night*." U of Toronto Quarterly 76.2(2007): 679-713.

Loomba, Ania. "The Great Indian Vanishing Trick—Colonialism, Property, and the Family in *A Midsummer Night's Dream* in *A Feminist Companion to Shakespeare*. Ed. Dympna Callaghan. London: Blackwell, 2000.

______. *Shakespeare, Race, and Colonialism*. Oxford: Oxford UP, 2002.

Lothian, J. M. and T. W. Craik, eds. *Twelfth Night*. By William Shakespeare. The Arden Shakespeare. London: Routledge, 1975.

Machiavelli, Niccolò. *The Discourses*. London: Penguin Books, 2003.

______. *The Princes.* London: Penguin Books, 2011.

MacLean, Gerald. *Looking East: English Writing and the Ottoman Empire before 1800*. New York: Palgrave Macmillan, 2007.

______, ed. *Re-Orienting the Renaissance: Cultural Exchange with the East.* New York: Palgrave Macmillan, 2005.

MacLean, Gerald and Nabil Matar. *Britain and the Islamic World.* Oxford: Oxford UP, 2011.

Mahood, M. M., ed. "Twelfth Night." *William Shakespeare: Four Comedies*. London: Penguin, 1996.

______, ed. *The Merchant of Venice*. By William Shakespeare. The New Cambridge Shakespeare. Cambridge: Cambridge UP, 1987.

Major, Richard Henry, ed. "The Travels of Nicolò Conti, in the East." *India in the Fifteenth Century: Being a Collection of Narratives of Voyages to India in the Century Preceding the Portuguese Discovery of the Cape of Good Hope, from Latin, Persian, Russian, and Italian Sources*. Cambridge: Cambridge UP, 2010.

Mandeville, Sir John. *The Travels of Sir John Mandeville*. Trans. C. W. R. D. Moseley. London: Penguin Books, 2005.

Marcus, Leah S. *Puzzling Shakespeare: Local Reading and Its Discontents*. Berkeley and Los Angeles: U of California P, 1988.

Marmon, Shaun. *Eunuchs and Sacred Boundaries in Islamic Society*. Oxford: Oxford U.P., 1995.

Massai, Sonia. *William Shakespeare's Twelfth Night: A Sourcebook*. New York: Routledge, 2007.

Oxford: Oxford UP, 1998.
Holmberg, Eva Johanna. *Jews in the Early modern English Imahination: A Scattered Nation*. Farnham, Surrey: Ashgate, 2011.
Howard, Jean E. *Theater of a City: The Places of London Comedy, 1598-1642*. Philadelphia: U. of Pennsylvania P., 2007.
Hutson, Launa. "On Not Being Deceived: Rhetoric and the Body in *Twelfth Night*." *Texas Studies in Literature and Language* 38:2(1996): 140-174.
Inalcik, Halil. "The Successors of Suleyman." *A History of the Ottoman Empire to 1730: Chapters from the Cambridge History of Islam*. Ed. M. A. Cook. New York: Cambridge UP, 1976.
Jardine, Lisa. *Still Harping on Daughters: Women and Drama in the Age of Shakespeare*. New York: Columbia UP, 1989.
Jensen, De Lamar. "The Ottoman Turks in Sixteenth Century French Diplomacy." *The Sixteenth Century Journal* 16.4. Winter, 1985.
樺山紘一編『世界の歴史 16—ルネッサンスと地中海』東京，中央公論社．1996.
Kinney, Arthur F. *Rogues Vagabonds and Sturdy Beggars: A New Gallery of Tudor and Early Stuart Rogue Literature, Exposing the Lives, Times, and Cozening Tricks of the Elizabethan Underworld*. Amherst: U of Massachusetts P, 1990.
Knolles, Richard. "Introduction to the Christian Reader." *The Generall Historie of the Turkes*. 2nd edn. London: 1610.
Kostic, Veselin. "The Radusan Colony in London in Shakespeare's Day," *Dubrovnik's Relations with England: A Symposium April 1976*. Ed. Rudlof Filipovic and Monica Partridge. Zagreb: Department of English, Faculty of Philosophy, U of Zagreb, 1977
La Noue, François de . The politicke and militarie discourses of the Lord de La Nouue VVhereunto are adioyned certaine obseruations of the same author, of things happened during the three late *ciuill warres of France. With a true declaration of manie particulars touching the same. All faithfully translated out of the French by E.A.* London: 1588.
Las Casas, Bartoromé de. *The Spanish Colonie*. Trans. M. M. S. Amsterdam: Theatrum Orbis Terrarum, 1977. 4739 STC.
Leo, Johannes. *A Geographical Historie of Africa.* London:1600. 15481 STC .

Third Series. London: Bloomsbury, 2004.
Grogan, Jane. *The Persian Empire in English Renaissance Writing, 1549-1622*. Basingstoke, Hampshire: Palgrave Macmillan, 2014.
Hakluyt, Richard. *A Discourse Concerning Western Planting*. Cambridge: Press of John Wilson and Son, 1877.
______. *Principal Navigations, Voyages, Traffiques & Discoveries of the English Navigation.* London:1589, 1598-1600.
Halio, Jay L., ed. *The Merchant of Venice*. By William Shakespeare. The Oxford Shakespeare. Oxford: Oxford UP, 1993.
Hall, Kim F. *Things of Darkness: Economies of Race and Gender in Early Modern England.* Ithaca: Cornell UP, 1995.
Hamer, Mary. *Signs of Cleopatra: Reading an Icon Historically.* 2nd ed. Exeter: U of Exeter P, 2008.
Hanmer, Meredith "The baptizing of a Turke A sermon preached at the Hospitall of Saint Katherin, adioyning vnto her Maiesties Towre the 2. of October 1586. at the baptizing of one Chinano a Turke, borne at Nigropontus," 12744 STC 2nd ed.
Hanna, Sara. "From Illyria to Elysium: Geographical Fantasy in *Twelfth Night*." *Litteraria Pragensia* 12(2002): 21-45.
______. "Shakespeare's Greek World: The Temptations of the Sea." *Playing the Globe: Genre and Geography in English Renaissance Drama.* Ed. John Gillies and Virginia Mason Vaughan. Cranbury, NJ: Associated UP, 1998. 107-28.
Harriot, Thomas. *A Report of the New Found Land of Virginia.* Amsterdam: Theatrum Orbis Terrarum, 1971. 12785 STC.
Harris, Jonathan Gil. *Sick Economies: Drama, Mercantilism, and Disease in Shakespeare's England.* Philadelphia: U of Pennsylvania, 2004.
Harrison, G. B., ed. *Elizabethan and Jacobean Jounals.* 5 vols. London: Routledge & Kegan Paul, 1974.
Hawkes, Terence. *Alternative Shakespeares, Volume 2.* London: Routledge, 1996.
Hendricks, Margo. " 'Obscured by dreams': Race, Empire, and Shakespeare's *A Midsummer Night's Dream*." *Shakespeare Quarterly* 47.1. Spring, 1996.
Herodotus. *The Histories*. Trans. Robin Warterfield. Oxford World's Classics.

U of Zagreb, 1977.
Filipovic, Rudolf. "Dubrovnik in Early English Travel Literature," *Dubrovnik's Relations with England: A Symposium April 1976*. Ed. Rudlof Filipovic and Monica Partridge. Zagreb: Department of English, Faculty of Philosophy, U of Zagreb, 1977.
Findlay, Alison, and Liz Oakley-Brown. *Twelfth Night: A Critical Reader*. London: Bloomsbury, 2014.
Floyd-Wilson, Mary. *English Ethnicity and Race in Early Modern Drama.* Cambridge: Cambridge UP, 2003.
Foster, William, ed. *The Embassy of Sir Thomas Roe to India, 1615-1619: As Narrated in his Journal and Correspondence*. New Delhi: Munshiram Manoharlal Publishers, 1990.
Frank, Andre Gunder. *ReOrient: Global Economy in the Asian Age.* Berkeley: U of California P, 1998.
French, Marilyn. *Shakespeare's Division of Experience*. New York: Summit Books, 1981.
Fuller, Thomas. *The Historie of the Holy War*. London: 1639.
Furness, Horace Howard, ed. *A New Variorum Edition of Shakespeare: The Merchant of Venice*, 7th ed. Philadelphia: Lippincott, 1888.
Garcia-Arenal, Mercedes. *A Man of Three Worlds: Samuel Pallache, a Moroccan Jew in Catholic and Protestant Europe*. Trans. Martin Beagles. Baltimore: Johns Hopkins UP, 1999.
Ghatta, Juvad. "Persian Icons, Shi 'a Imams: Liminal Figures and Hybrid Persian Identities on the English Stage." *Early Modern England and Islamic Worlds*. Ed. Bernadette Andrea and Linda McJannet. New York: Palgrave Macmillan, 2011.
Gillies, John. *Shakespeare and the Geography of Difference.* Cambridge: Cambridge UP, 1994.
Goffe, Thomas. *The Critical Old-Spelling Edition of Thomas Goffe's "The Courageous Turk."* Ed. Susan Gushee O'Malley. New York: Garland, 1979.
Goffman, Daniel. *The Ottoman Empire and Early Modern Europe*. Cambridge: Cambridge UP, 2002.
Gossett, Suzanne, ed. *Pericles*. By William Shakespeare. The Arden Shakespeare

Faber and Faber, 2007.

Day, John, William Rowley, and George Wilkins. *The Travels of the Three English Brothers. Three Renaissance Travel Plays.* Ed. Anthony Parr. Manchester: Manchester UP, 1995. 55-134.

Deats, Sara Munson. *Antony and Cleopatra: New Critical Essays.* New York: Routledge, 2005.

Dekker, Thomas. *Lantern and Candle-Light.* London, 1608.

DelVecchio , Doreen, and Antony Hammond eds. *Pericles.* By William Shakespeare. The New Cambridge Shakespeare. Cambridge: Cambridge UP, 1998.

Dimmock, Matthew. "English Responces to the Anglo-Ottoman Capitulations of 1580." *Cultural Encounters Between East and West, 1453-1699.* Ed. Matthew Birchwood and Mathhew Dimmock. Amersham: Cambridge Scholars P, 2005. 45-65.

______. *New Turkes: Dramatizing Islam and the Ottomans in Early Modern England.* Aldershot: Ashgate, 2005.

Domínguez, Lorena Laureano. "Pericles' 'unknown travels': The Dimensions of Geography in Shakespeare's *Pericles.*" *Sederi* 19 (2009): 71-97.

Drayton, Michael. *The Works of Michael Drayton.* Ed., J. William Hebel. Oxford: Basil Blackwell & Mott, 1962.

Edwards, Michael. *Ralph Fitch, Elizabethan in the Indies.* New York: Harper & Row Publishers, 1973.

Edwards, Philip. "Shakespeare's Romances: 1900-1957," *Shakespeare Survey* II. Cambridge, 1958.

Elam, Kier. "The Fertile Eunuch: *Twelfth Night*, Early Modern Intercourse, and the Fruits of Castration." *Shakespeare Quarterly* 47(1996): 1-36.

______. *Twelfth Night or What You Will.* By William Shakespeare. The Arden Shakespeare. London: Bloomsbury, 2008.

Erasmus Roterodamus, Desiderius. *Opus Epistolarum.* 10 vols. Ed. P. S. Allen. London: Oxford UP, 1906-58.

Federici, Cesare. *The Voyage and Trauaile of M. Caesar Frederick.* 10746 STC 2nd ed.

Filipovic, Rudlof, and Monica Partridge. Ed. *Dubrovnik's Relations with England: A Symposium April 1976.* Zagreb: Department of English, Faculty of Philosophy,

Castanheda, Fernão Lopes. *The first book of the historie of the discouerie and conquest of the East Indies, entrprised by the Portingales, in their daungerous nauigations, in the time of King Don Iohn, the second of that name Which historie containeth much varietie of matter, very profitable for all auigators, and not vnpleasaunt to the readers. Set foorth in the Portingale language, by Hernan Lopes de Castaneda. And now translated intoEnglish, by N. L. Gentleman.* 16806 STC 2nd ed.

Chamberlain, John. *The Letters of John Chamberlain*. Ed. Norman Egbert McClure. 2 vols. Westport, CT: Greenwood P, 1979.

Chaucer, Geoffrey. *Canterbury Tales*. Ed. A. C. Cawley. London: J. M. Dent & Sons, 1958.

Charry, Brinda. " '[T]he Beauteous Scarf': Shakespeare and the 'Veil Question.' " *Shakespeare*, 4:2(2008):112-126.

Charry, Brinda, and Gitanjali Shahani, eds. *Emissaries in Early Modern English Literature and Culture: Madiation, Transmission, Traffic, 1550-1700*. Burlington,VT: Ashgate, 2009.

Chernaik, Warren. *The Myth of Rome in Shakespeare and his Contemporaries*. Cambridge: Cambridge UP, 2011.

Chew, Samuel C. *The Crescent and the Rose.* New York: Octagon Books, 1965.

Cowell, John. *A Law Dictionary: or the Interpreter of Words and Terms Used Either in the Common or Statute Laws of Great Britain, and in Tenures and Jocular Customs.* London, 1607.

Dale, Stephen F. *The Muslim Empires of the Ottomans, Safavids, and Mughals.* Cambridge: Cambridge UP, 2010.

Dames, Mansel Longworth, ed. *The Book of Duarte Barbosa: An Account of the Countries Bordering on the Indian Ocean and Their Inhabitants, Written by Duarte Barbosa, and Completed about the year 1518 A.D.* Farnham, Surrey: Ashgate, 2010.

D'Amico, Jack. *The Moor in English Renaissance Drama.* Tampa: U of South Florida P, 1991.

Davies, H. Neville. "*Pericles* and the Sherley Brothers." *Shakespeare and His Contemporaries: Essays in Comparison.* Ed. E. A. J. Honigmann. Manchester: Manchester UP, 1986.

Davis, Natalie Zemon. *Trickster Travels: The Search for Leo Africanus*. London:

Berry, Philippa. "Incising Venice: The Violence of Cultural Incorporation in the Merchant of Venice." *Renaissance Go-Betweens: Cultural Exchange in Early Modern Europe.* Ed. Andreas Höfele and Werner von Koppenfels. Berlin: Walter de Gruyter, 2005.

Bisaha, Nancy. *Creating East and West: Renaissance Humanists and the Ottoman Turks.* Philadelphia: U of Pennsylvania P, 2004.

Blount, Sir Henry. *A Voyage into the Levant*. London: 1636.

Blow, David. *Shah Abbas: The Ruthless King Who Became an Iranian Legend.* London: I.B.Tauris, 2009.

Boemus, Johann. *The Fardle of Facions: Conteining the Aunciente Maners, Customes, and Lawes, of the Peoples Enhabiting the Two Partes of the Earth, Called Affricke and Asie*. Trans. William Watreman. London, 1555.

Borde, Andrew. *The Fyrst Boke of the Introduction of Knowledge*. London, 1542.

Bosman, Anton. "'Best Play with Mardian': Eunuch and Blackamoor as Imperial Culturegram." *Shakespeare Studies* 34(2006): 123-157.

Bovilsky, Lara. *Barbarous Plays: Race on the English Renaissance Stage.* Minneapolis: U of Minnesota P, 2008.

Brenner, Robert. *Mercahnt and Revolition: Commercial Change, Political Conflict,and London's Overseas Traders, 1550-1653*. 1993. London: Verso, 2003.

Brooks, Harold F. ed. *A Midsummer Night's Dream*. By William Shakespeare, The Arden Shakespeare, 2nd Series. London: Bloomsbury, 2014.

Browne, Thomas. *Religio Medici: or the Religion of a Physician*. London, 1643.

Bullough, Geoffrey. *Narrative and Dramatic Sources of Shakespeare*. 8 vols. New York: Columbia UP, 1968.

Bulwer, John. *Anthropometamorphosis, or , The Artificial Changeling*. London, 1650.

Burton, Jonathan. "The Shah's Two Amabassadors: *The Travels of the Three English Brothers* and the Global Early Modern." *Emissaries in Early Modern Literature and Culture: Mediation, Transmission, Traffic, 1550-1700*. Ed. Brinda Charry and Gitanjali Shahani. Burlington, VT: Ashgate, 2009.23-40.

______. *Traffic and Turning: Islam and English Drama, 1579-1624*. Newark: U of Delaware P, 2005

Calendar of State Papers Domestic, Vol.5: 1598-1601. London, 1869.

引用文献目録

Abbot, George. *A Briefe Description of the Whole Worlde.* London, 1599.

Adelman, Janet. *Blood Relations: Christian and Jew in* The Merchant of Venice. Chicago: U of Chicago P, 2008.

Andrea, Bernadette. "Assimilation or Dissimilation?: *Leo Africanus's 'Geographical Historie of Africa'* and Parable of Amphibia." *A Review of International English Literature* 32:3(2001):7-29.

______. *Women and Islam in Early Modern English Literature.* Cambridge: Cambridge UP, 2007.

Archer, John Michael. *Old Worlds: Egypt, Southwest Asia, India, and Russia in Early Modern English Writing.* Stanford: Stanford UP, 2001.

Astington, John. "Malvolio and the Eunuchs: Texts and Revels in *Twelfth Night*," S*hakespeare Survey*. Ed. Stanley Wells. Cambridge: Cambridge UP, 2007.

Bacon, Francis. "An Advertisement touching an Holy War." *The Works of Francis Bacon*. Ed. James Spedding, Robert Leslie Ellis and Douglas Denon Heath. Boston: Brown and Taggard, 1858.

______. "Of Usury." *The Essays or Counsels, Civil and Moral.* London: 1597.

Banerjee, Pompa. *Burning Women: Widows, Witches, and Early Modern European Travelers in India*. New York: Palgrave Macmillan, 2013.

Bartels, Emily C. "Othello and Africa: Postcolonialism Reconsidered." *William and Mary Quarterly* 54(1997) :45-64.

______. "Othello and the Moor." *Early Modern English Drama: A Critical Companion.* Ed. Garrett A, Sullivan, Jr., Patrick Cheney and Andrew Hadfield. New York: Oxford UP, 2006.

______. *Speaking of the Moor: From Alcazar to Othello.* Philadelphia: U of Pennsylvania P, 2008.

ワ

ヤ

ラ

マ

カ

索　引

【著者略歴】

勝山貴之（かつやま　たかゆき）

1958年京都市生まれ。同志社大学大学院博士後期課程中退。ハーヴァード大学大学院留学（ハーヴァード・エンチン奨学金給付生）。同志社大学文学部教授。ケンブリッジ大学（ヴィジティング・フェロー）。『英国地図製作とシェイクスピア演劇』英宝社、2014年。『シェイクスピア時代の演劇世界—演劇研究とデジタル・アーカイヴズ』共著、九州大学出版会、2015年。『シェイクスピアを学ぶ人のために』共著、世界思想社、2000年。『イギリス文学への招待』共著、朝日出版社、1999年。「歴史劇と初期資本主義経済」*Shakespeare News* 53号, 2013年。

シェイクスピアと異教国への旅

2017年1月10日　印　刷　　2017年1月18日　発　行

著　者 © 勝　山　貴　之

発行者　佐　々　木　元

発　行　所　株式会社　英　宝　社

〒101-0032 東京都千代田区岩本町2-7-7 第一井口ビル
Tel ［03］（5833）5870　Fax ［03］（5833）5872

ISBN978-4-269-72143-2 C3098
［組版：（株）マナ・コムレード／製版・印刷：（株）マル・ビ ／製本：（有）井上製本所］

定価（本体4,200円＋税）